Glöckchen, Gift und Gänsebraten

Der Herausgeber

Johannes Engelke, geboren 1985 in Bückeburg, studierte Kultur-
wissenschaften in Lüneburg und Marseille. Er arbeitet als Lektor
in München.

Johannes Engelke (Hrsg.)

Glöckchen, Gift und Gänsebraten

Weihnachtskrimis von Rügen bis ins Zillertal

Weltbild

Besuchen Sie uns im Internet:
www.weltbild.de

Genehmigte Lizenzausgabe für Weltbild GmbH & Co. KG,
Werner-von-Siemens-Straße 1, 86159 Augsburg
Copyright der Originalausgabe © 2012 by Knaur Taschenbuch
Ein Unternehmen der Droemerschen Verlagsanstalt Th. Knaur Nachf.
GmbH & Co. KG, München
Umschlaggestaltung: Atelier Seidel – Verlagsgrafik, Teising
Umschlagmotiv: istockphoto / ii67
Satz: Datagroup int. SRL, Timisoara
Druck und Bindung: GGP Media GmbH, Pößneck
Printed in the EU
ISBN 978-3-96377-313-6

2022   2021   2020   2019
Die letzte Jahreszahl gibt die aktuelle Lizenzausgabe an.

Inhalt

Von drauß' vom Walde komm ich her
Ich muss euch sagen, gemordet wird sehr!

Gisa Pauly

Die gute Seele

Sylt

Autorenvita

Gisa Pauly war Lehrerin an einer kaufmännischen Berufs-
schule, bevor sie 1994 »ausstieg«. Seitdem arbeitet sie als
freie Schriftstellerin. Sie veröffentlichte 18 Bücher, am be-
kanntesten sind ihre Sylt-Krimis um Mamma Carlotta. Die
beiden letzten Bände *Inselzirkus* und *Küstennebel* stürmten
sogar die Spiegel-Bestsellerliste.

Opas Haushälterin war nun mal so. Sie meinte es immer gut. Besonders mit den Menschen, die ihr nahestanden – so wie Opa. Und weil sie es gut mit ihm meinte, hatte sie dafür gesorgt, dass er endlich erkannte, wie sehr er von seiner Ehefrau ausgenommen wurde, die sich eine Haushälterin leistete und selbst den lieben langen Tag auf der faulen Haut lag. Als Opa sich endlich scheiden ließ, weil er einsah, wie gut seine Haushälterin es mit ihm meinte, waren alle Angehörigen empört, nur Marlene nicht. Sie war noch klein, und mit ihr meinte die Haushälterin es besonders gut, indem sie ihr Süßigkeiten zusteckte, die ihre Mutter verboten hatte. Also hatte Marlene nichts dagegen, von Opa und seiner Haushälterin als Mittlerin zwischen den familiären Fronten missbraucht zu werden, denn sie war noch zu jung, um etwas davon zu durchschauen.

Alle anderen Angehörigen schränkten den Kontakt zu Opa ein, trotzdem kamen sie dahinter, dass die Haushälterin beide Seiten des nach wie vor vorhandenen Ehebettes bezog, während ihr eigenes Bett weitgehend unbenutzt blieb.

»Sie meint es doch nur gut«, verteidigte Opa sie. »Auch in meinem Alter hat ein Mann noch Bedürfnisse.«

Opas Bedürfnisse wurden lang und breit diskutiert, einige hielten sie für überflüssig, andere sogar für skandalös, Verständnis brachte lediglich Marlene auf. Aber das auch nur, weil ihr die Art der Bedürfnisse verborgen geblieben war.

Die Familie konnte machen, was sie wollte, die Haushälterin verbuchte einen Erfolg nach dem anderen für sich. Jemandem, der es so gut meinte, war eben schwer beizukommen. In einem Punkt jedoch ging ihr Schuss nach hinten los. Die Hochzeit, auf die sie zweifellos hoffte, fand nie statt. Wozu auch? Da sie es so gut mit Opa meinte, fehlte es ihm an nichts. Aus seiner Sicht war es also völlig überflüssig, eine Frau zu heiraten, von der er auch ohne Trauschein und für ein relativ geringes Gehalt alles bekam, was er sich wünschte.

Eines Tages kam die Nachricht, dass Opa sein Haus aufgeben wolle, um mit seiner Lissi, wie er sie nun nannte, nach Sylt zu ziehen. Dort war schließlich ihre Heimat, in List gab es ein Haus, das genau richtig für Opa und seine Haushälterin war, und da die Familie, wie er spitz anmerkte, sich sowieso nicht um ihn kümmerte, konnte er genauso gut am Ende der Republik wohnen.

Die Verwandten liefen Sturm, weil jeder den Verdacht hatte, dass ihnen Opa genommen werden sollte. Aber die Haushälterin bot allen Verwandten die Stirn, indem sie sie einlud, Opa auf Sylt zu besuchen. Man habe an ein Gästezimmer gedacht, und sie würde ihren Schnüsch gern für jeden kochen, der sie besuchen wolle.

Außer Marlene wollte es niemand. Und sie war auch die Einzige, die Schnüsch, den friesischen Gemüseeintopf, mochte. Zwar waren alle nahen und entfernten Angehörigen einmal auf Sylt erschienen, um sich zu vergewissern, dass Opa sich guter Gesundheit erfreute und zufrieden schien, doch länger als bis zur Abfahrt des nächsten Autozuges hatte niemand bleiben wollen. Opas ältester Sohn überprüfte regelmäßig den Zustand der Konten, aber da es keine dubiosen Abbuchungen gab, setzte sich schließlich die Einsicht durch, dass die Haushälterin es tatsächlich gut mit Opa meinte.

Marlene verbrachte jedes Weihnachtsfest auf Sylt. Ihre Eltern waren in die Schweiz gezogen, und dort mochte sie die Feiertage nicht verbringen, obwohl sie jeden November eine entsprechende Aufforderung erhielt. Nein, das Weihnachtsfest gehörte Opa und Tante Lissi. Sonst kümmerte sich ja niemand um die beiden. Tante Lissi hatte keine nahen Anverwandten, nur einen ungeratenen Neffen, der in Marlenes Familie zusätzlich für Aufregung gesorgt hatte.

»Wahrscheinlich zweigt sie von Opas Geld was ab, um es diesem Nichtsnutz zuzustecken!«

Wann immer Marlene von Sylt zurückkehrte, wurde sie gefragt, ob Lissis Neffe sich etwa auf Opas Kosten in List den Bauch vollgeschlagen habe. Aber Marlene konnte jedes Mal guten Gewissens verneinen. Sie war diesem Eckehard niemals begegnet.

Auch in diesem Jahr hatte sie sämtliche Ermahnungen über sich ergehen lassen müssen und es auch diesmal geschafft, nichts darauf zu entgegnen. Drei Tage vor Heiligabend fuhr sie los und freute sich auf Schnüsch, Kenkentjüch, das friesische Weihnachtsgebäck, und auf lange Abende vor dem Kamin. Natürlich auch auf die Tote Tante, die Opa ihr zu kredenzen pflegte, sobald die Haushälterin schlafen gegangen war.

In Itzehoe gab es einen längeren Aufenthalt, weil dort die Lokomotive gewechselt wurde. Einige Fahrgäste zogen sich die Jacken über und sprangen auf den Bahnsteig, um sich

Bewegung zu verschaffen, Marlene verzichtete jedoch drauf. Auch deshalb, weil ihr Handy zu läuten begann, kaum dass der Zug zum Stehen gekommen war.

Tante Lissi war am anderen Ende der Leitung. »Deern, ich hoffe, du bist noch nicht losgefahren.«

»Ich habe einen Zug früher genommen, bin schon in Itzehoe.«

»Ach, du lieber Himmel!« Tante Lissi hatte einen ihrer besten Seufzer ins Telefon gestöhnt. Marlenes Mutter behauptete oft, niemand könne so theatralisch seufzen wie Opas Haushälterin. »Dein Großvater ist so schiet zupass. Den ganzen Tag sitzt er bei Tante Meier. Er hat nicht mal Appetit auf Schnüsch. Und auf die Weihnachtsgans erst recht nicht.«

Marlene war alarmiert. Wenn Opa schiet zupass war, hieß das auf Hochdeutsch, dass es ihm schlechtging. Und *Tante Meier* war eine friesische Umschreibung für das stille Örtchen, auf das Opa sich zurückgezogen hatte. »Was Ernstes?«, fragte sie besorgt.

Wieder seufzte Tante Lissi. »Der Arzt war gerade da. Er sagt, es sähe nicht gut aus.«

Der scharfe Ecki hatte seinen Namen erhalten, als bekannt wurde, dass er mit Vorliebe bei Gosch die Sorte Bratheringe aß, die dort *Scharfe Eddis* genannt wurden. Da Ecki in jungen Jahren ein Sonnenanbeter und außerdem lange auf dem Bau beschäftigt gewesen war, hatte seine Haut tatsächlich eine gewisse Ähnlichkeit mit einem scharfen Eddi bekommen. Aber davon redete er ungern. Dass aus seinem Namen Eckehard der scharfe Ecki geworden war, wollte er lieber anders erklärt haben. Aber leider sprach sich die wahre Assoziation überall schnell rum.

Er saß mit seinem Freund Jannes in dem kleinen Park gegenüber dem Rathaus, wo es ein paar Bänke unter einem Laubengang gab, der ein wenig vor dem eiskalten Wind schützte. Lieber hätten sie sich in der Nanu-Bar in der Strandstraße einen steifen Grog oder einen Pharisäer genehmigt, aber selbst, wenn sie das Kleingeld, das sich in ihren Taschen gefunden hatte, zusammenlegten, reichte es weder für das eine noch das andere.

»Ich möchte wissen«, klagte Jannes, »warum wir unsere letzte Kohle in eine Busfahrt nach List investiert haben. Mit deiner Tante war ja in diesem Jahr nicht zu reden.«

»Konnte ich ahnen, dass der alte Sack, dem sie den Haushalt führt, ins Gras beißt?« Der scharfe Ecki stand auf, wärmte seine Glieder mit ein paar Schritten und zeigte dann auf die Büste am Eingang des Parks. »Das ist übrigens Heinrich von Stephan. Wusstest du, dass er die Ansichtskarte erfunden hat?«

Jannes war an jeglicher Bildung höchst uninteressiert. »Geh mir weg mit deiner Klugscheißerei. Davon können wir uns nichts kaufen. Glaubst du, ich kann bei Annette unterkriechen, wenn ich kein Weihnachtsgeschenk für sie habe?«

Das war das Problem! Denn Ecki ging es nicht anders. Tante Lissi war eigentlich großzügig. Nicht nur, wenn es um die Kohle des alten Mannes ging, dem sie den Haushalt machte, auch, wenn es um ein warmes Bett ging und diverse gute Mahlzeiten. Aber Weihnachten war schon immer die große Ausnahme gewesen. Dann kam eine Verwandte zu Besuch, da durfte nichts geschehen, was die Angehörigen in ihrem Verdacht bestärkte, die Haushälterin habe etwas anderes im Sinn, als ihrem Arbeitgeber den Lebensabend zu versüßen. Dabei brauchte jeder Mensch gerade kurz vor Weihnachten Kohle! Mehr als sonst! Wer nicht in der Lage war, ein Weihnachtsgeschenk zu kaufen, verlor auch den Rest seiner sozialen Kontakte. Ecki genauso wie Jannes.

»Sonst hatte sie bis zum vierten Advent immer ein paar Hunderter abgezweigt«, klagte Ecki. »Aber woher sollte Tante Lissi wissen, was nun passiert? Möglich, dass sie erbt, vielleicht sogar alles, aber ...«

»Das wär's noch!«, fuhr Jannes dazwischen. »Dann hätten wir ausgesorgt.«

»... möglich aber auch«, fuhr Ecki fort, »dass nun die Angehörigen einfallen und Tante Lissis Haushaltsbuch genau unter die Lupe nehmen.«

»Dann gibt's nur noch eins«, meinte Jannes und nickte zur anderen Straßenseite hinüber. Dort protzte die Sparkasse mit ihrem Neubau. Viel graues Metall, viel Glas und wenige rote Elemente, die den Kunden heiter stimmen sollten. Jannes gefielen sie nicht. Ecki auch nicht.

Jannes hatte die Gedanken seines Freundes im Nu erraten. »Für so was brauchen wir eine Knarre«, sagte er.

Diesmal nickte Ecki in die Strandstraße, wo es auf der rechten Seite, hinter dem Hotel Stadt Hamburg, einen Spielzeugladen gab. »Wer in die Mündung einer Waffe guckt«, behauptete er, »macht sich keine Gedanken darüber, ob es sich um eine Spielzeugpistole oder eine Smith &

Wesson handelt. Und selbst wenn dem Kassierer ein Verdacht kommt ... so sicher ist der sich nie, dass er die Hände unten lässt und den Alarm auslöst.«

Marlene hatte sich Tante Lissis Fahrrad geliehen und war zum Fährhafen geradelt. Sie musste raus, brauchte frische Luft, wollte den Wind in den Haaren und auf der Haut spüren. Eiskalt! So war er genau richtig, wenn er aus lodernder Verzweiflung eine Trauer machen sollte, in der irgendwann die schönen Erinnerungen die Oberhand gewannen.

Sie fuhr auf den Parkplatz, der das Erlebniszentrum der Naturgewalten mit dem Fährhafen und der »nördlichsten Fischbude Deutschlands« verband und während der Weihnachtsfeiertage erstaunlich voll war. Die Weihnachtsflüchtlinge! In guten Restaurants bestellten sie sich die Festmenüs, von denen sie zu Hause nichts wissen wollten, und in der Alten Bootshalle sangen sie Weihnachtslieder, die sie vor Antritt ihrer Syltreise Kitsch genannt hatten und über die sie nach ihrer Rückkehr lachen würden.

Marlene überquerte den großen Platz, hörte den Akkordeonspieler, der im Sommer zwischen den Tischen herumging und zu den Fischgerichten die passenden Seemannslieder servierte. Nun spielte er in der Alten Bootshalle »O du fröhliche«. Und nur diejenigen verzichteten aufs Mitsingen, die den Mund voll hatten.

Marlene ging bis zum Fähranleger, wo es menschenleer war, und hockte sich auf die braungestrichene Bank auf der Rückseite des roten Backsteingebäudes. Die »Lister Rentnerbank«, die Opa immer so gut gefallen hatte. Kaum saß sie dort, wurde sie ruhiger. Während sie die Erinnerung an Opa genoss, konnte sie sogar vergessen, was sie zu hören bekommen hatte, als sie die Angehörigen von Opas Tod verständigt hatte.

»Pass bloß auf die Haushälterin auf! Die schafft was beiseite, bis wir als rechtmäßige Erben auftauchen. Oder ihr sauberer Neffe! Ehe Opa unter der Erde liegt, ist das halbe Haus ausgeräumt. Und wenn wir kommen, heißt es, Opa hätte zu Lebzeiten alles verschenkt.«

Marlene wollte davon nichts hören. »Tante Lissi meint es doch nur gut.«

»Bleib in List, bis wir kommen«, hatte ihr Onkel verlangt.

»Und schau der Haushälterin auf die Finger!«

Aber Marlene hatte sich geweigert. Nein, für diese Aufgabe wollte sie sich nicht hergeben. Tante Lissi meinte es gut, das wusste sie genau. Marlene vertraute ihr, wenn sie auch die Einzige der Familie war. Sie würde wieder heimfahren, gleich morgen, einen Tag vor Heiligabend. Weihnachten auf Sylt ohne Opa? Nein, das würde sie nicht ertragen. Neben Tante Lissi weinend vor dem Weihnachtsbaum sitzen? Ausgeschlossen! Opas Haushälterin würde bei Nachbarn unterkommen und Marlene in ihrer Studentenbude allein und mit der Erinnerung an Opa Weihnachten feiern.

»Dir steht was von Opas Erbe zu«, hatte ihre Mutter ins Telefon gerufen. »Nimm mit, was du tragen kannst!«

Aber auch da hatte Marlene sich geweigert. Obwohl … eine Erinnerung an Opa wünschte sie sich durchaus. Vielleicht eine seiner alten Uhren, die er gesammelt hatte? Die würde sie am Handgelenk tragen, in Ehren halten und somit Opa immer bei sich haben. Das wäre schön. Aber als sie wieder in Opas Häuschen ankam, brachte sie es nicht fertig, Tante Lissi darum zu bitten. Und als sie sich verabschiedete und Opas Haushälterin herzlich umarmte, wusste sie, dass es gar nicht nötig gewesen war.

»Ich habe dir was in deine Reisetasche gepackt«, sagte Tante Lissi und wischte sich über die Augen. »Dein Großvater hätte gewollt, dass du es bekommst.«

Marlene stieg in den Bus, der sie von List nach Westerland bringen sollte, und winkte zu Tante Lissi zurück, bis sie nicht mehr zu sehen war. Während sie die Wanderdünen rechts liegen ließen, dachte sie an ihre Mutter, von der sie ermuntert worden war zu verlangen, was ihr angeblich zustand. »Wer nichts verlangt, bekommt auch nichts.«

Ihre Mutter täuschte sich. Marlene hätte sich viel weniger über das gefreut, was Tante Lissi ihr in die Tasche gesteckt hatte, wenn sie es verlangt hätte. Heute Abend, wenn sie zu Hause angekommen war, würde sie eine Kerze anzünden, das Geschenk aus der Tasche holen und ganz fest an Opa denken, während sie es auspackte. Zwar musste sie, während der Bus durch Kampen fuhr, ihre Neugier niederkämpfen, aber es gelang ihr. Nein, Opas Erbe brauchte einen feierlichen Moment.

Tatsächlich klappte alles reibungslos. Der Kassierer dachte nicht im Traum daran, den Alarmknopf zu drücken, sondern händigte ihnen aus, was sie haben wollten. Kunden waren keine in der Sparkasse gewesen, sie hatten den richtigen Moment abgepasst. Und die Idee, den Kassierer mit seinen beiden Kolleginnen ins Damenklo einzusperren, war auch super gewesen. Als der erste Polizeiwagen durch die City von Westerland jagte, hatten Jannes und der scharfe Ecki sich schon ihrer Strumpfmasken entledigt, den Batzen Geld in eine unauffällige Plastiktüte gesteckt und hielten sich gegenseitig davon ab, wie zwei flüchtige Bankräuber Richtung Bahnhof zu hetzen.

»Ruhig, ganz ruhig«, sagte Ecki immer wieder, wenn Jannes sich nervös umsah. »Bloß nicht auffallen!«

Sie benutzten den Fußgängerüberweg am Kaufhaus Jensen und brachten es fertig, vor dem Buchladen Becher stehen zu bleiben und sich dort unauffällig umzublicken. Folgte ihnen jemand? Nein, es gab nichts im Straßenbild, was ihre Besorgnis erregte.

»Jetzt muss nur noch der Zug pünktlich sein«, flüsterte Jannes. »Dann fahren wir schon über den Hindenburgdamm, wenn auf der Insel die Suche nach den beiden Bankräubern beginnt.«

Der scharfe Ecki wagte sogar ein kleines Grinsen. »Und morgen kommen wir zurück, mit einem Sack voller Geschenke. Und dann wird Weihnachten gefeiert.«

Als sie an den grünen *Reisenden Riesen im Wind* vorbeigingen und auf den Eingang des alten dunklen Bahnhofsgebäudes zusteuerten, fühlten sie sich bereits sicher. Die Polizei würde die ganze Insel durchkämmen, aber nicht auf die Idee kommen, dass die beiden draufgängerischen Bankräuber sich ganz cool in den Zug setzten und gemütlich durchs Watt kutschieren ließen.

Doch wenn sie bis dahin ihren Plan für genial gehalten hatten, so wurden sie kurz darauf eines Besseren belehrt. Den Reisenden, die auf dem Bahnsteig von einem Bein aufs andere traten, war es anzusehen: Der Zug hatte Verspätung.

»Verdammter Mist!«, fluchte Jannes leise. »Wir müssen von der Insel runter.«

»Schnauze!«, zischte der scharfe Ecki. Und als er den Streifenwagen vor dem Bahnhof vorfahren sah, noch einmal: »Schnauze!«

Tatsächlich sah Jannes nun davon ab, sich seine Angst laut und deutlich von der Seele zu schimpfen, aber er blickte den beiden Polizisten, die aus dem Streifenwagen kletterten, derart panisch entgegen, dass auch dem dümmsten Ordnungshüter, der bis dahin nur Ladendiebstähle an der Kurpromenade aufgeklärt hatte, ein böser Verdacht kommen musste.

Ecki stieß seinen Kumpel unauffällig in die Seite. »Wir gehen in den Bahnhofskiosk und schauen uns nach Reiselektüre um«, sagte er und schob Jannes vor sich her. Um ihm zu zeigen, wie cool sich ein versierter Bankräuber zu benehmen hatte, schaukelte er die Plastiktüte mit der Beute hin und her, als enthielte sie nur Schmutzwäsche oder ein paar Sylt-Andenken.

Der Laden, der Zeitschriften, Souvenirs, Bücher und Sylt-Literatur führte, war nicht nur von der Bahnhofshalle zu betreten, sondern auch vom Bahnsteig. »Wir schauen uns jetzt ein bisschen bei den Zeitschriften um«, sagte der scharfe Ecki.

»Und vorsichtshalber versteckst du deine Visage dabei.«

»Wieso?«, jammerte Jannes. »Der Kassierer hat unsere Gesichter doch gar nicht gesehen.«

»Sicher ist sicher!« Ecki schob Jannes durch die Tür und

dachte nicht mehr daran, die Plastiktüte sorglos zu schwenken.

Sie waren nicht die Einzigen, die die verzögerte Abfahrt des Zuges nutzten, indem sie nach Reiselektüre Ausschau hielten. An dem Tisch mit den Sylt-Krimis war viel los, und der scharfe Ecki kam zu dem Schluss, dass der Einzelne im Gedränge weniger auffiel als dort, wo er allein war. Er schob sich also neben ein junges Mädchen, das in einem Buch blätterte. Ihre Reisetasche hatte sie auf den Boden gestellt. Mit offenem Reißverschluss! Hätte Ecki nicht gerade Probleme genug, wäre er dieser Einladung garantiert gefolgt. Wie leichtsinnig manche Leute waren! Eine kleine Rempelei, ein Stolpern, ein Bücken zum Schnürsenkel, und schon hätte die Geldbörse, die Ecki gut erkennen konnte, den Besitzer gewechselt. Aber er bezähmte sich. Nein, man durfte das Glück nicht herausfordern.

Jannes' Blick wurde plötzlich starr, der Sylt-Kalender, den er in der Hand hielt, begann zu zittern. Der scharfe Ecki wusste sofort, was Sache war. Auf dem Bahnsteig gingen zwei Polizisten von einem männlichen Reisenden zum anderen, und dort, wo zwei zusammenstanden, ließen sie sich den Inhalt des Reisegepäcks zeigen. Verdammt, sie rechneten damit, dass die Bankräuber den nächsten Zug zur Flucht aufs Festland nahmen!

Ecki ließ die beiden Beamten nicht aus dem Auge. Vielleicht würden sie sich gleich in den Streifenwagen setzen und woanders ihre Suche nach den Bankräubern fortsetzen.

Aber er hoffte vergeblich. Alle männlichen Reisenden waren angesprochen worden, sogar diejenigen, die in weiblicher Begleitung waren. Nun kamen die Beamten auf den

Eingang des Zeitungskiosks zu. Auch hier würden sie sich an alle Männer wenden. Was tun?

Die rettende Idee kam Ecki, als sich die beiden Hälften der automatisch öffnenden Tür bereits trennten. Blitzartig ließ er die Plastiktüte in die Reisetasche der jungen Frau fallen. Dann zog er den Reißverschluss zu und tadelte lächelnd: »Man sollte sein Gepäck verschlossen halten. Taschendiebe sind überall.«

Die junge Frau bedankte sich, dann traten die beiden Polizisten auf Ecki und Jannes zu. »Ihr Gepäck?«

Ecki antwortete, ohne mit der Wimper zu zucken: »Wir haben keins. War ja nur ein Tagesausflug nach Sylt. Herrlich, die Weihnachtsbeleuchtung auf der Friedrichstraße!«

Der ältere der beiden Beamten schien Erfahrung mit den Gesichtern von Galgenvögeln zu haben. »Sind Sie mit einer Leibesvisitation einverstanden? Wenn nicht, müsste ich Sie bitten, mit mir ins Revier zu kommen.«

»Selbstverständlich!«, rief Ecki und breitete die Arme aus, um sich abtasten zu lassen.

Jannes verhielt sich genauso entgegenkommend, und ein paar Minuten später galten sie als untadelige Zeitgenossen. Die Polizisten waren sogar so freundlich, ihnen zu erklären, warum sie zu diesen Maßnahmen gezwungen waren. »Ein Raubüberfall auf die Sparkasse Westerland – zwei Männer. Da werden Sie verstehen ...«

Jannes und der scharfe Ecki verstanden vollkommen. Sie waren diejenigen, die am lautesten die Schlechtigkeit der Welt beklagten, und Jannes ließ sich sogar dazu hinreißen, die Todesstrafe für Bankräuber zu fordern.

Dann fuhr der Zug ein, und Jannes und Ecki drängten

sich mit allen anderen Fahrgästen zu den Wagen der zweiten Klasse. »Wir dürfen sie nicht aus den Augen verlieren«, flüsterte der scharfe Ecki. »Ich lenke sie ab, und du klaust ihr dann die Tasche.«

»Und wenn sie Zeter und Mordio schreit?«

»Wir machen es kurz vor dem nächsten Halt. Bis sie was merkt, sind wir mit ihrer Tasche schon aus dem Zug und weg.«

Marlene gab nun besonders gut auf ihre Tasche acht. Der nette Herr im Zeitungskiosk hatte recht gehabt. Es war leichtsinnig, den Reißverschluss der Tasche geöffnet zu lassen. Schließlich gab es darin etwas, was ihrem Opa gehört hatte und ihm sehr wichtig gewesen war.

Sie setzte die Tasche auf ihre Knie und umschlang sie mit beiden Armen. Es war ihr, als hielte sie Opa ein letztes Mal im Arm. Kein einziges Mal stellte sie die Tasche zur Seite. Opa festhalten! So lange, bis sie seinen Tod verstanden und akzeptiert hatte, so lange, bis sie in Händen hielt, was er ihr hinterlassen hatte.

Leider konnte sie während der Rückfahrt nicht in Ruhe an Opa denken. Ein ständiges Hin und Her war um sie herum, sie wurde oft gestört. Im Gang stolperte ein Mann und hielt sich ausgerechnet an ihrer Tasche fest, die beinahe zu Boden gefallen wäre, wenn Marlene nicht so gut auf sie achtgegeben hätte. Als sie die Tasche kurz vor Niebüll für einen Augenblick neben ihre Füße stellte, um sich die Nase zu putzen, griff jemand danach, der sie angeblich mit seiner eigenen Reisetasche verwechselt hatte. Auf dem Weg zur Zugtoilette riss dann der Riemen ihrer Tasche, der sogar so aussah, als wäre er durchschnitten worden. Und der Mann, der sich anbot, die Sache zu reparieren, lief so schnell mit der Tasche davon, dass sie Mühe hatte nachzukommen. Doch sie war flotter auf den Beinen, verlangte die Tasche zurück und verzichtete auf die Reparatur. Beim Umsteigen wurde sie dann sogar von hinten angerempelt, so dass sie strauchelte und ihr die Tasche entglitt. Aber zum Glück war der Zugführer sofort zur Stelle, der ihr die Tasche zurückgab, ehe ein Mann sie ergreifen und mit ihr flüchten konnte.

Marlene war froh, als sie heile zu Hause angekommen war und der Inhalt ihrer Tasche keinen Schaden genommen hatte. Es war kalt in ihrer Wohnung. Sie drehte alle Heizungen auf, machte sich außerdem einen Glühwein, holte eine Tafel Schokolade aus dem Schrank, zündete eine Kerze an und setzte sich dann gemütlich ins Wohnzimmer. Genau in den Sessel, von dem aus sie das gerahmte Foto ihres Großvaters im Blick hatte.

Eine halbe Stunde später rief sie ihre Eltern und auch alle anderen Anverwandten an und forderte sie auf, sich bei Tante Lissi zu entschuldigen. Nun mussten es alle einsehen. Opas Haushälterin meinte es wirklich nur gut.

Am zweiten Feiertag saßen sie im Kliffkieker von Wenningstedt und starrten aufs Meer hinaus.

»Scheißweihnachten«, sagte Jannes. »Annette hat mir den Laufpass gegeben.«

»Sieh es positiv«, meinte der scharfe Ecki. »Immerhin sucht die Polizei die beiden Bankräuber bis heute vergeblich.«

»Was hat dieses Mädchen wohl mit der Kohle gemacht?«, fragte Jannes.

»Wahrscheinlich in Schuhe investiert.«

»Oder zur Polizei gebracht?«

»Nur, wenn sie komplett dämlich ist«, maulte der scharfe Ecki.

»Verdammt! Zu blöde aber auch, dass wir türmen mussten, als der Zugführer misstrauisch wurde.«

Jannes nickte deprimiert. »Und dass wir sie dann aus den Augen verloren haben ...«

Der Geschäftsführer des Kliffkiekers hatte sich entschlossen, für die Weihnachtsgäste, die Trübsal bliesen, einen Fernseher aufzustellen. Irgendein Regionalprogramm lief, mit Kinderchören, bärtigen Männern, die von Weihnachtserlebnissen aus ihrer Kindheit erzählten, und schönen Frauen, die für die Moderation zuständig waren und mit überschlagender Stimme von einer Begeisterung zur anderen taumelten. »Und nun das rührendste Weihnachtswunder dieses Jahres!«

Ecki stieß seinen Kumpel an und nickte zum Fernseher. Sein Mund stand offen, er war so aufgeregt, dass er beinahe sein Bier umgekippt hätte. »Sieh dir das an! Kennen wir die nicht?«

»Marlene!«, jubelte die Moderatorin. »Erzählen Sie von dem Wunder, das Ihnen widerfahren ist!«

Die junge Frau schaute verlegen in die Kamera, und als sie vom Tod ihres Großvaters erzählte, wurden ihre Augen feucht. Dass ihr Opa sie geliebt hatte, das habe sie gewusst, erzählte sie. Dass sie seine wertvollste Uhr bekommen habe, sei keine große Überraschung gewesen, aber dass er für sie ein Vermögen zusammengetragen hatte, davon habe sie keine Ahnung gehabt. »Er muss es sich vom Munde abgespart haben.« Nun hielt sie einen symbolischen Scheck in die Kamera. »Eine halbe Million! Ich möchte sie nicht für mich behalten, sondern der Sylter Tafel spenden. Mein Opa hatte immer ein Herz für Menschen, denen es nicht so gutging wie ihm.«

Die Moderatorin wies sie dezent darauf hin, dass sie das Geld auch hätte behalten können. Aber die junge Frau schüttelte den Kopf. »Ich glaube nicht, dass Geld glücklich macht.«

Zwei Minuten später wurden Jannes und der scharfe Ecki an die Luft gesetzt. Der Wirt des Kliffkiekers hatte ja während der Weihnachtstage schon viel Frust erlebt, aber dass jemand seine Weihnachtserinnerungen verarbeitete, indem er das Mobiliar einer Gaststätte zerschlug, das war ihm wirklich noch nie vorgekommen.

Christiane Franke

Und ewig lockt der Tannenbaum

Moorwarfen

Autorenvita

Christiane Franke, geboren 1963, lebt in Wilhelmshaven. Sie schreibt Romane und Kurzgeschichten und ist Mitglied im *Verband deutscher Schriftsteller* (VS), bei den *Mörderischen Schwestern* (Vereinigung deutschsprachiger Krimiautorinnen), der Autorenvereinigung *Syndikat* und Dozentin für Kreatives Schreiben.

Mehr Informationen unter: www.christianefranke.de.

Ich weiß ja nicht, wie das bei Ihnen ist, aber wir schlagen unseren Tannenbaum jedes Jahr selbst. Seit knapp dreißig Jahren. Zwischen Jever und Wilhelmshaven gibt es das nette Dörfchen Moorwarfen. Nein, nicht was Sie jetzt denken. Der Ort heißt nur so, im Moor verschollen ist hier schon lange keiner mehr. Wüsste ich jedenfalls nicht. Also, zumindest keiner aus unserer Gruppe. Wir sind eine ganz normale Clique von zwölf Mann – und Frau natürlich –, die sich alljährlich zum Tannenbaumschlagen am Samstag vor Heiligabend treffen. Inzwischen ziehen auch schon unsere Kinder und Enkel mit, wir sind also ein lustiger bunter Haufen Tannenbaumschläger und das, obwohl wir oft genug das typisch friesische Weihnachtsschmuddelwetter hatten: Nieselregen und zehn Grad.

Dieses Jahr hatte sich schon im November angekündigt, dass es ein besonderes Weihnachtsfest geben würde, denn seit dem siebten Elften schneit es ohne Unterlass. Das Datum kann ich mir gut merken, denn es ist unser Hochzeitstag. Einunddreißig Jahre bin ich inzwischen mit Erwin verheiratet, und zwischendurch hat wohl jeder von uns beiden geglaubt, dass so eine Ehe wie die unsere nicht wirklich auf Lebenszeit ausgelegt sein kann. Ich geb zu, manchmal, wenn ich mit dem Ausbeinmesser das Fleisch bearbeite, stelle ich mir vor, es wäre Erwin. Aber das sind natürlich nur Gedanken, ich würd das nie machen. Obwohl das teilweise gar nicht so leicht ist, das kann ich Ihnen sagen. Denn Erwin, mein lieber Scholli, der ist manchmal so rabiat, also mehr verbal, da hätten auch Sie keinen anderen Gedanken als den, ihn so schnell und unkompliziert wie möglich loszuwerden.

Aber eigentlich ist das Schnee von gestern. Meistens jedenfalls. Wir haben uns irgendwie miteinander abgefunden, und inzwischen zieht meine Tochter mitsamt Mann und Mäusen – die sitzen im Bollerwagen neben den Flaschen mit Apfelsaft und den Thermoskannen mit Tee, Glühwein und Grog – auch mit uns los.

Vielleicht sollte ich sagen, dass wir diese Tannenbaum-Aktion Franz verdanken. Denn Franz hat gute Kontakte zum Förster, sie jagen zusammen. Und der Förster, der hat in seinem Wald eine Art Tannenbaumplantage. Da werden Nordmanntannen angepflanzt, und irgendwann sind die dann so groß, dass sie geerntet werden können. Da brauchen Sie gar nicht zu lachen, das heißt wirklich so in der Holzwirtschaft. Ist aber ja egal, wichtig ist für uns, dass wir jedes Jahr einen der Bäume schlagen dürfen.

Die Landstraße ist matschig, immer noch rieselt Schnee vom Himmel. Das hat was Romantisches. Auch wenn Erwin sagt, er kann den Schnee langsam nicht mehr sehen.

»Bin gespannt, ob Herma und Udo heute wieder kneifen«, sage ich, als wir den Feldweg in den Forst erreichen, auf dem wir unsere Wagen stehenlassen. Ich hab extra die alte Wolldecke mitgenommen, auf der unser Mischlingsrüde Flocky – Gott hab ihn selig – immer gelegen hat. Da sind zwar schon ein paar Löcher drin, denn Flocky hatte etwas von einem Jagdhund, aber für den Tannenbaumtransport ist die Decke fast noch zu gut.

»Wie kommst du darauf, dass sie im letzten Jahr gekniffen haben?«, fragt mein Gatte. Ich verdrehe die Augen. Männer.

»Herma wird nicht gern nass«, erkläre ich. »Da hat sie die schwere Erkältung vorgeschoben.« Ich mag Herma nicht so wirklich gern.

»Das glaub ich nicht.« Erwin hingegen hat Herma immer schon sehr gemocht. Weil ihre Figur der von Sophia Loren glich. Erwin liebt Sophia Loren. Sie ist nicht zu dünn und nicht zu üppig, sagt er. Bei mir hat er diesbezüglich einen Fehlgriff getan. Ich war zwar mal etwas üppiger, aber nach den Kindern bin ich jetzt eher hager. Inzwischen hat auch Herma etwas verschwommenere Formen, was mich zugegebenermaßen beruhigt. Wir werden eben alle nicht attraktiver, stelle ich jedes Mal fest, wenn wir Mädels aus unserer Clique einmal monatlich in die Damensauna gehen.

»Ich glaube, sie hat im Vorfeld geplant, nicht beim Tannenbaumschlagen dabei zu sein, und klammheimlich schon den Baum bei einem Händler ausgesucht«, behaupte ich. »Kannst du dich nicht erinnern, wie es letztes Jahr in den beiden Wochen vor Weihnachten in einer Tour nur gegossen hat?«

»Quatsch.« Erwin ist immer noch Hermas Ritter und will die Lanze für sie brechen. Die Lanze?

»Das war doch klar inszeniert.« Ich seufze tief, als Erwin den Wagen endlich geparkt hat – natürlich so nah am Graben, dass ich nur mit Mühe aussteigen kann, ohne gleich in den nicht zugefrorenen Bach zu rutschen. »Garantiert hatte Herma den Baum schon vorher irgendwo gekauft. Ga-ran-tiert.«

Ich weiß noch, wie ich letztes Jahr am Abend des Dreiundzwanzigsten vor Erstaunen die Augen aufgerissen hab, als wir wie jedes Jahr zum »Tannenbaum-gerade-gucken-Trinken« bei unseren Freunden eintrudelten. Wir wechseln uns ab innerhalb der Clique, und letztes Jahr fand das »Geradegucken-Trinken« bei Herma und Udo statt. Großzügigerweise wollten wir anderen, also wir Tannenbaum-Direkt-Schläger, sie aussetzen lassen, wo die beiden doch beim Baumschlagen nicht dabei sein und deshalb dem Vergleich mit unseren, quasi noch fast lebendigen Bäumen nicht standhalten konnten, aber Herma hatte am Telefon widersprochen.

»Ist schon in Ordnung«, hatte sie mit schwacher Stimme gesagt, wobei ich aber glaube, sie hat da extra einen auf schwach gemacht. »Tradition ist Tradition, wir müssen uns eurem kritischen Urteil beugen.«

Kritisches Urteil. Ha! Dass ich nicht lache! Mir kommt jetzt noch die Galle hoch, wenn ich an Hermas Vorjahresbaum denke. Arglos und voller Mitgefühl darüber, dass sie das »Tannenbaumschlag-und-Glühweintrinken« nicht miterleben konnten, hatte ich einen extragroßen Blumenstrauß für sie besorgt. Mit Tannenzweigen, riesigen Tannenzapfen und aus rotgemustertem Stoff genähten Herzen und Sternen. Als Ersatz dafür, dass sie dieses Jahr mit einem Weihnachtsbaum von der Stange klarkommen mussten. Doch als ich ins Wohnzimmer kam, war es der schiere Wahnsinn.

»Guck, du hast dich getäuscht!« Ich höre Erwin an, dass er nur mit Mühe das »mal wieder« weggelassen hat. »Da sind die beiden.«

»Wie schön!«, quetsche ich hervor, denn in der Tat steht Udos Auto am Wegesrand. Er verfrachtet grad die Axt in den Bollerwagen, den Franz herangeschoben hat.

»Wieso hast du denn das alte Teil mit?«, höre ich Erwin fragen.

»Wir haben doch zum Geburtstag extra zusammengelegt, damit du dir 'ne neue kaufen kannst.«

»Hab ich auch. Aber da ist der Kopf lose. Muss ich reklamieren. Dazu bin ich aber noch nicht gekommen.«

»Na dann, lass uns erst mal einen Grog trinken.« Erwin nimmt mir die Thermoskanne aus der Hand, die ich eben in den Handwagen stellen wollte. Dafür stellt Herma drei Kannen hinein, es beginnt stärker zu schneien, und Herma singt: »Schnee-ee-flöckchen, Weißröckchen, wa-hann kommst du geschneit?« Einen Moment werfe ich meine Zweifel und komischen Gefühle über Bord und werde von kindlicher Weihnachtsfreude erfüllt.

»... Du-hu wohnst in den Wolken, dei-hein Weg ist nicht weit«, stimme ich ein, trete auf sie zu, und wir begrüßen uns mit dem üblichen oberflächlichen Kuss auf die Wange. Die drei Männer haben den Becher inzwischen zum zweiten Mal mit Grog gefüllt.

»Erwin«, rüge ich meinen Gatten, der mich jedoch ignoriert und Franz und Udo zuprostet. Dass die Männer aber auch immer gleich anfangen müssen zu trinken. Nach und nach trudeln die anderen ein, die Männer prosten sich weiterhin fröhlich zu, die Kinder toben herum und bewerfen sich mit Schneebällen oder versuchen die Schneeflocken zu fangen, Herma singt immer noch, obwohl ich finde, dass sie nun auch wieder aufhören könnte. Singt ja kein anderer mit. Das scheint Franz auch zu denken, nachdem er mindestens zwei Grog und einen Küstennebel intus hat.

»Hier entlang«, sagt er, und wir folgen brav. Kurze Zeit später stehen wir in einer Schonung, in der die Nordmanntannen in Reih und Glied gepflanzt sind. Sie haben die richtige Größe, etwas über zwei Meter und sehen auf den ersten Blick richtig klasse aus. Augenblicklich überfällt mich allerdings ein schlechtes Gewissen. Sollten wir nicht doch bei einem der zahlreichen Händler einen sowieso schon gefällten Baum kaufen? Müssen wir zu Tannenbaummördern werden und diese süßen, nach oben strebenden Bäume um ihre Zukunft bringen? Ich denke an die riesigen Douglasien im Upjeverschen Forst, die ich so sehr liebe, denke an meine Enkelchen und was wäre, wenn denen einfach jemand so die Zukunft abschneiden würde.

Während die anderen fröhlich auf der Suche nach dem besten Baum durch die Reihen der Nordmanntannen streifen, halte ich Erwin zurück. »Wir schlagen dieses Jahr keinen. Wir kaufen einen.«

»Hast du 'ne Macke?«, wischt er, feinfühlig wie immer, meinen Einwand beiseite.

Verstehen Sie jetzt, weshalb mir manchmal diese Gedanken mit dem Ausbeinmesser kommen?

Ich fasse meinen Gatten am Ellbogen. »Erwin«, sage ich, »es sind schon so viele Bäume gefällt worden, denk mal an die vielen Händler allein zwischen Jever und Wilhelmshaven. Wir können doch von denen einen kaufen.«

»Quatsch! Es ist alte Tradition, dass wir Männer den Baum schlagen. Und die wird nicht gebrochen. Außerdem sind diese Bäume extra deswegen gepflanzt worden. Du isst doch auch Möhren und Kartoffeln, ohne dir Gedanken darüber zu machen, dass du zum Gemüsemörder wirst. Merk dir: Wir Männer sorgen seit dreißig Jahren für den Tannenbaum, und daran wird sich auch in den nächsten dreißig Jahren nichts ändern. Kümmer du dich um die Deko und den Braten. Damit hast du genug zu tun.« Er zieht ein Bier aus der Kiste im Bollerwagen, lässt den Korken mit seinem Feuerzeug ploppen, ruft laut »Pause!«, und schwups sind auch die anderen da. Erwin prostet Udo, Franz, Lothar, Günther und unserem Schwiegersohn zu, der ganz in der Nähe steht.

»Klar«, sagt Torben, und seine Stimme klingt schon etwas alkoholgesättigt, »wir Männer haben den Tannenbaumauftrag.« In diesem Moment ahne ich, dass sich meine Tochter aus Versehen eine Kopie ihres Vaters als Gatten ausgesucht hat. Aber das Versehen ist ja noch nicht so lang, die Zwillinge erst anderthalb, da kann man noch zeitnah eingreifen und dafür sorgen, dass die Lütten und Katja nicht weiterhin mit so einem Neandertaler zu tun haben. Ich werfe ihr einen Blick zu, aber sie lacht und himmelt ihren Torben an. Offensichtlich hat sie noch nicht erkannt, was für ein Mensch in Torben steckt.

Evchen, die seit knapp vierzig Jahren mit Franz verheiratet ist, guckt zu mir rüber. Sie denkt wohl auch, was ich denke. Unterdessen ist Herma an meine Seite getreten. Das hat mir gerade noch gefehlt.

»Udo wollte natürlich dieses Jahr unbedingt wieder den Baum schlagen.« Herma hält einen Becher Tee in der Hand und hat die Kapuze auf dem Kopf, damit ihre langen, kastanienbraunen Haare nicht nass werden. Aus ihren Haaren macht sie sowieso immer einen Hermann. Zum Frisör fährt sie extra nach Hamburg. Als ob man das hier nicht genauso machen könnte.

»Ich bin zwar noch nicht wieder ganz auf dem Damm, hab mir schon wieder eine Erkältung eingefangen, aber Udo wollte unbedingt beim Schlagen dabei sein. Damit wir den schönsten Baum erwischen, hat er gesagt.« Herma grient blöd und trinkt ihren Tee, der garantiert ohne Schuss ist. Wäre da zumindest ein klitzekleines bisschen Rum drin, wäre Herma lustiger. Nüchtern ist Herma verkniffen, aber schon ein kleines Likörchen lässt sie lockerer werden.

Den schönsten Baum erwischen, denke ich, und erinnere mich ans Tannenbaum-gerade-gucken-Trinken vom letzten Jahr. Das war nicht nur der schönste, das war der allerschönste Baum, den man je gesehen hatte. Den hätte man nicht mal besser malen können. Und wie sie getan hat, die Herma. So scheinheilig, dass ich das Würgen kriegte. Denn natürlich war ihr klar, dass keiner von uns auch nur annähernd einen solchen Baum haben würde. Ich hab spontan vermutet, dass Herma eine professionelle Baumschmück-Firma mit allem beauftragt hat. Aber das kann ich natürlich nicht beweisen. Zu allem Überfluss hat Herma den Baum fotografiert und uns allen per E-Mail als Jahreswechselgruß geschickt. Mit einer Auflösung von fünf MB. Da wirkte der Baum auf meinem Rechner gleich noch imposanter. Jede Nadel konnte man sehen. Glauben Sie mir, ich hab mir den wirklich ganz genau angeguckt. Wollte irgendwo einen Makel entdecken.

Jetzt stehen wir frierend nebeneinander, während die Flocken immer dicker werden und unsere Männer vom Grog immer beschwingter, und ich seh Herma von der Seite an. Warum kann ich bloß nicht glauben, dass sie so ganz ohne Hinterlist gekommen ist? Vielleicht liegt mein Argwohn in unserer gemeinsamen Vergangenheit begründet. Herma, Udo, Erwin und ich kennen uns seit dreiunddreißig Jahren. Anfangs hab ich immer offen und frei alles erzählt, was mich bewegt, doch dann kam ich dahinter, dass Herma diese Dinge ausnutzt und teilweise gegen mich ausspielt. Dann hab ich nichts mehr gesagt, also nichts Wichtiges, meine ich. Nur so Oberflächlichkeiten. Als ich schwanger war, zum Beispiel, hab ich Herma von dem wunderschönen blauen Kinderwagen vorgeschwärmt, den ich im Geschäft für Babyausstattungen gesehen hatte. Herma war auch schwanger. Sie ahnen, was sie tat, oder? Genau. Als ich vier Wochen vor dem errechneten Termin in den Laden kam, war der Kinderwagen verkauft. Zwei Monate später schob Herma ihren Sohn Steffen darin durch die Straßen. Das war nicht das letzte Mal, dass Herma solche Sachen machte. Doch Udo und Erwin sind seit Ewigkeiten die besten Freunde, Herma hat bei Erwin einen dicken Stein im Brett, da muss man sich halt arrangieren.

Ich hole tief Luft, man riecht den Schnee wirklich, und wende mich an Evchen und an Katja, die ihren alkoholfreien Glühpunsch inzwischen ausgetrunken haben. »Woll'n wir weiter gucken?«, frage ich. Beide nicken, und Katja zieht sich die nachgemachte Russenmütze, die ich ihr vom Hamburger Weihnachtsmarkt mitgebracht hab, über die Ohren. Die Kinder bleiben bei den Männern, die immer noch fachmännisch über Größe und Umfang der Bäume palavern, wie man die Säge ansetzen muss und wie man den Baum am besten in den Fuß bekommt und so. Herma bleibt bei den Männern. Wieso kommt die nicht mit? Die ist doch sonst immer diejenige, die als Erste durch die Reihen streift.

»Bestimmt ist es ihr peinlich, dass sie letztes Jahr diesen supertollen Baum gekauft haben, und jetzt will sie uns den Vorsprung lassen«, vermutet Katja. Das glaube ich aber im Leben nicht. Niemals wäre Herma so selbstlos. Skeptisch begutachten wir jeden Baum. Der eine ist etwas zu klein. Der hier ist unten viel zu ausladend. Der nimmt ja das halbe Wohnzimmer ein. Und dieser hat zwei Spitzen, das kann man nicht kaschieren. Der da ist oben zu dünn. Wieder einer insgesamt nicht so prima. Ein paar sind vorab schon mit einem neonorangefarbigen Tupfer markiert.

»Die brauchst du dir gar nicht näher anzugucken«, sagt Evchen, die als Franz' Frau ja genauestens Bescheid weiß, »die dürfen wir nicht fällen. Die sind für die Bürgermeister aus dem Landkreis, den Landrat, den Chef der Brauerei und andere Lokalprominenz bestimmt. Die durften vorher schon her und sich die Bäume aussuchen.«

»Sauerei«, sage ich und werde für einen Moment überzeugte Sozialistin. Oder Kommunistin? Also jedenfalls eine, die findet, dass alle gleich behandelt werden sollten. Zumindest, was das Tannenbaum-Aussuchen betrifft. Dann greife ich Katjas Überlegung noch mal auf. »Warum glaubst du, dass ihr das peinlich ist?«, frage ich. Vielleicht hat Katja mehr Informationen? Als sie sechzehn war, war sie zwei

Jahre mit Hermas Sohn befreundet, und besonders Udo hat Katja in sein Herz geschlossen. Vielleicht hat er ihr etwas erzählt? »Ich hab eher den Eindruck, dass Herma überhaupt keine Lust hatte, zum Baumschlagen mitzukommen. Was meinst du, Evchen?«

Die guckt nur und zuckt mit den Schultern, das vermute ich wenigstens, ich kann das unter ihrer dicken Daunenjacke nicht so genau erkennen, und verzieht den Mund. Evchen sagt nicht viel, Evchen ist immer um Ausgleich bemüht. Manchmal tut es mir direkt leid zu sehen, dass das auch innerhalb ihrer Familie so ist. Evchens Töchter, die auch schon über zwanzig und aus dem Haus sind, behandeln ihre Mutter so, als sei Evchen eine Dienstmagd. Aber okay, jeder ist für sein Schicksal auch ein großes Stück selbst verantwortlich, das hat mir die Therapeutin gesagt, an die ich mich gewandt hab, weil ich so erschrocken über meine Gedanken hinsichtlich »Ausbeinmesser meets Erwin« war.

Katja ist inzwischen weitergegangen.

»Juhu!«, ruft sie plötzlich und schwenkt ihre Russenmütze wie Romy Schneider als Prinzessin Sissy im ersten Teil der Trilogie, als die Film-Sissy den Gustav-Knuth-Vater davon abhalten will, einen Auerhahn zu schießen. »Ich hab einen.« Sofort eile ich zu ihr.

»Tatatataaaa …« Meine Tochter zeigt triumphierend auf ein wahres Prachtexemplar von Baum. Ich bin sprachlos.

»Wun-der-bar!« Ich freue mich mit ihr und schiebe gleich hinterher: »Na, dann werden wir den Heiligabend dieses Jahr wohl bei euch verbringen, gegen diesen Baum kommt keiner an.«

Das findet auch Evchen, die inzwischen ebenfalls eingetrudelt ist. Dieser Baum ist noch schöner als der, den Herma letztes Jahr hatte. Voller Begeisterung rufen und johlen wir, als hätten wir den Heiligen Gral gefunden. Dann zeigt Evchen ernüchtert auf den neonorangefarbigen Tupfer unten am Stamm, der fast wie ein Smiley aussieht. Kein Baum für Katja. Dennoch werden wir letztlich alle fündig, selbst Herma, die überraschenderweise gar keinen solchen Zirkus macht wie früher, sondern dem dritten Baum zustimmt, den Udo ihr vorschlägt. Ob Herma wohl doch ein schlechtes Gewissen wegen des gekauften Super-Baumes vom letzten Jahr hat?

Sie bietet jedenfalls an, auch dieses Jahr wieder zu ihr zum Tannenbaum-gerade-gucken-Trinken zu kommen, weil das letzte Jahr doch nicht richtig gezählt hat. Besänftigt stimmen wir anderen zu, und während wir alle Bäume verstauen, fängt Herma an zu singen. »O Tannenbaum, O Tannenbaum, wie grün sind deine Blätter.«

Zwei Tage später fahre ich auf dem Rückweg vom Einkaufen bei Herma vorbei. Es hat noch weiter geschneit, und in dem Viertel, in dem sie wohnt, wird nicht gestreut. Ich bin froh, dass ich Winterreifen auf meinem Wagen hab. Erwin fährt mit Alljahresreifen, mit denen kommt man aber leichter ins Rutschen. Immer noch schäme ich mich ein bisschen, weil ich Herma unterstellt hab, letztes Jahr nicht zum Baumschlagen gekommen zu sein, weil sie lieber einen perfekten Baum unter zig Händlern aussuchen wollte. Doch als sie mit dieser leicht krüppelig gewachsenen Nordmanntanne abgezogen sind, hat mich etwas Mitleid gepackt.

Also denk ich, ich fahr mal vorbei und frag, ob ich für

morgen Abend etwas mitbringen soll. Was zu essen, zu knabbern oder so. Ich parke den Wagen auf der Doppelauffahrt ihres großen Einfamilienhauses und gehe links außen herum ums Haus. Das machen wir im Sommer immer so, und ich vermute, dass Herma jetzt dabei ist, den Baum zu schmücken. Das Wohnzimmer geht nach hinten raus, da kann ich durch die Terrassentür rein. Als ich um die Ecke biege, sehe ich den Baum noch auf der Terrasse stehen, Herma hackt ein paar Meter weiter hinter der Doppelgarage Holz.

»Hallo Herma«, rufe ich ihr zu, nachdem die Axt mit einem Krachen einen Holzscheit in zwei Stücke geschlagen hat. Überrascht schaut sie hoch.

»Silvia.« Sie richtet sich auf, ihr Blick irrt kurz umher, und die Röte in ihrem Gesicht kommt bestimmt von der Anstrengung.

»Ich war grad in der Nähe und hab gedacht, ich frag mal, ob ich für morgen noch was mitbringen soll.« Ich trete näher. »Bist du noch gar nicht am Schmücken?« Wie beiläufig werfe ich einen Blick auf die Tanne auf der Terrasse und erstarre. Denn am Krüppelbaum vorbei sehe ich im Wohnzimmer ein Prachtexemplar von Baum. Er hat, von hier aus betrachtet, die gleiche Größe wie die Tanne auf der Terrasse. Und er ist wundervoll geschmückt. So schön hätte garantiert auch Katjas Baum ausgesehen, wenn sie denn ihren Traum-Baum hätte mitnehmen dürfen. Katjas Traum-Baum? Kann es sein, dass das hier Katjas Traum-Baum ist?

Fragend gucke ich zurück zu Herma, die meinem Blick gefolgt ist.

»Als wir den Baum zu Hause hatten, gefiel er mir doch

nicht mehr so gut«, rechtfertigt sie sich. »Da hab ich noch einen gekauft.«

Ich glaube ihr kein Wort.

»Wirklich!«, sagt Herma.

Ich weiß, wenn ich gleich reingehe, mich hinknie und den Stamm mustere, werde ich einen neonorangen Tupfer finden, der wie ein Smiley aussieht. Und plötzlich fällt mir Hermas letzter Jahreswechselgruß ein. Der kostbar geschmückte Baum, den ich mir in klitzekleinen Einzelheiten auf dem Foto angesehen hab. Gut, ein Makel war da nicht zu erkennen gewesen. Wohl aber etwas Neonoranges.

»Aha«, sage ich und trete auf Herma zu. »Jetzt hab ich's kapiert. Du hast im letzten Jahr schon diese Show abgezogen! Hast dir im Vorfeld den schönsten Baum ausgesucht und brauchtest deshalb nicht am Baumschlagen teilzunehmen. Und jetzt war es nur Augenwischerei. Du führst uns alle an der Nase herum!« Ich bin stocksauer.

»Nein, Silvia. Wirklich nicht. Ganz bestimmt nicht.« Sie lässt die Axt fallen. »Ich hab den Baum gekauft. Drinnen hab ich die Quittung. Fürs Haushaltbuch. Ich zeig sie dir.«

»Ich glaub dir nicht.«

»Bitte. Ich zeig's dir wirklich gleich. Lass mich nur schnell noch drei Scheite kaputt hacken, ich hab den Ofen schon vorbereitet, dann trinken wir gemütlich einen Tee zusammen.«

»Hol die Quittung, du verlogene Schlange«, sage ich.

»Das Holz«, sie macht eine hilflose Geste.

»Übernehm ich. Lauf und hol die Quittung.«

»Gut.« Sie dreht sich um. Ich bücke mich. Es liegen zwei Äxte da. Am liebsten würde ich ... Aber ich kann mich ja zurückhalten. Hab ich schließlich bei Erwin auch gekonnt. Dennoch. Mit einer maßlosen Wut im Bauch greife ich zum grünen Griff der Axt, und während ich ordentlich Schwung hole, höre ich, wie Herma sagt: »Nimm die mit dem roten Griff, die andere ist ...«

Plötzlich ist das Gewicht der Axt weg. Ich taumle kurz, und Herma schweigt. Erschrocken drehe ich mich um. Herma liegt auf dem Boden. Ihre Stirn ist eine einzige klaffende Wunde. Das schwere Metall der Axt liegt neben ihrem Kopf. Ich lasse den Holzstiel fallen.

»Herma?«

Keine Antwort.

»Herma?«

Keine Reaktion. Ach du Scheiße. Ungläubig starre ich auf Herma und die kaputte Axt. Wie konnte das denn passieren? Plötzlich beginnt irgendwas in mir zu klingeln. Kaputte Axt? O nein! Jetzt fällt es mir wieder ein: Die Männer haben sich beim Tannenbaumschlagen über Äxte unterhalten. Ich schlucke. Mein Handy klingelt. Ich ziehe es aus meiner Hosentasche. Katja.

»Katja!«, rufe ich aufgelöst. »Ich ...«

Meine Tochter lässt mich nicht ausreden. Jubilierend verkündet sie: »Mama, du glaubst nicht, was vorhin passiert ist.«

»Katja ...«, versuche ich es erneut.

»Mama, grad war der Weihnachtsmann in Form von Franz da! Evchen hat ihm erzählt, wie traurig ich war, als ich den Baum nicht haben durfte, und da hat Franz sich kurzerhand entschlossen, ihn doch zu mir zu bringen und zu keinem anderen. Ist das nicht toll?!«

Ich schlucke, werfe einen Blick auf die tote Herma und schlucke erneut. »Ja, toll«, sage ich und beende das Gespräch, bevor meine Tochter noch mehr sagen kann. Dann beuge ich mich über Herma. *Tut mir leid, Herma*, denke ich. Da habe ich dich völlig falsch eingeschätzt. Ich wische ihr das Blut von der Stirn, bevor ich den Krankenwagen anrufe.

Regine Kölpin

Katzenweihnacht

Jever

Autorenvita

Regine Kölpin, geboren 1964 in Oberhausen, lebt in Friesland. Neben der Publikation von zahlreichen Romanen und Kurztexten ist sie auch als Herausgeberin tätig. Unter dem Namen Regine Fiedler schreibt sie für Kinder und Jugendliche. Regine Kölpin leitet seit vielen Jahren fortlaufende Schreibwerkstätten in der Jugend- und Erwachsenenbildung und inszeniert unter »Jever ganz mörderisch« historische Stadtführungen. Mehrfache Auszeichnungen, wie zum Beispiel das *Stipendium Tatort Töwerland 2010* und die Auszeichnung zur *Starken Frau Frieslands 2011*.

Mehr über Bücher, Texte, Termine und Lesungs- und Workshop-Programme unter www.regine-koelpin.de.

1. Dezember

Es ist mal wieder so weit. Weihnachten naht. Ich kenne das seit Jahren, Katzen haben nämlich ein unvergleichlich gutes Gedächtnis. Wer das noch nicht weiß: Unser Gedächtnis gleicht dem eines Elefanten, wer einmal was vermurkst hat, dem hängt es auf ewig nach. Nichts wird vergessen.

Jedenfalls ist sie heute wieder auf den Dachboden gekrochen und hat diese Kisten heruntergeholt, die mit allem möglichen Tand vollgestopft sind. Künstliche Tannengirlanden, Lichterketten und hässliche Weihnachtskugeln, an denen ich mir meine zarten Samtpfoten aufschneide, weil sie herunterfallen, wenn ich sie kurz anticke. Sie verleiten mich dazu, sie zu berühren, denn sie sehen eigenartig aus, weil sie glänzen und sich darin das Licht spiegelt.

Sie mag es aber nicht gern, wenn ich das mache. Die Kugeln und der ganze Weihnachtskram sind ihr heilig. Sie macht ein Theater um diese Dinge, das kann man kaum aushalten. Es ist wirklich etwas Besonderes, wenn die Weihnachtszeit sich in meinem Zuhause breitgemacht hat. Ich lasse sie aber gewähren, denn sie ist mir das wichtigste Lebewesen auf der Welt. Ich mag mich nur selbst ein kleines bisschen lieber. Und wir beide zusammen sind unschlagbar, das weiß sie auch.

Aber während sie die Wohnung behängt, verziert und beleuchtet, verkrieche ich mich unter dem Sofa und lecke meine Pfoten. Ich werde erst wieder hervorkommen, wenn sie fertig ist. Denn dann beginnt der schöne Teil: Sie wird in der nächsten Zeit viel zu Hause sein, mit mir auf dem Sofa kuscheln, und es wird jeden Morgen ein Leckerli geben. Sie nennt das Ding, aus dem sie es fischt, Adventskalender. Den bekomme ich jedes Jahr, seit ich bei ihr lebe. Sie hat auch einen. In ihrem ist Schokolade, in meinem sind Katzenleckerlis. Ich habe ein gutes Leben bei ihr.

2. Dezember

Ihr Wecker klingelt. Sie reibt sich die Augen, blinzelt mich an und zwinkert mir zu. Ich liege nie weit von ihr entfernt. Mindestens auf Armlänge, oft auf ihrem Bauch. Ich recke mich und strecke mich, genieße die Wärme, wir kuscheln uns aneinander. Als sie aufsteht, bekomme ich als Erstes das Leckerli, heute ist Thunfischkeks dran. Sie verspeist ein Schokostück in Glockenform.

»Was haben wir beide es gut, was, Isis? Nur wir beide.«

Während sie im Büro ist, vertreibe ich mir die Zeit ein wenig. Ich schubse die Kugeln gegeneinander, das gibt so einen feinen Klang. Ich bin sehr vorsichtig, und es geht auch keine kaputt. Ich will mich ja nicht mit ihr streiten. Sonst tue ich natürlich, was ich will. Ich muss mir schließlich meine Unabhängigkeit bewahren, egal wie sehr ich sie mag. Ich bin ja kein Hund, der sich unterordnet.

Als sie von der Arbeit kommt, kuscheln wir uns aufs Sofa, zünden eine Kerze an und sehen den Schneeflocken zu, die vor dem Fenster tanzen.

»Schnee!«, sagt sie. »Endlich Winter in Jever. Was ist das Leben schön, Isis. So wunderschön!«

Das kann man sehen, wie man will, ich mag den Sommer lieber, wenn ich mich in der Sonne aalen kann. Sie dagegen hält die Augen geschlossen, träumt so vor sich hin. Dann beginnt auch noch dieses Glockenspiel am Schlosscafé zu spielen. Der Ton vermischt sich mit dem Donnern der Eislaufbahn und den Liedern, die vom Weihnachtsmarkt herüberschallen. Eine Tortur für meine empfindlichen Katzenlauscher. Sie findet das zusammen mit dem Schneetreiben da draußen sehr romantisch. Menschen eben.

3. Dezember

Heute öffnet sie den Kalender erst, als sie von der Arbeit kommt. Ich war vorhin schon enttäuscht, dass sie es nicht früher getan hat. All mein Gemaunze hat nichts geholfen, sie hat ihren Kaffee im Stehen getrunken, weil sie doppelt so lange wie sonst im Bad gebraucht hat. Sie stank ganz widerlich nach einem Blumenduft, den sie sich hinters Ohr und auf den Hals gesprüht hat. Da mochte ich nicht einmal mehr meinen Kopf an ihr reiben.

Der Duft hat sich aber nun verflüchtigt. Sie riecht beinahe wieder normal. Ein bisschen nach ihr, ein bisschen nach Büro. Und nach nassen Haaren, weil sie durch die Schneeflocken gelaufen ist.

Es gibt die Hühnchenvariante. Aber sie benimmt sich komisch, streicht mir nur kurz übers Fell, schaut mich gar nicht an. Wir setzen uns auch nicht aufs Sofa und sehen den Schneeflocken zu. Wir zünden auch keine Kerze an, und sie nimmt mich nicht auf den Arm, damit wir die Lichter des Weihnachtsmarktes und die Kuppel des Jeverschen Schlosses betrachten können. Wie jeden Abend. Stattdessen geht sie sofort an den Schreibtisch und fährt den Computer hoch. Das tut sie sonst nie! Sonst bin immer erst ich dran. Immer! Jetzt aber hat sie nur Augen für den blöden Bildschirm. Das geht gar nicht! Ich bin Isis, die Göttin! Ich muss mir was einfallen lassen. Ganz dringend. Ganz schnell.

4. Dezember

Gestern Abend ist sie von ihrem Computer gar nicht wieder weggekommen. Sie hat sich regelrecht mit dem Ding unterhalten. Ihre Finger sind über die Tasten geglitten, und dann hat sie gelacht, geschnauft, lauter solche Geräusche. Ich war völlig unwichtig. Was ist nur los hier? So kenne ich mein Katzenleben nicht. Mich macht das wütend. Ich habe dann die Streu meines Katzenklos im Bad verteilt. Da ist sie endlich mal gekommen. Jetzt mache ich es mir auf dem Computerstuhl gemütlich. Ich weiche nicht. Soll sie sich doch woanders hinsetzen. Und der Computer bleibt heute aus, so! »Machst du mir Platz, meine Süße?«, versucht sie sich einzuschmeicheln, aber so schnell bin ich nicht zu erweichen. Da muss sie schon andere Geschütze auffahren. Eine Göttin ignoriert man nicht ungestraft. Ich stelle mich schlafend, gönne ihr nicht einmal ein Blinzeln. Sie streichelt mich zumindest kurz, aber es ist mehr eine oberflächliche Geste. Möchte wissen, was da im Busch ist.

Sie macht den Computer trotzdem an, balanciert sich über mich zur Tastatur und haut erneut auf den Tasten herum. Heute scheint es aber nicht spannend zu sein, sie macht das Ding ganz schnell wieder aus. Ich bin wirklich froh, aber sie hat den Rest des Abends verdammt miese Laune.

5. Dezember

Heute Morgen hat sie mir mein Katzenleckerli gegeben, bevor sie aus dem Haus gegangen ist. Da sah sie noch recht bedrückt aus, aber seit sie gerade zurückgekommen ist, geht hier die Post ab. Die Fenster hat sie aufgerissen, dann tanzt sie wie verrückt durch die Wohnung, macht Weihnachtslieder an und singt sie auch noch lautstark mit! Jingle Bells in Schieflage …

Gute Laune ist jetzt angesagt. Wohlgemerkt: Bei ihr, nicht bei mir! Ich miaue, weil mir kalt wird, wenn sie bei den arktischen Temperaturen alles aufreißt. Der Schnee hat mittlerweile ganz Jever unter seinen weißen Massen begraben. Ich kann nicht einmal mehr auf dem Fenstersims spazieren gehen, habe Angst, abzugleiten. Das würde zu allem Unglück noch fehlen. Katzen sollen zwar neun Leben haben und sich nichts brechen können, wenn sie aus wer weiß was für großer Höhe stürzen, aber nun glaube man ja nur nicht, dass das ein Wahnsinnsvergnügen ist! Menschen haben vielleicht komische Vorstellungen. Muss man nicht verstehen. Sie hört mein Weinen nicht einmal.

»Morgen Abend gehe ich aus«, singt sie jetzt zu einer dieser blöden Weihnachtsmelodien. Ich glaube, es ist »Stille Nacht«, ihre Stimme bricht bereits beim hohen C.

Sie hat heute den Computer mal aus gelassen. Möchte wissen, was an dem Ding so höllisch interessant ist. Hätte nicht schlecht Lust, das Kabel durchzunagen, aber mit Strom ist ja auch nicht zu spaßen. Ich bin schließlich keine blöde Katze und schon ein kleines bisschen lebenserfahren. Immerhin hat sie endlich die Fenster geschlossen. Wurde auch Zeit.

Gerade als ich mich entspannen will, zückt sie ihr Handy und tippt so blöde SMS. Ich verstehe sie nicht.

6. Dezember

Mann, ist sie heute früh aufgestanden. Ich hatte mich gerade so richtig schön auf ihren Bauch gekuschelt und mich von ihren Atemzügen in den Schlaf wiegen lassen, als sie aus dem Bett gesprungen ist. Gleich hat sie wieder zu singen begonnen, als müsse sie den Amseln Konkurrenz machen, die draußen versuchen, dem Winter zu trotzen. Dass ich so unsanft heruntergerollt bin, interessierte sie gar nicht.

Bin froh, dass sie erst einmal los zur Arbeit ist. Diese zwanghaft gute Laune macht mich nervös. Und gleich will sie mich ja allein lassen. Ich weiß nicht so genau, aber all das wirkt verdammt bedrohlich auf mich.

7. Dezember

Es ist bedrohlich. Nicht, dass sie abends weggegangen ist. Sie selbst ist so verdammt anders. Sie umgibt ein Strahlen, das mir unheimlich ist. Wenn ich nur wüsste, woran es liegt. Als sie gestern nach Hause kam, hat sie nach Pizza Funghi und Chianti gerochen. Igitt!

8. Dezember

Sie will gleich schon wieder weg. Sie schießt durch die Wohnung, verbreitet Panik und putzt und wischt, dass es anstrengend ist. Ich verkrieche mich unter dem Sofa und sehe mir das lieber von weitem an. Was für ein erbärmliches Katzenleben!

9. Dezember

Sie hat mich nicht mal mehr in ihr Bett gelassen und gefaselt, das ginge wegen der Haare nicht. Hallo? Sie hat doch auch welche und rasiert sie nicht ab, bloß weil ein paar auf dem Laken kleben bleiben. Meine sind viel kürzer und bunter als ihre lange braune Mähne. Sie steht sowieso zu oft vor dem großen Spiegel und betrachtet sich. Sogar ihre Lippen malt sie ständig an. Dann zerrt sie eine Mütze nach der anderen aus dem Schrank, weil es draußen schneit wie verrückt. Ich frage mich, warum sie so einen Zinnober davon macht. Sonst ist es ihr doch auch egal, wie sie aussieht. Was stimmt nur nicht mit ihr?

10. Dezember
Sie riecht anders, als sie nach Hause kommt. Nach Mann!

11. Dezember
Sie werkelt schon den ganzen Tag in der Küche herum, kocht ein Menü, wie sie mir erklärt hat. Was soll das? Ich bekomme auch kein Menü und außerdem hat sie heute schon wieder vergessen, meinen Kalender zu öffnen.

»Er kommt heute zu Besuch, Isis.« Dabei verdreht sie ganz verzückt die Augen.

Er also. Er kommt zu Besuch. Deshalb der Stress in der letzten Zeit. Unfassbar.

12. Dezember
Ich verkrieche mich die ganze Zeit, während der Typ da ist. Sie will unbedingt, dass ich ihn kennenlerne. Ich wüsste wirklich nicht, warum.

13. Dezember
Der Kerl lungert hier schon wieder herum. Er öffnet die Jever-Pils-Flaschen mit den Zähnen. Und er trägt nur Dun-

kelgrün, sieht selbst aus wie die Flaschen, aus denen er das Bier schlürft. Vorhin hat er sie geküsst und davon gefaselt, dass er mit ihr an der historischen Krimiführung teilnehmen will. Er findet das Mittelalter so klasse!

Und was macht sie? Freut sich begeistert und schlägt noch einen Spaziergang im Schlosspark vor. »Im Dunkeln finde ich das romantisch. Dann machen wir die Führung mit, und anschließend gehen wir Glühwein trinken auf dem Alten Markt.«

Ich kenne sie kaum wieder. Sonst ist sie faul wie eine Sofadecke, und nun will sie sich mit dem Kerl stundenlang draußen herumtreiben. Und dann kommt der Hammer: »Isis hat sich ja sowieso verkrochen, da können wir ruhig gehen. Vielleicht will sie allein sein.«

Nun bin ich auch noch schuld an allem. Ich fasse es nicht.

14. Dezember

Noch zehn Tage bis Heiligabend, und sie ist nur noch mit diesem Mann weg. Letzte Nacht ist sie gar nicht nach Hause gekommen. Ich habe drei ihrer Lieblingskugeln von der Girlande gerissen. Es hat laut geklirrt, als sie in Tausende von Stücken zersprungen sind. Danach war mir besser.

15. Dezember

Nun regt sie sich auch noch auf, dass ein paar der Kugeln Schrott sind. Ich beachte sie gar nicht, stolziere mit erhobenem Schwanz an ihr vorbei. Wo kommen wir denn dahin, wenn sich eine Katzendame entschuldigen soll. Unglaublich. Ich ignoriere sie und komme selbstverständlich nicht mehr aus meinem Versteck hervor. Sie hat nachts bei mir zu sein, alles andere wäre ja noch schöner! Ich bin Isis, ihre Katzengöttin. Das muss sie kapieren, und zwar rasch!

16. Dezember

Es kommt immer dicker. Eben ist der Kerl, nach dessen Rasierwasser sie gemuffelt hat, tatsächlich wieder hier aufgeschlagen. So richtig. Schuhe aus, Puschen an, und eine Tasche hat er auch noch mit. Pures, edelstes Leder. Ich fahre meine Krallen aus und kratze ein bisschen daran herum. Ganz feine Rillen füge ich hinzu, und in der Mitte schaffe ich es, ein rundes Loch zu bohren. Nun wirkt sie zumindest nicht mehr so prachtvoll. Das wäre doch gelacht, wenn ich den Typen nicht bald wieder aus dem Haus jagen könnte.

Als er die kaputte Tasche sieht, ist er richtig stinkesauer. Das gefällt mir. Ich setze mich demonstrativ auf die Fensterbank und sehe mir mit schräggestelltem Kopf an, wie die beiden den Schaden begutachten. Es scheint eine richtig teure Tasche zu sein, so ein Bohei, wie er davon macht. Ich putze mir lieber die Pfote, alles läuft nach Plan. Nach meinem Plan.

17. Dezember

Doch nicht. Gar nichts läuft nach meinem Plan. Ich habe auf ganzer Linie versagt. Er hat bei ihr geschlafen! In ihrem Bett, und sie haben Liebe gemacht. Das geht gar nicht. Das Schlimmste ist: Sie haben mir die Tür vor der Nase zugeknallt. Ich habe die ganze Nacht daran gekratzt, zumindest muss sie den unteren Teil neu streichen.

Heute Abend läuft das anders.

18. Dezember

»Miez, Miez, Miez ... Isis, Süße, wo bist du?«

Sie kann lange betteln, ich habe es mir unter ihrem Bett bequem gemacht, und zwar so, dass sie nicht an mich herankommt. Gestern ist der Kerl nach Hause gefahren, aber heute hat er anscheinend vor, sich wieder in ihrem Bett einzunisten, weil sie mich partout aus dem Zimmer haben will.

Dieses Mal bin ich klüger und werde nicht weichen. Ich bleibe in diesem Zimmer, will in der Nacht ihren Atem hören, will ihr nah sein, ob es ihm gefällt oder nicht.

19. Dezember

Was war das für eine blöde Idee, sich das hautnah anzutun. Erst konnten sie ihre Zungen gar nicht mehr auseinanderbekommen, dann haben sie das bevorstehende Weihnachtsfest gemeinsam geplant, fast schon über Heirat und Kinder gesprochen und welche Geschenke dann unter dem Baum liegen. Anschließend hat der Kerl geschnarcht. Eine Kettensäge neben dem Ohr ist harmlos dagegen. Ich dachte, der muss doch nach all dem Sex völlig ermattet sein. War er wohl auch, aber ermattet heißt für ihn anscheinend, dass dann die Sägemaschine angeht. Ich hasse den Mann, ich hasse Weihnachten.

20. Dezember

Sie hat zumindest ein schlechtes Gewissen. Weil ich schon drei Tage nichts mehr aus dem Adventskalender bekommen habe, kriege ich nun alle Leckerlis auf einmal und verschlinge Thunfisch, Hühnchen und Pute. Danach ist mir schlecht, und ich übergebe mich in ihren Schuh. Das hat sie nun davon.

21. Dezember

Heute ist sie gut drauf. Sie nimmt mich auf den Arm, bohrt ihre Nase in meinen Nacken und flüstert mir mit weicher Stimme ins Ohr. So richtig gute Sachen: Dass ich die beste Katze der Welt bin (stimmt), dass ich wunderschöne Augen habe (klar doch), dass mich das weichste Fell von allen Katzendamen der Welt schmückt (natürlich) und dass ich überhaupt die wichtigste Katze in ihrem Leben bin. Ich schnurre, bis mir klarwird, wo der Fehler in dieser Ansage liegt. Sie hat *wichtigste Katze* gesagt. Das reicht nicht. Sie hätte *wichtigstes Lebewesen* von sich geben müssen. Hat sie aber nicht ...

Ihr wichtigstes Lebewesen kommt nämlich jetzt immer pünktlich um sechs Uhr von der Arbeit, wird bekocht und darf zu ihr ins Bett.

Vorerst bin ich noch mit ihr allein, und sie zündet die Kerzen auf dem Tannendings an. Ich bekomme lauwarme Milch, auch wenn Katzen das angeblich nicht bekommt. Mir schon. Mir bekommt das sogar richtig super, vor allem, wenn sie mich dazu mit einem Vanillekeks füttert.

Gerade, als wir es uns so richtig saugemütlich gemacht haben, quasi ein Mädelsabend, klingelt es, und ich fliege von ihrem Schoß. Wir haben Holzparkett, ich muss jetzt nicht erwähnen, dass meine zarten Pfoten keinen Halt finden und ich über den Boden schlittere, bis die Wand dem Schwung ein Ende macht. Ich kann nicht einmal maunzen, so weh tut das.

Man kann sich denken, für wen ich diese Schmerzen ertragen muss. Richtig, es ist der Typ, der mit Weihnachtsgeschenken beladen in der Tür steht und sie gar nicht so

schnell küssen kann, wie er will, weil ihm ständig irgendwelche Schleifen im Mund hängen.

Mich beachtet keiner mehr. Aber sie sind so scharf aufeinander, dass sie heute vergessen, die Schlafzimmertür zu
schließen. Vorteil: Isis.

22. Dezember

Jetzt liege ich wieder auf der Fensterbank und betrachte den
blöden Winter, der sich nun mit Tauwetter zeigt. Braune
Schneeflecken, tropfende Regenrinnen und so. Passt richtig
zu meiner Stimmung.

Die Tür zum Schlafzimmer haben sie nämlich noch nicht
wieder geöffnet. So gut ist meine Aktion, die ich in der
Nacht durchgezogen habe, wohl nicht angekommen. Sie
hatten seine komischen Schleifenpakete auf die Fensterbank
hinter dem Bett gelegt. Das Bett, das mir nun verwehrt
bleibt.

Ich bin in der Nacht ins Schlafgemach geschlichen. Aber
erst, als sie fertig waren mit ihrem Getue. Menschen machen davon immer eine Welle! Erst dieses Geknutsche,
dann holen sie solche Spielzeuge, die Geräusche machen,
und lauter so einen Mist, bevor sie richtig zur Sache kommen. Manchmal machen sie auch einen Film an und
schauen, wie andere Menschen es machen.

Unsere Kater sind da gezielter im Angriff. Die Katze wird
gecheckt, vielleicht prügelt man sich vorher noch jaulend
mit ein paar Konkurrenten, aber dann geht es fix zur Sache:
Warum soll ich noch fernsehen und andere Katzen dabei
beobachten?

Ich habe jedenfalls gewartet, bis die endlich geschlafen

haben und er seine Sägemühle wieder angestellt hat. Dann bin ich auf die Fensterbank gesprungen und habe dem Typen seine Pakete um die Ohren gefegt. Das war ganz einfach, so schwer waren die Dinger ja nicht. Wahrscheinlich hat er ihr irgend so einen Schmuck gekauft.

Nach dem dritten Paket hat es richtig Laune gemacht. Pfote anspannen, ausholen, zielen, und zack hatte er das Ding in seiner Schnarchvisage.

Nach dem vierten Paket fand er das aber nicht mehr lustig, vor allem, als ich ihn so genial getroffen hatte, dass seine Unterlippe aufsprang und blutete.

Schade, das letzte Paket habe ich nicht mehr geschafft, da hat sie mich schon aus dem Schlafgemach geworfen und die Tür zugeknallt.

Sie haben die ganze Restnacht über mich gelästert. Mir egal, er hat gekriegt, was er verdient hat.

Jetzt hagelt es draußen. Ich hoffe, es ist nicht so glatt, dass er hierbleiben muss. Aber wie ich mein Glück kenne, bleibt er bis zum Sankt Nimmerleinstag.

23. Dezember

Sie öffnet mir mein Türchen wortlos, ich muss das Leckerli allein mit den Krallen herausfriemeln. Mann, ist die sauer. Er hat vorhin nur kurz den Tannenbaum gekauft, ihn in den Ständer gestellt und hat sich vom Acker gemacht.

Sie schmückt das Ding, aber zwischendurch flennt sie sogar. Weil der Typ mich nun nicht mehr leiden kann und wir doch zusammenleben wollen und so ein Gesülze. Hey, ich kann den Kerl auch nicht leiden, dann passt es doch. Sonst wäre es schließlich arg im Ungleichgewicht. Komm wieder runter, denke ich, aber sie denkt überhaupt nicht daran.

Weil sie so blöd zu mir ist, spiele ich die Beleidigte, setze mich auf die Fensterbank hinter das Sofa und gebe mich einer ausgiebigen Fellpflege hin, während sie die Kugeln und die Kerzen am Baum drapiert.

Als ich genug davon habe, lege ich mich lang und schnurre, was das Zeug hält. Sie hat kein gutes Wort für mich übrig. Na, wenn sie meint, dass das der Weg ist. Ich merke, wie meine Wut immer größer wird. Seit der Kerl in ihr Leben getreten ist und sie regelmäßigen Sex hat, ist sie mir gegenüber unausstehlich. Vorher war ich gut genug zum Kuscheln, jetzt bin ich getauscht gegen diesen Mann!

Als er pünktlich um sechs in die Wohnung kommt – er klingelt nicht mal, sondern hat bereits einen Schlüssel! –, hat er einen Katzentransportkorb dabei. Also wenn ich eins hasse, sind es diese Dinger, denn sie verkünden nur Unheil. Entweder man muss zum Tierarzt und sich dort von widerlichen Spritzen malträtieren lassen, oder ich werde in ein Tierasyl gesteckt, damit Madame in Ruhe Urlaub machen kann.

Ich überschlage kurz die Situation. Tierarzt mit Piken und Wurmkur war erst, Koffer für eine Reise sind nicht gepackt. Sie liebt Weihnachten, nie würde sie in dieser Zeit ihren geliebten Tannenbaum verlassen, der mittlerweile mit Christbaumkugeln in verschiedenster Couleur vor sich hinglänzt. Wozu also die Katzenreisekiste?

»Das Viech muss weg!«, sagt er schließlich. Er sagt wirklich Viech, hat null Respekt vor einer Katzengöttin. Zumindest wird sie blass, sie hat es wenigstens nicht mit ausgeheckt. Das spricht für sie. »Ich hänge an dieser Katze«, sagt sie. Ihr schießen die Tränen in die Augen. Ich bin direkt etwas gerührt.

»Sie ist gemeingefährlich!«

Hallo? Ich gemeingefährlich? Er guckt so Filme und fällt über sie her. Ich dagegen umschmeichle sie mit meinem unwiderstehlichen Katzencharme und schnurre dabei, was das Zeug hält. Wo, bitte, liegt da die größere Gefahr?

»Wir bringen sie morgen auf einen Bauernhof. Er gehört einem Freund, da wird sie es gut haben.«

Der Typ hat wohl die totale Meise. Ich kann doch nicht auf einem Bauernhof leben! Ich, die Göttin, soll mich zwischen Kühen, Schafen und anderen gewöhnlichen Katzen herumtreiben? Ich blicke zu ihr.

Sie presst die Lippen aufeinander, schweigt.

»Du weißt, dass ich Herzprobleme habe, Liebes. Ich kann einen solchen Stress einfach nicht vertragen. Und ich brauche meinen Schlaf.« Wie zur Bestätigung nimmt er seine Pillendose aus der Jacke und wirft sich einen Winzling von Tablette ein. Seinen Schlaf braucht der Schwächling also. Den soll er haben, das Problem wird zu lösen sein.

»Morgen früh«, flüstert er ihr ins Ohr, aber ich habe es gut verstanden.

Da sie ihn gerade wieder abzulecken beginnt, nutze ich die Gelegenheit, mich unter dem Bett zu verstecken. Ich hoffe, sie vergessen mich einfach. Immerhin müssen sie nach ihrer Knutscherei noch essen und den Baum bewundern. Da werden sie nicht allzu viele Gedanken an mich kleine Katze verschwenden, zumal sie mich morgen ja ohnehin aus ihrem Leben eliminieren wollen.

Es gibt keinen anderen Weg: Wenn ich sie nicht verlieren will, muss ich heute Nacht im Schlafzimmer bleiben. Um jeden Preis. Mein Plan muss heute aufgehen. Dringend, sonst ist mir das Fest verdorben.

24. Dezember

Sie hat Weihnachten vermutlich noch nie so geheult, aber sie wird darüber hinwegkommen, sie hat ja mich. Ich habe ihr schon mit der kleinen Kralle ihren Schokoadventskalender geöffnet und bin schnurrend um ihre nackten Beine geschlichen. Sie hat sich noch nicht einmal angezogen, obwohl Polizei und der Arzt im Haus sind. Sie ist in Trauer und gerade mit dem Leben überfordert, da reicht es nur für den roten Bademantel und ihre Puschen. So mag ich sie. Ungeschminkt und einfach ganz natürlich.

»Herztod«, sagt der Arzt, steckt sein Stethoskop in die Tasche. »Er ist einfach im Schlaf gestorben. Kommt auch in jungen Jahren vor. Vor allem, wenn man ein Grundleiden hat.«

Ich finde, das hat der Arzt schön gesagt, denn der Kerl hatte ein Grundleiden und was für eins. Er war ein Katzenhasser, eine schlimme Krankheit, an der man meist verstirbt.

»Er hat sonst immer so geschnarcht«, weint sie. »Nur letzte Nacht, da war es nicht so schlimm. Ich habe ganz fest geschlafen und nichts mitbekommen, vielleicht hätte ich ihn retten können!«

»Machen Sie sich keine Vorwürfe«, sagt der Doc. Es ist rührend, wie er ihr die Sorge nehmen will, aber es ist schon besser, er bemüht sich jetzt nicht zu sehr. Sonst habe ich ein

Problem aus der Welt geschafft und ein neues hervorgerufen. So war das nicht geplant.

Ich miaue sie also an, dann reibe ich mein süßes Katzenköpfchen an ihrem Unterschenkel, bis sie mich bemerkt und auf den Arm nimmt.

»Vielleicht hätte er die Schlaftablette gestern nicht auch noch nehmen sollen, aber er hat sich so aufgeregt. Ich muss mir wohl wirklich keine Vorwürfe machen.«

Nein, das muss sie tatsächlich nicht. Sie hätte nichts tun können. Gar nichts. Ich habe mich, als sein Schnarchkonzert begonnen hat, ganz sanft auf seine Nase gelegt und mich richtig breitgemacht. Er hat noch versucht, mich runterzuschieben, aber da hat er meine Durchhaltekraft unterschätzt. Und die Wirkung seiner Tablette. So ist er dann vom chemischen Schlaf sanft in den ewigen hinübergeglitten. Das war ja sein Wunsch: Besser schlafen zu können ...

Ich reibe meinen Kopf an ihrer Brust, die nun wieder ganz mir gehört. Schließlich drückt sie ihre Nase fest in meinen Nacken. Ich spüre eine kleine Träne auf mein buntes Fell tropfen. Sie ist wieder ganz bei mir. Und da fließen auch schon die Worte, die ich schon immer hören wollte. »Meine liebste Isis, du bist das beste Lebewesen, das es gibt. Ich habe ja nur dich.«

Na bitte, es geht doch!

Nina George

Der perfekte Mann

Hamburg

Autorenvita

Die Schriftstellerin und Journalistin Nina George, geboren 1973, schreibt Krimis, Romane, Sachbücher, literarische Reiseführer, Erzählungen und Kolumnen. Ihre Kurzgeschichte *Das Licht von Dahme* war für den renommierten Friedrich-Glauser-Preis 2010 nominiert; 2012 gewann sie ihn mit *Das Spiel ihres Lebens*. 2011 gewann sie die DeLiA, den Literaturpreis für den besten deutschsprachigen Liebesroman, für *Die Mondspielerin*.

Unter ihrem Pseudonym Anne West gilt sie als erfolgreichste Erotikautorin Deutschlands. George lebt im Hamburger Grindelviertel.

Mehr Informationen unter: www.ninageorge.de.

Sechs Stunden nach meiner Hochzeit war ich bereits Witwe. Wie aus einem »Ja, ich will ...« ein » ... bis dass der Tod Euch scheidet« wurde?

Ganz einfach: Mir wurden alle meine Wünsche erfüllt. Ausnahmslos.

Und ich sage Ihnen was: Das ist die Hölle!

Bis ich in diese Vorhölle geriet, war mein Leben so frustrierend, aber aushaltbar wie das jeder Frau um und bei dreißig. Männer kamen und gingen, ließen die Toilettenbrillen oben und Liebesworte unausgesprochen, waren Klimaschweine und politisch inkorrekte Chauvis, die ihre Laster so sorgfältig pflegten wie ihre Autos.

Alex zum Beispiel. Er war der Meinung, ich wäre tierfreundlicher als wirklich nötig. Das teilte er mir mit, als ich ihn in einem Hobbyraum antraf. Mit der Gastgeberin der Nikolausparty. Die sich als Unterleib ohne Dame entpuppte, ihr Rock bis an die Ohren hochgezogen, das Wäscheschild nicht entfernt (was einem so als Erstes auffällt in solchen Situationen). Kopulierend auf der Schraubenkommode, begleitet vom rhythmischen *wiikuwiiku* eines Hundekaukknochens unter dem Gesäß der Gastgeberin – und mir dann nix Bess'res einfiel, als in Tränen auszubrechen, weil sie einem armen Handtaschenhund das Spielzeug für ihre Kommodennummer weggenommen hatten.

»Sei doch nicht so übertrieben hundenett«, hatte Alex entnervt gestöhnt, bevor sich sein Oberkörper mit einem feuchten Schlürfen von den runderneuerten Brüsten der

Dame löste. Nach Alex folgte Christian, aber er war immerhin so ehrlich, dass er mir seine Gründe darlegte, warum ich zwar seine Traumfrau sei, er sich mir aber a) unterlegen fühle, weil ich mit hohen Schuhen größer war als er, b) er als Kind vom Nachttopf gefallen sei und deshalb heute mit so vielen Frauen wie möglich schlafen muss, um dieses frühkindliche Trauma zu überwinden, und deshalb c) nicht in der Lage sei, unsere Beziehung zu definieren oder gar als verbindlich anzusehen. Es würde ihm mehr weh tun als mir, doch er würde dieses Opfer für mich auf sich nehmen.

Kurz: Die meisten Männer befürchteten, eine einzige nette Verabredung zum Kino führe unweigerlich zum Endreihenhaus, Elternabend und Bett mit Ritze, Sex dagegen hatte die Bedeutung eines unverbindlichen Händeschüttelns.

Kurz vor Weihnachten tat ich also etwas, was jede vernünftige Frau irgendwann tut: Ich bestellte mir zur Bescherung einen Mann. Beim Universum.

Meine Liste war nicht lang: Nett sollte er sein. Meine Freundin Barbara meinte, dass der Dosenöffner meines Herzens bitt' sehr noch mehr sein sollte als nett, sonst könnte ich mir auch gleich einen Golden Retriever anschaffen oder ein Schokoladentrüffel-Abo. »Wünsch dir was«, sagte sie mir, »die Zeiten sind vorbei, wo der Mann im Haus immer das größte Stück Fleisch auf den Teller bekommt.« Das verstand ich zwar nicht, aber tat Barbara den Gefallen. Hätt ich mal lieber nicht ...

Groß soll er also sein, treu, sensibel, ein guter Liebhaber, blaugrüne Augen haben, sozial engagiert, charmant, ehrlich, intelligent, sexy, kinderlieb, tierlieb; kochen können, nicht pupsen oder rülpsen, im Haushalt mitarbeiten, mich auf Händen tragen und anbeten; ein Aktienpaket ökologisch korrekter Fonds besitzen, niemals Dreiviertelhosen und Socken in Sandalen tragen.

»War da nicht noch was?«, fragte Barbara, und mir fiel es ein: Er sollte auf dem Friedhof nicht rauchen.

Wie in der Anleitung *Bestellungen beim Universum* beschrieben, formulierte ich diesen Wunsch in einer Vollmondnacht bei vollster geistiger Klarheit nach zwei Flaschen grünem Veltliner und setzte als Auslieferungstermin das übernächste Wochenende fest. Heiligabend.

Zwei Wochen später, ein Tag vor Weihnachten. Bei meinem Spaziergang um die Alster fiel mir ein Rudel Kleinkinder auf, das sich auf der Hundewiese am *Cliff* an einer Patchworkfamilie Schneemänner zu schaffen machte. Papa Schneemann, der mit seiner neuen Frau bei Mama Schneemann zu Besuch ist und deren Schneezwerge mit den Schneezwergen von ihrem tunesischen Geliebten ... na, wie auch immer.

Natürlich war mir dieser Mann aufgefallen. So unermüdlich, wie er mit den Kindern spielte, sich um pädagogisch wertvolle Kakaoversorgung aus ethisch einwandfreiem Anbau kümmerte, den Müttern die Naturjute-Taschen trug und darauf achtete, dass nur Karotten aus regionalem Anbau als Nasen für die Schneepatchworkfamilie verwendet wurden. Und nicht die kleinen gefrorenen Hundewürstchen.

Wenn die Mütter aus Eppendorf und die Nannys aus

Ecuador mal lauter lachten, damit er guckte, guckte er nicht, sondern rückte den Kindern die Rotzfahnen und englischen Steppjacken zurecht. Sogar die Schneefrauen schienen für ihn dahinzuschmelzen. Wenn er sich nach den Schneebällen bückte, die Maximilian-Paul oder Marie-Anele warfen, umspannte seine Jeans einen verblüffend gelungenen Rundstückhintern.

Als einer der hanseatischen Rotzlümmel, ein Leon-Alexander, mir einen Schneeball ins Gesicht warf, kam der Mann sofort zu mir. »Entschuldigen Sie«, begann er, und ich sah ihn über mein Kassengestell hinweg an. Grünblaue Augen. Groß. Sexy. Kinderlieb. Und dann – fing er an zu stottern! »Ich, äh, Verzeihung, der Schnee, die Kinder ... haben Sie ... wollen Sie ein Kind von mir ... ich meine ... ein Tofu-Würstchen mit in Brandenburg angebautem Koriander ... Haben Sie einen Freund?« Ja, es hat meinem Ego geschmeichelt, dass ein Kerl bei meinem Anblick ins Stottern kam. Nur fürs Protokoll: Ich bin mittelgroß, mittelhübsch, mittelschlau und vertrage kein Make-up. Wenn ich bei Männern, die ich im *Vapiano*, im Café *Schöne Aussichten* oder gar im *La Paloma* aufgegabelt hatte, diese Sex-and-the-City-Flirtregeln anwendete, wie etwa: Nimm nach Mittwoch keine Verabredung mehr für Samstag an, oder: Stell dir beim Telefonat die Eieruhr und leg als Erste auf, oder gar: Tu so, als ob er dir egal ist – dann riefen sie tatsächlich nie mehr an.

Ich antwortete, dass ich gern ein veganes Würstchen nähme, auch wenn ich eines mit echtem Fleisch vorgezogen hätte. Aber das erschien mir nicht so politisch korrekt.

Wenig später hatte dieser Mann mir das falsche Würstchen kredenzt, perfekt arrangiert wie aus *Schöner Kochen auf dem Lande*, dazu Biolandsekt, dessen Korken er verwahrte, um ihn auf dem Recyclinghof Feldstraße zu entsorgen.

Es stellte sich heraus, dass die Kinderbetreuung eines seiner Ehrenämter war und er als Frauenbeauftragter und Bewährungshelfer für resozialisierte Schwerverbrecher in Altona arbeitete. Mit seiner Tenorstimme sang er mir meine Lieblingsarien aus Tosca vor, und als er mich in meine Rotklinkerstube im Grindel begleitete, dort meine Füße massierte, behauptete er, noch niemals so bezaubernde Zehen wie jene meiner Hammerfüße gesehen zu haben.

Es vergingen Weihnachtstage, in denen er mich umwarb, als stehe er Modell für alle künftigen Hollywood-Romanzen. Er begleitete mich zum Schuheshopping den ganzen Eppendorfer Weg rauf und runter und suchte mir Birkenstocksandaletten mit Strasssteinchen heraus. In der folgenden Nacht trug ich nur sie sowie eine schwarze Augenbinde aus naturbelassener Rohseide freilaufender Raupen.

Es folgte der beste Sex meines Lebens.

Ich durfte nicht ein einziges Mal unsere vegetarischen Mittagessen bezahlen, und er bestand stets darauf, mir vor dem Einschlafen berauschend aufregenden Cunnilingus zu schenken (und ich danke der Göttin für einen Mann, der das nicht mit Cumulus verwechselt). Am Morgen brachte er mir handgemahlenen Fairtradekaffee, bevor er mich mit seinem Hybridauto zur Arbeit ins AEZ fuhr. Und er sog jedes Wort von mir auf, auch wenn ich nur über meinen Beruf als Buchhändlerin erzählte. Und der dann nicht nur, wie die meisten, murmelte: »Echt? Bücher? Ich hatte auch mal eins. Als Kind.«

Bis Olaf all das schließlich mit den drei Worten krönte, die ich zuletzt im Alter von sieben Jahren vom Nachbarsjungen Moritz aus Hoheluft gehört habe:

»Ich liebe dich.«

Ich! Liebe! Dich! – und das sagte dieser perfekte Mann!

Sie sagen: Gut. Wo ist das Problem?

Nun warten Sie doch.

Dann passierte das mit Tibet und so.

Ich war gerade dabei, die zimtsüße Hitze eines herannahenden Orgasmus zu genießen. Dann der Sog. Sechs, sieben Wellen lang. Kein niveauvolles Gesicht, verrutschte Tagesdecke, Frisur wie ein Huhn von hinten.

Ich schrie seinen Namen, als ich kam. »Ooooooooolaf!«

Oh, ja. Der perfekte Name zum Schreien. Der perfekte Liebhaber, der perfekte Mann, sensibel und so – jahaa.

Danach lag Olaf auf mir. Und weinte.

»Wie können wir das hier nur tuhuhuuun«, schluchzte er, »wo es doch gerade den Walen und Tibetern so schlechtgeht!«

Im Prinzip hatte er da recht: Den Walen ging es nicht gut und Tibet auch nicht. Aber was hatte *mein* postkoitaler Dämmerzustand damit zu tun?

Olaf weinte, weil wir es getrieben hatten, ohne Rücksicht auf Wale und Tibeter.

Das Kleingedruckte bei dieser Weihnachtsbestellung hatte ich wohl überlesen, dachte ich – es hieß: »Vorsicht vor erfüllten Wünschen.« Vielleicht hätte ich mir doch besser ein paar Tupperschüsseln bestellen sollen?

»Na gut« sagte ich. »Das nächste Mal vögeln wir eben für den Weltfrieden.«

Olaf nahm mein Gesicht in seine Hände.

»Tun wir's gleich«, raunte er und schob sich über mich, unsere Schatten an der Wand: ein Friedensfeuer.

Als ich zwei Stunden später zu Atem kam, er mir ein gefiltertes Leitungswasser brachte und eine gesüßte Sojamilch von benachteiligten lesbischen Kolchosen in Südchina – fiel es mir auf: Olaf war *zu* gut.

Zu gut für mich!

Ich hatte ihn nicht wirklich verdient! Während Olaf noch an Wale und Tibeter dachte, war ich nur auf mein eigenes Vergnügen aus. Und was tat er? Er akzeptierte meine Schwäche! Wie groß er war und ich: wie klein. Jetzt war ich dran mit Weinen.

Augenblicklich kniete er sich vor mich. »Meine Göttin! Wein doch nicht. Oder, doch, lass es raus ...«

»Aber die Wahahaaale«, schluchzte ich, und er sagte: »Heirate mich, und wir retten sie alle«, und da musste ich noch mehr weinen, denn dieser Mann WAR! SO!! GUT!!!

Sein Atem duftete morgens nach frischen Brötchen, während meiner nach etwas roch, was zu lange hinterm Kühlschrank vergessen worden war. Ich hatte ihn noch nie pupsen oder rülpsen hören, und er trennte den Müll sauber wie ein Scheidungsanwalt. Er kaufte auf dem Isemarkt nur heimische Biosaisonprodukte, öffnete mir jede Tür und wusste auch noch Tage später, was ich gesagt oder gemeint hatte, selbst das, was ich nicht gesagt hatte, und er kümmerte sich um seine demente Nachbarin genauso wie um die Belange der Katholiken im Sudan, und sein Schwanz maß achtzehn

Zentimeter, und er hatte meinen Namen auf ihn tätowieren lassen.

Mir wurde neben Olaf klar, was ich für ein schlechter Mensch war. Ich guckte immer noch Desperate Housewives, anstatt mich mit dem konstruktiven Deutschlandfunk zu beschäftigen. Ich reagierte genervt, wenn sich eines dieser Kevinmandyjacquelines im Sparmarkt auf den Boden warf und ihre Mütter keiften: »Hallo, Frollein! Jetzt mal lieb sein, sonst ist die Mami traurig und stirbt!« – anstatt mich auf diese Geschöpfe einzulassen! Und, das Schlimmste von allem: Ich hatte mich wohl dabei gefühlt, wohl und unschuldig!

Mein Leben war eine Farce, eine pseudo-sentimentalistische Ego-Chic-Posse! Und niemand hatte mir die Augen so sehr dafür geöffnet wie Olaf.

»Ich verdiene dich gar nihihicht«, heulte ich, als er mir mit Reiki die Beckenblockaden löste, um mir danach einen weißen *Hab-Freude!*-Tee zu kochen.

»Du würdest mich zum glücklichsten Mann der Welt machen. Sag ja, meine Blume, meine Göttin der Bücher«, flehte der perfekte Mann.

Ich schniefte »Okee«, und ignorierte die Stimme, die mich leise fragte, was denn nun mit den Tupperschüsseln sei.

Ich hätte glücklich darüber sein müssen, dass all meine Träume in Erfüllung gegangen waren.

Doch ich war es nicht. Mit jedem Tag der Monate, die bis zum Hochzeitstermin vorübergingen, fühlte ich mich mieser.

Ich erwischte mich dabei, wie ich am *Lucullus* auf der

Reeperbahn drei Portionen Currywurst mit fünffacher Menge Pommes frites direkt aus ökologisch bedenklichem Wachspapier in den Mund schaufelte. Und mir danach nicht die Zähne putzte. Und die Pfanddose Cola einfach in den Müll warf. Mich stundenlang am Neuen Wall herumtrieb und Pelzmäntel streichelte. Wenn Olaf nicht bei mir schlief, ließ ich die ganze Nacht alle Lichter brennen und beobachtete mit irrem Kichern, wie sich das Rad des Elektrozählers immer schneller drehte und unnötig Energie aus nicht erneuerbaren Ressourcen in die Wohnung pumpte. Danach rupfte ich alle Blätter des Basilikumbuschs herunter und lauschte seinen Schmerzensschreien.

Immer öfter hatte ich das dringende Bedürfnis, Olaf zu auch nur einer unperfekten Tat zu verführen. Ich fing an zu rülpsen. Er strich mir nur begütigend über den Kopf und meinte, er liebe alles, was ich von mir gäbe. Ich aß Kohlsuppe, um bei unseren Spaziergängen im Naturschutzgebiet Sachsenwald bei jedem Schritt säuerliche Pupse von mir zu geben – in der Hoffnung, er würde sich endlich auch mal als Mensch offenbaren und einen einzigen, winzigen, klitzekleinen, dahin gehauchten Männerfurz in die Freiheit entlassen! Doch Olaf pupste nie, nie – nie!

Ich machte ihm Szenen. Er pinkelte im Sitzen, das würde ich ab heute nicht mehr in meinem Haus dulden!

Er sollte doch nur einmal, ein einziges Mal zurückbrüllen! Ich beschimpfte ihn, ich ignorierte ihn, ich flirtete mit Aushilfskellnern und kam spätnachts angetrunken, nach Rauch und dem *Zwick* stinkend nach Hause und hatte mir von Barbara einen monströsen Knutschfleck machen lassen.

»Du spinnst«, sagte die. »Da macht dir das Leben schon mal das Geschenk des perfekten Mannes, und du kannst es nicht einfach annehmen.« Sie schielte auf ihren Freund Jürgen, der die Tour de France auf seinem Großbildschirm beobachtete, Bier aus der Flasche trank und seine Füße auf dem just geputzten Glastisch ablegte.

Hach! Wundervoll! Jürgen kam mir wie der tollste Mann der Welt vor, besonders, als er sich Klabusterbärchen aus dem Bauchnabel pulte, sie zärtlich ansah und dann achtlos fallen ließ. Danach roch er an seinen Fingern. Herrlisch!

In der Nacht, als ich auf den ruhigen Atem Olafs lauschte, zählte ich die Sekunden, bis er sich endlich umdrehen und mir zum Beispiel die Decke wegziehen würde. Oder schnarchen. Oder laut atmen. Schwitzen. Nur ein bisschen! Irgendwas Störendes!

Doch es kam nichts. Dieser Mann war einfach makellos. Sogar wenn er schlief.

Ich bring ihn um, dachte ich.

Ich bring ihn um.

Ich lass es wie einen Unfall aussehen, lass andere den Dreck wegmachen und habe dann endlich meine Ruhe!

Erstmals seit Wochen konnte ich entspannt einschlafen.

Wir heirateten an einem wundervoll klaren Dezembertag. Ich trug ein Kleid, in dem ich zehn Kilo schlanker aussah. Der Kuss, der unseren Pakt »Bis dass der Tod Euch scheidet« besiegelte, war zart und warm.

Nachdem mir mein Ehemann im Hotel Atlantic den perfekten Hochzeitswalzer geliefert hatte (ohne zu nörgeln) und die Vierlande-Möhrentorte höchstselbst angeschnitten hatte, tanzte er mit jeder Frau und gab ihr das Gefühl, die wunderbarste Frau auf der Welt zu sein, und dass niemand das so genau wüsste wie er.

»Du hast es gut«, seufzten meine Kolleginnen aus der Buchhandlung und schauten sehnsüchtig.

Jahaa. Wenn die wüssten.

Natürlich trug er mich über die Schwelle in das antiallergene Hochzeitszimmer, das er mit Bildern von Blumen ausgekleidet hatte, damit wir echten Blumen nicht weh tun und sie gar anschneiden mussten.

»Und ich darf mir in dieser Nacht alles von dir wünschen, Olaf, mein Ehemann?«, fragte ich, als er mir in die Strass-Birkenstockpantoletten half.

»In dieser und in jeder Nacht, Geliebte, werde ich dein Weihnachtsmann sein und dir jeden Wunsch erfüllen«, sagte er voller Ernst. Er kniete vor mir und sah mich aus den unglaublichen Augen an, die wie für mich gemalt schienen.

»Lass uns in die Badewanne gehen«, raunte ich.

Später, als wir nackt waren, bat ich ihn darum, ein kleines Adventsfeuer zu löschen, zwischen meinen Schenkeln.

Genüsslich ließ ich mich in die Wanne sinken. Er holte Luft und tauchte unter die Seifenschaumoberfläche, hinab zwischen meine Beine. Seine Zunge begann, nach dem magischen Knopf zu fahnden. Und natürlich hatte er ihn sofort gefunden, perfekt, wie dieser Mann nun mal war.

Ich lehnte mich zurück und kreuzte meine Waden über seinem Rücken.

Schwer atmend tauchte er nach fünfundvierzig Sekunden wieder auf.

»Noch mal«, bat ich und zog die Beine an.

Er lächelte leicht gequält, atmete tiefer ein und tauchte erneut ab. Mit jedem Mal blieb er länger, und die dunkle Blume zwischen meinen Schenkeln begann zu erblühen. Wenn er so weitermachte, dann würde er mich dorthin treiben, wo es nur einen Ausweg gab.

Schwer atmend tauchte er auf – kurz bevor ich so weit war!

»Mehr«, bettelte ich, »ich bin gleich so weit.«

»Alles, was du wünschst! Ich würde auch für dich sterben, wenn es dir nur gutgeht«, keuchte er. Und holte sehr tief Luft, bevor er sich wieder in mir versenkte.

»Natürlich würdest du«, flüsterte ich. Diesmal sorgte ich dafür, dass sich meine Knöchel fest verschränkten, spannte mein Becken und meine Oberschenkel an und zog ihn tief in mich hinein. Danke an dieser Stelle für das Bauch-Beine-Po-Spinning, liebes *Kaifu*.

Olaf erreichte alle Winkel und Fjorde in meinem Alkoven, und mit jedem seiner Zungenschläge schwangen sich die Wellen höher hinauf. Ich spürte das zimtsüße Ziehen.

Und drückte die Oberschenkel fest zusammen. Und hielt Olaf unten.

Ich kam – er ging.

Mit einer kleinen Seitwärtsdrehung brach ich meinem Mann noch das Genick und schubste seinen Kopf gegen die Kante.

»Vorsicht vor erfüllten Wünschen, mein Schatz«, sagte ich zu Olafs Hinterkopf, der nun träge im Wasser schwebte, »denn wunschlos ist keine Frau glücklich.«

»Es ist so tragisch«, weinten meine Kolleginnen, »dass er in der Badewanne ausgerutscht ist!« Ob ich das Zimmer trotzdem hatte bezahlen müssen? Nein, nein, auch das hatte Olaf bereits erledigt. So ein perfekter Mann. Kein einziger Mensch verdächtigte mich, die zutiefst erschrockene, vom Leben übel getäuschte Braut.

Und die Moral von der Weihnachtsgeschicht'?
Ein Pups zur rechten Zeit kann Leben retten.

Karen Kieback

Der rote Schal

Ostseebad Laboe

Autorenvita

Karen Kieback lebt, liebt und arbeitet als freie Schriftstellerin an der Kieler Förde. Hier entstehen ihre Geschichten aus dem Alltag von Menschen, die uns überall begegnen könnten. Neben dem Schreiben entfaltet sie ihre Kreativität im Grafikdesign und in der freien Kunst.

23. Dezember

»Kennst du ihn?«

»Was?« Muriel zuckte zusammen. Sie hatte den Jungen gar nicht bemerkt, der plötzlich neben ihr stand. Elf, höchstens zwölf, älter war er nicht. Seine wasserblauen Augen lugten unter einer orangefarbenen Pudelmütze hervor. Oberhalb des Strickbündchens baumelten Messingglöckchen an einem roten Band. Sie klingelten bei jeder Bewegung. Den Reißverschluss seines Anoraks hatte er bis unters Kinn hochgezogen, doch sein Hals war nackt. Muriel schauerte.

»Kennst du den Mann auf dem Schiff?« Er zeigte mit einem löcherigen Fäustling in Richtung eines blauweiß gestrichenen Kutters. Muriel löste ihren Blick von dem Jungen und schaute über das Hafenbecken. Die Wintersonne brach sich auf der gekräuselten Wasseroberfläche. Möwen kreisten über der Mole.

»Nein, wieso sollte ich?«, fragte sie.

»Du beobachtest ihn seit einer Weile.«

Muriel zog ihre Mütze in die Stirn. Ein Fischerboot nach dem anderen war in den Hafen zurückgekehrt. Anna, Katja, Silke II, Lucy. Wie hätte Julius sein Schiff genannt? Wahrscheinlich Mausi, das wäre unverfänglich. Muriel schnaubte. Welch eine Schnapsidee, ihr erstes Weihnachtsfest nach der Scheidung ausgerechnet in Laboe zu verbringen. Die Erinnerungen an gemeinsame Urlaube verfolgten sie, seit sie im Strandhotel eingecheckt hatte. Der Duft von Julius' Rasierwasser haftete an ihren Gedanken.

Sie starrte den schlaksigen Mann mit dem blonden Zopf an, seit er vor einer halben Stunde mit seiner *Isolde* am gegenüberliegenden Steg angelegt hatte.

Er hievte mit Fisch und Eis gefüllte Kunststoffboxen eine nach der anderen mit einer Leichtigkeit auf den Steg, als ob er Federkissen stapelte. Eine Haarsträhne fiel ihm ins Gesicht. Mit einer geschmeidigen Bewegung strich er sie zurück. In Muriels Vorstellung waren Fischer vollbärtig, kräftig und rauhbeinig. Dieser war anders.

»Das ist Noel, mein Bruder.« Der Junge hob die Hand und winkte dem Fischer zu, der zu ihnen herüberschaute und zurückwinkte.

»Er ist viel älter als du«, bemerkte Muriel. Sie schätzte Noel auf Ende zwanzig, Anfang dreißig, etwas jünger als sie.

»Ich bin zwölf!« Die Stimme des Jungen hob an und klang jetzt mädchenhaft. Muriel schmunzelte. Ihre trüben Gedanken waren augenblicklich verflogen. Es lag nicht nur an der rührseligen Weihnachtszeit, dass sie den Jungen schnell in ihr Herz schloss. Julius und sie hatten sich Kinder gewünscht.

»Ich werde später auch Fischer.« Er reckte sein Kinn vor und zog geräuschvoll den Rotz hoch.

»Und wie heißt du?«

»Fabien. Alle nennen mich Fabi.«

Muriel zog eine Packung Taschentücher aus ihrer Manteltasche und reichte sie dem Jungen. »Ich bin Muriel Beck. Für dich Muriel.« Fabi schneuzte sich und warf das zerknüllte Taschentuch ins Wasser. Für einen Moment schwamm es, dann versank es in der Schwärze des Hafenbeckens.

Schweigend standen sie nebeneinander und schauten Noel zu, wie er mit einem Schrubber das Deck reinigte.

»Noel, Fabien – das klingt französisch.« Muriel blickte Fabi an.

»Mein Bruder kam am ersten Weihnachtstag zur Welt. Unsere Mutter war Französin.«

»War?«

»Sie ist tot.«

Muriel schlug ihren Mantelkragen hoch. Sie zitterte. Der frische Seewind brannte auf ihren Wangen.

»Mir ist kalt«, sagte Fabi leise. Sein Blick war eindeutig. Muriel zögerte zuerst, dann lächelte sie. »Komm, ich lade dich auf einen heißen Kakao ein.«

* * *

Vor allem die vielen Feriengäste liebten das Eiscafé an der Strandpromenade. Durch die Panoramafenster konnte man dem Treiben auf der Ostsee zuschauen. In den Sommermonaten tanzten Hunderte von Segelbooten und Motorjachten über das Wasser. Die Schifffahrtsroute von Kiel nach Skandinavien verlief entlang der Küste bis zum äußersten Zipfel der Kieler Förde. Hier verabschiedete das einstige Fischerdorf Laboe die Container- und Fährschiffe auf ihrer Fahrt über das offene Meer.

Zwei ältere Damen bezahlten und überließen Muriel und Fabi einen Platz am Fenster. Muriel bestellte einen Kaffee mit Rum, Fabi entschied sich für heiße Schokolade mit Sahne. Muriel lehnte sich zurück und genoss die Aussicht. Zwei Containerschiffe fuhren Richtung Nord-Ostsee-Kanal. Der Himmel verfärbte sich mit der untergehenden Sonne. Die Straßenbeleuchtung flammte auf. Muriel seufzte zufrieden. Laboe stellte ihr ein ruhiges und entspanntes Weihnachtsfest in Aussicht. »Bist du verheiratet?« Fabi blickte sie über den Rand seines Kakaobechers hinweg an.

»Nein, nicht mehr.« Gott sei Dank, fügte sie im Stillen hinzu.

»Meine Mutter hatte glatte blonde Haare und braune Augen, wie du. Du bist viel hübscher.«

Muriel spürte die Wärme auf ihren Wangen. Sie berührte eines der Glöckchen an dem Weihnachtsgesteck auf dem Tisch. Sie waren aus Messing, wie die an Fabis Mütze. Dankbar, das Thema wechseln zu können, stupste sie das Glöckchen an.

»Sieh mal«, sagte sie und wies auf die Kopfbedeckung, die Fabi achtlos auf den Tisch gelegt hatte. »Das sind genau die gleichen.«

»Der Kellner hat sie mir geschenkt. Lorenzo.« Fabi nickte zu dem dunkelhaarigen Mann mit der weißen Schürze, der gerade die Tassen am Nachbartisch abräumte. Er hob seine Mütze hoch und schüttelte sie. Die Glöckchen bimmelten. Dann legte er sie auf seinen Schoß und löffelte die Kakaoreste aus dem Becher. Mit der Hand fuhr er sich über den schokoladenverschmierten Mund, als Lorenzo an ihren Tisch trat und mit dem Zeigefinger auf seine Armbanduhr tippte. »Weiß dein Vater, dass du hier bist, Fabi?«

Die Augen des Jungen weiteten sich. Er schüttelte den Kopf und schob den Stuhl zurück. »Ich muss los. Bis morgen!« Er zog seine Jacke von der Stuhllehne und stürmte aus dem Lokal. »Warte!« Muriels verblüfften Ausruf hatte er nicht mehr gehört.

Lorenzo lachte. »Fabi lungert jede freie Minute im Hafen rum. Der vergisst eines Tages noch, wo er wohnt.«

Muriel nickte geistesabwesend. Der rasche Aufbruch des Jungen hatte sie erschreckt. Sie trank ihren Kaffee aus und fingerte ihr Portemonnaie aus der Manteltasche. Ihr Blick blieb an etwas Orangefarbenem hängen, das unter den Tisch gerutscht war. Fabis Mütze. Muriel griff sie und sprang auf. Sie legte einen Zehneuroschein auf den Tisch. »Stimmt so!«, rief sie Lorenzo zu und verließ das Eiscafé. Ihren Mantel zog sie im Gehen an.

»Fabi!« Ihr Ruf ging in der Brandung unter. Zwei Männer standen auf dem Parkplatz und verstauten einen Tannenbaum im Kofferraum ihres Vans. »Der ist da lang.« Der Größere zeigte in Richtung Hafen. Den Jungen schien hier wirklich jeder zu kennen.

In der Hafenstraße sah sie ihn. Er verschwand in einer Lücke zwischen zwei Häusern. Sie rannte ihm hinterher. Entlang von Zäunen und Gestrüpp führte eine steile Treppe hinauf ins Oberdorf. Muriel nahm mit jedem Schritt zwei Stufen. Am Ende der Treppe blieb sie stehen und schnaufte. Rechts von ihr klappte eine Tür. Fabi war in einem abgelegenen Haus verschwunden, das schon bessere Tage gesehen hatte. Das bleiche Licht der Straßenlaterne offenbarte lange Risse im grauen Putz. An der linken Hausseite hatte die Dachrinne sich aus ihrer Verankerung gelöst. Muriel folgte dem Plattenweg durch den Vorgarten bis zur Haustür. *Köppler* stand auf dem Türschild. Sie klingelte.

Es dauerte nicht lange, und Fabi zog die Tür auf. Er zuckte zusammen.

»Du hast deine Mütze vergessen.« Muriel streckte dem Jungen die Wollmütze entgegen.

»Du darfst nicht hier sein!« Fabis Stimme klang schrill.

»Wer ist da?«, brüllte jemand im Haus.

»Geh, bitte!« Fabi keuchte. In seinem Blick lag ein Flehen.

24. Dezember

Muriel schreckte mitten in der Nacht hoch. Sie schwitzte. Ihre Füße hatten sich im Laken verheddert. Das Kopfkissen lag neben dem Bett auf dem Fußboden. Sie drehte sich auf den Rücken und starrte in die Dunkelheit. Erst gegen Morgen fiel sie wieder in einen unruhigen, aber traumlosen Schlaf.

Während des Frühstücks im Hotel kehrte ihre Gelassenheit allmählich zurück. Heiligabend. Ein Radio dudelte im Hintergrund. Die Weihnachtshitparade hatte mit *Jingle bells* die Top Ten erreicht. Muriel wippte mit dem Fuß im Takt. Der Anblick des geschmückten Weihnachtsbaumes weckte Wehmut in ihr. Ihre Eltern waren nicht erfreut gewesen, dass sie dieses Jahr den Familienfeierlichkeiten fernbleiben wollte, doch sie respektierten ihre Entscheidung. Endlich war sie allein. Ohne Geschenke. Ohne Familienpflichten. Ohne Streitereien.

Am späten Vormittag brach Muriel ins Dorf auf. Sie

schlenderte durch die Gassen rund um den Hafen. Beklei-
dungsgeschäfte, Surfshops und Souvenirläden reihten sich
aneinander. Fischbrötchenbuden und Cafés vervollständigten das typische Bild eines Seebades.

Der Buchladen an der Strandpromenade hatte geöffnet.
Ob sie hier ein Geschenk für Fabi fand? Muriel bezwei-
felte, dass der Junge viele Geschenke zu Weihnachten bekam. Sie betrat den Laden und steuerte das Regal mit den
Jugendbüchern an. Ihr Blick hangelte sich an den Buchrü-
cken entlang. Muriel war ratlos. Sie wandte sich an die
Verkäuferin an der Kasse, die gerade ein Geschenk verpackte.

»Ich suche ein Buch für einen zwölfjährigen Jungen.«

Die Verkäuferin empfahl ihr ein paar Werke, die dieses
Jahr auf der Hitliste der Jugendbücher standen. Muriel sag-
ten diese Titel nichts. Sie verweilte unentschlossen vor dem
Regal und verließ schließlich den Laden, ohne ein Geschenk gekauft zu haben.

Ihr Blick schweifte über das Schaufenster des Geschäf-
tes nebenan und blieb an einem roten Schal hängen. Das
war das passende Geschenk für Fabi. Muriel ließ den
Schal einpacken in Geschenkpapier, das mit Weihnachtsmännern und Rentieren bedruckt war, und ging damit
zum Hafen. Sie konnte Fabi nirgends entdecken, nicht
auf der Mole und auf keinem der Bootsstege, die das Hafenbecken durchzogen. Die *Isolde* lag verwaist an ihrem
Platz.

»Suchen Sie jemanden?« Die Verkäuferin der Fischbude
wischte mit der Hand ein paar Brötchenkrümel vom Tresen.

»Ich suche Fabi.« Muriel ging zum Kiosk hin.

»Den Jungen habe ich heute noch nicht gesehen. Fragen Sie beim alten Hauck nach.« Sie wies Muriel mit einem Kopfnicken den Weg.

Hauck entpuppte sich als vollbärtiger Bilderbuch-Kapitän eines zehn Meter langen Traditionsseglers, der am Museumssteg lag. Er erklärte ihr, dass Fabi ihm im Sommer beim Verkauf von Tickets für Segeltörns half. Heute wäre Fabi ganz gegen seine Gewohnheit nicht einmal zum Klönschnack vorbeigekommen. Muriel runzelte die Stirn. Hatte Fabi ihretwegen Hausarrest? Sie betrachtete das Päckchen, atmete tief durch und marschierte los, zwischen den Häusern die Treppe hinauf zum Oberdorf bis zum Haus der Köpplers. Sie klingelte. Diesmal dauerte es länger, bis die Tür geöffnet wurde. Ein Schwall von abgestandenem Zigarettenrauch und schalem Bierdunst schlug ihr entgegen.

»Wer sindse?« Der bullige Typ lehnte sich gegen den Türrahmen. Er überragte Muriel um mehr als eine Kopflänge. Flecken zeichneten ein bizarres Muster auf seinen Pullover. Der Hosenschlitz stand offen. Blutunterlaufene Augen glotzten Muriel an. Das musste Fabis Vater sein.

»Ich bin Muriel Beck. Kann ich Fabi sprechen?«

»Der Bastard is' nich' da.« Köppler fuhr mit der Hand quer über seine Kehle und grinste höhnisch. »Was wollnse von ihm? Sindse vom Jugendamt?«

»Nein. Ich habe ein Geschenk für ihn.« Sie hielt Köppler das Päckchen hin. Gierig griff er danach und verlor das Gleichgewicht. Er stürzte Muriel entgegen, das Päckchen klatschte auf die Steinplatten.

»Sachte, sachte.« Muriel stemmte sich gegen ihn und hatte Mühe, unter seinem Gewicht nicht selbst in die Knie zu gehen. Sie schob ihn durch den Flur und eine offenstehende Tür in das Wohnzimmer. Von Weihnachtsschmuck oder Tannengrün keine Spur. Es gab nur ein abgewetztes Sofa und zwei Sessel. Der Röhrenfernseher flimmerte stumm vor sich hin. Das Wir-warten-auf-das-Christkind-Programm hatte begonnen. Muriel manövrierte Köppler vor das Sofa. »Es ist besser, wenn Sie sich setzen.« Seine Beine gaben nach, und er sackte zusammen. Köppler packte ihre Handgelenke und zog Muriel an sich. Die weichen Polster federten ihren Sturz ab. Er ließ nicht los und zog Muriel näher zu sich heran. Sein Atem stank nach Hochprozentigem, als er den Mund aufmachte: »Na, Süße, stehste auf 'nen ganzen Kerl?«

Muriel riss sich los und stürmte aus dem Haus. Sie kümmerte sich nicht darum, dass die Haustür hinter ihr offen blieb.

* * *

Zurück im Hotel, drehte sie das heiße Wasser bis zum Maximum auf und schrubbte ihre Haut mit einer Bürste, bis der Gestank sich verflüchtigt hatte. Das mulmige Gefühl blieb. Nach einem Imbiss und zwei Stunden Halbschlaf beschloss sie, nochmals zu Köpplers Haus zu gehen. Sie musste wissen, wo Fabi steckte.

Es war dunkel, als Muriel sich auf den Weg machte. Die Glocken der Anker-Gottes-Kirche läuteten. Überall an der

Promenade und in den Schaufenstern glänzten Weihnachtssterne, Tannenbaumkugeln und Lichterketten. Muriel beachtete sie nicht. Kein Hauch dieser festlichen Stimmung erreichte sie.

Das Haus der Köpplers war unbeleuchtet. Im fahlen Schein der Straßenlaterne erkannte Muriel, dass die Haustür geschlossen war. Also war Fabi doch nach Hause gekommen. Köppler wäre in seinem betrunkenen Zustand nicht mehr in der Lage gewesen, vom Sofa aufzustehen und die Tür zu schließen. Muriel überlegte, ob sie klingeln sollte.

Ein Schatten huschte in ihr Blickfeld. Er näherte sich von der Hinterseite des Hauses. Fabi? Nein, diese Person musste den Kopf einziehen, als sie unter der Teppichstange durchging. Muriel duckte sich hinter eine Mülltonne. Ihr Puls raste. Die Person erreichte den Eingang und trat in den Lichtkegel der Laterne. Es war Noel.

25. Dezember

Die Nachricht erreichte Muriel beim Frühstück. Eine Nachbarin hatte heute früh Köppler in seinem Haus tot aufgefunden. Muriel verließ das Hotel und lief zum Oberdorf.

Das Blaulicht sah sie von weitem. Drei Streifenwagen und ein Rettungswagen blockierten die Straße. Zwei Polizisten entrollten rot-weiße Absperrbänder. Beamte der Spurensicherung in weißen Schutzanzügen trugen Koffer in Köpplers Haus. Muriel trat an die Absperrung und sprach einen jungenhaft aussehenden Polizisten an: »Was ist passiert?«

»Köppler wurde gestern Nachmittag erschlagen.«

»Kruse, halten Sie den Mund!« Ein kahlköpfiger Mann tauchte an seiner Seite auf. »Sind Sie von der Presse?«, blaffte er Muriel an.

»Nein, ich bin hier gerade vorbeigekommen.« Muriel schossen Gesprächsfetzen und Eindrücke der letzten zwei Tage durch den Kopf. »Ich war gestern hier.«

»Sie kennen Köppler?«

»Nein. Das heißt, ja. Ich kenne seinen Sohn Fabien. Der ist verschwunden.« Muriels Stimme überschlug sich. »Ich habe Noel am Haus gesehen.«

»Beruhigen Sie sich.« Er legte seine Hand auf Muriels Schulter. »Ich bin Kommissar Götsch. Und Sie sind ...?«

»Beck, Muriel Beck. Ich wohne im Strandhotel.«

»Frau Beck, ich habe ein paar Fragen an Sie.«

* * *

Aus den bleiernen Wolken fielen vereinzelt Schneeflocken. Muriel saß auf dem Beifahrersitz eines Streifenwagens und schaute einer Flocke hinterher. Die Geschäftigkeit der Beamten um den Wagen herum berührte sie nicht. Sie hatte Kommissar Götsch von Fabis Mütze und seinem Verschwinden erzählt, von Noel und wie er am gestrigen Spätnachmittag um das Haus geschlichen war. Götsch hatte ihr schweigend zugehört.

Einen Noel kannte keiner der Polizisten, doch einer erinnerte sich an das Schiff namens *Isolde*. Während zwei Uniformierte mit Blaulicht losfuhren, um den Eigner zu suchen, stellte die Spurensicherung Köpplers Haus auf den Kopf. Fabis Mütze befand sich nicht unter den beschlag-

nahmten Beweismitteln. Kommissar Götsch zog die Bei-
fahrertür auf. »Frau Beck, ich lasse Sie mit einem Wagen in
Ihr Hotel bringen.«

»Nein danke, nicht nötig. Ich laufe das kurze Stück.«

* * *

Die orangefarbene Mütze mit den Glöckchen war das Erste,
was sie auf dem Empfangstresen sah, als sie das Foyer des
Hotels betrat.

»Wo kommt die Mütze her?«

Der Mitarbeiter an der Rezeption blickte von seiner Zeitung auf und zuckte mit den Schultern.

* * *

Muriel starrte das Wasserglas auf dem Tisch an. Bläschen
stiegen an die Oberfläche und zerplatzten. Sie fühlte sich
wie nach einer Achterbahnfahrt. Erkennungsdienstliche
Behandlung, Personalien, Fingerabdrücke, Fotos von den
Blutergüssen an ihren Handgelenken. Ihre Kleidungsstücke
hatte die Polizei in der Hotelsuite sichergestellt und einzeln
in Plastiktüten verpackt mitgenommen. Noel hieß nicht
Noel Köppler, sondern Ralf Stoltenberg und saß mit seiner
Familie gerade beim Weihnachtsessen mit Gänsebraten und
Rotkohl, als Polizeibeamte ihn zur Vernehmung aufs Präsi-
dium abholten. Er war nicht Fabiens Bruder, der in Wirk-
lichkeit Fabian hieß. Fabis Mutter war Jahre zuvor mit einem anderen abgehauen und hatte den Jungen bei ihrem
Mann zurückgelassen, bei Peter Köppler, obwohl der nicht

einmal Fabis leiblicher Vater war. Es bestanden erhebliche Zweifel, dass Muriel die Mütze zu Fabi zurückgebracht hatte. Schließlich hatte man sie bei ihr im Hotel gefunden. Und zu allem Überfluss konnte Muriel nicht erklären, warum in Köpplers Haus kein Weihnachtspäckchen mit einem roten Schal lag.

Die Ergebnisse der Spurensicherung, mit denen Götsch Muriel konfrontierte, vervollständigten das Bild für die Polizei. Das Muster der Blutspritzer an der Wand und die große Anzahl der Schläge, die nur mit mäßigem Kraftaufwand ausgeführt wurden, ergaben ein klares Täterbild. Der Spaten musste von einer Person unter 1,65 Meter Körpergröße gegen Köpplers Hinterkopf geführt worden sein. Noel alias Ralf Stoltenberg hatte Fabi gesucht und gehofft, ihn zu Hause anzutreffen. Als Täter kam Stoltenberg nicht in Frage.

Muriel saß vornübergebeugt und umklammerte das Wasserglas.

Kommissar Götsch kehrte ihr den Rücken zu. Er stand am Fenster und betrachtete das Schneetreiben. »Bleibt noch Ihr Motiv.«

Ein Ruck ging durch Muriels Körper. Warum sollte sie Köppler im Haus erschlagen und Fabis Leiche im Hafenbecken versenkt haben?

»Notwehr.« Kommissar Götsch drehte sich um. »Dafür würden die Verletzungen an Ihren Handgelenken sprechen. Aber, ich glaube vielmehr, dass Sie sich an Köppler rächen wollten, dafür, dass er Fabi misshandelt hat. Oder?« Das Flackern in ihrem Blick war dem Kommissar nicht entgangen. »Und genau in diesem Moment ist Fabi nach

Hause gekommen und hat gesehen, wie Sie wieder und wieder mit dem Spaten auf seinen Vater eingeschlagen haben.« Er umrundete den Tisch und blieb direkt hinter Muriel stehen. »Alle sollten glauben, dass Sie Köppler aus Notwehr getötet haben. Folglich mussten Sie den Jungen zum Schweigen bringen und seine Leiche verschwinden lassen.«

Muriel strich mit dem Zeigefinger über den Rand des Wasserglases. Sie spürte die Wärme von Götschs Atem im Nacken, als er sich zu ihr herunterbeugte.

»Ihr Schweigen hilft Ihnen nicht, Frau Beck. Ich werde herausfinden, was passiert ist. Darauf können Sie Gift nehmen.«

Vom Flur drang plötzlich Lärm ins Büro. Die Tür wurde aufgestoßen, und ein sichtlich aufgeregter Polizist platzte herein. »Wir haben den Jungen gefunden. Er hatte sich in der Bootshalle unter der Plane einer Jolle versteckt.«

»Lass mich los!« Fabis Stimme schrillte von weiter weg über den Flur.

»Fabi!« Muriel sprang auf. Der Junge stürmte über den Gang an dem Polizisten vorbei auf sie zu, doch Götsch versperrte ihm den Weg. Nicht nur Muriel bemerkte sofort den roten Schal, der sich um Fabis Hals schlang.

»Muriel! Er kann mir nichts mehr antun. Bitte, nimm mich mit!« Der Polizist packte den schluchzenden Jungen und schob ihn unnachgiebig aus dem Raum. Muriel starrte ihnen hinterher.

Götsch massierte mit Daumen und Zeigefinger sein Kinn. Mit starrem Blick taxierte er Muriel. Dann blinzelte er. »Sie können gehen.«

Muriel schluckte. Der Kloß im Hals schmerzte. »Was geschieht mit Fabi?«

»Das Jugendamt wird sich um ihn kümmern.«

»Kann ich zu ihm?« Eine Träne löste sich und rann ihre Wange hinab.

Kommissar Götsch schüttelte den Kopf. »Lassen Sie ihn in Ruhe – es ist besser für ihn ... und frohe Weihnachten.«

Richard Birkefeld

Alle Jahre wieder (reloaded)

Autorenvita

Richard Birkefeld, geboren 1951, ist selbständiger Historiker, Kriminalschriftsteller und Herausgeber verschiedener Krimi-Anthologien. Er ist u.a. Preisträger des Deutschen Krimipreises, des Friedrich-Glauser-Preises und nominiert für den skandinavischen Palle-Rosenkrantz-Preis. Er ist verheiratet und lebt in Hannover.

Hannover

Es bereitet mir immer noch eine große Genugtuung, an meine folgenschwere, aber konsequente Haltung zurückzudenken. Er mochte mich ja für einen Loser gehalten haben, für einen armen Schlucker, was ich durchaus nicht als beleidigend empfunden hatte, aber dass er mich auch für blöd hielt, musste bestraft werden.

Letztes Jahr im Dezember hatte sich Leander, dieser vulgäre Winkeladvokat, endlich telefonisch bei mir gemeldet. Seit Wochen wollte ich zu jener Zeit wissen, ob alles glattgegangen sei, er das Geld schon ausbezahlt bekommen hätte und wann er mir endlich meinen Anteil geben könnte.

Ja, er hielte jetzt endlich den Erbschein in den Händen, teilte mir Leander mit, und ich könnte mir das Geld bei ihm abholen, warum nicht am Heiligabend, das wäre doch ein der Sache angemessener Termin, und wir sollten den glücklichen Abschluss mit einem guten Tropfen unterm Tannenbaum begießen. Holzauge, sei wachsam!

Ich hatte ihm den Termin bestätigt und scheinheilig hinzugefügt, dass ich mich auf unsere Verabredung freute. Am 23.12. rief ich unter einem fadenscheinigen Grund den Weinhändler in der Schlägerstraße an, von dem ich wusste, dass dort Leander seine teuren Rebsäfte einkaufte, und erfuhr innerhalb einer Minute, dass er sich dieses Jahr jeweils für einen Kasten zweier toskanischer Edelgewächse entschieden hatte.

* * *

Für diejenigen, die weder mich und mein tragisches Schicksal kennen noch etwas darüber gelesen haben, möchte ich mich kurz vorstellen: Mein Name ist Dr. Jens Roethe, ich bin fünfundvierzig Jahre alt, verwitwet und von Beruf selbständiger Historiker, Lyriker und Kenner italienischer Rotweine. Ich habe einige wissenschaftliche Veröffentlichungen zur hannoverschen Stadtgeschichte vorzuweisen und zwei großartige, unter meinem Künstlernamen Felix Augustus Heine veröffentlichte, Lyrikbände. Der erste, *Liebe, Lust und andere Katastrophen*, erschien noch bei Book-on-Demand, der zweite, *Die leeren Fenster*, aber bereits bei einem renommierten niedersächsischen Verlag aus Springe mit einer ganz passablen Rezension in der *Neuen Deisterzeitung*. Zurzeit arbeite ich an meinem dritten Band mit dem Titel *Freude trotz Strafe*. Die Vollzugsbeamten der JVA Hannover haben mir freundlicherweise eine Schreibmaschine für dieses Projekt zur Verfügung gestellt.

Aber weiter im Text: Seit dem tragischen Tod meiner Frau Maike am Heiligabend 2010 in Sandys Villa in der Waldhausener Güntherstraße wohnte ich in einer preiswerten Zwei-Zimmer-Wohnung in der Südstadt Hannovers in einem für diesen Stadtteil so typischen dunkelroten Klinkerbauten am Geibelplatz. Unsere großzügige Altbauwohnung in der List musste ich nach dieser grauenvollen Weihnachtsfeier aus Kostengründen leider verlassen. Ich hatte zwar durch die Witwerrente und meine eigenen Einnahmen durch Lesungen, das Schreiben von Kurzgeschichten und das Verfassen von kleineren Artikeln in der Stadtteilzeitung ein bescheidenes Einkommen, musste mich aber am Existenzminimum entlangbalancieren.

Zu verdanken hatte ich dieses Hartz IV-affine Leben der blasiertesten Arschgeige, die mir jemals über den Weg gelaufen war, einem ungehobelten und bildungsfernen Menschen, der vor vierzehn Jahren meine große Jugendliebe Sandy Strathmann-Gehrke geheiratet hatte und deshalb unvermeidbar durch meinen damaligen Freundeskreis prollte, wie eine Dampfwalze auf einer blühenden Frühlingswiese: eben der bereits erwähnte Kotzbrocken, Leander von der Brink.

Dieser unselige Rechtsverdreher war nicht nur vorletztes Jahr am Heiligabend für den Tod Maikes verantwortlich gewesen, sondern auch für den seiner Frau Sandy und den seiner Schwiegermutter Frau Konsulin Strathmann-Gehrke samt deren Hausfreund Manfred Wehmeyer.[*]

Leander, der mich bei einer Wein-Wette betrügen wollte, indem er bei einer Blind-Degustation den Inhalt der Weinflasche vertauscht hatte, war schuld an der Katastrophe. Am besagten Heiligabend brannte nicht nur die Jugendstilvilla in der Güntherstraße bis auf die Grundmauern nieder, sondern es blieben auch vier Tote und ein Schwerverletzter, nämlich ich, auf der Strecke.

Er jedoch, der Auslöser dieser Tragödie, blieb völlig unversehrt.

Dass ich diesem brennenden Inferno überhaupt entkam, war nur meiner Geistesgegenwart und dem glücklichen Umstand zu verdanken, den rettenden Sprung aus der ersten Etage gewagt und trotz schwerer Verbrennungen überlebt zu haben.

---

[*] siehe auch Richard Birkefeld: Alle Jahre wieder. In: Michelle Stöger (Hg.): Maria, Mord und Mandelplätzchen; Knaur TB 51013, München 2011, S. 107 ff.

Erst sieben Monate später bin ich aus der Reha entlassen worden, mit einem von Brandwunden vernarbten Körper, der meine Bewegungsfreiheit bis heute sehr einschränkt. Der Wohnungswechsel war eine starke psychische und physische Belastung für mich gewesen, wie auch mein bis dahin tristes Alleinsein von Freudlosigkeit geprägt war.

Ich hatte seit diesem schrecklichen Weihnachtstag nur einen einzigen Wunsch, der mich bis zu diesem Zeitpunkt all diese Widrigkeiten hatte erdulden lassen, nämlich Leander dorthin zu schicken, wo er meines Erachtens schon lange hingehörte: in die Hölle! Selbst wenn ich für diese Tat den Rest meines Lebens eingesperrt würde.

* * *

Bevor ich im Sommer nach der Katastrophe zur Reha nach Bad Pyrmont geschickt werden sollte, hatte Leander doch tatsächlich die Chuzpe, mich einige Wochen vor der Überweisung in der Medizinischen Hochschule Hannover das erste Mal nach dem Unglück zu besuchen.

Mein Körper war immer noch bandagiert und am Bettgestell fixiert, mein Bewusstsein immer noch durch Schmerzmittel beeinträchtigt, so dass mein aufkeimender Widerstand gegen diesen Besuch sich relativ schnell in eine dumpfe Gleichgültigkeit verwandelte, die es mir aber erleichterte, in Leanders schamlose Visage blicken zu können, ohne mich dabei zu übergeben.

Er hatte mir als Geschenk ein kleines Biedermeiersträußchen und sinnigerweise einen Beruhigungstee mitgebracht.

Die Aufgussbeutel waren genau das, was mir in meinem damaligen Zustand noch gefehlt hatte. Aber ich verkniff mir böse Bemerkungen, sagte nichts, nickte ihm nur kurz zu, worauf er sich einen Stuhl heranzog und sich neben mein Bett setzte.

»Wie geht's dir, alte Socke?«

So begrüßen sich echte Freunde. Ich nickte nur kurz und deutete ein fatalistisches Grinsen an.

»Da sind wir dem Teufel aber noch mal von der Schippe gesprungen, was? Das hätte für uns alle tödlich ausgehen können – aber, Jens, du siehst ja, Unkraut vergeht nicht!« Leander lachte trocken auf, blickte mir kurz darauf aber streng in die Augen. »Allerdings kann ich dir den Vorwurf trotz deines bemitleidenswerten Zustandes nicht ersparen, dass du an dem Abend völlig überzogen reagiert hast. Total uncool, alter Junge! Das war doch nur eine alberne Wette, ein kleiner Ulk meinerseits, um dich aus der Reserve zu locken. Da musstest du doch nicht gleich die Nerven verlieren und gewalttätig werden ...«

Unter Schmerzen bäumte ich mich auf, doch mein von Drogen umnebeltes Gehirn hatte eindeutig an alter Schlagfertigkeit verloren. So konnte Leander diesen Vorteil nutzen und ungerührt fortfahren:

»... hättest du dich besser unter Kontrolle gehabt, wäre überhaupt nichts passiert, und alles wäre noch beim Alten ...«

Mir blieb über so viel Dreistigkeit die Spucke weg. Meine einzige Gegenwehr artikulierte sich in einem geröcheltem Veto: »*Du* wolltest mich betrügen und hast den Wein vertauscht. Schuld hast du!«

»Ach was, Jens! Du bist gewalttätig geworden und warst der Auslöser dieser grauenvollen Kettenreaktion, aber Schwamm drüber ...« Leander bekam diesen jovialen Gesichtsausdruck, von dem ich wusste, dass er ihn einsetzte, wenn er etwas zu seinen Gunsten regeln wollte. »Ich bin nicht hier, um Schuldzuweisungen zu diskutieren, sondern um dir einen lukrativen Vorschlag zu machen. Du bist doch eh immer knapp bei Kasse ...«

Das liebe Geld – meine Achillesferse. Gut, ich wusste, dass Leander eine Ratte war, die mit Dachlatten erschlagen gehörte, anstatt mit ihr Geschäfte zu machen, doch es konnte ja nicht schaden, sich seinen Vorschlag anzuhören.

»Um was geht's?« Die Neugier brannte in meinem Magen wie die Verbrennungen an meinem Körper.

»Pass auf, das Erbschaftsgericht hat sich bei mir gemeldet und benötigt einen beglaubigten Ablauf der weihnachtlichen Ereignisse. Die Gerichtsmedizin hat ja nur den exakten Todeszeitpunkt meiner Schwiegermutter, die du ja durch die Scheibe des Wohnzimmers in den Vorgarten befördert hast –«

»Das war eindeutig Notwehr«, unterbrach ich Leander.

»Das ist klar, keine Frage, habe ich der Polizei auch gesagt«, entgegnete er ungeduldig, »darum geht's jetzt aber nicht.«

Leander rückte noch ein Stück näher ans Bett heran und senkte seine Stimme. »Also, man weiß fast auf die Minute genau, wann die Alte das Zeitliche gesegnet hat. Was aber die Gerichtsmedizin aufgrund der totalen Verkohlung der anderen drei Leichen nicht herausfinden konnte, war deren exakter Todeseintritt. Das Erbschaftsgericht will nun aber genau wissen, wer *vor* oder *nach* wem starb. Das ist für die Erbfolge und damit für meine Ansprüche immens wichtig. Die richtige Reihenfolge des Sterbens – wenn du verstehst, was ich meine – ist entscheidend dafür, unter welchen finanziellen Bedingungen wir beide unser zukünftiges Leben weiterführen können. In Armut oder in wirtschaftlich abgesicherten Verhältnissen.«

»Ich versteh noch nicht ganz ...« Meine schnelle Auffassungsgabe war wohl noch nicht wiederhergestellt.

»Was hast du denn damals der Polizei erzählt?«, fragte Leander.

»Alles, an das ich mich erinnern konnte, unser Streit, mein Angriff auf dich, das Handgemenge, mein unbeabsichtigter Schlag an Sandys Kinn, ihr Sturz in den Tannenbaum, der sofort anfing zu brennen, dann das Ausrasten deiner Schwiegermutter, die plötzlich die Pistole in der Hand gehabt hatte und dich und mich beschoss, dabei aber Maike traf, während ich von dir abließ, um der Alten die Pistole aus der Hand zu reißen, die aber immer weiter rumballerte, bis es auch noch ihren Hausfreund erwischte und ich mich schließlich gezwungen sah, deine Schwiegermutter durch die Scheibe nach draußen zu befördern. Als der hereinströmende Sauerstoff dann das Feuer auflodern ließ, bin ich schließlich auch gesprungen.«

»Hast du den Bullen auch was über die anderen Toten erzählt?«

»Nein, ich habe die anderen drei ja nur umfallen sehen, dass sie tot waren, habe ich erst von der Polizei erfahren, nachdem man mich aus dem künstlichen Koma geholt hatte.«

»Okay, die Polizei hat unsere Aussagen ja auch akzeptiert und die Untersuchung abgeschlossen, das Erbschaftsgericht allerdings noch nicht. Ich habe damals der Polizei und vor Gericht ausgesagt, dass Sandy noch lebte, nachdem du ihre Mutter rausgeschmissen hast. Könntest du das bestätigen? Das wäre nämlich ganz wichtig für uns!«

»Warum?« Ich ahnte langsam, worauf Leander hinauswollte, stellte mich aber ein wenig dumm.

»Pass auf, Jens! Wie du wahrscheinlich weißt, gehörte die Villa in der Güntherstraße neben weiteren Immobilien nach dem Tod ihres Vaters erbrechtlich zwar Sandy, doch die Mutter besaß ein lebenslanges Wohnrecht. Zudem war die Erbfolge so geregelt, dass die Villa beziehungsweise die Versicherungssumme und die anderen Immobilien an ihre Mutter zurückfielen, sollte Sandy *vor* dem Schwiegermonster sterben. Das ist der eine Knackepunkt fürs Erbschaftsgericht.

Der andere Punkt betrifft Manfred Wehmeyer, den Galan der Konsulin, bei dem zu unseren Gunsten gewährleistet sein müsste, dass auch er *vor* der Alten gestorben ist. Ich weiß zwar, dass ihn eine verirrte Kugel aus der Pistole der herumschießenden Konsulin getroffen hatte und er umgefallen ist. Ob die Kugel aber nun tödlich war, konnte ich nicht beurteilen – ist aber für das Erbschaftsgericht ebenfalls von großer Bedeutung.«

»Ich sehe den großen Zusammenhang immer noch nicht.«

»Also, Manfred Wehmeyer war ohne Familie und hat sein Testament zugunsten der Konsulin gemacht. Er war nicht unvermögend, und nach seinem Tod ist sie die Alleinerbin. Stirbt nun die Schwiegeralte, erbt Sandy das Vermögen ihrer Mutter, welches noch durch Wehmeyers Erbe angewachsen ist. Alles klar so weit?«

Diese Rechtsverdreher, das war der erste Gedanke, der mir nach Leanders Ausführungen durch den Kopf geschossen war, waren doch alles abgefeimte Verbrecher, die völlig emotionslos ihren Vorteil zu nutzen suchten.

»Gut«, führte ich seinen Gedanken zu Ende, »wenn dann deine Frau Sandy stirbt, bist du der Alleinerbe ihres Vermögens, das kurz zuvor durch das ebenfalls vermehrte Vermögen ihrer Mutter angereichert worden ist. Ist das so in etwa richtig?«

»Exactement!« Leander blieb völlig sachlich und unberührt. »Genau diese Reihenfolge des Sterbens muss nun dem Erbschaftsgericht plausibel und beglaubigt dargelegt werden, denn in diesem speziellen Fall entscheiden Minuten, wenn nicht sogar Sekunden darüber, wer vor wem gestorben ist und wer deshalb wem, wenn auch nur für Minuten oder Sekunden nach juristischen Maßstäben etwas vererbt hat.«

»Und dafür brauchst du meine Hilfe?«

»Ja!«

»Was soll ich tun?«

»Du brauchtest nur an Eides statt zu erklären, dass du, nachdem die Schwiegeralte aus dem Fenster gestürzt ist, Sandy noch hast schreien hören, dass Manfred und Maike von der Konsulin getötet worden seien und alle anderen sofort das brennende Haus verlassen sollten. Mehr hast du nicht gehört – danach bist du selbst aus dem Fenster gesprungen.«

»Und was sagst du?«

»Ich erzähle nur, dass ich das Haus noch rechtzeitig verlassen konnte, Sandy aber unglücklicherweise nicht mehr. Das habe ich auch damals schon der Polizei gesagt. Wichtig ist in diesem Zusammenhang nur, dass Sandy noch lebte, nachdem sich ihre Mutter im Vorgarten durch den Sturz das Genick gebrochen hatte. Aus den völlig verkohlten Leichen lässt sich eh keine genaue Ereignisfolge ablesen.«

»Alles klar! Und was springt für mich dabei heraus?«

»Einhunderttausend Mille.«

»Okay«, sagte ich, »der Handel ist perfekt. Ich will das Geld aber cash.«

»Natürlich«, antwortete Leander süffisant, »auch ich will nicht, dass irgendeine finanzielle Transaktion auf unsere Absprache hindeuten könnte.«

Kurz nachdem Leander mein Krankenzimmer verlassen hatte, verdichteten sich in meinem Hirn heimtückische Gedanken, die man durchaus als einen tödlichen Plan bezeichnen konnte.

* * *

Leander wohnte nun in der obersten Etage eines dieser Hochhäuser neben dem Funkhaus am Rudolf-von-Bennigsen-Ufer mit einem atemberaubenden Maschseeblick. Neidvoll ließ ich meinen Blick über die schneebedeckte Promenade, das Nordufer und die weißen Bäume auf der gegenüberliegenden Seite schweifen, die in ihrer verästelten Feinheit wie das Motiv einer Hinterglasmalerei wirkten. Trotz der hereinbrechenden Dunkelheit reichte die Sicht bis weit in die Leinemasch und über die Ricklinger Kiesteiche hinaus bis zum blinkenden Funkturm in Hemmingen-Westerfeld. In nördlicher Richtung glänzte die Rathauskuppel im letzten Tageslicht und dominierte die Altstadtsilhouette, deren festliche Straßenbeleuchtung zu einem Besuch auf dem Weihnachtsmarkt einlud. »So, jetzt ist alles stilecht!« Leander hatte die letzte Kerze eines kleinen Tannenbaums entzündet, den er, wie er mir zur Begrüßung glaubhaft machen wollte, nur für unser Treffen besorgt hatte.

Er dimmte die Wohnzimmerlampe runter. »Ich halte den heutigen festlichen Rahmen für eine angemessene Reminiszenz an diesen tragischen Heiligabend, der unser aller Leben so verändert hat.«

Leander war in meinen Augen ein scheinheiliges Schwein, sein Geschwafel nur heiße Luft. Auch nach seiner Hochzeit mit Sandy war ich nach wie vor ihr Vertrauter, der sich ihre Klagen anhören musste, welch ichbezogener, wenn auch finanziell erfolgreicher Mensch Leander sei, der nur seinen Vorteil suchte, selbst wenn er dabei über Leichen gehen müsste. Außerdem hatte sie ihn in den letzten Monaten vor ihrem Tod stark in Verdacht, dass er fremdgehen würde.

Ich fand seine falsche Sentimentalität unangebracht. »Hast du das Geld?« Jede weihnachtliche Gefühlsduselei erschien mir überflüssig.

»Natürlich.« Leander verließ das Zimmer und kam wenige Augenblicke mit einem Schuhkarton, zwei Gläsern und einer Flasche Wein unterm Arm zurück. Er stellte alles auf dem Tisch ab, öffnete den Karton, entnahm zwei gleich große Stapel mit Fünfhunderteuroscheinen und legte sie nebeneinander auf die Glasplatte. Davor positionierte er die Flasche Wein, deren Etikett, wie ich feststellen musste, mit einem Stück einfarbigem Karton abgeklebt war.

»Pass auf, mein lieber Jens«, eröffnete Leander sein Anliegen, »du weißt, ich bin ein Traditionalist und möchte auch dieses Jahr, trotz schlechter Erfahrung, auf unser obligatorisches Spiel nicht verzichten. Also, da liegen zweimal einhunderttausend Euro auf dem Tisch. Ich wette, dass du den Wein, der davorsteht, nicht erkennst. Habe ich recht, gehören die einhunderttausend Euro wieder mir; hast *du* recht, darfst du dir die dort liegenden zweihunderttausend Euro in den Schuhkarton packen und mitnehmen.« Er blickte mich herausfordernd an. »Na, wie sieht's aus, alte Socke? Wagst du es? Das ist keine Nummer für Weicheier!«

Ja, ich kannte meinen Pappenheimer. Leander war ein unverbesserlicher Zocker, ein Hasardeur erster Güte, der keinem Nervenkitzel aus dem Weg ging, selbst wenn dieser angesichts der vergangenen Ereignisse absolut geschmacklos war. Mir hingegen ging bei diesem Risiko der Arsch auf Grundeis, wie man so drastisch sagt, aber andererseits war mein Wein- und Menschenverstand auch nicht zu unterschätzen.

»Okay, Leander, die Wette gilt!« Ich war über meine feste Stimme selbst überrascht. »Dann öffne mal die Flasche und lass den Tropfen atmen!«

Wenig später hatte er zwei Gläser gefüllt und reichte mir eines herüber. »Jetzt zeig mal dein Können.«

Prüfend hielt ich das Glas gegen das Kerzenlicht des Tannenbaums, um Farbe und Dichte des Weins zu beurteilen. Ein leichtes Schwenken des Glases, und die Geruchsknospen meiner Nase ließen sich vom weitgefächerten und von dunklen Beeren geprägten Bouquet des Weines umschmeicheln. Noch zögerte ich den ersten Schluck hinaus, war ganz fasziniert vom Geruch des edlen Tropfens, dessen außergewöhnliche Boden- und Klimaeigenschaften ihm diese große Dichte und Konzentration verliehen haben mussten. Ich schätzte spontan auf Spornkordon und Guyot, das hieße Kalkmergel, Galestro, Lehm und Konglomeratsgestein. Den Merlot- und Sangiovese-Anteil veranschlagte ich auf jeweils 50 Prozent. Ein exzellenter Chianti, keine Frage. Ich hatte die Augen geschlossen und wollte gerade das Glas zum Munde führen, als Leander meine Degustation mit einer sehr uncharmanten Bemerkung störte, um mich aus meiner Konzentration zu reißen.

»Weißt du eigentlich, dass Maike und ich ein sehr leidenschaftliches Verhältnis hatten?«

Er nun wieder! »Du kannst mich nicht provozieren, Leander, von solch schmutzigen Verleumdungen lass ich mich nicht irritieren. Da musst du dir schon andere Gemeinheiten einfallen lassen.«

Der erste Schluck perlte über meine Zunge. Allein die atemberaubende Attaque verriet die hohe Qualität des Weines und verwies meines Erachtens eindeutig auf die Südlage des Gewächses. Der zweite Schluck war so intensiv und komplex, von solch barocker Opulenz, dass mein Sachverstand mit Hilfe der Ausschlusskriterien sich der Gemeinde *Castellina in Toscana* annäherte.

»Maike hatte auf ihrem rasierten Venushügel rechts einen kleinen herzförmigen Leberfleck!«

»Mich mit solchen Bemerkungen aus der Fasson bringen zu wollen, ist doch ein sinnloses Unterfangen. Maike hat oft und ganz offen über diesen lustigen Fleck berichtet. Wenn sie etwas getrunken hatte, nahezu auf jeder Fete. Das ist kein Insider-Wissen.«

Der dritte Schluck bestätigte meine Vermutung. Der Hang gehörte zum *Val d'Elsa* und damit zur Winzer-Familie *Mazzai*, und der Hang war der *Siepi*. Eindeutig. Das Füllhorn dieser ausgeprägten Aromen von Sauerkirsche, Marzipan, Gewürzen, Bitterschokolade und Eichenholz inklusive des langen Finish deutete zweifelsfrei auf den *2004er Siepe, Toscana I. G. T, Castello di Fonterutoli* hin, die Flasche schätzungsweise für sechzig/siebzig Euro. Das stimmte auch mit meinen Informationen überein.

Ich stellte das Glas zurück auf den Tisch und suchte Leanders Blickkontakt.

»Wenn es ihr kam, schrie sie immer: Du bist so guuuut, so wahnsinnig guuuuuuut, dass ich das noch erleben darf ...!«

»Quatsch hier keine Arien, Leander, bei deinen Ausführungen ist wohl eher der Wunsch der Vater des Gedankens. Gib dir keine Mühe, Maike hätte mich nie betrogen – und schon gar nicht mit dir. Sie stand nämlich nicht auf Sprücheklopfer und Kulturbanausen.«

Leander verdrehte die Augen, erwiderte aber meinen Blick, schien er doch mein abschließendes Urteil über den Wein nicht abwarten zu können.

»Und?« Er stierte mich an.

Ich schwieg zwei, drei Sekunden lang, um die Bedeutung des folgenden Satzes zu unterstreichen und der Inszenierung meiner Urteilsverkündung einen passenden dramaturgischen Rahmen zu verleihen.

»Dieser Rotwein ist ein *2005er Il Blu, Rosso Toscana I. G. T. Brancaia* vom Weingut der Schweizer Winzer Brigitte und Bruno Widmer, die 1981 das verlassene Anwesen *Brancaia* im Herzen des *Chianti Classico* erworben haben.«

Ich weiß nicht mehr, ob das Geräusch, das Leanders Körper entfleuchte, oralen oder flatulenzlichen Ursprungs war, auf jeden Fall vereinigte es sich mit seinem völlig erstaunten Gesichtsausdruck zu einer kakophonischen Umsetzung sichtbaren Entsetzens. Taumelnd erhob er sich, streckte ein wenig die Arme aus, um das Gleichgewicht zu halten, stolperte drei Schritte weiter und übergab sich in den kleinen Tannenbaum, dessen Kerzen sofort erloschen und einen säuerlichen Wachsgeruch verbreiteten.

Ich nutzte unterdessen die Gelegenheit und entleerte, von Leander unbemerkt, eine kleine Ampulle mit Pulver in seinem Weinglas. Das Zeug hatte ich unserer Hausapotheke entnommen. Jahrelang stand es hinter anderen Medikamenten, von Maike damals mit dem Hinweis versehen, dass das Pulver völlig geschmacksneutral sei, schnell und schmerzfrei wirke und unser Weg in die Freiheit wäre, sollte einmal unser Lebensabend von Demenz, Pflegebedürftigkeit oder anderen Gebrechen bedroht sein. Das Mittel hatte ihr seinerzeit ein mit ihr eng befreundeter Apotheker zusammengemischt. Nun löste es sich rasch in Leanders Weinglas auf.

Leander würgte immer noch, stützte sich aber mittlerweile an der Wand ab. Dann dreht er sich endlich zu mir um.

»W-Wieso kommst du ausgerechnet auf den *Il Blu*?«, stotterte er.

»Das ist doch völlig eindeutig«, log ich, »der *Il Blu* hat für mich einen unverwechselbaren Geschmack.« Ich beugte mich nach vorne und entfernte den Karton von der Flasche und betrachtete das Etikett.

»Voilà«, sagte ich nur, »2005er *Il Blu, Rosso Toscana I. G. T. Brancaia.*«

Oberflächlich betrachtet, war nichts Verdächtiges zu erkennen, aber Leander, dieser hinterhältigen Ratte, muss es geschickterweise gelungen sein, die Aufkleber der Weine abgelöst, vertauscht und die Flaschen neu etikettiert zu haben. Genau das war der Schluss, den ich aus den Informationen des Weinhändlers gezogen hatte.

Während ich das Geld in den Schuhkarton packte, torkelte Leander zurück, ließ sich resigniert in die Couch fallen, griff zum Glas und nahm einen Schluck vom köstlichen *2004er Siepe*. Nicht um diesen zu genießen, sondern wohl nur, um seinen Mund damit auszuspülen. Er war ein hoffnungsloser Ignorant. »Man muss auch mal verlieren können, Leander«, sagte ich zum Abschied, »selbst wenn du dich in diesem Leben daran wohl nicht mehr gewöhnen wirst. Bleib ruhig sitzen – ich finde allein hinaus.«

An der Wohnzimmertür drehte ich mich noch einmal um. »Und übrigens, *alte Socke*, Sandy und ich haben nie aufgehört, miteinander zu schlafen, da hat auch eure Hochzeit nichts dran geändert.«

Leander überspielte seine Sprachlosigkeit erneut mit einer etwas gepresst wirkenden Variante dieses seltsamen Geräusches.

Als ich im Treppenhaus nach unten stieg, glaubte ich das gedämpfte Fallen eines Körpers und wie aus weiter Ferne zersplitterndes Glas zu hören.

Das tat mir in der Seele weh – denn um jeden unnütz vergossenen Tropfen des kostbaren *Siepi* war es wirklich schade ...

Susanne Mischke

Der Weihnachtsmörder

Hannover

Autorenvita

Susanne Mischke hat mehr als ein Dutzend Kriminalromane veröffentlicht sowie fünf Jugendkrimis und eine große Anzahl von Kurzgeschichten. Mit dem Roman *Der Tote vom Maschsee* begann ihre erfolgreiche Hannover-Krimiserie um den kauzigen Kommissar Bodo Völxen und seine Schafe. Im September 2012 erschienen mit *Mordsweiber* (Verlag zu Klampen) erstmals ausgewählte Kurzgeschichten in einem Band. Mehr Informationen unter: www.susanne-mischke.de.

Es war wieder so weit: In den Vorgärten wanden sich Lichterketten um Buchsbäumchen, Lichtschläuche um Gartenzäune, und in den Fenstern der Häuser leuchteten Weihnachtssterne und -pyramiden und machten die Sechziger-Jahre-Architektur der Siedlung erträglich.

Er stand vor der Tür, und sein Atem bildete eine Wolke in der eisigen Luft, als er noch einmal hinaufblickte zum sternklaren Abendhimmel. Er seufzte schwer. Nun denn. Augen zu und durch, dachte er, und drückte auf den Klingelknopf neben dem verschnörkelten Namenszug. Vornehm hallte der Gong durch die Doppelhaushälfte, er hörte sie klack, klack, klack die Treppe herunterkommen, ehe das Geräusch ihrer Gesundheitsschuhe vom Kokosläufer im Flur geschluckt wurde. Der Schlüssel drehte sich zweimal im Schloss, und die Haustür öffnete sich gerade so weit, wie es die massive Kette zuließ.

Schon durch den Türspalt konnte er riechen, was es zum Essen geben würde: Fisch. Genauer gesagt: Karpfen. Das war keine Überraschung für ihn, seit er denken konnte, gab es an Heiligabend Karpfen, so auch heute. Sein Magen krampfte sich zusammen.

»Wolfgang, bist du's?«

Kein Wunder, dass sie vorsichtig war, auch sie las schließlich Zeitung, und seit einer Woche kannte die Lokalpresse nur ein Thema. *Wird der Weihnachtsmörder wieder zuschlagen?* hatte die Schlagzeile heute gelautet, und im Artikel darunter:

Polizei ist in Alarmbereitschaft, Streifen wurden verstärkt.

Seit Tagen versetzt der sogenannte Weihnachtsmörder, der während der letzten drei Jahre sein Unwesen trieb, Hannover in Angst. Wird er auch dieses Jahr wieder eine einsame alte Dame in ihren eigenen vier Wänden überfallen und brutal ermorden? Der Polizeisprecher ließ verlauten, dass alles getan werde, damit es dieses Jahr an Heiligabend zu keinem Verbrechen käme. Man werde Heiligabend in den entsprechenden Vierteln intensiv Streife fahren, setze aber vor allen Dingen auf Prävention und Aufklärung der Bevölkerung, insbesondere bei der Zielgruppe des Psychopathen – allein lebenden, älteren Damen.

Täglich druckten die Lokalzeitungen Ratschläge und Warnungen der Polizei an allein lebende ältere Damen. Sie sollten in diesen Tagen nur ja keinem Fremden öffnen, alle Fenster und Terrassentüren geschlossen halten und sogar dann die Tür abschließen, wenn sie nur mal kurz zur Mülltonne gingen. Und natürlich nach Möglichkeit den Heiligabend nicht allein verbringen! Geschäfte für Sicherheitsanlagen durften auf ein bombastisches Weihnachtsgeschäft zurückblicken, so dass Zyniker den Mörder schon in diesen Kreisen vermuteten.

»Mach auf, Mutti!«, rief Wolfgang. »Ich bin's.« Ein kleines Grinsen huschte bei diesen Worten über seine dünnen Leguanlippen. Vermutlich würde der Weihnachtsmörder genau dasselbe sagen. Das Grinsen verging ihm postwendend. Da stand sie, die Lippen ungeschickt angemalt, die Pudeldauerwelle mit Haarspray zementiert. Sie trug eine weiße Schürze über einer lachsfarbenen Rüschenbluse und dazu den dunkelblauen Bundfaltenrock, das gute Stück für den Ernstfall.

»Ach, du bist es.« Der leidende Tonfall einer vom Leben Enttäuschten. Er stand in krassem Gegensatz zu dem harten, forschenden Blick, mit dem sie ihn von oben bis unten musterte. Er hatte extra noch ein Hemd gebügelt und sich eine Krawatte umgebunden, damit es keine Beanstandungen geben würde. Sie kräuselte skeptisch ihre Lippen, offenbar verkniff sie sich gerade einen Kommentar.

»Hallo, Mutti.«

»Du kommst spät. Der Fisch wird auseinanderfallen, aber das ist dann nicht meine Schuld.«

Der Fisch! Sein Magen drehte sich einmal um die eigene Achse.

»Frohe Weihnachten, Mutti!« Er trat ein und küsste sie innerlich widerstrebend und so flüchtig wie möglich auf die puderbleiche Wange. Sie roch nach Lavendel und Karpfen.

Sofort verriegelte sie die Tür hinter ihm. Er schluckte. Jetzt gab es kein Entrinnen mehr. Er streckte ihr den in Folie verpackten Weihnachtsstern entgegen. Es war ein Prachtexemplar aus der Gärtnerei, nicht etwa aus dem Supermarkt.

»Das wäre doch nicht nötig gewesen«, sagte sie müde.

»Gut, dann nehme ich ihn wieder mit.« Ein Blick genügte, und er kuschte wie ein Hund. »Kleiner Scherz«, murmelte er verlegen. Sie verdrehte die Augen. Stimmt, sie hatte mit seiner Art von Humor noch nie etwas anfangen können. Überhaupt war Humor nie so ihr Ding gewesen.

Sie nahm ihm den Blumentopf ab, stellte ihn auf das Garderobenschränkchen und schleuste sich an ihm vorbei durch den engen Flur ins Wohnzimmer. Er folgte ihr.

»Immer rein in die gute Stube.«

Wie er diese immergleichen Sprüche hasste!

Der Weihnachtsbaum stand ein wenig schief, und es sah aus, als hätte sie das Kabel mit den elektrischen Kerzen ziemlich achtlos um die mickrige Fichte gewickelt. Manche Kerzen hingen kopfüber in den Zweigen, dazwischen hatten sich ein paar Strohsterne verirrt sowie die eine oder andere rote und goldene Christbaumkugel und jede Menge Lametta, das wirr wie Sauerkraut zwischen dem mageren Grün hing. Drei Gedecke prangten auf dem steifen weißen Tischtuch. Auf der Anrichte lauerten, zwischen Spitzendeckchen und pausbäckigen Engelsfigürchen, die Bilder: er mit einer Schultüte, seine Eltern nach der Hochzeit, beide todernst, offenbar ahnend, was auf sie zukam. Die restlichen Bilder waren neueren Datums. Sein Bruder Gisbert und seine dürre, aufgebrezelte Gattin vor einem Strandcafé, die zwei niedlichen Kinder, das große Haus, der große Hund, Gisbert mit selbstbewusstem Lächeln im Gesicht und einem Golfschläger in der Hand ... Wolfgangs Mundwinkel verzogen sich zu einem hämischen Grinsen. Das dritte Gedeck würde leer bleiben, sein Bruder würde nicht kommen. Er lebte in Kalifornien, der Glückliche!

Er setzte sich ans Tischende, wo er die Fotos im Rücken hatte und nicht ansehen musste. Am anderen Ende der Tafel spreizte sich ein üppiger Blumenstrauß, der mit ein paar Tannenzweigen und Glitzersternchen auf weihnachtlich getrimmt worden war.

»Von Gisbert. Wunderschön, nicht wahr?« Immer noch dieser Wimmertonfall, als läge sie im Sterben.

»Ja, schön«, sagte er. Gegen dieses protzige Ding konnte sein Weihnachtsstern natürlich nicht anstinken. Apropos stinken …

»Kann ich dir in der Küche helfen, Mutti?«

»Du? Mit deinen zwei linken Händen? Nein, das mach ich schon selbst. Ich muss ja sonst auch allein zurechtkommen.« Immerhin traute sie ihm das Entkorken der Weinflasche zu, während sie die Stereoanlage in Betrieb nahm. Honigfarben rann die Spätlese in die Bleikristallgläser. Er nippte daran. Der Geschmack passte zum klebrig süßen Gefiedel dieser Geigenschwuchtel. Er hätte viel lieber ein Bier getrunken, aber Bier zum Fisch – sie würde ausrasten. Bier trinken war in ihren Augen schon immer proletenhaft gewesen, und bestimmt hatte sie gar keines da. Er hörte sie in der Küche rumoren und nutzte die Gelegenheit, um mit Hilfe eines zusammengerollten Zehneuroscheins eine kleine Prise Koks vom Vorlegeteller zu schnupfen. Sein Weihnachtsgeschenk an sich selbst, ohne das Zeug würde er diesen Abend nicht überstehen. Ihr Weihnachtsgeschenk bestand aus einem dicken Umschlag mit einer goldenen Schleife, den er auf der Anrichte gegen das Bild von Gisbert mit Golfschläger lehnte.

Er wischte sich gerade eventuell vorhandene Pulverreste von der Nase, da schleppte sie schon eine Schüssel heran. Als Nächstes folgte die Goldrandplatte mit dem großen grauen Fisch. Er war umgeben von geviertelten Zitronen, und in seinem Maul steckte ein Sträußchen krause Petersilie. Trübe sahen ihn die weißlichen Augen an, und der Gestank traf ihn erneut wie eine Faust ins Gesicht.

»Der Heiligabendkarpfen«, sagte sie wehmütig. »Auf den hat sich dein Vater immer das ganze Jahr gefreut. Und wie ihm der immer geschmeckt hat!«

»O ja«, sagte er. Etwas Saures kroch seine Speiseröhre hoch, und unweigerlich stellten sich die Erinnerungen ein.

Den Karpfen hatte es immer vor der Bescherung gegeben, und nie hatte das Familienoberhaupt an dieser Stelle vergessen, darauf hinzuweisen, dass nun der Höhepunkt des Festes gekommen sei. Es waren immer riesige modderige Maschseekarpfen gewesen, denn damals wurde der künstliche See im Winter entleert und die fetten Karpfen herausgefischt und verkauft. Wenigstens blieb es ihm dieses Mal erspart, das Tier Tage vorher lebend in der Badewanne zu bewundern. Als Kind hatte er unwillkürlich freundschaftliche Gefühle dafür entwickelt, doch die Freundschaft endete stets damit, dass sein Vater den Karpfen mit einer kurzen, schweren Eisenstange totschlug. Inzwischen blieb das Wasser auch im Winter im Maschsee, ebenso wie die Karpfen, von denen manche über einen Meter lang wurden. Niemals würde er einen Fuß in diesen See setzen geschweige denn darin schwimmen.

War der Karpfen aufgetragen, wurde die Familie Zeuge, wie der Vater das große Filetiermesser mit der Präzision eines Gehirnchirurgen handhabe, das Tier fachgerecht auseinandernahm, das Fleisch von Gräten und Flossen befreite und gerecht an seine Familie verteilte. Nachdem er seine Portion gegessen hatte, verkündete er regelmäßig, dass nun der Höhepunkt nahe: der Kopf. Zuerst pulte er die Bäckchen heraus. »Will jemand?«, fragte er jedes Mal, aber niemand wollte. Dann das Hirn. Ein Karpfen besaß nicht viel davon, aber es schien ihm zu schmecken. Zum Schluss kam der Höhepunkt des Höhepunktes: Gekonnt schälte er dem Fisch das Auge aus der Höhle und legte sich den glibberigen Klumpen auf der Gabel zurecht, so dass ihn alle am Tisch deutlich sehen konnten, ehe er ihn zum Mund führte. Nach kurzem Lutschen und Zutschen kam ein stecknadelkopfgroßes, weißes Kügelchen zwischen seinen vom Essen fettigen Lippen zum Vorschein, welches er zu den anderen Überbleibseln des Mahles legte, dem Rückgrat, den Flossen und der labberigen, grauen Haut mit ihrem eitergelben Fettbelag. Da auch Karpfen zwei Augen haben, wiederholte sich das Schauspiel noch einmal, während seine Frau milde lächelte und die Söhne angeekelt die Blicke abwandten, um Sekunden später doch der Faszination des Grauens zu erliegen und wieder hinzusehen. Wenigstens fragte er bei den Augen nicht, ob jemand eines davon wollte. Weder Wolfgang noch sein Bruder Gisbert hatten je herausfinden können, ob für ihren Vater die Weichteile des Fischkopfes tatsächlich eine Delikatesse darstellten oder ob er sie nur verzehrte, um für seine Söhne einmal im Jahr das Monster zu geben. Und schon oft hatte Wolfgang darüber nachgedacht, warum Gisbert Augenarzt geworden war.

Nach dem Essen wurden in der guten Stube die Kerzen angezündet, und die Mutter versuchte, mit einer Spraydose »Fichtennadel« die olfaktorischen Voraussetzungen für die anschließende Bescherung zu schaffen, was nicht immer gelang. Wolfgang versuchte, die Bilder zu verscheuchen, die vor seinem inneren Auge entstanden, aber sie wurden eingeholt von der Realität, denn schon schaufelte sie mit einem großen Vorlegelöffel die Vorboten des Karpfens auf seinen Teller: verkochte Kartoffelstücke in einem kranken Discounter-Gelb. »Die Salzkartoffeln sind matschig. Weil du nie pünktlich sein kannst«, klagte sie.

»Ich war pünktlich. Auf die Minute.«

»Wenn man zum Essen eingeladen ist, kommt man nicht in letzter Minute, sondern etwas früher.« Sie klatschte noch eine Kartoffel auf seinen Teller.

»Danke. Genug!«

»Lang nur ordentlich zu. Wieso mache ich mir sonst die Mühe?«

Er antwortete nicht, und sie griff zu einem langen, spitzen Messer und begann mit dem Zerteilen des Fisches. Während sie dem Tier das Rückgrat aufschnitt, sagte sie: »Sie haben Gisbert im September zum Oberarzt befördert, habe ich das schon erzählt?«

»Ja«, sagte er. Mindestens fünf Mal.

Der Fischbauch klappte auf.

»Wann wirst du mal befördert?«

»Ich habe gerade eine Gehaltserhöhung bekommen.«

Wozu erzählte er ihr das überhaupt? Für sie würde er immer ein Versager bleiben. Als Sachbearbeiter einer Versicherung konnte er nicht mit der Karriere seines Bruders mithalten. Wenn sie wüsste, dass sie ihm vor vier Jahren eine Frau als Abteilungsleiterin vor die Nase gesetzt hatten ... Noch dazu war diese Person jünger als er. Und das Allerschlimmste: Sie hieß Doris, genau wie seine Mutter. Seine Kiefer verkrampften sich, als er daran dachte, aber er wurde abgelenkt: Ein riesiges Stück gräuliches Fischfleisch flutschte auf seinen Teller, und während er noch voller Grausen darauf starrte, griff sie zur Sauciere und goss einen Schwall flüssiger Butter über das Arrangement. Dann legte sie die Schürze ab, setzte sich auf den Platz rechts von ihm und schaute bewundernd auf das weihnachtliche Blumenarrangement am Ende der Tafel.

»Na, wenigstens ist aus deinem Bruder was geworden«, meinte sie. »Er wird übrigens im Dezember zum dritten Mal Vater.«

Er schwieg.

Sie nahm sich vom Fisch und den Kartoffeln. Winzige Portionen.

»Bei dir ist der Zug ja wohl abgefahren«, fuhr sie fort. »Du hast ja noch nicht einmal eine Frau. Gibst dich wohl lieber mit Nutten ab, was?«

»Mutti!«

»Oder vertreibst dir die Zeit mit Pornos aus dem Internet? Hab ich nicht recht? Ich bin nämlich nicht von gestern, weißt du?«

Da sie nicht ganz unrecht hatte, verzichtete er auf eine Erwiderung und griff zum Fischbesteck. Er wollte es hinter sich bringen, kalt würde das Zeug nicht besser schmecken.

»Willst du denn nicht mit deiner Mutter anstoßen?«, fragte sie schnippisch.

»Doch, natürlich.« Er hob sein Glas. »Fröhliche Weihnachten, Mutti.«

»Dir auch, mein Sohn«, sagte sie und hatte wieder ihren Leidenszug um den Mund.

Lauwarm ölte die Spätlese die Kehle hinunter.

Sie hatte ihre bösen fünf Minuten offenbar überwunden,

denn sie stellte das Glas hin und sagte freundlich: »Nun lass es dir schmecken, mein Junge.«

Er schaute auf seinen Teller. Die Butter hatte eine dünne Haut bekommen. Er schob ein Stück Fischfleisch auf die Gabel, aber als er es dicht vor dem Mund hatte, sperrte sich alles in ihm dagegen, ihn aufzumachen.

»Iss doch«, sagte sie. »Der ist von Fisch-Wilke, vom Markt! Ich hab mich fast eine halbe Stunde dafür angestellt.«

»Ich kann nicht.« Er legte das Besteck hin. Ihre Mundwinkel zuckten. »Willst du mich mit Absicht kränken?«

»Nein, Mutti.«

»Dein Vater und dein Bruder haben meinen Weihnachtskarpfen geliebt!« Ihr Busen unter der Rüschenbluse bebte vor Entrüstung.

Er nahm die Gabel wieder in die Hand, steckte das Stück Fisch in den Mund und schluckte es, ohne zu kauen, hinunter.

»Na also«, sagte sie versöhnlich und lächelte sogar. »Ich wusste doch, dass es dir schmeckt.«

Irgendwie schaffte er es, sich die ganze Portion einzuverleiben, ohne sich übergeben zu müssen. Ein zweites Glas Affenthaler erwies sich dabei als hilfreich, ebenso wie das weiße Pulver, das langsam zu wirken begann.

Ich krieg das hin. Sie kriegt mich nicht klein, dieses Mal nicht!

Als nur noch ein paar Kartoffeln auf seinem Teller lagen, fühlte er sich befreit. Wenn sie abräumte, konnte er immer noch aufs Klo gehen und alles auskotzen, dachte er. Da stand sie auf, beugte sich mit dem Messer in der Hand über die Platte mit den Fischresten und trennte mit einem gekonnten Schnitt den Kopf vom Rückgrat. Sie nahm ihn auf die Messerspitze und ließ ihn mit einem kleinen, bösen Lächeln auf seinen Teller gleiten.

»Da ja jetzt du das Familienoberhaupt bist, gebührt dir die Ehre«, meinte sie.

»O nein!«

»Enttäusch mich nicht«, sagte sie.

Das Fischauge starrte ihn ebenso erbarmungslos an wie sie.

»Zuerst die Bäckchen«, lockte sie. »Die sind doch das Beste.« Er bog die Kiemen in die Höhe, spießte das kleine Stück Fischfleisch, das sich dahinter verbarg, auf die Gabel und schluckte es, ohne zu kauen, hinunter. Es war schon kalt. Irgendwie schaffte er es, auch noch das zweite zu essen.

Beim Hirn streikte er.

»Macht nichts«, sagte sie großzügig. »Jetzt kommt das Allerbeste. Die Augen!«

»Nein, bitte, Mutti!«

»Nun hab dich nicht so!«

Er starrte auf das trübe Fischauge, während er seinen Brechreiz niederkämpfte. »Es tut mir leid, Mutti!«

Sie sah ihn aus schmalen Augen an. »Iss. Die Augen sind das Beste, das hat dein Vater immer gesagt. Willst du das etwa anzweifeln?«

»Nein. Ich ...« Er fuhr mit der Spitze des Fischmessers in das tote Fischauge und hebelte es heraus. Doch seine Hand zitterte, und das glibberige Auge landete neben dem Teller und beschmutzte die Tischwäsche. Da lag es nun, erbsengroß und milchig weiß. Ausgerechnet jetzt musste er an seine Chefin denken, die Veganerin war. *Ich esse nichts, was Augen hat*, pflegte sie zu sagen.

»Heb das auf!«, zischte Mutti.

Er schob das Auge mit dem Finger auf die Gabel.

Sie blickte ihn erwartungsvoll an und lächelte dabei teuflisch. *Du schaffst das! Du kriegst das runter!*

Aber es ging nicht. Er hatte das Ding schon fast an den Lippen, als ihn der Ekel übermannte. Er hätte mehr von dem Koks nehmen sollen, vielleicht wäre es dann gegangen. Resigniert legte er die Gabel auf den Teller und ließ den Kopf sinken. »Ich kann nicht.«

»Aber du weißt schon, was dann passiert, oder?«, fragte sie katzenfreundlich.

Er nickte. Er wusste es ganz genau.

Sie verließ das Zimmer und kam kurz darauf mit einem kalten Gesichtsausdruck und einem Gürtel in der Hand zurück. Schweißflecken bildeten sich unter seinen Achseln, und das Hemd klebte an seinem Rücken.

»Willst du es dir nicht noch mal überlegen und essen, was deine Mutter liebevoll für dich gekocht hat?«, fragte sie. Er schüttelte den Kopf.

»Erkennst du den wieder?« Sie ließ den Gürtel durch ihre freie Hand gleiten.

»Papas Gürtel«, presste er hervor.

»Hosen runter und auf die Knie!«

Ein Schweißtropfen rann ihm die Schläfe hinab. »Bitte, Mutti, ich werde essen, ich ...«

»Zu spät.« Mit kühler, fester Hand drückte sie seinen Nacken nach unten, und zu André Rieus Interpretation von *Last Christmas* gab es vierundzwanzig Schläge auf die nackte

Haut, davon acht mit der Gürtelschnalle. Sie hörte erst auf, als er sie, Rotz und Wasser heulend, um Gnade anflehte. Leise wimmernd zog er sich die Hosen wieder hoch und kroch auf den Stuhl zurück. Sitzen konnte er nicht, nur knien, mit der Nase direkt über der Platte mit den Fischresten.

Sie beugte sich über den Tisch, ihre Augen durchbohrten ihn. Graue Augen. Grau wie Karpfenhaut. Oder wie Stahl.

»Wirst du jetzt endlich aufessen, du Missgeburt von einem Sohn?«

Stahlgraue Stahlklinge. Sie versank mühelos in ihrem Fleisch. Weiches, labberiges Karpfenfleisch. Ein Fleck entstand, genauso rot wie ihre Lippen. Die lachsfarbene Rüschenbluse war jetzt ganz blutig, der Mund klappte auf und zu, ein Karpfenmund, dachte er, und musste lächeln. Dann sanken die Pudellöckchen neben die Goldrandplatte auf das Tischtuch. Er genoss den Anblick, brannte ihn in sein Hirn, und zur Erinnerung machte er noch ein paar Fotos mit dem Handy.

André hatte ausgefiedelt, wirklich ein perfektes Timing. Er rückte seinen Krawattenknoten zurecht und trat hinaus in die kalte Winterluft. Eine Polizeistreife fuhr gerade langsam die Straße hinunter. Er blickte den verglühenden Rückleuchten hinterher.

Der Rest des Heiligabends würde angenehm werden.

Silvia würgte André Rieu ab und legte Rammstein auf. Weihnachten hin oder her, das war jetzt einfach nötig. Sie räumte den Tisch ab, riss die Fenster auf, warf die Fischreste in die Mülltonne und stopfte die blutverschmierte Rüschenbluse in die Waschmaschine. Sie seufzte. Feiertage! Lukrativ, aber mega-anstrengend! Und Weihnachten war natürlich mit Abstand am schlimmsten. Während des restlichen Jahres lief ihr Geschäft relativ normal: Familienväter und Fondsmanager kamen zum Auspeitschen, Demütigen und Piesacken, ab und zu musste sie die Krankenschwester geben oder ein Zimmermädchen. Aber die Feiertage gehörten den Psychos, wie dem von eben. Doch sie wollte nicht klagen, sie verdiente gut an diesen Herren. Das Kuvert mit der goldenen Schleife und den fünfhundert Euro Inhalt wanderte in ihren Tresor.

Sie zündete Räucherstäbchen an, um den Fischgestank einigermaßen loszuwerden, säuberte das Messer mit der versenkbaren Klinge und legte es in die Schublade, zu der Pudelperücke, den Fotografien, dem Gürtel und dem BH mit den Mammutbrüsten aus Latex. Schnell noch einen Kaffee, ein Stück Dresdner Stollen und eine Dusche, dann musste sie das Zimmer umdekorieren. In einer Stunde kam der Typ mit der Afghanistan-Macke, sie musste noch die Uniform und die abgetrennten Gliedmaßen bereitlegen.

Am Montag atmete man auf dem Polizeipräsidium erleichtert auf. Kein Leichenfund war gemeldet worden. Dies verdanke man den umfangreichen Präventivmaßnahmen, ließ der Polizeipräsident persönlich vor der Presse verlauten. Nur die Zeitungsleser waren im Geheimen ein klein wenig enttäuscht über die Schlagzeile nach den Feiertagen:

Erster Heiligabend ohne Mord seit drei Jahren.

Cornelia Kuhnert

Weihnachten, das Fest der Liebe

Hannover

Autorenvita

Cornelia Kuhnert lebt und schreibt in Hannover. Sie hat nach dem Geschichts- und Germanistikstudium als Lehrerin an verschiedenen Schulen gearbeitet. Seit einigen Jahren arbeitet sie freiberuflich als Autorin und Herausgeberin. Veröffentlicht hat sie Kriminalromane aus dem niedersächsischen Kleinstadtmilieu. Sie ist Mitglied bei den *Mörderischen Schwestern* und im *Syndikat* und organisiert das Krimifest Hannover.

Mehr unter: www.corneliakuhnert.de.

Gleich ist es so weit. Jetzt. Was ist das? Ich starre ins Dunkel, und nichts passiert. Absolut nichts. Das darf doch nicht wahr sein. Konzentriert überprüfe ich noch einmal die Stecker. Alles bestens. Ein kräftiger Druck auf den Schalter – wieder nichts. Nothing. Nada. Niente. Drei Schritte, und ich bin am Sicherungskasten.

Na also! Da haben wir unseren Quertreiber. Ein Klick oben rechts, und 20 000 Lichter strahlen in die Nacht. Endlich! Ein tiefes Gefühl von Freude und Zufriedenheit überkommt mich. Das währt jedoch nur kurz. Verdammt! Wo sitzt dieser elende Kurzschluss?

Als Erstes kontrolliere ich noch einmal alle Steckverbindungen. Alles passt. Nervöses Kribbeln steigt aus meinen Fingerspitzen Richtung Hals. »Scheiße«, fluche ich und stampfe mit dem Fuß auf. Nie klappt das mit der Technik so, wie ich es will. Sitzt eine der Lampen schief in der Halterung, oder gibt es eine Fehlschaltung bei der Illumination des neuen Rentierschlittengespanns? Ein tiefer Seufzer entweicht seiner Brust. Man kann es drehen und wenden, wie man will, ein Mann im Haus ist nicht zu verachten. Schon gar nicht ein handwerklich geschickter wie Bert.

Zwei Stunden später überprüfe ich die letzte Lichterkette. Typisch. Genau die ist defekt – und ausgerechnet die vom Weihnachtsmann an der Hauswand, dem in Kletterstockstarre. Um die einzelnen Lampen zu kontrollieren, müsste ich die große Leiter holen. Und die steht ganz hinten im Garten. Nee, bei allem, was mir lieb und heilig ist, das ist mir jetzt echt zu viel. Dann bleibt der gute Mann dieses Jahr unbeleuchtet. Manche Sachen ändern sich eben im Laufe der Zeit, auch wenn Bert jede Art von Veränderung am Haus hasst. In seinem Leben haben ihn Wechsel nie gestört. Aber das ist eine andere Geschichte – und an die möchte ich jetzt gar nicht denken. Schließlich ist bald Weihnachten. Vielleicht sogar weiße. Die Chancen dafür stehen gut. Seit heute Morgen schneit es ohne Unterlass. Gut, dass ich mir im Herbst diesen Schneeschieber bei Aldi gekauft habe. Den mit dem breiten Holzgriff. Überhaupt haben die dort tolle Angebote. Die rollbaren Schreibtischstühle zum Beispiel, die waren ein Superschnäppchen. Ich hab mir gleich ein paar davon besorgt. So billig kriegt man die nie wieder.

* * *

Jetzt schneit es schon seit einer Woche ununterbrochen im ganzen Norden. Auf der Kreisstraße Richtung Großburgwedel schleichen die Autofahrer im Schritttempo über die festgefahrene Schneedecke und bewundern die verschneiten Fachwerkhäuser, viele davon festlich geschmückt. Nur bei mir gegenüber wird die Dorfidylle getrübt. Seit letztem Jahr steht da ein Bungalow. Aus bossiertem Kalksandstein! Aber was soll man von einem erwarten, der Angel Baldicci heißt ... überhaupt ist der eine Marke für sich. Jetzt zum Beispiel schiebt er wie von Sinnen den Schnee an den Gehwegrand. Sieht aus, als wenn er einen persönlichen Kampf gegen die weißen Massen führt, einen hasserfüllten noch dazu. Vielleicht liegt das daran, dass man in seiner Heimat keinen richtigen Winter kennt. Jedenfalls nicht im Süden. Deshalb hat er sich auch keine Winterreifen angeschafft. Italiener sind ja eitel, was ihre Sportwagen angeht. Aber seine Sommerdinger kann er jetzt vergessen, selbst wenn die breiter sind als normale Reifen. Der tiefergelegte Spoiler ist bei Schnee auch eher hinderlich. Tja, muss er seinen Angeberschlitten eben in der Garage lassen, seinen *Lambogini* oder wie der heißt. Nein, neidisch bin ich nicht auf sein Auto. Wirklich nicht. Auch wenn ich Hyundai fahre. Hässliche Reisschüssel. Ich hab genau gehört, wie der Baldicci das zu seinen Freunden gesagt hat. Na und? Die Reisschüssel hat wenigstens vier Winterreifen – auch wenn die mir nicht viel nützen, so tief begraben, wie das Auto unter den Schneemassen am Straßenrand steht.

»Buon giorno!« Weiße Wölkchen quellen aus dem Mund von Angel Baldicci. Es ist ein Grad unter null, und die Kälte hat die Wangen des Italieners gerötet.

»Auch guten Morgen«, rufe ich ihm über die Straße zu. Eigentlich ist der Baldicci nicht verkehrt, obwohl ich Männer nicht mag, die in aller Öffentlichkeit Schlager singen und Engel genannt werden. Von seinen schwulen Freunden ganz zu schweigen.

»Passen auf sich auf!« Baldicci reckt die Arme zum Himmel.

»Trackdiebe hier ...«

»Trackdiebe?«, unterbreche ich ihn.

»Genau. In Edeka Großburgwedel man sagen, dass Ganoven bei Dottoressa Althaus.«

»Echt, bei der Althaus?« Die Mutter vom Dorfarzt ist uralt, quasi scheintot.

»Haben gesagt, kommen von Wasserwerken und –« Der

Rest des Satzes wird vom vorbeifahrenden Schneepflug verschluckt. Baldicci fängt noch einmal von vorne an. »Haben gesagt, das Wasser, also Rohr kaputt und Druck mussen kontrolletti. Dottoressa mussen Wasserhahn auf- und zudrehen. Zeit in der gleichen, wenn auf- und zudreht …«

»Zwischenzeit«, souffliere ich. Wann lernt dieser Schlagerfuzzi endlich richtig Deutsch?

»Genau«, strahlt er mich an. »In Zwischenzeit anderer in Wohnung und rauben Dottoressa aus.«

»Wie blöd ist das denn?« Die Althaus, unverwüstlich wie der Giersch, aber nicht alle Tassen im Schrank. Hab ich doch immer gewusst.

»Und bei Signora Köhler waren mit anderen Track. Haben …«

»Lassenses gut sein, Herr Baldicci. Ich schlaf nachher noch schlecht von Ihren Greuelgeschichten.« Voller Grausen schüttele ich mich. In was für einer Welt leben wir nur?

* * *

Drei Lichterketten brannten heute Morgen nicht, habe die defekten Lampen sofort ausgetauscht. Nur an den Rotrock vorm Fenster trau ich mich nicht ran. Bleibt er eben dunkel. Bei dem Schneegestöber traut sich eh keiner mehr nach draußen. Bis auf zwei Weihnachtsmänner, die den Baldicci besuchen. Wen der immer so alles kennt – bei mir kommt nie einer.

Jetzt sind die schon eine Stunde drüben. Was die wohl so lange bei dem machen? Egal, wahrscheinlich sind es ein paar von seinen schwuchteligen Freunden, die … ich hab ja keine Vorurteile gegen die, aber irgendwo gibt es Grenzen. Wir wohnen hier schließlich in einem der besseren Vororte von Hannover, da sollte ein gewisser Stil vorherrschen, so wie –. Es klingelt. Es klingelt bei mir an der Tür. Wow! Das hat es lange nicht gegeben.

Beim Öffnen sticht mir die rote Zipfelmütze sofort ins Auge. Erst denke ich, das ist einer von Baldiccis Weihnachtsmännern, aber erstens trug *der* von Baldicci vorhin einen langen roten Mantel mit weißer Borte, und zweitens ist *der* auch nicht alleine unterwegs. *Der* vor meiner Tür dagegen trägt eine schwarze Lederjacke. Ein Weihnachtsmann zweiter Klasse sozusagen. Einer, bei dem es nicht fürs ganze Kostüm gereicht hat.

»Fröhliche Weihnachten allerseits«, begrüßt er mich mit einem strahlenden Lächeln. »Ihr Haus sieht toll aus mit dem beleuchteten Rentiergespann und den vielen Lichterketten. Richtig heimelig.«

»Danke«, gebe ich geschmeichelt zur Antwort. »Es ist schließlich bald Weihnachten.«

»Ich hätte da eine Frage«, lächelt mich der Mann noch breiter an.

»Schießen Sie los!«

»Bitte nicht hier draußen. Ich bin ganz durchgefroren. Kann ich nicht ... einen Moment hereinkommen?« Lachend erhebt er seine Stimme: »Lasst mich ein, ihr Kinder, ist so kalt der Winter.«

Abgesehen davon, dass er nicht singen kann, war der junge Mann richtig nett. Er wollte mir ein Zeitungsabonnement verkaufen. Wahlweise eine Fernsehzeitschrift oder ein Wochenmagazin. Vom Aussehen hat er mich ein bisschen an Bert erinnert. In jüngeren Jahren, versteht sich, als Bert noch keinen Bauch hatte. Der Mann heißt Josef und ist gerade aus dem Gefängnis entlassen worden, da ist jeder Vertragsabschluss für ihn wichtig, hat er gesagt. Der Bonus soll ihm helfen, sein Leben wieder in den Griff zu bekommen. Das ist nämlich ziemlich aus den Fugen geraten. Bei einer Tasse Tee und ein paar Keksen hat er mir seine ganze Lebensgeschichte erzählt. Der arme Kerl hat keine Verwandten, die ihm helfen, der steht sogar zu Weihnachten mutterseelenallein da. Schrecklich! Da konnte ich ihn doch nicht –. Jetzt klingelt es schon wieder. Was ist heute bloß los?

»Ho, ho, ho. Fröhliche Weihnachten allerseits. Von drauß' vom Walde komme ich her und muss euch sagen, es weihnachtet sehr!«

Dieses Mal verfehlt eine rote Mütze mit passendem Mantel knapp den richtigen Ton, ein zweiter Weihnachtsmann begleitet den Singsang mit blechernem Klappern – das macht die Sache auch nicht besser. Gerade will ich die Tür wieder zuschlagen, da halte ich inne. Sind das nicht die Männer, die vorhin zu Baldicci gegangen sind? Genau, das müssen die beiden sein. Der Größere sieht ganz sympathisch aus. Der Kleinere eher weniger. Aber ich will nicht ungerecht sein, viel sieht man von dem eh nicht. Das Gesicht verschwindet fast komplett hinter seinem weißen Wattebart.

»Was wünschen Sie?«, frage ich betont höflich, den Türgriff jedoch fest mit der Hand umklammert. Vorsicht ist die Mutter der Porzellankiste, Baldicci hat mir letzte Woche mit seinen Greuelgeschichten richtig Angst gemacht.

»Wir kommen von der Kirchengemeinde und übermitteln Weihnachtsgrüße vom Pfarrer. Jedes Mitglied der Gemeinde soll mit einem kleinen Geschenk bedacht werden.« Der größere Weihnachtsmann betet seinen Text herunter, der kleinere schüttelt dazu den Jutesack. Wieder klappert es blechern.

Ich zögere, aber dann gebe ich mir einen Ruck. »Kommen Sie rein.« Kirchenbesuch ist kein Wasserrohrbruch.

Schneller, als ich gucken kann, sind die beiden im Wohnzimmer. Das kommt mir komisch vor, aber der Baldicci hat die schließlich auch reingelassen – und das ist ein vorsichtiger Mann.

»Sie kommen also von ...«, ich lächle die beiden an, »Pastor Winter, nicht wahr?«

»Genau. Von Pastor Winter.« Der größere Weihnachtsmann sieht sich im Raum um. »Gemütlich ist es bei Ihnen. Sind Ihre Kinder schon zum Weihnachtsfest eingetroffen?«

»Ich hab keine. Hat sich nie ergeben. Ich wohne hier alleine.« Mit einladender Geste deute ich auf die Stühle vorm Esstisch. »Nehmen Sie Platz. Ich koch uns einen Tee. Plätzchen hab ich auch.« Dann verschwinde ich in der Küche und setze das Wasser auf. Durch die Tür höre ich die beiden reden. Der eine meckert rum, dass er eigentlich für heute Schluss machen wollte, der andere entgegnet etwas, aber was, das kann ich nicht verstehen, weil der Wasserkessel anfängt zu pfeifen. Kaum gieße ich das Teewasser auf, höre ich ein Quietschen, dann ist es still. Der Zahn der Zeit nagt nicht nur an den Dielen des alten Fachwerkhauses, schießt es mir durch den Kopf, als ich mein Spiegelbild im Fenster sehe.

»Ich komme gleich«, rufe ich und platziere Tassen und Keksschale auf dem Tablett. Als ich die Wohnzimmertür mit dem Ellbogen aufstoße, sitzen meine Besucher weiter rechts, direkt vor der Eichenschrankwand und grinsen mich an.

»Prima, diese Rollen unter den Stühlen«, lobt der Größere, nimmt Schwung und kommt vorm Tisch zum Stehen. »Richtig praktisch!«

»Finde ich auch. Die waren im Sonderangebot bei Aldi. Ein Schnäppchen«, erwidere ich stolz und setze das Tablett ab. »Probieren Sie einen von meinen Keksen, die sind selbstgebacken. Eine Tasse Tee und ein paar Mandelplätzchen sind doch genau das Richtige zu Weihnachten«, strahle ich die beiden an.

»Greifen Sie zu. Der Tee kann noch einen Moment ziehen.«

Ich muss nicht lange bitten. Kaum habe ich das Wort *greifen* gesagt, schnellt eine Hand vor, schnappt einen Keks und schiebt ihn sich in den Mund.

»Die schmecken wirklich gut«, lobt der Schmächtige und wirft gierige Blicke auf die adrett auf dem Meißener Porzellan arrangierten Backwaren.

»Bedienen Sie sich.« Auffordernd halte ich erst ihm und dann dem anderen die Keksschale vor die Nase. »Meine Mandelkekse sind eine echte Spezialität. Ich reibe die Mandeln; eigenhändig in einer kleinen Mühle und nehme nur gute Butter dazu.«

Nun langt auch der Größere zu. Er nimmt gleich zwei Kekse auf einmal. »Schöne Schale«, murmelt er mit vollem Mund, und einige Krümel fallen auf den Teppichboden.

»Ist die alt?« »Ja, ein Erbstück von meiner Urgroßmutter. Original Meißen.« Der Größere schnaubt erneut, und noch mehr Brösel fliegen auf den Boden. Angewidert verfolge ich die Flugbahnen. Wenn die beiden weg sind, kann ich gleich den Staubsauger herausholen.

»Haben Sie meinem Nachbarn eigentlich auch ein Geschenk von Pastor Winter gebracht?«, frage ich und bemühe mich um einen freundlichen Tonfall.

»Jepp!«, murmelt der Größere mit vollem Mund und schiebt noch einen Keks nach. »Der hat sich vielleicht gefreut.«

»Das glaube ich gerne«, murmele ich. »Jetzt hat der Tee lange genug gezogen. Einen Moment, ich bin gleich wieder da.«

* * *

Es schneit noch immer. Vor Baldiccis Bungalow ist nicht geräumt. Das passt nicht zu ihm. Hoffentlich ist dem Schlagerfuzzi nichts passiert. Ob ich mal rübergehe? Schließlich müssen Nachbarn füreinander da sein.

Aufs Klingeln öffnet er nicht. Ich ruckel an der Tür, die ist aber nicht richtig zu, nur angelehnt. Behutsam stoße ich sie auf, ich will ja keinen Ärger mit dem Baldicci. Wegen Privatsphäre und so. Italiener sollen da ja sehr empfindlich sein.

»Herr Baldicci!«

Keine Antwort.

»Herr Baldicci, ich bin's! Wo stecken Sie?«

Wieder nichts.

»Herr Baldicci, ist alles in Ordnung?«, starte ich einen letzten Versuch. Statt einer Antwort Schweigen. Soll ich ihn suchen? Aber wo? Im eisig kalten Wohnzimmer ist er nicht. Die riesige Sofalandschaft ist leer, mein Blick wandert weiter und fällt auf seinen Wohnzimmerschrank, einem Monstrum aus schwarzem Schleiflack. Die unteren Schranktüren stehen offen, Papiere liegen auf dem Fußboden verteilt. Mich beschleicht ein ungutes Gefühl. Vorsichtig öffne ich die nächste Tür. Im Fernsehzimmer ist der Italiener auch nicht. Ich arbeite mich weiter vor. Im Ankleidezimmer befindet sich niemand, genauso wenig wie im Badezimmer mit dem überdimensionalen Whirlpool. Unter der Küchentür sehe ich Licht, ich stoße sie vorsichtig auf und sehe mich um. Der Raum ist leer. Gerade will ich zurückgehen, als mein Blick auf den Fußboden vor der Kühltruhe fällt. Ein Blutfleck. Und kein kleiner. Ich schließe für einen Moment die Augen und bete ein »Vaterunser«. Als ich die Augen wieder öffne, ist der Fleck immer noch da. Ich hab ein ganz schlechtes Gefühl, trotzdem hebe ich den Deckel der Tiefkühltruhe hoch.

Mir stockt der Atem, als ich einen Blick hineinwerfe. Blut, jede Menge Blut. Ich gucke genauer hin. Was ist das? Arme. Beine. Kopf. *Baldicci.* Ich kann es gar nicht fassen. Haben die den armen Kerl erst erstochen und dann zwischen Prinzess-Erbsen und Garnelen gepackt! In was für einer Welt leben wir nur?

* * *

Tatsächlich: Weiße Weihnachten! Seit gestern Abend sind dreißig Zentimeter Schnee gefallen, und die Wettervorhersage verspricht für die Weihnachtsfeiertage Nachschlag. Die weiße Pracht liegt mittlerweile meterhoch hier im Norden, und auf den Straßen ist der Verkehr zum Erliegen gekommen. Mich stört das nicht. Mein Auto ist eh unter den Schneebergen am Straßenrand begraben. Hab ja keine Garage mehr, seit Bert die Gefrierkammer dort eingebaut hat. Sicher, die ist praktisch, wenn man einen Hirsch und zwei Rehe gleichzeitig geschossen hat. Aber ehrlich gesagt, wer schießt so viele Viecher auf einmal? Keiner. Obwohl ich dieses Jahr richtigen Jagddusel hatte, wie der echte Waidmann sagen würde. Jetzt liegt das Wildschwein ordentlich zerteilt im Kühlraum. Ein kräftiger Überläufer. So ein kapitales Stück schießt man nicht alle Tage, schon gar nicht im Frühherbst. Ein warmer Tag Mitte Oktober ist es gewesen, einer wie aus dem Bilderbuch mit blauem Himmel und gelben Birkenblättern. In der Dämmerung tauchte das Tier direkt hinter unserem Garten aus dem Maisfeld auf, hielt inne und machte sich dann daran, den Boden aufzuwühlen, genau dort, wo meine Kürbisse wachsen. Genau wie in den Tagen zuvor! Aber an jenem Abend war ich vorbereitet und meine Büchse geladen, ich musste nur warten und zielen. Tja, auch ein blindes Huhn schießt mal den perfekten Weihnachtsbraten.

Das Eichenholz brennt knisternd im Kamin, die Lichterketten am Tannenbaum spiegeln sich in den goldenen Weihnachtsbaumkugeln, im Radio laufen besinnliche Weihnachtslieder, und die Keule vom Überläufer duftet durchs ganze Haus. Was will man mehr? Jetzt den Braten mit Rotwein übergießen, unter Folie eine Weile ziehen lassen – und fertig ist der Hauptgang. Vorher gibt es jedoch noch Punsch. Ich hole die Gläser aus dem Wohnzimmer-schrank. Die Tür lässt sich jetzt lautlos öffnen. Drei Tropfen Öl auf die Scharniere, und das quietschende Knarren war verschwunden. Hätte ich schon längst machen sollen, man-che Arbeiten schiebt man immer vor sich her, bis ... aber lassen wir das, das ist eine andere Geschichte, und heute ist schließlich Heiligabend.

Der Punsch schmeckt gut. Für Bert hätte noch eine Prise Zimt dran sein können, aber ich mag es so lieber. Mich überkommt plötzlich ein zufriedenes Gefühl wie schon lange nicht mehr. Und ich weiß auch, woran es liegt: Dieses Jahr passt einfach alles perfekt zusammen. Draußen liegt die Welt unter einer weißen Schneedecke, und drinnen ist es gemütlich und warm. Dazu ein leckeres Weihnachtsmenü. Die Vorspeise ist längst angerichtet und steht schon auf dem Esstisch. Auf der Leinendecke glänzt das frisch polierte Silberbesteck, kristallene Weingläser funkeln im Licht der Kerzen. Fehlen nur noch die Servietten. Und die Gäste.

Jetzt ist der feierliche Zeitpunkt gekommen. Einen nach dem anderen rolle ich die Herren auf ihren Schreibtisch-stühlen ins Wohnzimmer. Josef, der Zeitungsmann, kommt als Erster. Der hat gestern ganz schön dumm geguckt, als das Licht in der Kühlzelle anging. Sagen konnte er ja nichts mit dem Klebeband vorm Mund. Mit Händen und Füßen hat er an seinen Fesseln geruckelt, als er mich gesehen hat – und zwar so kräftig, dass der Stuhl ein paar Zentimeter vor-gerollt ist. Wenn der nicht aufpasst, kippt er noch um, hab ich gedacht und zu seiner Stabilisierung die fest verschnür-ten Weihnachtsmänner direkt neben ihn gerollt. Draußen hab ich dann auf Superfrost gedrückt. Fand ich irgendwie fairer, obwohl gerade die beiden es nicht verdient haben. Erst vom Pfarrer reden und dann von Pastor Winter kommen. Letzte Woche war die Beerdigung vom alten Timke, Werner Timke. Großer Abtritt mit Feuerwehr, Schützenverein und Blaskapelle. Pastor Sommer hat wie immer schön gesprochen. Über das Leben, den Tod und die Liebe. Und in der Reihe hinter mir zogen die Frauen vom Gesangverein darüber her, dass Pastor Sommer im Winter immer so eine rote Nase hat. »Der Sommer verträgt den Winter nicht«, hat die Alma Deiters so laut gekichert, dass sich alle umgedreht haben. Mitten in der Predigt. So etwas mag ich nicht. Ich mag es aber erst recht nicht, wenn man mich für blöd hält. Dann kann ich böse werden. Ganz böse. So wie gestern, als ich den beiden Weihnachtsmännern die Tropfen in den Tee geträufelt habe, die den kräftigsten Mann ruck, zuck außer Gefecht setzen. Trotzdem bin ich vorsichtshalber zum Waffenschrank im Flur gegangen. Man weiß ja nie. Kaum stand ich jedoch davor, hörte ich den Kleineren der beiden lallen: »Eddi, wolllen wir hier ewig ssitzen?« Als ich um die Ecke guckte, verlor sich der Satz schon im Nichts, und die Stirn kippte gerade auf seine Brust. Der andere blinzelte ein letztes Mal, dann sank auch sein Kopf herab. Da hab ich den Schlüssel vom Waffenschrank wieder in die Tasche gesteckt. Zur Not hätt ich die beiden ja erschossen, aber Blutflecken sind so ärgerlich auf hellem Teppichboden.

Bert schiebe ich zur Feier des Tages ans Kopfende, rechter Hand von Josef. Jetzt kommen die beiden Weihnachtsmänner, die platziere ich links von Bert. Für mich bleibt das andere

Kopfende. Perfekt. Alles wie bei einer großen Familie. Ich setze Bert noch die rote Mütze vom großen Weihnachtsmann auf. Dann sieht man das Loch in seinem Kopf nicht so. Ehrlich gesagt, ist das ziemlich hässlich. Auch noch nach einem Jahr.

Ich schenke jedem von dem kühlen Grauburgunder zum marinierten Lachs ein. Als die Gläser leer sind, bringe ich die Teller des ersten Gangs nach draußen. So wie immer. Da will ich gar nicht drüber meckern. Bert hat sich von jeher vor jeder Art von Hausarbeit gedrückt. Immer. »Wir Männer sind genetisch nicht fürs Abwaschen geeignet«, hat er stets gesagt. Seine genetischen Fähigkeiten lagen in einem ganz anderen Bereich. Jedem Rock hinterherschauen und jede Frau besteigen, die nicht bei drei auf dem Baum ist. Und ich hab auf blind und taub gemacht. Stumm auch. Genau wie diese Affen. Und? Was hat's genützt? Nichts. Wegen irgendeiner dieser Schlampen wollte er mich verlassen. Nach achtzehn Jahren. Und dann noch an Heiligabend. Das geht doch gar nicht. »Bert«, habe ich gesagt, »Weihnachten darf man niemanden verlassen. Weihnachten ist das Fest der Liebe.« Immer wieder hab ich ihm das gesagt, aber er hat nicht eingelenkt, hat nur über seine Gefühle und seine Vorstellungen vom Leben geredet. Mitten in seinem Gefasel hab ich ihm dann die K.-o.-Tropfen in den Wein gegeben. Das hat er gar nicht gemerkt. Blöd war nur, dass er kurz darauf vom Stuhl kippte und sein Kopf so unglücklich auf den Eisenständer vorm Kaminsims knallte und das Blut auf den Teppichboden spr–. Na, lassen wir das. Das ist eine andere Geschichte. Jetzt kommt das

Hauptgericht. Überläuferkeule à la Bert, seit Jahren unser Weihnachtsessen. Dazu ein schöner Sassicaia von '98. Den hat Bert vor Jahren aus der Toskana mitgebracht und wie einen Schatz gehütet.

»Frohe Weihnachten«, proste ich dem Zeitungsverkäufer zu. »Ich hab dir doch versprochen, dass du an Heiligabend nicht alleine bist.« Josefs Nase schimmert bläulich vereist, nur die Eiskristalle in den großen Poren am Nasenflügel sind geschmolzen. Ich greife nach seinem Glas, trinke es aus und fühle mich augenblicklich leicht und beschwingt. Leckeres Tröpfchen, dieser Sassicaia. Bert kennt sich mit Wein aus. Das muss man ihm lassen.

Nachdem ich alle Gläser geleert habe, muss ich an meinen Nachbarn denken. Der Baldicci tut mir leid. Liegt der da so einsam zwischen Gemüse und Garnelen. Ob ich ihn auch zu uns rüberhole? Keiner sollte an Weihnachten allein sein. Es ist schließlich das Fest der Liebe.

Mechtild Borrmann

Das vierte Gebot

Nessdorf

Autorenvita

Mechtild Borrmann lebt in Bielefeld und arbeitet als freie Schriftstellerin. Mit ihrem Kriminalroman *Wer das Schweigen bricht* stand sie im August 2011 auf Platz 1 der KrimiZeit-Bestenliste, bekam den Deutschen Krimipreis zugesprochen und wurde für den Friedrich-Glauser-Preis nominiert.

Im August 2012 erschien ihr neuer Roman *Der Geiger*.

»Name?«

»Christa Wittler.«

»Wohnhaft?«

»Erlenweg 33 in Nessdorf.«

»Geboren?«

»Ja.«

Das leise Klicken der Tastatur endet abrupt. Der Mann, der sich als Hauptkommissar Lessing vorgestellt hat und ihr Sohn sein könnte, sieht sie über den Rand des tragbaren Computers an. Ein kurzes, strafendes Schweigen.

»Witzig.« Sein Tonfall sagt: schon alt, diese Bemerkung. Langweilig.

»23. Juni 1955.«

»Geburtsort?«

»Nessdorf.«

Sie zischt die erste Silbe, macht das O rund und spuckt den Ort aus.

Unangemessen.

Sie weiß das.

Und der Raum tut das Übrige, wirft das Dorf von den nackten Wänden zurück auf den Tisch. Dieser graue Tisch, der nicht fortkann, dem sie die silbrigen Beine auf dem Boden festgeschraubt haben. Der unverrückbar ist, genau wie der Uniformierte an der Tür, den sie nicht sieht. Der in ihrem Nacken steht. Den sie atmen hört.

»Nun gut«, sagt Lessing, »dann erzählen Sie mal von Anfang an.«

Von Anfang an. Als wenn sie da nicht schon seit Ewigkeiten drüber nachgedacht hätte, über diesen Anfang. Aber gefunden hat sie ihn nicht.

Sie lacht auf.

Unheiter.

»Begonnen hat alles im Juni 1955«, sagt sie.

Ironisch soll es klingen, aber es gelingt nicht. Sie hört die Bitterkeit in ihrer Stimme selber.

Eigentlich ist die Antwort richtig. Eigentlich müsste sie damit beginnen.

1955 in diesem Zweihundert-Seelen-Dorf, und meine Mutter ... meine Mutter, die Tochter des Schreiners Wittler, bekommt mit siebzehn ein uneheliches Kind. 1955! *Haben Sie eine Ahnung, was das damals bedeutete?*, müsste sie sagen. Noch Jahre später haben die Oma und die Mutter in der Kirche auf Knien gelegen, haben Gott um Vergebung gebeten für diese Sünde. *Sünde war mein zweiter Vorname*, müsste sie sagen.

Christa Sünde Wittler.

Der Hauptkommissar wartet. Neben dem Computer liegen ein kleiner Block und ein Kugelschreiber. Er nimmt den Stift, klopft damit einen unregelmäßigen Rhythmus auf den Tisch. Die Schulzeit vielleicht. Vielleicht hat da alles angefangen. Der Religionsunterricht, als Ruth dem Pastor sagte: »Die Christa darf aber nicht zur Kommunion gehen, die ist doch ein Bastard.«

Gott ist gütig, hatte Pastor Burger geantwortet und war puterrot geworden. Gott nimmt auch ein Kind der Schuld in seine Gemeinschaft auf. Und dabei hatte er sie so wohlwollend und fürsorglich angesehen, dass sie am liebsten auf das Pult gekotzt hätte. Zur Kommunion hatte er ihr dann ein Gebetbuch geschenkt. Nur ihr, dem Kind der Schuld. »Damit du weißt, dass auch du zu unserer Gemeinde gehörst«, hatte er salbungsvoll gesagt. Vorne in der Widmung stand was von der Mühsal des Lebens und sein Lieblingsgebot: Du sollst Vater und Mutter ehren, damit du lange lebest und es dir wohl ergehe auf Erden.

»Vielleicht war das der Anfang vom Ende«, sagt sie leise.

»Was?« Lessing sieht sie an, als sei sie nicht bei Verstand.

»Mit fünfzehn bin ich fort«, sagt sie wie zu sich selbst. »In die Lehre. Eine Haushaltslehre in der Nähe von Düsseldorf. Bei den Meermanns. Ein großes Haus. Herr Meermann war Prokurist. Vier Kinder und ... und Frau Meermann ...« Sie bricht ab.

Was soll sie das diesem Schnösel erzählen. Höchstens drei-ßig ist der, wahrscheinlich nicht mal. Vermutlich weiß der gar nicht, was eine Haushaltslehre ist.

Ist auch Unsinn. Mit den Meermanns hat es bestimmt nicht angefangen, damit nicht. Das war eine gute Zeit. Elisabeth, die älteste Tochter der Meermanns, war in ihrem Alter, und sie hatten sich angefreundet. Frau Meermann hatte sie manchmal beide mit in die Stadt genommen, in vornehme Konditoreien und schicke Eiscafés. Einmal hatte sie Bekannte auf der Straße getroffen und gesagt: »Das sind meine beiden Mädchen, Elisabeth und Christa.« Und dann hatte sie gelacht, sich zwischen sie gestellt und sie beide um die Hüften gefasst.

Aber vielleicht doch. Vielleicht war das doch der Anfang. Weil sie so glücklich gewesen war. So unbeschwert. Weil sie damals diese Lust gespürt hatte. Diese Lebenslust. Wenn die drei Jahre bei den Meermanns nicht gewesen wären, dann hätte es später dieses Loch in ihr nicht gegeben. Dieses Sehnen.

Sie hebt den Kopf und sieht Lessing trotzig an.

»Ich habe doch gestanden, was wollen Sie denn noch? Es gibt keinen Anfang. Es gibt eben nur dieses Ende.«

Lessing lehnt sich in seinen Stuhl zurück.

»So einfach ist das nicht«, sagt er belehrend. »Es ist zu klären, ob Sie mit Vorsatz gehandelt haben.« Er betrachtet sie nachdenklich. »Ich meine ... haben Sie es geplant? Wann haben Sie zum ersten Mal darüber nachgedacht?«

»Ich bin nicht blöd«, sagt sie, und diesmal gelingt der ironische Unterton, »ich weiß, was ein Vorsatz ist.«

Kein Vorsatz, müsste sie sagen. Eher dieser berühmte Tropfen, der das Fass zum Überlaufen gebracht hat.

Zweimal dein Leben, Jüngelchen, könnte sie sagen, du hast keine Ahnung, wie viel Zeit das ist, und wie die Jahre sich dahinschleppen, in Nessdorf, am gottesfürchtigen, hochanständigen Arsch der Welt.

Bei den Meermanns wäre sie gerne geblieben. Aber als ihre Ausbildung zu Ende war, kam die Mutter eigens angereist, um Frau Meermann zu erklären, dass sie die Tochter zu Hause braucht. Diesen peinlichen Nachmittag hat sie bis heute nicht vergessen. »Gnädige Frau«, sagte die Mutter zu Frau Meermann. »Gnädige Frau, Christas Oma ist sehr krank und der Haushalt groß. Alleine ist das nicht zu schaffen. Sie verstehen das sicher, bei Ihnen ist das ja auch so, sonst würden Sie die Christa ja nicht behalten wollen.«

Zum Abschied hatte Frau Meermann sie, Christa, in den

Arm genommen und geflüstert: »Wenn es deiner Oma bessergeht, kommst du ganz schnell zurück.«

Und dann dieses Heimkommen! Diese immergleichen rosa- und orangefarbenen Geranien auf den Fensterbänken, das Gekreische der Kreissäge aus der Werkstatt und die Begrüßung der Oma: »Wolltest wohl in der Stadt bleiben und auf feine Dame machen, du undankbares Geschöpf. Hast wohl vergessen, dass du uns hier was schuldig bist.«

Sie sieht überrascht auf.

»Schuldig!« Sie ruft es fast triumphierend, beugt sich vor, klopft mit dem Knöchel des Zeigefingers an den Laptopdeckel. »Schreiben Sie auf, junger Mann. Schreiben Sie: Christa Wittler ist schuldig, war es immer und wird es immer sein.«

Lessing presst die Lippen zusammen. Dann sagt er: »Sie verbessern Ihre Situation mit Ihrem Verhalten nicht, Frau Wittler. Ganz im Gegenteil.«

Sie lehnt sich in ihren Stuhl zurück.

Sie haben ja keine Ahnung, könnte sie sagen, aber sie schweigt. Zuerst war es die Großmutter. Sie hatte ein verkürztes Bein, und mit sechzig war ihre Hüfte von der ewigen Humpelei ruiniert. Zwei Jahre ging sie noch am Stock, und dann kam dieser Rollstuhl ins Haus. Dieser gottverdammte Rollstuhl. Den ganzen Tag saß sie in diesem Ding und kommandierte. Das Haus war dreihundert Jahre alt, überall Stufen, und ständig rief sie: »Ich will ins Wohnzimmer. Ich will in die Küche. Ich will in den Garten.«

Und immer war nicht gut, was sie vorfand, und dann

keifte sie: »Auf dem Sideboard liegt noch Staub ... Der Teppich ist nicht ordentlich geklopft ... Den Salat pflanzt man nicht neben die Zwiebeln ... Die Kartoffelschalen sind viel zu dick, das hast du wohl bei den feinen Leuten gelernt, diese Verschwendung.«

Ihr Schlafzimmer war im ersten Stock, und morgens trug sie, Christa, zusammen mit der Mutter die Alte die steile Treppe hinunter.

»Vorsatz«, sagt sie, »dreißig Jahre alter Vorsatz. Damals, auf der Treppe, habe ich so manches Mal gedacht, wenn ich jetzt stolpere, ausrutsche oder sie einfach fallen lasse ... Ich hab sie mir vom Hals gewünscht, verstehen Sie?«

Lessing zieht die Stirn in Falten. »Wen haben Sie sich vom Hals gewünscht?«

Alle, müsste sie sagen. Aber zuerst nur die Oma. Weil sie doch immer den Satz von der Frau Meermann im Ohr hatte: »Wenn es deiner Oma bessergeht, kommst du ganz schnell zurück.« Aber der ging es nicht besser, und da hatte sie gedacht: Zurück kann ich nur, wenn die nicht mehr ist.

Immer denkt man, danach wird es besser. Wird es aber nicht. Von Matthias könnte sie noch erzählen. Der zweite Lichtblick in ihrem Leben. Sechsundzwanzig war sie, als der als Geselle in die Werkstatt kam. Er machte ihr den Hof. Nachdem er sie zur Kirmes in die Stadt eingeladen hatte, verging kein Tag, an dem sie zu Hause nicht zu hören bekam: »Der will nicht dich, der will die Werkstatt.«

Wenn man das tagein, tagaus zu hören bekommt, dann glaubt man es irgendwann, und dann sieht man alles, was er sagt, in diesem misstrauischen Licht. Jedes Kompliment hat dann diesen schalen Beigeschmack der Berechnung, lässt einen nicht lächeln, sondern zusammenzucken.

»Die haben mir nichts gegönnt, nicht das Schwarz unter den Fingernägeln!«

Lessing taxiert sie mit schmalen Augen.

»Frau Wittler, wenn Sie versuchen, mit diesem wirren Gerede auf unzurechnungsfähig zu machen ... damit kommen Sie nicht durch.« Für einen Moment ist sie erstaunt. Dann schnaubt sie ein kurzes, bitteres Lachen.

»Bin das eben nicht mehr gewohnt«, sagt sie, »das Reden.«

Der Matthias ist gegangen. Hat gefragt, ob sie mitkommt, und sie ... sie war schon so vergiftet von all dem Gerede. Trotzdem hat sie drüber nachgedacht, und in ihrer Hilflosigkeit hat sie mit dem Pastor gesprochen. Dass man dankbar sein muss, hat der gesagt, dass man denen, die einen aufgezogen haben, was schuldig ist. Und zum Schluss sein Lieblingsgebot: Du sollst Vater und Mutter ehren, damit du lange lebest und es dir wohl ergehe auf Erden.

Das frisst sich in einen rein, und dann meint man, wenn man jetzt geht, dann versündigt man sich, und dann kann da kein Glück draus werden. Nur Unglück.

»Gottes Zorn, verstehen Sie. Wenn man Mutter und Großmutter und Großvater nicht ehrt, dann kommt kein Himmelreich.«

Lessing presst die Lippen aufeinander, sieht sie strafend an.

»Frau Wittler«, beginnt er.

Sie lacht bitter auf.

»Ich war nie Frau Wittler, HERR Lessing. Ich war immer nur die Christa. Meine Oma war Frau Wittler, meine Mutter war Wittlers Gerda, und ich war die Christa. Christa, der Sündenfall.«

Die Oma ist damals tatsächlich die Treppe heruntergefallen. Aber das sollte man jetzt besser nicht sagen. Würde der einem ja nicht glauben, dass das wirklich ein Unfall war. War ja keiner dabei. Die Mutter und sie im Garten, der Großvater in der Werkstatt. Der Lärm der Kreissäge. Die war schon über eine Stunde tot gewesen, als sie sie fanden.

»Die Oma ist damals die Treppe runtergefallen, Jungchen«, sagt sie jetzt doch mit hocherhobenem Kopf. Lessings Augen werden rund.

»Was wollen Sie damit andeuten?«

Weiß ich auch nicht, könnte sie sagen, aber man fühlt sich eben schuldig, wenn so was passiert. Wenn man nicht zur Stelle war, um es zu verhindern, und weil man immer wieder drüber nachgedacht hat, es sich vorgestellt und gewünscht hat, und weil man – wenn es dann passiert – schuld ist. In Gedanken versündigt. Christa Sünde Wittler.

»War so«, schnauzt sie Lessing an, »schreiben Sie, wahrscheinlich hat sie auch ihre Großmutter die Treppe heruntergestoßen.«

Lessing schluckt.

»Wann war das? Was ist passiert, Frau Wittler?«

Sie grinst ihn böse an.

»Der Großvater«, schiebt sie hinterher, »der ist in seiner Werkstatt tot umgefallen. Zwei Jahre später. Einfach so. War noch ziemlich gut zurecht, aber dann lag er nachmittags zwischen den Sägespänen. Herzinfarkt.«

Sie senkt den Kopf, weiß nicht, warum sie das sagt. Sie sollte das nicht sagen. Nicht so.

Den Großvater hatte sie gemocht. Nicht dass er sie liebevoll behandelt hätte, eigentlich hatte er sie gar nicht beachtet, aber er war der Großmutter so manches Mal über den Mund gefahren, wenn die sie mit ihren ewigen Schimpftiraden bei Tisch gequält hatte. Er sprach selten, aber manchmal schlug er mit der flachen Hand auf den Tisch und sagte: »Kann man denn nicht mal in Ruhe essen?«

Dafür hatte sie ihn gemocht.

Lessing rutscht unruhig auf seinem Stuhl vor. »Wollen Sie damit andeuten ...?«

»Nein!«

Das ewige Brüllen der Kreissäge. Gleich wenn er die Werkstatt betrat, schaltete er sie ein. Manchmal benutzte er sie stundenlang nicht, ließ sie einfach laufen. Sie hatte erst in seinen letzten Lebensjahren verstanden, dass er mit Hilfe des Sägelärms floh, in seine Holzwelt abtauchte, weit weg von Nessdorf, seiner Frau, der Tochter und ihr, der Enkelin. In einem Meer aus Sägespänen hatte er gelegen, den Zollstock noch in der Hand. Hinten in der Werkstatt hatten sie dann den Sarg gefunden. Eiche. Auf dem verstaubten Deckel stand in sorgfältig geschnitzten Buchstaben: Johann

Wittler. Er musste ihn schon vor langer Zeit angefertigt haben. Mit soviel Liebe zum Detail. Mit so viel Hoffnung auf ein besseres Leben danach.

Sie schnaubt verächtlich.

»So ist das in Nessdorf, Jungchen. Da braucht es einen Sarg, wenn man fortwill.«

Lessing fährt sich mit der Rechten durch das halblange Haar.

»So hat das keinen Sinn, Frau Wittler. Ich schlage vor, wir unterbrechen hier. Vielleicht geht es nach einer Pause besser. Möchten Sie vielleicht einen Kaffee?«

»Die Dinge werden nicht besser, nur weil man sie aufschiebt, Jungchen. Ganz im Gegenteil. Aber einen Kaffee, ja, einen Kaffee nehme ich gerne.«

Lessing klappt den Laptop zu und geht hinaus. Der Beamte an der Tür bleibt.

Aufschieben ist nie gut. Aufschub hatte sie der Mutter nach der Beerdigung des Großvaters zugestanden. Ein oder zwei Wochen, hatte sie gedacht, dann würde sie gehen. Und sie hatte sich geschämt, weil sie sich beim Leichenschmaus so leicht, so erlöst gefühlt hatte. *Ich gehe fort! Ich gehe endlich fort*, sang es in ihrem Kopf.

Aber die Mutter hatte es wohl geahnt. Schon drei Tage später war sie krank. Erst der Kreislauf, dann Migräneanfälle, die sie zwangen, im abgedunkelten Schlafzimmer zu bleiben, und später dann der Rücken. Nicht bücken, nicht schwer heben, und gleichzeitig wurde sie der nörgelnden

Großmutter immer ähnlicher. Täglich wies sie darauf hin, wie sie sich geplagt habe, um sie, Christa, großzuziehen, und dass sie wohl ein bisschen Dankbarkeit erwarten könne.

Lessing kommt zurück, stellt zwei Becher mit Kaffee und einen Teller mit Zuckerstückchen, portionierter Kondensmilch und Spekulatius auf den Tisch.

Während er Zucker in seinen Kaffee gibt, sagt er: »Vielleicht sollten wir es anders anfangen. Erzählen Sie von gestern Mittag.«

Sie klopft mit dem Löffel auf den Tisch. »Also was nun? Erst von Anfang an und jetzt nur das Ende?«

Sie schluckt.

Wen sollte es auch interessieren, ihr vergeudetes Leben. Vielleicht sollte sie noch sagen, dass sie im Laufe der fünfzehn Jahre, die sie mit ihrer Mutter alleine gelebt hat, hundert Mal in Gedanken fortgegangen war. Einmal hatte sie sich einen Bildband über Düsseldorf bestellt. Sie dachte, dass sie die Plätze, an denen sie mit Frau Meermann gewesen war, darin finden könnte. Aber alles war fremd und unvertraut gewesen. Und von da an hatte ihre Sehnsucht kein Ziel mehr gehabt. Keinen Ort. Und das war das Schlimmste. Dieses ziellose Sehnen.

Sie nimmt einen Schluck von dem Kaffee. Er liegt bitter auf der Zunge.

»Bitter«, sagt sie. »Es ist bitter, wenn man über fünfzig ist und begreift, dass da nichts mehr kommt. Und es ist unerträglich, wenn man sich eingestehen muss, dass man selber schuld ist.« Sie spürt ein Ziehen im Nacken, schluckt an aufsteigenden Tränen, und weiß mit plötzlicher Klarheit, dass *das* wirklich ihre Schuld ist. Die einzige Schuld, die sie anerkennen wird.

Dass der alte Pastor Burger jeden Montagnachmittag vorbeikam, könnte sie sagen. Die Gemeinde hatte schon vor Jahren der jüngere Kollege aus der Nachbargemeinde übernommen, und der ehrenwerte Pastor Burger wohnte immer noch im Pfarrhaus und kümmerte sich um das Seelenheil seiner Schäfchen. Wenn er bei der Mutter gewesen war und ihr Trost gespendet hatte, kam er anschließend zu ihr in die Küche, nannte sie eine gute Tochter und vergaß nie zu erwähnen, dass die Mutter sie in dieser schweren Zeit brauche. Bevor er ging, pflegte er mahnend das vierte Gebot zu zitieren: »Du sollst Vater und Mutter ehren, damit du lange lebest und es dir wohl ergehe auf Erden.«

»Das vierte Gebot, Herr Lessing, kennen Sie das vierte Gebot?«

Lessing schüttelt langsam den Kopf. »Nein, Frau Wittler, das kenne ich nicht.« Ruhig sagt er das, ganz ruhig und mit diesem resignierten Unterton.

Sie starrt in ihre Tasse.

»Seien Sie froh.«

Lessing spricht jetzt leise, flüstert fast.

»Hat Ihre Tat etwas mit dem vierten Gebot zu tun?«

Sie schiebt ihre Tasse zur Seite, beugt sich weit über den Tisch und flüstert ebenfalls.

»Ich wollte nicht, dass er es ausspricht. Ich wollte nicht, dass er es auch nur noch ein einziges Mal sagt.«

Lessing sieht sie schweigend an.

Nein, sie hatte es nicht geplant.

Wie jedes Jahr hatte die Mutter den alten Pastor am ersten Weihnachtstag zum Essen eingeladen. Tagelang hatte es geschneit, und sie war schon früh am Morgen bei minus elf Grad raus und schaufelte einen begehbaren Weg über den Hof. Extra für ihn. Später, sie war in der Küche, hatte die Gans im Backofen, Rotkohl und Kartoffeln auf dem Herd, stand sie am Fenster. Der blaue Himmel wölbte sich hoch, und die schneebedeckten Dächer und Felder glitzerten in der Mittagssonne, als habe Gott Diamanten mit großer Hand gestreut. Der Duft von Gänsebraten und Rotkohl, die wohlige Wärme der Küche und diese lichtdurchflutete Stille da draußen. Für einen Augenblick empfand sie so etwas wie Zuversicht. Für einen Augenblick gab es diese Gewissheit, dass sich alles ändern würde.

»Kennen Sie das? ... Ich meine, das ist selten, aber manchmal ... manchmal weiß man einfach, dass etwas passieren wird. Ist das dann Vorsatz? Ich mein ... als er auf den Hof kam, in seinem schwarzen Anzug und den alljährlichen Weihnachtsstern im Plastiktopf im Arm. Dieser rote Weihnachtsstern war wie eine Wunde in dieser weißen Stille.«

»Was reden Sie denn da?«

Sie atmet schwer. »Ich weiß es doch auch nicht, Jungchen. Ich kann doch nur sagen, wie es war, dieses Ende.«

Sie hatte ihm die Tür geöffnet. Er übergab ihr, wie jedes Jahr, mit gönnerhafter Geste den Weihnachtsstern und wünschte ein gesegnetes Weihnachtsfest. Dann ging er ins Wohnzimmer zur Mutter, wo der Tisch bereits gedeckt war.

Sie wollte die Hühnerbrühe servieren, stand mit der Suppenterrine im Flur, als sie ihn mit der Mutter streiten hörte.

Sie blieb vor der angelehnten Wohnzimmertür stehen. Lauschte. Nicht schön. Nicht gottgefällig. Und dann hörte sie die Mutter sagen: »Sie ist schließlich auch deine Tochter.« Für einen Moment wankte sie, Hühnersuppe schwappte aus der Terrine auf den Flurläufer. Sie suchte Halt an der Wand neben der Wohnzimmertür.

»Kennen Sie Majong, Herr Lessing? Dieses Spiel, wo immer zwei zusammengehören? Kennen Sie das?«

Lessing verdreht die Augen und lehnt sich resigniert zurück. »Ja, das kenne ich.«

»Immer wieder fängt man von vorne an, immer denkt man, es muss doch aufgehen. Und dann stellt man fest, dass die ganze Zeit ein Stein im Spiel ist, zu dem es keinen zweiten gibt.«

Sie hatte die Suppe zurück in die Küche getragen und sich auf einen der Stühle fallen lassen. Wie lange sie so gesessen hatte, wusste sie nicht mehr.

Sie blickt auf. Müde sieht er aus, dieser Lessing. Hat sich diesen zweiten Weihnachtstag wohl auch anders vorgestellt. Hat vielleicht Kinder, Familie und so.

»Machen wir es kurz.« Er kam in die Küche, fragte nach dem Essen. Am Tisch sprach er ein Gebet, dankte für die Speisen und für die Geburt von Gottes Sohn. Mein Kopf war völlig leer. Er saß mir gegenüber, und ich konnte ihn nicht ansehen. Die Mutter fragte: »Hat es Ihnen geschmeckt, Herr Pastor?« Mir war übel. Ich hab den Tisch abgeräumt, war beim Spülen, als er in der Tür stand, um sich zu verabschieden. Und ich dachte ... ich dachte, wenn er es wagt ... wenn er es jetzt noch einmal wagt, zu sagen *Du sollst Vater und Mutter ehren*, dann ... Das Messer lag im Spülwasser. Ich spürte den Griff. Er zog seinen Mantel an, und für einen Moment war ich erleichtert. Für einen Moment dachte ich: Er sagt es nicht. Er geht, ohne es zu sagen. Ich habe das Messer losgelassen und meine Hände aus dem Wasser gezogen. Wenn er doch einfach gegangen wäre. Aber er drehte sich um. »Und du weißt ja, Christa ...«, fing er an. Das Spülwasser spritzte auf, und dann ... dann lag er auf dem Küchenboden, und ich habe zum Fenster hinausgesehen und gedacht: Jetzt ... jetzt wird alles anders!

Nicola Förg

Der Salzstreuer

Grossdonnerfeld im Bergischen

Autorenvita

Nicola Förg hat mittlerweile zwölf Kriminalromane verfasst und an zahlreichen Anthologien mitgewirkt. Ihre zwei Krimiserien spielen im Voralpenland und an alpinen Tatorten, das aktuelle Buch *Mordsviecher* wurde vom Tierschutzbund Bayern mit einem Tierschutzpreis ausgezeichnet. Die gebürtige Oberallgäuerin, die in München Germanistik und Geographie studiert hat, lebt mit Familie sowie Ponys und diversen Kaninchen und Katzen auf einem Anwesen im südwestlichen Eck Oberbayerns, dort wo man schon mit dem Ostallgäu flirtet.

Mehr Informationen unter www.ponyhof-prem.de.

Spät war er gekommen dieses Jahr. Der Wetterfrosch im Fernsehen und die Zeitung hatten davon gesprochen, dass er höchstens zwei Tage liegen bliebe. Dass bald ein Hoch käme mit Warmluft. Dass man ins Sauerland müsse oder zum Harz oder gleich in die Alpen. Jubelnd hatten die Kinder ihn begrüßt, ihre Rodelschlitten und Rutschwannen gepackt. Begeistert hatten die Hunde ihn gefeiert. Herrliche Luft, endlich durchatmen, Schneeluft macht frei. Unvermindert war er gefallen. Das Hoch hatte abgedreht. Unvermindert fiel er weiter, eine Welt in Weiß. Was getrennt war, war längst verbunden. Bäche und Zäune verschluckt. Es waren keine großen, dicken Flocken, keine tanzenden Kristalle. Es waren kleine Flocken, die unvermindert sanken. Dann war der Sturm gekommen, das nächste Hoch war ebenfalls ausgefallen. Irgendwo in Südtirol vor dem Alpenhauptkamm stecken geblieben. Kleine Schuppen verschwanden, Klettergerüste und Regentonnen hatte er einfach weggezaubert. Die Straßen säumten Wälle aus Schnee. Kleine Straßen waren zu einspurig durchfurchten Wegen geworden. Die Arbeitgeber hatten kein Verständnis mehr für den Satz: »Ich bin nicht rausgekommen.« Unvermindert sank er, und Gott allein wusste, wann er stoppen würde.

* * *

Es gab ein sattes *Plöng*. Oder *Zöng*. Roland Maisenkaiser starrte ins Schneetreiben, starrte auf seine ächzenden Scheibenwischer. Starrte auf seine Windschutzscheibe. Wenn das

jetzt ein Stein gewesen war! Weil dieser monströse Schneepflug vor ihm fuhr mit den dicken Rädern und den Schnee-
ketten. Wie er dieses Gerassel hassen gelernt hatte in den
letzten drei Wochen. Und nun pfefferte der ihm auch noch
einen Stein in die Optik. Seine Scheibenwischer hatten sich
verkeilt. Da hing etwas. Etwas, das schimmerte. Da hing
eindeutig eine goldene Uhr. Gutes Fabrikat, dachte Maisenkaiser noch, wenn das Glas noch ganz ist. Was sollte er tun?
Vor ihm rasselte das Schneepflug-Streufahrzeug, hinter ihm
hatte sich Kolonnenverkehr gebildet. Viele fuhren so früh
zur Arbeit. Allesamt eine Stunde eher als sonst. Und selbst
dann konnte es sein, dass man steckenblieb. Zwischen um-
gekippten Lkws und Schneewällen. Und wie er noch nach-
dachte und aufstoßen musste vom Ärger und dem starken
Kaffee, sprühte es rot auf seine Scheibe. Natürlich fuhr er
zu dicht hinter dem Streuwagen. Aber was sprühte da Rotes? Als ein Finger geflogen kam, stieß Maisenkaiser nochmals auf.

* * *

Piet Baumeister lag gut in der Zeit. Niemand hatte zwar geahnt, dass es so lange dauern würde, aber Piet nahm das Leben und seinen Job, wie sie eben kamen. Obwohl diese Autofahrer nervten. Genau wie der, der nun ansetzte, ihn zu
überholen. Das war doch das Problem. Hinter dem Wagen
ging es ihnen zu langsam, aber preschten sie ungeduldig
vor, merkten sie schnell, dass sie im Tiefschnee und den
Verwehungen noch langsamer vorankamen. Heute war so
ein Tag. Sobald der Astra an ihm vorbei sein würde, würde

er langsamer werden. Viel zu langsam für Piet Baumeister. Piet musste sich konzentrieren. Der Fahrer des Astra war wohl lebensmüde. Oder irre! Oder vom Morgenwahnsinn geplagt: Er hupte wie verrückt. Er hatte die Alarmblinkanlage drin, und Piet sah Bremsleuchten. Der Opel schlingerte vor ihn. Ein Blick in die Spiegel zeigte, dass die Autos hinter ihm gerade noch hatten bremsen können. Piet sprang aus dem Führerhaus. Auch ein Piet Baumeister hatte Grenzen! Er stieß fast mit dem Mann zusammen, der aus dem Pkw gewankt war. Der Mann war sehr blass, und Piet brüllte ihn an und tobte. Der Mann schien taubstumm zu sein, denn er packte Piet am Ärmel und zog ihn um sein Auto herum. Zeigte zitternd auf die Windschutzscheibe. Piet war nicht wirklich zartbesaitet, aber nun wurde ihm übel.

* * *

»Die Hollerner Straße stadteinwärts ist wegen eines Streuwagenunfalls gesperrt. Ortskundige umfahren den Bereich bitte großflächig oder benutzen öffentliche Verkehrsmittel. Wegen Überlastung ist es auf der Hans-Otto-Schmid-Allee auch schon zu drei Kilometer Stau und zähflüssigem Verkehr im weiteren Verlauf gekommen. Wir informieren Sie, wenn die Sperrung aufgehoben wurde.«

Olga Mihai horchte dem Verkehrsfunk hinterher, den sie nun schon zum dritten Mal im Hintergrund gehört hatte. Streuwagenunfall klang so nett und harmlos. Das hier war gar nicht so harmlos. Sie, die gebürtige Rumänin, und ihr

Kollege Bernd Gebauer, der Westfale, waren an sich ein unerschütterliches Team. Aber das hier war wirklich zum Kotzen – was der Zeuge Roland Maisenkaiser auch ausgiebig getan hatte. So wie zwei weitere Verkehrsteilnehmer, die hinter dem Streufahrzeug gefahren und neugierig nach vorne gepresst waren.

Die Polizei hatte schnell abgesperrt, sich kurz ein Bild von Uhr, Finger und Rotsprenkeln gemacht und dann Piet Baumeister gebeten, den Salzcontainer zu öffnen. Olga hatte sich ja kurz der Hoffnung hingegeben, dass sich eventuell nur eine Hand in den Salzstreuer verirrt hätte. Aber bekanntlich werden die meisten Hoffnungen im Leben zerstört. In den Salzstreuer hatte sich ein ganzer Mann verirrt oder besser das, was von ihm übrig war. Der Kollege Gebauer nahm an, dass es sich um einen Mann handeln müsse, weil das doch eine Herrenarmbanduhr sei, die wundersamerweise noch intakt war.

»Schweizer Qualität«, sagte Gebauer anerkennend.

Piet Baumeister stand nur da und schüttelte unentwegt den Kopf. Ebenso monoton war seine Rede: »Da fahr ich mit 'nem Toten rum. Im Salz. Und streu auch noch.«

Nun, lieber Herr Baumeister, das ist ja auch dein Job, dachte Olga und war erleichtert, dass der Mann stabil wirkte. Zumal sich in den ersten Gesprächen ergab, dass Baumeister heute früh das Fahrzeug kurzfristig zugeteilt bekommen hatte. Und die Route. Der Kollege Ralf Olbricht war nicht zum Dienst erschienen. War weder ans Festnetz noch an sein Handy gegangen. Olga war nun doch froh, dass Piet Baumeister wohl nicht der Allerhellste auf der Platte war. Denn dann hätte er das gedacht, was sie dachte: Was, wenn der gute Piet den Kollegen Olbricht ausgestreut hatte? Und was, wenn der gute Piet es wie die Katzenberger hielt und sich nur dumm stellte? Was, wenn er den Kollegen ins Salz eingebracht hatte und nun den Überraschten gab? Wenn's denn der Kollege war ...

KTU und Gerichtsmedizin ordneten die Reste, und siehe, es handelte sich um Ralf Olbricht oder eben besser: dessen Stückchen. Die Schnecke, die das Salz weitertransportierte, hatte ganze Arbeit geleistet. Am Arbeitsplatz, der Straßenmeisterei, herrschte Aufruhr. Und Ratlosigkeit. Am besagten Morgen waren zehn Mann ausgerückt, Hans Habermann war extra aus dem Urlaub gekommen, weil Ralf Olbricht eben mit Abwesenheit geglänzt hatte. Die Fahrer ließen durchblicken, dass Olbricht nicht gerade der Traumkollege gewesen war. Unkollegial, arrogant, patzig – war er gewesen. Als gestreikt worden war, hatte er nicht mitgemacht. Als es darum ging, Überstunden zu schieben, um einen Arbeitsplatz zu erhalten, hatte er nicht mitgemacht. Als für den schwer verunglückten Sohn eines Kollegen gespendet wurde, hatte er nicht mitgemacht. An seinem Geburtstag gab er nie Bier und Wurstsemmeln mit Gürkchen aus, das wog am schwersten. Der Einsatzleiter Eisleben – sein Name passte zu den eisgrauen Augen, dem eisgrauen Anzug und seiner eisigen Miene – musste leider bestätigen, dass es mit Olbricht nicht zum ersten Mal Ärger gegeben hatte. Dass er öfter unentschuldigt weggeblieben war, aber dann stets ein Attest nachgereicht hatte. Insofern

hatte er sich da gar nicht gewundert, dass er heute nicht ...
Er blickte weiter eisig und ruckelte unwirsch auf seinem
Stuhl.

Wann man ihn denn zum letzten Mal gesehen hätte,
wollte Olga wissen. Das musste der figürlich sehr dürre
Eismann erst mal nachsehen und gab an, dass der Mann
gestern Dienst gehabt hatte, am Hollerer Hügel, wie eigentlich die letzten drei Wochen schon. Ein Wohngebiet mit
recht verwinkelten kleinen Sträßchen war das, recht ber-
gig – wie der Name es vermuten ließ. Olga wohnte ganz in
der Nähe und konnte ein Lied davon singen, wie belastend
die Schneemassen geworden waren. Keiner wusste mehr,
wohin mit dem weißen Scheiß. Schnee für die Romantik an
Weihnachten, gut, aber doch nicht jetzt im ausgehenden
Februar!

Olga ließ sich die Unterlagen geben und konnte feststellen, dass jeder Fahrer unterzeichnen musste, wenn er
sein Fahrzeug abgab. Mit Uhrzeit und Unterschrifts-
schnörkel. Sie scrollte quasi über die Liste, und da blieb
ihr Auge an etwas hängen. Gestern waren fast alle Fahrzeuge gegen sieben Uhr abends drin gewesen. Es hatte mal
nicht geschneit, der Berufsverkehr war glimpflich verlaufen. Später am Abend waren dann nochmals vier Fahrzeuge ausgerückt und nach 23 Uhr fünf Fahrzeuge wieder
eingerückt. Diese Beobachtung teilte Olga dem Eismann
mit. Der war mehr als irritiert. Ließ das knöcherne Finger-
chen hektisch über die Linien rotieren. Bis Gebauer sich
die Liste griff und bedächtig sagte: »Ich seh das mal so:
Der Olbricht ist ganz normal raus. Er ist aber nicht ganz
normal rein wie die anderen. Sein Auto kam erst um 23.41

Uhr rein, und der Krakel da, der eine Unterschrift sein soll, stammt nicht von Olbricht. Weil auch wenn der Arzt gewesen wäre, hätte man irgendeine Ähnlichkeit erahnen können.« Gebauer nahm sich ebenso bedächtig, aber mit unanfechtbarer Autorität den gesamten Ordner. Blätterte und sprach dann: »Die Unterschrift von Olbricht sieht auf allen Blättern aus wie *Obrt*, hier aber steht *Habr* und dann eine zittrige Linie. Das ist die Unterschrift von Hans Habermann. Zweimal steht da *Habr*. Einmal um 23.11 Uhr und einmal um 23.41 Uhr. So, Herr Eisleben, und da fragen wir uns doch, warum der Herr Habermann erst seinen und dann den Streuwagen vom Herrn Olbricht zurückgebracht hat. Zu nachtschlafender Zeit? Das fragen wir uns doch, oder, Herr Eisleben?«

Manchmal hätte Olga den Kollegen küssen mögen, heute war so ein Tag. Er konnte grandios sein in seiner westfälischen Reduziertheit und Geradlinigkeit.

Was man sich so fragte, fragten sie dann auch Habermann, der ins Büro zitiert wurde. Und der Hans Habermann, ein grobschlächtiger Typ, aus dessen Karohemdkragen der Schwanz von irgendeinem Tier bis hinter sein ausrasiertes Ohr wuchs, wand sich. Wie das Tier, vom dem Olga lieber gar nicht wissen wollte, was der Habermann sich hatte tätowieren lassen und bis wohin. Jedenfalls dauerte es etwas, bis Habermann mit der Geschichte rausrückte. Er war kurz nach elf im Depot gewesen und mehr zufällig ans Telefon gegangen. Da hatte einer angerufen und gesagt, da stünde seit Stunden ein Streuwagen rum und hätte sich keinen Millimeter bewegt. Ein Fahrer sei auch keiner da. Habermann hatte sich das Kennzeichen sagen lassen und festgestellt, dass es Olbrichts Fahrzeug war. »Eigentlich hätte ich den Karren gar nicht holen sollen, aber ich bin dem Ralf noch 'nen Gefallen schuldig«, war der Tenor seiner Rede.

Der erwähnte Gefallen hatte etwas mit illegalen Sportwetten zu tun, erfuhr Olga, der Mann wand sich weiter wie das Tattoo. Jedenfalls hatte er den Karren dann geholt, der Schlüssel hätte gesteckt, von Ralf Olbricht war jedoch keine Spur.

»Schöne Geschichte«, sagte Gebauer. »Sie haben nur den Teil ausgespart, bei dem Sie den Olbricht in das Salz mit seiner rotierenden Schnecke gekippt haben. Wettschulden, soso! Um wie viel ging es denn?«

Der Habermann glotzte wie ein kurzsichtiges Gnu, dann stammelte er nur noch und zitterte. Ein Mann wie ein tätowierter Hackstock und dann so ein Psycherl!, dachte Olga. Er beteuerte immer wieder, nichts damit zu tun zu haben. Auch die anderen Kollegen, inklusive Piet Baumeister, den es schwer beutelte, dass er den Kollegen ausgestreut hatte, waren unschuldig wie Lämmchen. Klar hatte man ihn nicht gemocht, aber da mordete man doch nicht gleich deswegen. Das ließ Olga mal unkommentiert, und sie zogen aus, die Wege des Herrn Olbricht nachzuvollziehen. Klingelten an den Türen in jener Straße, in der der Streuwagen stehen geblieben war. Und fanden sich wieder in Schimpftiraden, wie schlecht geräumt würde. Ob man sie hier abschneiden wolle, denn allmählich käme man an den Schneewänden gar nicht mehr vorbei. Dass die Polizei was tun müsse. Dass der Schneepflug ständig die Einfahrten zuschiebe. Kaum hätte man freigeschaufelt, käme er und werfe Wälle auf – hoch wie die Chinesische Mauer. Höher!

»Jaja, der Winter«, sagte Gebauer bedächtig. »Stört unser ganzes Leben. So ein böser Bube, der Winter. In der Sahelzone soll es auch schön sein.«

Olga gluckste. Jedenfalls hatten sie am Ende ein ziemlich genaues Bild davon, wie weit Olbricht gekommen sein musste. Bis zum Haus in der Kurve. Da waren Scherben von Gartenzwergen in Schneewälle eingearbeitet, ein abgetrennter Zwergenkopf starrte sie auf Gesichtshöhe an. Sie klingelten. Niemand öffnete. Olga ruckelte ein wenig am Türhebel der Garage, und der Sesam öffnete sich. Das Auto fehlte, dafür gab es eine akkurat aufgeräumte Werkbank und im Eck eine Schneeschaufel, an der Blut und Haare klebten.

»Hoppala«, meinte Gebauer und stellte vorsichtig das Ding sicher.

* * *

Egon Lehmann-Schröder stoppten sie zwei Tage später in Holland. Verbrachten ihn retour. Erfuhren, dass Frau Schröder aus Lehmann-Schröder schon vor Jahren ausgezogen war und irgendwo in Griechenland in einer Althippie-Kolonie lebte. Lehmann-Schröder, dessen Haus genauso pedantisch aufgeräumt war wie die Werkbank, gestand schnell.

»Wissen Sie, wie es ist, wenn man Ihnen immer dann, wenn Sie mühsam alles freigeschaufelt haben, alles wieder zuschiebt?«

Olga sagte nichts.

»Wissen Sie, dass ich ihn gebeten habe, etwas mehr Abstand zu halten? Dass ich ihm sogar Geld geboten habe, dass er einmal wendet und das Zeug auf die andere Seite schiebt? Da, wo nur der Straßengraben ist? Aber der Mann war ja so was von patzig. Und arrogant. Hat mich ausgelacht!«

Olga sagte nichts.

»Wissen Sie, wie es ist, wenn das Zeug, das er um fünf hinschiebt, um halb sieben, wenn ich zur Arbeit fahre, steif gefroren ist, und ich fast eine Spitzhacke brauche, um es loszustemmen?«

Olga sagte nichts.

»Wissen Sie, wie es ist, wenn Sie ausgeliefert sind? So einem arroganten Lümmel? Und dann hat er meine Zwerge getötet. Den Förster und den Gärtner! Wissen Sie, wie das ist?«

Olga sagte nichts. O ja, sie wusste das. Also nicht, wie man mit dem Doppelmord an Zwergen umging. Das wusste sie nicht. Aber sie wohnte ganz in der Nähe. Ihre Einfahrt hatte dasselbe Problem. Wahrscheinlich hatte sie es sogar mit demselben Fahrer zu tun gehabt. Sie hätte ihn umbringen können, diesen Idioten von einem Schneepflugfahrer! Diesen Vollpfosten mit Salzstreuer! Töten hätte sie ihn wollen. Jeden Morgen neu. Aber das hatte ja nun ein anderer getan.

* * *

184

Olga blickte aus dem Fenster. Es hatte wieder zu schneien begonnen. Ein weiteres Schneetief hatte sich aufgemacht. Und schon lange gab der Wetterbericht keine Durchhalteparolen mehr aus. Von wegen der Schneefall würde nur zwei Tage dauern ... ewig würde er dauern, und wundern musste sie sich, dass nicht mehr gemordet wurde dieser Tage.

Sabine Trinkaus

Zwei Gänse

Bonn

Autorenvita

Sabine Trinkaus lebt in Alfter bei Bonn. Seit 2007 schreibt sie kriminelle Kurzgeschichten, für die sie bereits zahlreiche Preise gewann, zuletzt den Agatha-Christie-Krimipreis 2010. Sie ist Mitglied im *Syndikat* und bei den *Mörderischen Schwestern*. Im Februar 2012 erschien ihr erster Roman *Schnapsleiche*.

Montag, 24. Dezember 2012

»Tu doch etwas!« Vera Giesbrechts Stimme klang hysterisch. In Momenten wie diesen hasste Dr. Wörth seinen Beruf. Er kauerte neben dem leblosen Körper, suchte erneut nach einem Puls, war ihm die sinnlose Geste doch lieber als das, was nun tatsächlich zu tun war. Heimlich schielte er nach seiner Armbanduhr. Heiligabend! Seine Frau saß zu Hause, mit Tochter, Schwiegersohn und seinem ersten Enkelkind. Dort sollte er sein, nicht hier – wozu gab es den ärztlichen Notdienst? Aber die Giesbrechts waren mehr als nur langjährige Patienten. Sie wohnten in der Nachbarschaft, man war per Du, lud sich gelegentlich zum Essen ein. Mehr als einmal war Dr. Wörth bei solchen Gelegenheiten durch den Kopf gegangen, dass Guntram Raubbau an seinem Körper betrieb. Fettes Essen und zu viel Alkohol, dazu Bewegungsmangel, in seinem Alter machte ihn das zum klassischen Infarkt-Kandidaten. Möglicherweise hätte er das erwähnen sollen, ganz freundschaftlich. Wenngleich die Erfahrung lehrte, dass solche Bemerkungen in der Regel weder erwünscht waren noch gar Wirkung zeigten. Wie auch immer – jetzt war es ohnehin zu spät. Jetzt galt es die Sache so schnell wie möglich über die Bühne bringen, ohne dabei allzu herzlos zu wirken. Ächzend richtete er sich auf. »Vera, es tut mir leid. Ich kann nichts mehr für ihn tun!« Er sah sich im Raum um. Ein geschmückter Baum, ein festlich gedeckter Tisch, Gänsebraten, ja, manchmal hasste er seinen Beruf.

»Das ist alles meine Schuld«, schluchzte Vera Giesbrecht. »Die Gans, viel zu fett, aber er mochte sie doch so gern ...«

»So darfst du nicht denken!« Dr. Wörth legte väterlich die Arme um sie. »Vera, du kannst nichts dafür.« Erneut wanderte sein Blick heimlich zur Uhr, diesmal zum Zifferblatt der großen Standuhr, die in der Ecke des Raums tickte, als sei nichts geschehen. Er dachte daran, dass er nun eine Leichenschau vornehmen müsste. Den Körper entkleiden und genau untersuchen, alle Körperöffnungen kontrollieren, dazu Augen, Schleimhäute und dergleichen. Schauderhaft! Möglicherweise müsste er dann die Polizei anrufen, um die genaue Klärung der Todesursache zu veranlassen. Allein der Gedanke verbot sich. Vera Giesbrecht hatte wirklich genug durchgemacht! Plötzlich und unerwartet, ein klassischer Infarkt, und er wollte wirklich nach Hause, wollte zu diesem prächtigen kleinen Bengel, zu seiner Familie. Er würde einen Totenschein ausstellen, den Abtransport veranlassen. Das war er Vera schuldig.

Mittwoch, 14. November 2012

Im ersten Moment hatte sie es für einen Witz gehalten. Fettarm – das konnte nur ein Scherz sein. Obwohl er nicht unbedingt für seinen Humor bekannt war.

Schon gar nicht in letzter Zeit.

Seit fünfundzwanzig Jahren kannte Annemarie den Mann. Lange genug, um mit all seinen Schrullen und Eigenheiten vertraut zu sein. Sie hatte gelernt, die Berechenbarkeit seiner Bedürfnisse zu schätzen. Wenn er zufrieden war, war er nämlich ein durchaus angenehmer Gefährte.

Unzufrieden hingegen war er die Pest.

An allem hatte er etwas auszusetzen. Sogar an sich selbst. Dabei hatte er seinem Körper immer ebenso wohlwollend wie unkritisch gegenübergestanden. Jetzt auf einmal faselte er unentwegt von Kalorien. Er war der Betriebssportgruppe des Ministeriums – einem Angebot, für das er bislang nur milden Spott übriggehabt hatte – beigetreten, schreckte nicht davor zurück, am *Walking für Anfänger*-Kurs teilzunehmen. Und spätestens als Annemarie ihn dabei ertappte, wie er im Internet die Produktseite eines Kosmetikherstellers studierte, der ein Shampoo mit dem verräterischen Namen *Re-Naturel* anbot, war ihr klargeworden, dass etwas vorging.

Es war eine Phase, sagte sie sich, eine, die hoffentlich bald vorbei war.

Ein paar Pfund weniger mochten ihm gut zu Gesicht stehen, und grundsätzlich begrüßte Annemarie natürlich auch das Bemühen um gesündere Lebensführung. Aber leider beschränkte er sich nicht auf Selbstkritik. Langweilig fand er das gemeinsame Leben auf einmal. Und nicht nur die Gegenwart, auch die Vergangenheit fand keine Gnade mehr vor seinen Augen. Nie sei man ausgegangen, bemängelte er, in all den Jahren habe man nie eine Nacht durchtanzt, ganz spontan in Paris zum Beispiel. Überhaupt die Urlaube, allesamt öde und vergeudet, immer an die Ostsee oder in den Harz, statt südostasiatische Tempelanlagen zu erkunden oder mit dem Fahrrad durch die Toskana zu streifen. Das sagte er ganz im Ernst, er, der schon an der Ostsee unentwegt über die hohen Preise klagte. Der sogar im Harz das Wasser abkochte, weil man ja schließlich nie wissen konnte.

Annemarie biss die Zähne zusammen und schwieg. Sogar, als er schließlich die Sinnhaftigkeit des Lebens ohne Nachkommen in Frage stellte. Der Mann, der angesichts der allgemeinen Umstände jedweden Kinderwunsch ihrerseits im Keim erstickt hatte. Eine Phase, nur eine Phase. Allerdings eine, die Annemarie zunehmend beunruhigte. Etwas stimmte nicht. Etwas, das sich in fettarmem Gänsebraten manifestierte.

Ein Widerspruch in sich. Fettarm *oder* Gans, so sah Annemarie das. Aber so war er eben. Er hockte seit dreißig Jahren in seinem Büro im Ministerium. Er bezog seine Bezüge, überwachte den ordentlichen Ablauf der Abläufe. Er saß sich stoisch von Besoldungsstufe zu Besoldungsstufe, genau wie seine Kollegen, ganz so, wie es sich für einen guten Ministerialbeamten gehörte. Heimlich hatte Annemarie die Theorie, dass es dieser kollektiven Grundhaltung zu verdanken war, dass das Ministerium dem großen und verhassten Umzug nach Berlin entronnen war. Eine derart träge Masse bewegte man nicht gegen ihren Willen, ohne das Gleichgewicht der Welt empfindlich zu stören. So weit nur eine Theorie, aber ob nun richtig oder falsch, es änderte nichts an dem Umstand, dass man mit einem wie ihm nicht über die Notwendigkeit der Weihnachtsgans diskutierte. Er war nun einmal Traditionalist. Das bewies schon der Umstand, dass er seit nunmehr fünfundzwanzig Jahren ein Verhältnis mit seiner Sekretärin pflegte.

Annemarie schob die unerfreulichen Gedanken beiseite. Sie tippte *Gänsebraten* in die Suchmaschine, dann *fettarm*. Das Internet brach in lautes Gelächter aus.

Dienstag, 04. Dezember 2012
Mörderisch mager nannte sich die Veranstaltung, über die Vera beim Blättern im Programm der renommierten

Stätte der Erwachsenenbildung gestolpert war. *Tipps und Tricks für eine kalorienarme Weihnachtsgans, garniert mit spannender Krimiunterhaltung* versprach der Untertitel. Vera liebte es, das Nützliche mit dem Angenehmen zu verbinden. Sie hatte sich wirklich auf den Abend gefreut.

Und nun saß sie hier, vollkommen unfähig, einen klaren Gedanken zu fassen oder gar der Veranstaltung zu folgen. Das war nicht Schuld des reizenden Kochs mit dem komplizierten Namen, der gerade erklärte, wo die gemeine Gans ihr Fett verbarg. In der Bauchhöhle nämlich und natürlich unter der Haut. Er demonstrierte, wie man Ersteres wegschneiden konnte – kein schöner Anblick –, und erklärte, dass Letzteres einfach abtropfte, stach man das tote Tier nur oft genug mit einem Zahnstocher. Tausend kleine Wunden, die man dem armen Vogel gedankenlos zufügte, als habe man ihm nicht genug angetan, ihn nicht längst sämtlicher Würde beraubt. Und alles nur, damit Guntram seinen Willen bekam! Guntram, der gerade lustig im Kreis alternder Sachbearbeiterinnen durch die Rheinauen walkte, weil ja schließlich Dienstag war.

Vera biss sich auf die Unterlippe. Sie versuchte, ihre Aufmerksamkeit auf die reizende rothaarige Schriftstellerin zu lenken, die gerade zum Vortrag kam. Sie hörte die Worte, Worte, die von Hass und Gift handelten. Worte, die genau das fassten, was sie gerade fühlte.

Sie starrte hinüber in die andere Ecke des Raumes. Legte in ihre Blicke all das, was in ihrem Kopf tobte, schoss es in Richtung dieser Frau, die da hockte, als könne sie kein Wässerchen trüben. Als sei sie nicht schuld an der Hölle, durch die Vera seit ein paar Wochen ging. Die falsche Schlange, gleichsam der Zahnstocher, der eine Wunde nach der anderen in Veras dünner werdende Haut jagte. Annemarie Marx!

Annemarie hätte sich am liebsten unter ihrem Stuhl verkrochen. Sie verstand nicht, was vorging. Natürlich war ihr Vera trotz der jahrelangen Bekanntschaft nicht freundschaftlich verbunden. Man traf sich beim Sommerfest des Ministeriums, ab und an zufällig in der Stadt. So war das eben in Bonn. Da vorn zum Beispiel, da saß Helma Siebert. Die hatte vor einem halben Jahr im Ministerium angefangen. Gut zwanzig Jahre jünger als Annemarie, eine unscheinbare und langweilige Person, die allerdings auftrat wie die Antwort auf eine Frage, die aus gutem Grund niemand gestellt hatte. Annemarie fragte sich, was sie hier wohl tat, gehörte sie doch zu diesen Hungerhaken ohne Hüfte, Busen und Hintern. Ganz sicher musste Helma nicht auf fette Weihnachtsgans verzichten. Aber das war egal, Annemarie hatte weiß Gott andere Sorgen in diesem Moment.

Vorsichtig sah sie wieder zu Vera. Wand sich heimlich unter dem bösen Blick. Vergeblich suchte sie nach einer Spur der gewohnten reservierten Freundlichkeit. Nach einem Hauch des Gefühls, dass im Grunde alles in Ordnung war zwischen ihnen.

Annemarie hatte der Institution Ehe immer misstrauisch bis ablehnend gegenübergestanden. Als Guntram ihr seinerzeit Avancen machte, war sie allerdings in einem Alter gewesen, in dem ihr durchaus bewusst war, dass es neben Hunger und Durst noch andere Bedürfnisse im Leben einer Frau gab. Natürlich hatte sie gewisse moralische Bedenken gehabt. Aber Guntram war ganz offensichtlich auf der Pirsch. Und Annemarie war damals schon lange genug im Ministerium gewesen, um zu wissen, dass es letztlich auch in Vera Giesbrechts Interesse lag, wenn sie seinem Werben nachgab. Damals wie heute lauerte nämlich nicht nur die Versuchung in Büros und Fluren, sondern auch das *Raubtier.* Frauen in einem gewissen Alter, deren Sehnen und Verlangen nicht mit einem kleinen erotischen Abenteuer zu stillen war. Das Raubtier wollte mehr. Es ruhte erst, wenn der emotional und sexuell verwirrte Ministerialbeamte seine gesetzlich Angetraute aus dem schmucken Eigenheim gejagt und die Nebenbuhlerin als Nachfolgerin eingesetzt hatte. Dort ließ das Raubtier dann allerdings die Maske fallen und zeigte sein wahres Gesicht. Ständig forderte es neue Beweise der tiefen Liebe und der immerwährenden Aktivität. Annemarie hatte mehr als einen Kollegen unter dieser Last psychisch und physisch zusammenbrechen sehen. Bei Annemarie hingegen war Guntram in Sicherheit. Er und seine Ehe. Und es hatte gut funktioniert. All die Jahre. Jahre, in denen Annemarie sich sicher gewesen war, dass Vera das Arrangement möglicherweise nicht begrüßte, aber doch wenigstens billigte.

»Damit die Fettfalle nicht mit der Sauce zuschnappt, müssen wir natürlich auf Sahne und Butter verzichten«, erläuterte der Koch gerade. »Wir greifen stattdessen auf püriertes, gedünstetes Gemüse zurück, eine Kartoffel etwa, mit einem Hauch Sauerrahm ...«

»Schwachsinn!« Vera Giesbrecht war aufgesprungen. »Entschuldigen Sie, junger Mann, aber das ist doch wie ...« Sie hob die Hände in hilfloser Geste.

»Wie zuckerfreie Schokolade!« Ehe Annemarie wusste, wie ihr geschah, hatte auch sie sich erhoben. »Wie fleischfreie Wurst ist das! Wenn er kein Fett will, dann soll er halt keine Gans essen!« Ihr Blick traf den von Vera. Während der Koch ein wenig fassungslos nach Worten suchte, fand ein stummer Dialog zwischen den beiden Frauen statt. Einer, der besagte, dass es Dinge zu klären gab. Dringend.

Wenige Sekunden später schloss sich die Tür hinter ihnen.

Das italienische Restaurant lag direkt gegenüber. Vera bestellte eine Flasche Wein. Sie schien den nackten Hass einigermaßen unter Kontrolle zu haben, aber Annemarie kam trotzdem nicht umhin, um ihre körperliche Unversehrtheit zu fürchten. Als der Wein kam, füllte sie die Gläser. »Zwei Gänse«, presste sie dabei heraus. »Jahraus, jahrein zwei Gänse!« Sie spielte auf Guntrams Gewohnheit an, am Heiligen Abend das eheliche Geflügel zu verzehren und sich dann am ersten Feiertag bei Annemarie einzufinden, um sich an deren Vogel zu delektieren. »Was wollen Sie denn noch? Und warum ausgerechnet jetzt?«

Annemarie schwieg hilflos. Die Hand, mit der sie nach dem Weinglas griff, zitterte ein wenig.

»Am Anfang war ich nicht glücklich mit der Sache«, fuhr Vera fort. »Ich hatte mir meine Ehe anders vorgestellt. Aber ich bin nicht kleinlich. Und ich bin nicht blöd. Sie haben ihm gutgetan. Er war ausgeglichen. Das schlechte Gewissen hat dazu geführt, dass er sich sehr bemüht hat zu Hause. Und darum habe ich ihn gewähren lassen. Und Sie! Ich dachte, es geht vorbei. Und als ich dann begriffen habe, dass dem nicht so ist, hatte ich mich längst mit der Situation arrangiert. Es ist genug Guntram für uns beide da, hab ich gedacht.« Sie zögerte. »Es mag naiv klingen, aber ich habe Ihnen vertraut! Ich dachte, wir sind uns einig.«

»Aber das sind wir! Das sind wir doch!«, rief Annemarie erleichtert.

»Ach, hören Sie doch auf!« Vera knallte ihr Weinglas so hart auf den Tisch, dass ein wenig rote Flüssigkeit auf das weiße Tischtuch schwappte. »Sehen Sie denn nicht, was Sie ihm da antun? Ihm und auch mir? Ich erkenne ihn kaum noch wieder. Nur noch Kritik und Genörgel. Nichts ist ihm mehr gut genug. Nicht ich und nicht unser Leben. Nicht mal er sich selbst! Warum lassen Sie ihn nicht einfach in Ruhe alt werden? Fett meinetwegen? Schauen Sie doch mal in den Spiegel. Sie sind ja nun auch nicht mehr taufrisch und weiß Gott keine Elfe!«

»Ich verstehe nicht ...« Annemarie starrte auf den roten Fleck, der auf dem Tischtuch ein wildes Muster formte.

»Ich auch nicht! Ich verstehe Sie überhaupt kein bisschen. Wenn er Ihnen zu alt ist, zu dick, zu langweilig, dann suchen Sie sich einen anderen, verdammt! Ich möchte meinen Guntram so behalten, wie er ist. Es mag ja sein, dass wir ein langweiliges Leben führen. Aber ich habe keine Lust, nach Paris zu fahren und zu tanzen! Und wenn Sie das brauchen, dann suchen Sie sich gefälligst einen Mann, der dafür geeignet ist. Einen, der gerne Abenteuerurlaub in Südostasien macht. Guntram ist für so einen Quatsch nicht der Richtige. Das müssen Sie doch sehen, Sie kennen ihn seit einem Vierteljahrhundert!« Sie hielt kurz inne, trank einen Schluck Wein. »Sie überfordern ihn völlig. Und mich auch! Sehen Sie das nicht?«

Annemarie holte Luft, wollte protestieren, aber Vera brachte sie mit einer ungeduldigen Handbewegung zum Schweigen. »Und der absolute Gipfel ist ja wohl diese Sache mit dem Kind. Dafür ist es auch für Sie ein bisschen zu spät, meine Liebe. Abgesehen davon, dass Guntram nie Kinder wollte, nie! Und jetzt ... Gott! Das ist alles völlig bizarr! Also bitte tun Sie, was immer Sie meinen, jetzt tun zu müssen. Aber lassen Sie meinen Mann da raus!«

Annemarie war schwindelig. Und das lag nicht am Wein.

»Frau Giesbrecht«, stammelte sie, »Vera, ich ... ich schwöre, ich habe nichts damit zu tun! Ich habe nie ... ich meine, ich will doch nicht ...« Sie riss sich zusammen. »Ich will nichts von all diesen Dingen! Wir sind uns absolut einig. Es ist eine Phase, es ist einfach das Alter, eine Krise, ach, ich weiß es doch auch nicht!«

Nun war es an Vera, verwirrt zu blicken. »Ich verstehe nicht ...«

»Ich auch nicht«, sagte Annemarie. »Ich verstehe das alles genauso wenig wie Sie. Aber er wird sich beruhigen. Ich bin sicher, er wird ...« Sie brach ab. Keuchte, während ihr Blick an Vera vorbei durchs Fenster ging. Hinaus auf die andere Straßenseite, auf der sich eben die Besucher der mörderisch mageren Veranstaltung zerstreuten. Vera wandte den Kopf und folgte ihrem Blick. »Grundgütiger«, ächzte sie, als auch sie es sah. Inmitten der kleinen Grüppchen davonschlendernder Damen stand sie. Helma. Sie war nicht allein. Er umschlang ihre knochige Hüfte, küsste sie, sie kicherten albern. Dann wanderte seine Hand auf ihren Bauch. Annemarie wurde übel. Dürr, ja, sie war sehr dürr, aber nicht überall, keineswegs war dieser Bauch dürr zu nennen, ganz im Gegenteil. Kugelrund und prall reckte er sich unter dem weiten Blüschen, das ihn kaum noch zu kaschieren vermochte.

Annemarie erinnerte sich, sie neulich darauf angesprochen zu haben. Aus Höflichkeit. Sie erinnerte sich an Helmas hintergründiges Lächeln. Sehr glücklich sei sie, hatte sie gesagt, und dass sie und der Kindesvater heiraten würden, sobald das möglich sei, gemeinsam in ein schönes Haus ziehen, und auch mit Kind könne man viele aufregende Dinge tun, reisen und sich amüsieren. All das hatte Helma gesagt, mitten in ihr, in Annemaries Gesicht, und sie hatte nichts verstanden, gar nichts!

Wie hatte sie so blind sein können? Auf einmal ergab alles einen Sinn. Walking und fettarme Gans, renaturiertes Haar und die Frage nach dem Sinn des Lebens. Es hatte sich die ganze Zeit direkt vor ihrer Nase abgespielt. Helma! Ein Raubtier! Sie hörte, wie Vera zischend die Luft einsog. »Nein«, murmelte sie dann leise. »Nein, nein, nein! Das geht zu weit!«

Montag, 24. Dezember 2012

Alle Jahre wieder, dachte Annemarie, alle Jahre wieder derselbe leise Ekel, wenn sie die nackte, kopflose Gans wusch und salzte. Wenn sie Hackfleisch mit Maronen und Nüssen mischte, um den Fleischberg mit noch mehr Fleisch zu füllen. Jedes Mal empfand sie den Griff in sein Inneres als hochgradig obszön und übergriffig. Gar nicht zu reden vom Hantieren mit Nadel und Faden an einer Öffnung, über die nachzudenken sie sich verbot.

Und doch verspürte sie neben dem gewohnten Widerwillen einen Hauch jener Wehmut, die einen anflog, wenn man Dinge wissentlich ein letztes Mal tat. Nicht, dass sie ihren Entschluss bereute. Annemarie war keine, die getroffene Entscheidungen in Frage stellte. Sie schuldete Vera etwas. Und es war ganz sicher auch zu Guntrams Besten. Zu lange hatten sie ihm eine Freiheit zugestanden, die ihm offenbar nicht gut bekam. Manchmal forderte das Leben Opfer, und wenn man das erkannte, dann half eben leider alles nichts. So war das, und es war vollkommen sinnlos, mit Dingen zu hadern, die sich nun einmal nicht ändern ließen.

Sie öffnete den Ofen und schob das dicke Tier in dessen Schlund. Sie drehte den Temperaturregler nach oben, seufzte leise und begann, die Küche aufzuräumen.

Vera sah sich ein letztes Mal im Raum um. Sie nickte zufrieden. Aus den Boxen der Stereoanlage rieselte leichte Klassik. Die elektrische Illumination des Baums spiegelte sich in Porzellan und Silber, der Duft der Weihnachtsgans zog von der Küche durchs Haus. Alles perfekt, dachte Vera, genau so, wie Guntram es schätzte, alle Jahre wieder.

Die alte Standuhr in der Ecke des Wohnzimmers schlug sechs Mal. Vera eilte in die Küche, um den Vogel aus dem Ofen zu holen, Rotkohl und Klöße in den Schüsseln anzurichten. Sie trug alles zum Tisch. Dann griff sie nach dem silbernen Glöckchen und schwang es energisch. Sekunden später hörte sie Guntrams Schritte auf der Treppe.

Kurz darauf traf sie sein zweifelnder Blick. »Und das soll fettarm sein?« Misstrauisch musterte er das Fleisch, das appetitlich auf seinem Teller glänzte.

»Ich hab es genauso gemacht, wie ich es im Kurs gelernt habe«, behauptete Vera und unterdrückte ein Lächeln. Sie hatte gewusst, dass er das sagen würde. Genau wie sie wusste, dass sich seine Zweifel in Luft auflösen würden, hatte er erst den fetten Gänsegeschmack auf der Zunge. Sie beobachtete, wie er vorsichtig kaute. Sah, wie sich die unwilligen Falten auf seiner Stirn glätteten. Sie hörte ihn wohlig seufzen. Gott, sie kannte ihn so gut. Ihren alten Guntram. Vorsichtig schnitt sie ein Stück Kloß ab. Sie kaute auf der kartofflig-zähen Masse, sah ihm beim Essen zu. Sie bedauerte, dass sie nicht besser aufgepasst hatte auf ihren Mann. Sie hätte viel früher merken müssen, dass bestimmte Dinge ihm nicht gut bekamen.

Sie dachte an den Abend mit Annemarie. Ein tröstlicher Gedanke war das. Sie hatten zusammen dort gesessen. Hatten sich gegenseitig beruhigt. Die Lage analysiert, Informationen zusammengetragen und ruhig und sachlich diskutiert, was nun zu tun war. Letztlich hatte sich Vera doch nicht getäuscht in dieser Frau, die so lange Teil ihres Lebens gewesen war. Sie waren sich einig. Gewesen und geworden. Es war keine leichte Entscheidung, für keine von beiden, aber sie verstanden eben, was Guntram vermutlich nie begreifen würde. Zuweilen bedurfte es gewisser Opfer, um schlimmes Unheil zu verhindern.

»Schmeckt es dir?«, fragte sie und schenkte Wein nach.

»Phantastisch«, murmelte er mit vollem Mund. Sein Blick blieb kurz an ihrem Teller hängen. »Wieso isst du nicht?«, fragte er. »Geht es dir nicht gut?«

»Doch, doch«, versicherte Vera, schnitt erneut ein Stück Kloß ab, schob es in den Mund.

Er nickte zufrieden, wandte sich wieder seiner Gans zu. Dann schien er zu erstarren. Sein Kopf ruckte nach oben, dann nach links und nach rechts, eine Hand griff an den Hals, die andere an die Brust.

Vera beobachtete ihn. Sie fühlte sich sonderbar ruhig, während er röchelnd am Kragen des weißen Hemdes zerrte, bevor er seitlich vom Stuhl kippte.

Für eine Sekunde brannten Tränen in ihren Augen. Aber sie riss sich zusammen. Zeit für Trauer war später. Jetzt hatte sie zu tun.

Sie stand auf, ging in die Küche. Sie steckte den Stecker des großen Weihnachtssterns, der im Fenster hing, in die Steckdose.

Annemarie saß im Auto und wartete. Das machte sie ein bisschen nervös, zumal sie dem Wärmebehälter, in dem die fette Gans auf dem Rücksitz lagerte, nicht traute. Sie konnte keine verräterischen Fettflecken auf dem Polster gebrauchen. Sie hätte eine Plastiktüte unter den Topf legen sollen, dachte sie gerade, als endlich der Stern im Fenster erstrahlte.

Sie schloss eine Sekunde die Augen, atmete konzentriert ein und aus. Dann vergewisserte sie sich, dass niemand auf der Straße war, stieg aus und eilte ins Haus.

Knapp zehn Minuten später lag ihre Gans auf Veras Tisch. Gut sah sie aus, die fette Gans, die so völlig frei war von gefährlichen Tropfen, die in zu hoher Dosierung zur Atemlähmung führten. Der Gänsetausch war eine reine Vorsichtsmaßnahme. Vera hatte versichert, dass der Hausarzt keine Probleme machen würde. Sie kannte seine Frau, wusste, wie sehr er sich auf das erste Weihnachtsfest mit seinem Enkel freute. Sollte er allerdings wider Erwarten doch

auf dumme Gedanken kommen, war die zweite Gans nütz-
lich. Nie würde sich klären lassen, wie das Digoxin in
Guntrams Körper gelangt war.

»Er wird mir fehlen«, sagte Annemarie leise.

Vera nickte. »Mir auch«, sagte sie. »Aber es ist besser so.
Besser für alle. Auch für ihn. Er war zu gut für das Raubtier,
viel zu gut!«

Annemarie betrachtete noch einen Moment den beleib-
ten Körper, der verkrümmt auf dem teuren, weißen Teppich lag. »Zwei Gänse, Guntram«, sagte sie leise. »Zwei
Gänse! Mehr braucht wirklich kein Mensch!«

Judith Merchant

Axt mit Schleife

Königswinter

Autorenvita

Judith Merchant wurde in Bonn geboren und studierte dort Germanistik mit zahlreichen, ständig wechselnden Begleitfächern. In einer Schreibkrise ihrer Doktorarbeit kam sie zum Krimischreiben und wurde gleich für ihre zweite Kurzgeschichte mit dem begehrten Friedrich-Glauser-Preis ausgezeichnet. Inzwischen hat sie sich ganz auf das Krimischreiben verlegt und überzieht das beschauliche Königswinter, wo sie mit Mann, Kind und Kater lebt, mit Mord und Totschlag. Zuletzt erschien *Loreley singt nicht mehr* bei Knaur.

Am 23. Dezember muss ja im Grunde jeder durch irgendwas durch. Überfüllte Kaufhäuser, Großputz, der unerträgliche letzte Schultag, ist ja ganz egal, ein Picknick ist der 23. für keinen, aber danach ist dann ja Ruhe, Friede auf Erden und den Menschen ein Wohlgefallen und so.

Also Augen zu und durch!

Ich ziehe die Strumpfmaske über, nehme die Axt in die Rechte und stapfe auf das Haus zu.

Ein Käuzchen schreit klagend. Vielleicht ist es auch kein Käuzchen, ich kenne mich da nicht so aus. Ich bin auch eher nicht so der Profieinbrecher, ein Anfänger, sozusagen. Immerhin hab ich die passende Montur, schwarzer Trainingsanzug, dann die Strumpfmaske, bewaffnet bin ich auch, vor mir liegt das Häuschen, Baustil rheinische Provinz, in das ich gleich einsteige, um mich zu bereichern. Dieser Garten ist der schönste Garten von Königswinter, zumindest sagen das die Preisrichter. Nirgendwo blühen die Blumen so wie hier, aber jetzt sieht man nur Erde, deren winterliche Kahlheit mit Lichterketten und Plastiksternen kaschiert wird. Als ein Plastik-Elch mich überraschend anblinkt, stolpere ich, und etwas zerbricht unter meiner Stiefelspitze. Verdammt!

Ich lasse den Lichtkegel meiner Taschenlampe über den Rasen huschen und sehe, dass ich soeben einen Gartenzwerg geköpft habe.

Kollateralschaden, denke ich und gehe weiter. Ich kann mich von einem Gartenzwerg schließlich nicht aufhalten lassen bei dem, was ich hier durchziehe.

Immerhin geht es um was echt Wichtiges: Es geht im Prinzip darum, Weihnachten zu entkommen.

Ein für alle Mal, sagt Christa.

Sie hatte auch die Idee mit Lanzarote. Christa hat echt tolle Ideen, das hab ich in den letzten vier Monaten immer wieder festgestellt. So lange sind wir nämlich schon zusammen. Christa ist ganz schön clever. Sie hat mir auch das mit Weihnachten erklärt.

Weihnachten ist nämlich eine rundum ungesunde Angelegenheit. Sieg der Tradition über die Vernunft. Man hockt um einen piksigen Baum, der mit Blick auf seinen positiven CO_2-Effekt besser im Wald geblieben wäre, und hört sich dieselben Geschichten an wie jedes Jahr. Man beschenkt ausgerechnet die Leute, die man in Wahrheit am liebsten mit der Lichterkette strangulieren würde, und dann fügt man, um das Maß vollzumachen, dem armen Magen mit irrsinnigen Mengen von Gänsefett und Alkohol irreparablen Schaden zu. Und dann all die spießigen Glöckchen! Und Engelchen! Dagegen ist die Christa allergisch.

Weihnachten ist so was wie Weltuntergang unterm Tannenbaum, sagt sie. Schön blöd, wenn man da mitmacht! Und selber schuld, sagt die Christa.

Darum feiern wir auch anders. Lanzarote, all inclusive. Warum sollen immer nur die Rentner im Warmen überwintern dürfen? Diesmal sind wir dran, sagt Christa.

Palme statt Nordmannstanne.

Cocktails statt Gänsebraten.

Sonnenuntergang statt Weltuntergang.

Nur muss ich vorher noch die Sache hier zu Ende bringen.

Für Lanzarote, all inclusive, braucht man nämlich Geld, und zwar am besten nicht zu knapp, sagt die Christa. Und große Taten erfordern große Opfer, und was soll das Geld bei der Alten im Schrank vergammeln, wo wir's doch so gut brauchen können?

Es ist für mich ein Leichtes, die Hintertür zu öffnen, einmal zack mit dem Stemmeisen, das war's schon. Die Polizei wird Einbruchspuren feststellen, selbst schuld, werden die sagen und sich an den Kopf tippen, dass jemand eine Hintertür so schlecht sichert. Mit angehaltenem Atem husche ich durch die Tür und schleiche ins Haus. Meine Gummisohlen machen kein Geräusch, als ich durch den dunklen Flur gehe. Den schwachen Lichtschein hinter der Wohnzimmertür ignoriere ich, tapfer gehe ich weiter bis zu der Tür, hinter der das Schlafzimmer liegt. Licht an, Schrank auf, einmal hinter die sorgfältig gestärkten Bettlaken gegriffen, wo das Geld liegt. Es ist fast zu leicht. Ich raffe die Bündel zusammen, stopfe sie in den Rucksack und atme durch. Teil eins ist geschafft! Dass Teil zwei der wirklich haarige Teil ist, oder besser: der blutige, das verdränge ich erst mal. Rucksack auf und Rückzug. Gerade bin ich wieder im Flur, da höre ich es. Ich erstarre. Hinter der Wohnzimmertür höre ich Geräusche. Ein Knarren und Quietschen. Ein Schaukelstuhl. Vor Schreck weiche ich zurück und stoße mit der Axt an den Flurspiegel, ein helles Klirren, mein Herz bleibt stehen. Das Knarren und Quietschen verstummt. Die Axt pendelt nutzlos in meinem kraftlosen Arm, und ich begreife, dass ich für Teil zwei nicht bereit bin.

Schlurfende Schritte nähern sich der Tür. Dann wird sie aufgerissen, und grelles Licht flutet mich, so dass ich geblendet die Augen schließe.

»Walter?«, höre ich eine ungläubige Stimme.

»Hallo, Mama.«

»Was machst du denn hier? Und wie siehst du überhaupt aus?«

Hastig zerre ich die Strumpfmaske vom Kopf und verstaue sie in der Jackentasche.

»Du bist ja ganz blass, Junge, setz dich, ich mach dir einen Kakao.«

Auf dem Sofa sitzt schon Tante Anneliese und strahlt mich an, dass ihre Goldkronen nur so blinken.

»Hallo, Junge!«

»Hallo, Tante Anneliese.«

»Gut, dass du dich endlich mal wieder blicken lässt, deine arme Mutter hat dich sehr vermisst. Was bist du blass, Walter! Trink erst mal den Kakao, dann sieht die Welt schon ganz anders aus.«

Sie greift nach meiner Rechten und lässt sie nicht mehr los, so dass ich den Kakao mit links trinken muss.

Tatsächlich, mir ist ganz schwach zumute. Kreislauf. Im Wohnzimmer ist es warm, als ich neben Tante Anneliese auf dem Sofa Platz nehme, am Tannenbaum hängen schon die Figürchen aus dem Erzgebirge und die Strohsterne, auf dem Tisch liegen gestickte Decken mit Glöckchen und Engelchen. Gut, dass das die Christa nicht sieht! Sie würde auf der Stelle einen anaphylaktischen Schock erleiden.

Der Kakao tut gut, da hat die Mama recht gehabt. Als ich ihn ausgetrunken habe, sieht die Welt tatsächlich ganz anders aus. Auch wenn ich mich frage, wie ich die Sache jetzt durchziehen soll, mit der Tasse in der einen Hand und Tante Anneliese an der anderen.

Dann fällt mir ein, dass ich auch das mit den herausgerissenen Schubladen im Schlafzimmer vergessen habe, dabei ist das wichtig, das hat die Christa extra betont, damit die Polizei nachher, wenn sie die Leiche von der Mama findet, denkt, dass es ein stinknormaler Einbruch war, von Einbrechern, die gar nicht wussten, dass die Mama ihre Rente immer hinter den Bettlaken versteckt, denn wer das weiß, sagt die Christa, muss die Mama ja kennen, und dann kämen sie gleich auf mich. *Kompliziert*, denke ich und unterdrücke ein Seufzen. Viel zu kompliziert. Und überhaupt, das Ganze war nicht meine Idee.

»Weihnachten ohne die Mama geht nicht«, habe ich der Christa gesagt, als die das erste Mal mit ihrer Lanzarote-Weihnachts-Idee kam. »Auf gar keinen Fall. Das packt die nicht.«

»Tja«, hat die Christa gesagt und die Achseln gezuckt. »Ich hab jetzt aber schon gebucht.«

»Tante Anneliese hat gesagt, Weihnachten ohne mich, das steht die Mama nicht durch. Sie hat ja sonst niemanden!«

»Doch. Sie hat Tante Anneliese, zum Beispiel.«

»Können wir sie nicht einfach mitnehmen, die beiden?«, hab ich gefragt.

Die Christa hat mich angeguckt, als ob ich wer weiß was verlangt hätte. »Vergiss es«, sagte sie sofort. »Meinst du, ich bin scharf auf einen Sonnenuntergang und davor die beiden Alten im Bikini? Nein, die bleiben hier, allein. Deine

Mutter ist erwachsen. Und außerdem hat sie ja ihre Blumenbeete und den Gänsebraten. Das packt die schon!«

»Nein, das packt sie eben nicht. Sie wird mich nicht lassen. Nur über ihre Leiche, sagt Tante Anneliese.«

»Das kann sie haben!«, hat die Christa erfreut gerufen. »Mal ehrlich, jetzt. Ist vielleicht eh besser. Dann haben wir auch das Problem mit dem Geld geklärt, langfristig gesehen. Denn Weihnachten auf Lanzarote geht ja irgendwann vorbei, und im Jahr danach wollen wir bestimmt wieder dahin oder vielleicht mal nach Fuerteventura. Und außerdem muss sie, wenn sie tot ist, ja auch gar nicht mehr allein feiern.«

Was die Christa sagt, klingt immer ganz einfach. Aber jetzt, auf Mutters Sofa und mit Kakao in der Hand und der Axt unter dem Sofa, kommt mir die Sache irgendwie doch ziemlich schwierig vor.

Plötzlich begreife ich, dass das mit der Axt eine rundum dumme Idee gewesen ist, nicht nur, weil ich mich so leicht daran verletzen kann. Eine Axt ist viel zu brutal. Eine Sauerei würde das geben, und außerdem tut das weh, und ich muss der Mama ja nicht unbedingt weh tun, Weihnachten und Lanzarote hin oder her.

Gift wäre besser. Gift ist sanft. Wenn ich den beiden Gift in den Kakao träufelte, dann würden sie ganz gemütlich einschlafen, das sähe dann außerdem ganz natürlich aus, und die ganze Sache mit den herausgerissenen Schubladen und so kann ich mir auch sparen. Nur leider hab ich kein Gift dabei.

»Ist alles in Ordnung, Walter? Du guckst so nachdenklich!«

»Alles okay, Mama, ich hab nur gerade überlegt, was ich dir dieses Jahr zu Weihnachten schenken soll.«

»Zerbrich dir darüber mal nicht den Kopf, Walter, ich

hab doch alles. Vielleicht ein Paar Gartenhandschuhe. Oder einen Löwenzahnstecher. Oder ... Sag mal, warum denkst du überhaupt über das Geschenk nach? Ich hab ja irgendwie gedacht, du bist dieses Jahr auf Lanzarote?«

»Was?« Ich stelle die Tasse so hastig ab, dass der Kakao überschwappt.

»Na ja, Schmittchens Horst hat gesehen, wie du einen Reiseführer gekauft hast, und da dachte ich, dass du sicher mit deiner neuen Freundin nach Lanzarote fahren willst. Ist doch viel netter, als mit deiner alten Mutter unterm Baum zu sitzen und Gänsebraten zu essen.«

»Aber nein, Mama!«

»Walter, ein Junge in deinem Alter sollte wirklich mit seiner Freundin in die Sonne fahren und Cocktails trinken, meinst du nicht? Oder hat etwa ...« Mamas Stimme klingt alarmiert. »Hat sie dich etwa sitzenlassen?«

»Nein, hat sie nicht!«

»Bist du dir da auch sicher?«

Ich finde plötzlich gar nicht mehr, dass eine Axt zu brutal ist, und greife suchend unters Sofa, aber da fällt mein Blick auf Mamas Gesicht, und ich sehe das Mitleid darin und begreife, worauf sie anspielt.

»So kurz vor Weihnachten ist das ja nicht schön«, sagt sie mitfühlend.

»Mit Christa ist alles okay!«

»Dann ist gut. Ich dachte ja nur ...«

Ich weiß genau, was die Mama dachte, aber das soll sie bitte schön nicht laut sagen. Nämlich, dass ich ganz schön Pech hab mit den Frauen. Vor allem zu Weihnachten. Weil

Weihnachten ja Beziehungen auf eine harte Probe stellt. Deswegen bin ich ja auch so sicher, dass die Christa die Richtige ist, weil die das nämlich schon von vornherein erkannt hat, dass Weihnachten eher schwierig ist, wenn man nicht nach Lanzarote fährt. Weil die meisten Frauen, und ich mein da jetzt nicht die Christa, ganz bestimmte Vorstellungen haben von Weihnachten. Die wollen zum Beispiel Karpfen. Und dann gibt's Ente. Oder sie wollen Kirche. Und dann gibt's Hausmusik. Oder sie wollen Zweisamkeit. Und dann sitzt da die Schwiegermutter. Und *zack* sind die Frauen über alle Berge, nur weil sie es nicht so gekriegt haben, wie sie es hätten haben wollen. Das sind eben die ganzen konventionellen Weihnachtsopfer mit diesen ungünstigen Weihnachtserwartungen, die alle Menschen haben. Das kann ja nur schiefgehen, daraus muss man sich befreien, zur Not eben mit Gift oder meinetwegen mit der Axt.

Am Anfang hab ich gedacht, es läg an mir, dass die Frauen mich verlassen. Das war bei der Veronica. Bei der Erika hab ich dann gedacht, es läg an der Mama, dass das der Erika irgendwie zu viel war mit Mama und dem Erzgebirgekram und dem Gänsebraten und dem Punsch. Und erst jetzt, mit der Christa, hab ich begriffen, dass es an Weihnachten liegt. Weihnachten ist schlecht für Beziehungen.

Obwohl es schön ist. Jetzt, wo ich hier sitze zwischen den süßen Figürchen und den heimeligen Strohsternen und wo Mamas Kakao so gut schmeckt, da frag ich mich: Muss man eigentlich um die halbe Welt fliegen und sich in der Fremde zusammen mit anderen Fremden die Schultern verbrennen lassen?

Irgendwie ist das gemein, dass ich mich anscheinend zwischen der Mama und der Christa entscheiden muss.

Die Christa ist nicht so wie die Erika, die Rosemarie und die Veronica. Die ist anders. Die würde sicher auch mit der Mama klarkommen, wenn wir später nach Lanzarote fliegen. Aber es ist ja schon gebucht, und das Geld dafür sollte ich ja der Mama klauen.

Ach, ist das kompliziert!

»Du musst dich entscheiden«, sagt die Mama. »Kommt ihr denn jetzt oder nicht? Du und die ...«

»Christa«, sage ich, »sie heißt Christa.«

»Und kommt ihr? Müsst ihr nicht. Fahrt doch nach Lanzarote, da ist es warm.«

»Wir kommen gern«, rufe ich.

»Und es gibt Gans. Oder mag die Christa das nicht?«

»Doch, natürlich.«

»Und Weihnachtspunsch«, sagt Mama zufrieden. »Ach, ich weiß noch, die Rosemarie, die mochte den Punsch so gern!«

Ich mag mich gar nicht an die Rosemarie erinnern. Wortlos war sie weg, am Tag danach, wie vom Erdboden verschluckt. Mama sagt, dass sie wahrscheinlich abgehauen ist nach Australien, sie hatte so was angedeutet beim Punschtrinken, das kam der Mama gleich komisch vor. Das war dann immerhin eine Erklärung. Natürlich hat mich das auch sehr interessiert, von der Mama zu hören, wie der Abend mit der Rosemarie so verlaufen ist, ich hab ja gar nicht alles mitbekommen von dem Abend, weil ich so gegen zehn ins Bett gegangen bin, weil ich so müde aussah. Das hat zumindest die Mama gesagt.

Als ich am nächsten Morgen aufstand, war die Rosemarie verschwunden. Auf Nimmerwiedersehen.

Das war echt gemein.

Ich hab lange überlegt, ob ich ihr die Australienidee vielleicht hätte ausreden können an dem Abend, es muss ja eine sehr spontane Idee gewesen sein, ich hatte wirklich keine blasse Ahnung davon! Vielleicht hätte ich das verstanden, wenn ich an dem Abend beim Punschtrinken mitgemacht hätte, aber Mama sagt, der Punsch wär zu stark für mich, und außerdem, wenn man so müde aussieht wie ich an dem Abend, dann gehört man ins Bett.

Und es war ja auch kein Wunder, dass ich müde war, meinte Mama, wo ich doch so schön gegraben hatte! Vor dem Abendessen hatte ich ja für die Mama noch das neue Beet ausgehoben. Die Mama legt nach Weihnachten nämlich immer die neuen Beete an. Auch wenn die Pflanzen erst im Frühjahr kommen, ist es wichtig, dass man den Boden schon mal vorbereitet. Das scheint zu stimmen, denn Mamas Rabatten blühen wie kaum sonst was in Königswinter. Es sind wirklich Prachtstücke, zwei Mal ein Meter, in dem vom letzten Jahr, dem Jahr, wo die Erika verschwunden ist, hat sie Heidekraut in allen Farben gepflanzt, in den anderen Beeten blühen Rosen und Ehrenpreis – also, Veronica heißen die. Veronica ist der andere Name für Ehrenpreis.

»Also, wenn ihr wirklich absolut nicht nach Lanzarote wollt, dann sehen wir uns ja morgen«, sagt die Mama. »Ich bin schon sehr gespannt auf deine neue Freundin.«

»Dein Punsch wird ihr schmecken!«, sage ich.

»Davon bin ich überzeugt«, sagt die Mama und grinst so komisch.

»Ist was, Mama?«

»Aber nein! Ich hab nur gerade an das neue Beet gedacht.«

»Welches neue Beet?«

»Na, das mit den Christrosen!«

»Aber du hast doch gesagt, es ist gar kein Platz mehr im Garten.«

»Links neben dem Eingang ist noch etwas Platz. Den müsstest du morgen vor dem Essen noch ausheben.«

Ich seufze.

»Ist diesmal nicht viel, nur ein halber Quadratmeter. Ach, und weil du eben sagtest, dass du noch kein Geschenk für mich hast – so eine Axt wie die da, die brauchte ich wirklich ganz dringend!«

Helga Beyersdörfer

Das dritte Auge

Frankfurt am Main

Autorenvita

Helga Beyersdörfer, geborene Südhessin, studierte in Frankfurt/ Main, bevor sie eine Ausbildung als Journalistin absolvierte. Sie arbeitete unter anderem bei der Frankfurter Rundschau, dem Stern und für das Zeit-Magazin. Heute lebt Helga Beyersdörfer als freie Autorin in Hamburg. Bei Knaur erschienen zuletzt ihre Krimis *Moornächte* und *Irrlichter*.

Freitag, 25. November

Es nieselt, kein Flöckchen Schnee weit und breit. Dennoch ist soeben die Vorweihnachtszeit ausgebrochen.

Schon?, denke ich, weil ich das jedes Jahr denke, obwohl die Rituale unübersehbar sind. Kein Rathaus mehr, vor dem nicht ein Weihnachtsbaum stünde, die Kaufhäuser quellen über, in den Supermärkten werden ab jetzt Bestellungen für Weihnachtsgänse entgegengenommen. Auf den gerade eröffneten Weihnachtsmärkten treffen sich junge Berufstätige in der Mittagspause vor dem Glühweinstand und tauschen sich aus über die nunmehr beginnende Phase familiärer Geselligkeit.

Nicht mein Thema. Als mal wieder Single, weiblich, 45, kinderlos bin ich keinem Rudel verpflichtet, was einerseits den Vorteil hat, dass ich nicht reihum mit Stollen und Lebkuchen vollgestopft werde, was andererseits aber bedeutet, dass sich niemand um meine vorweihnachtliche Erbauung kümmert außer ich selbst. Was ich auch tue. Seit drei Jahren schon, seit ich nach meinem vorläufig letzten Partnercrash hierher nach Frankfurt gezogen bin und mich in einem kuscheligen PR-Job und in einer noch kuscheligeren Wohnung direkt am Dom und nahe am Wasser eingerichtet habe. Nach Elbe und Donau ist der Main bereits der dritte Fluss, an dessen Ufer ich lebe. Wird allmählich zur Gewohnheit. Schön. Ich mag Gewohnheiten.

Auch deshalb habe ich vor drei Jahren damit begonnen, mir an jedem ersten Adventswochenende eine Überraschung zu bereiten, indem ich etwas unternehme, von dem ich vorher gar nicht wusste, dass es das gibt. Hat zwei Mal prima geklappt und mich nachhaltig erbaut. In diesem Jahr aber habe ich ein Problem: Morgen beginnt der erste Advent, und ich habe noch keinen Plan. Den brauche ich aber. Dringend. Weshalb ich jetzt auf dem Frankfurter Römerberg vor dem Rathaus stehe und die Frau mit dem Hund beobachte.

Was sie für mich interessant macht, ist eine Mappe, aus der sie nun schon den zweiten Zettel herauszieht, um ihn dann sorgfältig an eine Holzwand einer der vielen Weihnachtsbuden zu pinnen, die zu dieser Stunde, es ist neun Uhr morgens, noch verwaist sind. Sie tritt einen Schritt zurück, nickt zufrieden, sieht sich prüfend um und zieht dann ein paar Schritte weiter. Der Hund folgt jeder ihrer Bewegungen, die Ohren gespitzt, die Augen aufmerksam.

Noch herrscht Ruhe auf dem Römerberg, und so bleibt es nicht aus, dass die Frau mich bemerkt, immerhin beob-achte ich sie ziemlich ungeniert. Der dritte Zettel hängt, ich will mich gerade auf den Weg machen, um endlich zu lesen, was draufsteht, da dreht sie sich seelenruhig in meine Rich-tung und wedelt mir mit ihrer Mappe zu, als hätte sie eine alte Freundin . entdeckt. Ich folge dem Wink sofort, und noch während ich zu ihr hintrabe, ahne ich, dass ich meiner diesjährigen Erster-Advent-Überraschung entgegenlaufe.

Als ich bei den beiden ankomme, richtet sich der Hund zu voller Größe auf, stupst mir seine feuchte Schnauze in die Kniekehle und drückt sich mit seinen muskulösen 50 Kilo genüsslich gegen mein Bein. Ein Verhalten, das meine neue Bekannte irritiert. Mit ihren hellen Augen, die in dem hageren Gesicht übergroß wirken, mustert sie erst mich, dann den Hund, dann wieder mich.

»So was macht er sonst nie«, sagt sie. Das klingt fast beleidigt. Der Hund sieht mit schief gelegtem Kopf zu mir hoch, als wollte er sagen: Irgendwann ist immer das erste Mal. Zur Bestätigung kraule ich ihn hinter den Ohren.

»Ich mag Hunde«, antworte ich lakonisch. Ich hätte ihr auch von meiner letztjährigen Adventsüberraschung erzählen können, dem außerordentlich erbaulichen Lehrgang bei einem Hundeflüsterer im Spessart, der meine Ausstrahlung auf Hunde stark gefördert hat. Sie suchen meine Nähe auf der Straße, auf Plätzen, in Bahnhöfen und Restaurants. Einen so tollen Schäferhund wie diesen hier hatte ich allerdings bislang nicht auf der Liste meiner Eroberungen. »Prachtexemplar«, raune ich ihm deshalb zu und streichle seine Nase. Weiter sage ich nichts, sondern komme gleich zur Sache. Ich deute auf die Mappe. »Was verteilen Sie da?«

»Lesen Sie selbst«, die Frau entnimmt ihrer Mappe einen weiteren Zettel und hält ihn mir hin, »hierher, Balu.« Sie klopft sich gegen ihr Bein, und während ich zu lesen beginne, macht mein neuer vierbeiniger Freund sich in Zeitlupenbewegungen daran, ihrer Aufforderung zu folgen.

»Zwei Plätze hätten wir noch frei«, höre ich sie sagen, aber da bin ich erst auf der Hälfte des Blattes und habe noch nicht recht begriffen, worum es geht. Ein Seminar. So viel habe ich verstanden und zu meiner Freude auch registriert, dass es über das gesamte erste Adventswochenende laufen wird. Einen solchen Zufall sollte man eigentlich als Zeichen werten. Ich brauche einen Plan, nun ist er mir vor die Füße gefallen. Also bitte, was gibt es da zu zögern? Der

Schwulst. Es ist der Schwulst, der mich zögern lässt. Die Überschrift *Besinne dich auf deine Sinne – lerne zu sehen* kapiere ich schon mal nicht. Im Weiteren lese ich, dass Helene Murus, Expertin für Selbstfindung und Zukunftsdeutung – ist das eine moderne Überschreibung für Hellseherei? –, zwei Wochenenden lang für maximal zehn Teilnehmer eine Oase der Ruhe, Einkehr und Erkenntnis anbietet. Und das für die einmalige Teilnahmegebühr von vierhundert Euro einschließlich Mittagsbuffet. Ich hole tief Luft und überlege. Gleich zwei Wochenenden, na gut, das ginge ja noch. Aber vierhundert Euro? Ich gehe im Geiste die Weihnachtsgeschenke durch, die ich vorhabe, mir unter den Baum zu legen. Kaum Einsparmöglichkeiten. Die Lackstiefel müssen sein und die Jahreskarte für den Palmengarten auch.

»Nun, was sagen Sie?«, haucht die Frau.

Ich habe inzwischen durchkalkuliert, dass zweihundert Euro gerade noch vertretbar wären. »Wenn auch ein Wochenende ginge anstatt zwei«, sage ich deshalb, »ich kann nur am ersten Advent. Also nur morgen und übermorgen.«

Hinter mir poltert ein Brett zu Boden. Die Weihnachtsverkäufer rücken allmählich an, befreien ihre Stände von den nächtlichen Verschalungen, werfen die Grills an, füllen die Behälter für den Glühwein. In einer Stunde wird es hier nach Maronen, Zimt, Lebkuchen und Steaks riechen und nach dem köstlichsten Marzipangebäck überhaupt: Bethmännchen und Frankfurter Brenten. Das Kinderkarussell mit den Holzpferden wird sich drehen, Musik wird dudeln.

Die Frau reicht mir die Hand. »Ich bin Helene. Und du?«

Offenbar ist sie der Ansicht, dass der Austausch von Vornamen ausreicht für eine Duzschwesternschaft.

»Margot«, antworte ich brav.

Helene hält mir einen Block vor die Nase. »Also, Margot, dann halt nur ein Wochenende, obwohl du viel versäumen wirst. Wenn du hier Name und Anschrift notierst und unten rechts die Anmeldung unterschreibst, dann sehen wir uns morgen früh um 10 Uhr. Adresse steht auf dem Flyer. Bezahlung bitte in bar.«

»Aber nur zweihundert«, schiebe ich vorsichtshalber nach, bevor ich unterschreibe.

Danach zieht sie mit dem widerstrebenden Balu Richtung Rathaus davon, während ich in mich in entgegengesetzter Richtung aufmache, dahin, wo die spitzgiebeligen Fachwerkhäuser stehen. Gleich hinter dem *Schwarzen Stern* liegt mein Büro, kaum mehr als einen Steinwurf von dem Haus entfernt, in dem Goethe geboren und aufgewachsen ist. »Wer?«, hat mich neulich unsere neue Azubi aus dem Rheinland gefragt. Egal. Vielleicht kennt sie ja stattdessen die Zukunftsdeuterin Helene Murus. Danach fragen kann ich sie nicht, sie ist heute nicht im Büro. Was insofern schade ist, als auch meine Internetsuche kein Ergebnis bringt. Das Internet kennt Helene Murus nicht. Sie ist eben nicht der Netz-Typ, rede ich mir ein, steht wahrscheinlich mehr auf Tarot und Sternzeichen. Genau. Außerdem gehört zu einer gelungenen Überraschung, dass sie einen überrascht. Entschlossen, mir die Vorfreude nicht verderben zu lassen, klaue ich noch einen Zimtstern von unserem reichlich behängten Weihnachtsbaum im Entree und arbeite durch bis zum Abend.

Samstag, 26. November, erster Advent

Na endlich, es riecht nach Schnee. Der Himmel hat sich herabgesenkt und hängt milchig über den Dächern.

Wetterfest eingepackt, stapfe ich gegen halb zehn los. Zwanzig Minuten später stehe ich in der Feldbergstraße vor einem typischen alten Westendhaus, lege den Kopf in den Nacken und versuche, hinter den Fenstern der fünf Etagen bis hoch zu dem geschwungenen Giebel einen Hinweis auf die »Oase der Ruhe, Einkehr und Erkenntnis« zu finden. Aber dahinter rührt sich nichts. Auch die Namen auf dem Klingelschild neben der Eingangstür bringen mich nicht weiter. Ich trete zurück, bis ich fast vom Bürgersteig rutsche, und sehe erst jetzt, dass es seitlich noch einen Zugang zum Haus gibt, hintenherum sozusagen, wahrscheinlich in Hof oder Garten. Ein Wintergarten vielleicht? Augenblicklich visioniere ich Grünpflanzen bis unters Dach, dazwischen Korbsessel, darauf ich und noch ein paar andere, jeder mit einem Willkommenswein in der Hand.

Meine romantische Stimmung erhält einen Dämpfer, als ich den seitlichen Zugang betrete und an der Hauswand ein armseliges Schild entdecke, das weiter nichts enthält als einen schwarzen Pfeil und daneben drei Wörter, an denen schon die Farbe abblättert: *zu den Büros.* Und dann sehe ich es auch schon, ein hässliches, viereckiges Ding, das aussieht wie verrostet. Zwei Etagen erbärmlicher Trostlosigkeit, hingehauen auf einen ebenso trostlosen asphaltierten Hinterhof.

Nichts wie weg, sagt meine innere Stimme, aber eine andere Stimme ruft meinen Namen. Helene Murus lässt mich nicht entkommen.

»Margot. Da bist du ja endlich. Wir warten schon auf dich.«

Sie steht auf einem Mini-Balkönchen knapp über meinem Kopf, dreht ab und kommt gleich darauf um die Ecke gehastet, fasst mich an der Hand, zieht mich hinein in den Rostkasten und noch eine halbe Etage hinauf bis zu einer halb angelehnten Sperrholztür. Kein Name, kein Firmenschild, nichts. Das bestätigt meine Vermutung, dass wir uns in einem Mietbüro befinden, das tageweise angemietet werden kann. Es riecht muffig, als wir die Diele betreten, von der vier Türen abgehen. Eine davon steht offen.

»Da drinnen legst du bitte deine Sachen ab, Schuhe und Tasche unten in die Ablage, Jacke oben an den Haken. Und lass uns noch eben das Geschäftliche regeln.« Helene schiebt mich in den Raum, in dessen Mitte sechs Stühle um einen ovalen Tisch herumstehen. An der Wand entlang haben offenbar die anderen Teilnehmer bereits ihre Utensilien deponiert. Was soll der Quatsch, denke ich, da reagiert Helene auch schon. »Keine Angst, hier kommt nichts weg. Wollen wir?«

Nein, eigentlich wollen wir nicht, zumindest ich nicht. Obwohl es schon interessant wäre mitzubekommen, was hier eigentlich abgeht. Aber doch nicht für zweihundert Euro. Für die Hälfte vielleicht. Helene wartet noch immer auf »das Geschäftliche«, also auf mein Geld. Ich wage einen Vorstoß.

»Äh, es gibt ein kleines Problem«, sage ich, »weil alles so schnell ging, konnte ich die zweihundert nicht mehr rechtzeitig besorgen. Aber hundert habe ich dabei.« Ich greife in die Gesäßtasche meiner Jeans, wo ich in Wahrheit zwei

Hunderter stecken habe, die ich noch gestern nach der Arbeit am Automaten gezogen habe, fummle einen der Scheine heraus und halte ihn ihr hin. »Morgen gebe ich dir dann die zweite Hälfte. Geht das?«

Helene zieht die Augenbrauen zusammen, fängt sich aber schnell. »Ausnahmsweise. Aber nur, wenn du dich ab jetzt an die Regeln hältst.«

Ich nicke, verstaue meine Siebensachen und folge ihr in das hinterste Zimmer, wo ich mich schon wieder wundern muss. Ganz langsam öffnet Helene die Tür, greift durch den Spalt und zieht, indem sie ihn am Nackenfell greift, Balu zwischen Tür und Angel zu uns in die Diele, wo sie ihn vor ihre Beine schiebt und weiterhin fest im Griff behält.

»Er hat heute schlechte Laune. Komm ihm besser nicht zu nahe«, erklärt sie, aber ich glaube ihr kein Wort, weil Balu mit dem Schwanz wedelt und nichts lieber täte, als mich anständig zu begrüßen, was aber nicht geht, weil er zu gehorchen hat.

»Ich freue mich auch, dich wiederzusehen, Balu«, sage ich, und ich sehe seinen Augen an, dass er mich verstanden hat. Wortlos folge ich nun Helene mit dem kurz gehaltenen Balu in das Zimmer, in dem die anderen Teilnehmer bereits auf Holzstühlen im Kreis sitzen, schweigend, geradezu eingeschüchtert. Balu, denke ich, du Hund. Er hat sich inzwischen in seiner vollen Länge vor die Tür gelegt, den Kopf auf den Vorderpfoten, die Augen wach und offen. Ob er wohl auch seine Reißzähne vorzeigt, wenn Helene ihm das gebietet? Oder hat er diese Nummer bereits gebracht?

»Tag«, sage ich und setze mich auf einen freien Platz zwischen einen Mann in der zweiten Lebenshälfte und eine

Rothaarige in meinem Alter. Verwundert registriere ich, dass außer mir nur noch vier Leute da sind, zwei Frauen und zwei Männer. Macht fünf zahlende Gäste und nicht zehn, wie angekündigt. Die Geschäfte laufen wohl nicht so gut zurzeit.

Helene hat sich inzwischen auf einem Kissen in der Mitte des Kreises niedergelassen und deutet mit nachsichtigem Lächeln auf mich.

»Das ist Margot. Wir anderen haben uns ja bereits bekannt gemacht. Margot, du wirst das während des Mittagsbuffets nachholen. Nicht wahr? Gut.« Sie sieht jedem einzelnen der fünf Anwesenden ernst und lange in die Augen, bevor sie beginnt.

»Offiziell ist es in unserer Gesellschaft verboten, Waffen zu besitzen. Inoffiziell hält sich die eine Hälfte nicht daran und bewaffnet sich mit Messern, Totschlägern und Pistolen, während die andere Hälfte gesetzestreu und somit unbewaffnet bleibt. Zu welcher Hälfte möchtet ihr gehören?«

Tja, wenn du so fragst, denke ich, dann ... Aber ehe ich Gefahr laufe, eine politisch unkorrekte Antwort auch nur in Erwägung zu ziehen, antwortet sich die Rednerin selbst. »Natürlich zur zweiten Hälfte«, sagt sie, und ihre Augen wandern dabei von Stuhl zu Stuhl, »wärt ihr sonst hier?«

Meine Augen wandern den ihren hinterher, sichten wie sie die Anwesenden. Die harmlose Hälfte, ganz klar, denke ich und sie offenbar auch, denn nun legt sie die Arme auf ihre Knie, öffnet die Handflächen nach oben und schließt die Augen.

»Aufeinander zugehen wollen wir anstatt aufeinander losgehen. Achten statt ächten. Nachgeben statt nachtragen.«

»Nö, das nun nicht«, entfährt es der Rothaarigen neben mir. Helene erstarrt. »Du hast«, sagt sie nach einer Schweigesekunde in Richtung der Roten, »ein wenig zu viel negative Energien.«

»Wiederkäuen statt widersprechen«, flüstere ich der Roten zu. Wir müssen beide kichern.

»Und du auch«, ergänzt Helene und meint zu meiner Verblüffung mich. Unfair finde ich das, sie schwadroniert von Waffen, aber mir hängt sie die negativen Energien an.

»Gehst du jetzt auf uns zu oder auf uns los?«, frage ich gereizt.

»Auweia«, höre ich die Korpulente mit der Strickweste zwei Stühle weiter stöhnen. Die Männer halten die Köpfe gesenkt und schieben die Hände unter die Schenkel.

Helene sieht sich genötigt, die Dramaturgie zu ändern. Sie schraubt sich aus ihrem Schneidersitz hoch, läuft leichtfüßig zum Fenster und öffnet es. »Lassen wir erst mal alle starken Energien raus.«

Der Seitenblick, der mich dabei trifft, bringt mich auf die Palme.

»Meine Energien bleiben bei mir«, verkünde ich daher und schließe das Fenster demonstrativ. Balu hebt den Kopf.

»Bleib, Balu«, ruft Helene ihm zu. Ich bin froh, dass sie ihn nicht mit reinzieht. Deshalb halte ich still, als sie sich vor mich stellt, ihre Handflächen aneinanderreibt und unter den aufmerksamen Augen der anderen mein Energiefeld abtastet, immer mal unterbrochen von kleinen, spitzen Schreien des Entsetzens, bis sie vom Kopf über die Schultern abwärts an meinen Zehen anlandet und sich endlich erschöpft aufrichtet.

»Soll ich doch noch mal das Fenster öffnen?«, frage ich versöhnlich, aber da klatscht sie schon in die Hände, weil es jetzt an der Zeit ist, uns mit unserem dritten Auge vertraut zu machen. Das liegt zwischen den Augen, nur ein bisschen höher, und nur wenn wir lernen, wie man es aktiviert, werden wir in der Lage sein, zu sehen und zu erkennen. Sagt Helene Murus und fordert uns auf, wieder unsere Plätze einzunehmen.

Von der Mitte aus und wie zuvor im Schneidersitz nimmt sie nun beide Arme hoch, formt ihre Hände zu einem Trichter und hält sie über ihren Scheitel. »Bildet nun auch ihr den Trichter, schließt eure Augen und atmet tief ein.«

Durch fünf Münder höre ich die Luft zischen, bei meinem mittelalten Sitznachbarn begleitet von einem Pfeifton. Aber da ist noch etwas, ein schabendes Geräusch, ganz leise und nur kurz. War das draußen?

Ich bemerke, dass Balu sich aufrichtet. Aber er schlägt nicht an. Habe ich bereits einen Schaden davongetragen, halluziniere ich? Zwischen meinen Lidern hindurch blinzele ich in die Runde. Alle haben die Augen geschlossen. Nur Helene nicht. Die gestattet sich einen Blick auf ihre Armbanduhr, bevor sie monoton fortfährt: »Und wieder ausatmen. Wir stellen uns die Sonne und das Universum über uns vor und nehmen Licht und Energie auf über unseren Scheitel in unser drittes Auge, in dem wir nun Helligkeit und Farben wahrnehmen.«

»Oh ja«, quietscht die Korpulente mit der Strickweste und greift sich an die Stirn.

Helene lächelt. »Sehr schön. Nun wiederholt jeder für sich diese Übung. Konzentriert euch auf euch und euer drittes Auge. Um euch nicht zu beeinflussen, werde ich den Raum für genau zehn Minuten verlassen.« Gewohnt leichtfüßig eilt sie zur Tür, schiebt den getreuen Balu beiseite und schlüpft hinaus.

Wie in Trance sind die anderen sitzen geblieben, die Ersten heben die Arme und atmen tief ein, allerdings auch gleich wieder aus, als ich aufstehe und Anstalten mache, ebenfalls den Raum zu verlassen. Mein drittes Auge hat sich komplett verabschiedet und ist einer gesunden Skepsis gewichen. Mit offenen Augen betrachtet, befinden wir fünf Gutgläubigen uns in einer mindestens lächerlichen Lage: verdonnert dazu, in einem namenlosen Sperrholzbüro zu verharren, unsere Taschen samt Inhalt getrennt von uns jenseits der Tür, vor der wiederum ein Schäferhund Wache hält. Das alles arrangiert von der Meisterin, die keiner kennt, nicht einmal das Netz. Grund genug für eine Dosis Misstrauen, finde ich und laufe auf Balu zu.

»Vorsicht mit dem Hund«, ruft der jüngere der zwei Männer, ein überdürrer, nervöser Typ. Die Panik in seiner Stimme lässt auf eine Hundephobie schließen. Kein Wunder, dass er unter diesen Umständen bislang kein Wort herausgebracht hat.

»Außerdem«, sekundiert die Korpulente mit der Weste, »sollen wir hierbleiben, hat Helene gesagt.«

»Und? Ist das Gesetz?«, fragt die Rote spitz und zwinkert

mir aufmunternd zu. Der Mittelalte nickt, aber wem er zustimmt, wird nicht klar.

Ich knie inzwischen vor Balu, dessen Rute vor Freude in einem rhythmischen Plop-Plop auf den Boden schlägt.

»Rückst du bitte mal ein Stück«, flüstere ich ihm zu, während ich ihm den Hals kraule, »ich komme auch gleich zurück.«

Tatsächlich richtet er sich auf, streckt zuerst die Hinter-, dann die Vorderläufe und lässt mich passieren.

Draußen im Flur bleibe ich erst einmal mit angehaltenem Atem stehen, denn ich höre ein Tuscheln aus genau dem Raum, in dem unsere Utensilien verwahrt sind. Auf Zehenspitzen schleiche ich mich an und luge um die Ecke ins Zimmer. Dort steht, über ein Blatt Papier auf dem Tisch gebeugt, Helene mit einem etwa dreißigjährigen Mann in einem blauen Overall, wie ihn Handwerker manchmal tragen. Helenes Zeigefinger stößt auf das Papier nieder. »Hier fängst du an, das ist am nächsten dran, keine zehn Minuten von hier.«

Obwohl sie leise spricht, kann ich jedes Wort verstehen, auch, was der Mann entgegnet. »Die in Fechenheim nehm ich als Letzte. Bis die daheim ist, bin ich längst weg.« Er klappert triumphierend mit ein paar Schlüsseln, die ich erst jetzt in seiner rechten Hand entdecke.

Genau vier Hausschlüssel, vermute ich erschrocken, aus jeder Tasche einer. Nur aus meiner nicht. Mein Schlüssel hängt an einer Lederschnur um meinen Hals. Zum ersten Mal bin ich froh über meine Neigung, alles, was nicht festgeschraubt ist, zu verlieren oder zu verlegen. Das zwingt mich zu einem System der Vorbeugung: Schlüssel um den

Hals, Brille ins Haar, Ausweise erst gar nicht mitnehmen, Geld in die hintere Jeanstasche. Sollten die auch meine Taschen durchwühlt haben, haben sie allenfalls einen Stadtplan von Frankfurt, ein Pfefferspray, einen Lippenstift und einen Kamm gefunden. Aber was ist mit den anderen vier? Ich muss sie warnen. Ohnehin sollte ich hier verschwinden, ehe mich Helene und ihr Komplize entdecken. Der Kerl hat sich das Blatt vom Tisch geschnappt und in der Brusttasche seines Overalls verstaut. Helene stellt sich auf die Zehenspitzen und küsst ihn. Das ist der Gipfel, wirklich. Der ist doch viel zu jung für die. Zu allem Überfluss fängt nun auch noch Balu im hinteren Zimmer an zu bellen.

»Mist«, höre ich Helene fluchen, und da sind beide auch schon auf der Türschwelle, bleiben wie schockgefroren stehen und starren mich an. Er reagiert als Erster mit einem herzhaften »Scheiße verdammt, ich hau ab« und rennt los.

»Was ist mit den Schlüsseln und der Adressenliste?«, rufe ich ihm hinterher, rechne aber nicht ernsthaft damit, dass er die Sachen zurückbringt. Womit ich allerdings auch nicht rechne, ist Helenes Wut. Sie stürzt sich so vehement auf mich, dass ich gegen die Wand knalle, dann versucht sie, mich an den Haaren auf den Boden zu zwingen, was aber nicht gelingt, weil ich ihr mein Knie in den Magen ramme und ihr den Arm umdrehe, bis sie jault.

»Körperverletzung«, krächzt sie, »ich zeige dich an.«

Da ich ihr das ohne weiteres zutraue und es auch für möglich halte, dass sie damit durchkommt, lasse ich sie los, bleibe aber in Habtachtstellung. Unnötig, wie sich sofort herausstellt. Denn wie der Blitz rast sie aus dem Haus und ist in Sekunden meinen Blicken entschwunden. Ich nehme mir nur kurz Zeit, den Zustand meiner Haare und meiner Knochen zu prüfen, um dann endlich zu den anderen in das hinterste Zimmer zu eilen.

»Balu«, rufe ich, als ich eintrete und sehe, was los ist. Er hält seine Herde in Schach. »Balu, hierher.« Ich klopfe gegen mein Bein, wie ich es bei Helene gesehen habe und wie Balu es kennt. Er folgt und setzt sich an meine Seite.

»Der hat mich angebellt, als ich nach euch sehen wollte«, erklärt die Rote, »das hättest du mal hören sollen.«

»Habe ich ja«, entgegne ich. Ich schildere nun in Kürze, was geschehen ist, und hindere meine entsetzten Zuhörer daran, sofort den Inhalt ihrer Taschen zu überprüfen. Zuerst müssen die Wohnungen gesichert werden. Drei Handys haben wir zur Verfügung, um Nachbarn, Freunde, Verwandte zu organisieren, die möglichst ab sofort die Wohnungen bewachen und schnellstens Schlüsseldienste organisieren sollen. Ich selbst bin aus dem Schneider. Denn natürlich habe ich der mir völlig fremden Helene nicht meine richtige Adresse gegeben. Meinen richtigen Nachnamen übrigens auch nicht. Als hätte ich es geahnt.

Nachdem die Wohnungssicherung gewährleistet ist, eilen wir zu unseren Taschen und Mänteln. Hektisches Durchwühlen, dann das Fazit: Die Schlüssel sind weg, logisch. Aber Papiere, Scheckkarten, Geldbeutel, alles noch da. Nur das Bare fehlt, war aber bei keinem viel. Ärgerlich sind die vierhundert Euro, die jeder außer mir bereits vorausgezahlt hat. Natürlich wurmt mich mein Hunderter auch, aber ich will mir den Tag nicht verderben lassen. Abwechslungsreich und überraschend war er ja immerhin bisher.

Der erste Schrecken hat sich auch bei den anderen all-mählich gelegt.

»So, nun rufen wir die Polizei an«, verkündet die Rote.

Ich stimme ihr voll und ganz zu, stelle aber klar, dass sie mich für diese Aktion nicht mehr brauchen und ich mich lieber um den verlassenen Balu kümmern werde. »Oder wollt ihr, dass er ins Tierheim kommt?«, schiebe ich nach in der sicheren Erwartung, sie damit auf meine Seite zu zie-hen. Klappt auch. Balu ist ebenfalls einverstanden. Als ich seine Leine vom Haken nehme, fängt er an zu tänzeln. Fünf Minuten später stehen wir vor dem einzigen Baum in dem trostlosen Hinterhof. Balu hinterlässt zum Abschied ein dampfendes, gelbes Rinnsal. Wir haben noch nicht einmal die Zeil überquert, da tanzen endlich die ersten Schneeflo-cken vom Himmel.

Sonntag, 4. Dezember, zweiter Advent

Nun schneit es schon seit einer Woche. Herrlich. Es riecht nach Weihnachten. Seit einer halben Stunde lasse ich mich von den Wogen der Besucher auf dem Weihnachtsmarkt hin- und hertreiben, bis ich ausschere, angezogen von ei-nem Stand mit wundersamen Kristallkugeln. Als ich an die Reihe komme, habe ich mich bereits entschieden.

»Die da«, sage ich zu dem bleichen jungen Verkäufer, der für meine Seite des Standes zuständig ist. An der anderen, der gegenüberliegenden Seite, hantiert eine Frau. Ich sehe sie nur von hinten. Beiläufig registriere ich ihr verschlunge-nes, bodenlanges Gewand und wundere mich über ihre Hände, die rot bemalt sind. Die Hände, denke ich, aber da nehme ich schon mein Wechselgeld entgegen und mache anderen Platz. Als ich mich noch einmal umdrehe, bückt sich die Frau nach irgendetwas, und ich bemerke ihren knochigen Rücken. Ziemlich knochig für eine orientalische Märchenprinzessin, finde ich und wende mich ab, um schnellstens meine Trophäe nach Hause zu bringen.

Ich habe es eilig, weil ich Balu besuchen will. Das erste Mal, seit er vor drei Tagen aus meiner kleinen Stadtwohnung ins ländliche Oberursel gezogen ist. Zu Rike. Seit ich sie näher kenne, nenne ich sie nicht mehr die Rote, obwohl sie natürlich noch immer rote Haare hat. Wir telefonieren täglich, meistens abends und dann stundenlang. Wie es aussieht, sind wir auf dem besten Weg, Freundinnen zu werden. Schon am ersten Abend nach der Pleite mit der Zukunftsdeuterin Helene Murus hat die Rote, vielmehr Rike, mich angerufen, um zu berichten, dass die Polizei gekommen war und ein Protokoll aufgenommen hatte. Rike meint, da kommt nichts mehr. Ich meine das auch. Aber zu meinem und Balus Glück kam Rike schon zwei Tage später zu Besuch, und wir haben die halbe Nacht gequatscht. Danach war schnell klar: Sie hat ein kleines Häuschen in einem großen Garten, ich habe einen großen Hund in einer kleinen Wohnung, wir machen das Beste draus. Jetzt hat Balu Auslauf, Rike einen Bewacher und ich Besuchsrecht, immer sonntags. Also heute.

Die Kristallkugel werde ich Rike mitbringen. Auch wenn sie es nicht zugibt, ein bisschen glaubt sie an so was. Ich nicht. Überhaupt nicht. Aber schön sieht sie aus, die Kugel, wie sie da auf meinem Tisch steht. Ich betrachte sie genau. Ganz genau. Die orientalische Märchenprinzessin kommt mir in den Sinn. Wie sie sich bewegt. Leichtfüßig. Sie hält eine Kugel hoch, die Hände dabei geformt wie zu einem Trichter. So, wie ich es schon einmal gesehen habe. Die Bruchstücke meiner Beobachtungen setzen sich zusammen, und allmählich schälen sich unter der bunten Maskerade die ganz und gar mitteleuropäischen Züge der Helene Murus heraus.

Klasse, Ich kann Kugel. Oder? Wie ein erboster Einspruch braust vom nahen Dom her das Zwölfuhrläuten an. Herrje, ist ja gut. Vorsichtshalber verstaue ich das Corpus Delicti zurück in seinen Karton. Die Glocken verstummen. Na also, alles wieder gut. Ich muss los.

Romy Fölck

Rock Christmas

Leipzig

Autorenvita

Romy Fölck, geboren 1974 in Meißen, arbeitete nach ihrem Jurastudium zehn Jahre in einem großen Unternehmen und lebt heute als freie Autorin in Leipzig. Ihr dritter Kriminalroman *Duell im Schatten* erschien 2012. Außerdem schreibt sie Kurzgeschichten für Anthologien und Zeitschriften sowie Rezensionen für *Belletristik-Couch.de*. Weitere Informationen auf www.romyfoelck.de.

»Wenn wir bis Jahresende keinen Gig mehr spielen, sind wir pleite!« Otto hieb wütend mit der Faust auf den Tisch im Probenraum seiner Band, den er im Keller einer stillgelegten Leipziger Kneipe eingerichtet hatte. Die vier Bandmitglieder saßen satt und gelangweilt herum. Ihre schwarzen Lederwesten glänzten speckig im Schein des Deckenstrahlers. Ein Dunst von Bier, Pizza und Zigaretten stand im Raum, der zum Schallschutz der Nachbarn mit Eierpackungen beklebt war.

»Wer hat denn lauthals getönt, dass wir Weihnachten auf sämtlichen Weihnachtsfeiern der Stadt spielen?« Fred winkte ab. »Nicht einen Gig hast du uns verschafft!«

Otto schnaubte wütend. »Wir sehen eben nicht aus wie die Wiener Sängerknaben. Die Leute wollen an Weihnachten lieber Glühwein statt Whisky.«

Theo ließ die Mundharmonika sinken, auf der er aus Langeweile O *du fröhliche* gespielt hatte. »Dann hättest du uns eben anders verkaufen müssen!«

Sein Boss stand langsam auf und baute 120 Kilo vor Theo auf. Seine Augen funkelten angriffslustig. »Meinst du, ich hätte ein Foto von uns im Frack an die Veranstalter schicken sollen? Wir sind die *Dark Rebels!* Wir sind Rocker! Mann, ich habe mehr Tätowierungen am Körper als deine Alte Zähne im Maul!« Er hob langsam die rechte Hand und stieß vorwurfsvoll einen Finger in Eddies Richtung, der sich gerade ein Stück Pizza in den Mund geschoben hatte. »Du bist doch unser Mister Oberschlau. Hast studiert und hockst in jeder freien Minute an deinem Computer herum.

Faselst ständig was von Onlinemarketing und Internetwerbung. Kümmere dich doch mal um einen Weihnachts-Gig, bei dem wir fett Kohle machen! Dann können wir richtig groß in die Werbung investieren.«

Eddie warf das Stück Pizza in den Karton, wischte sich den fettigen Mund ab und stand ebenfalls auf. »Das werde ich auch.« Er baute sich vor Otto auf. Mit seinen fünfundvierzig Jahren war er der Jüngste der in die Jahre gekommenen Rockband, aber vor allem war er Ottos Vormachtsposition leid. Die Band hätte in seinen Augen längst eine Generalsanierung nötig gehabt. Und er würde ihr dazu verhelfen. Aber dafür brauchten sie mehr als ein paar lumpige Weihnachts-Gigs. »Jungs, ich habe da eine Idee! Wenn die klappt, sind wir wieder groß im Geschäft!«

»An Heiligabend ein Konzert im Altersheim?!«, brüllte Otto, nachdem Eddie ihnen seine Idee präsentiert hatte. »Hast du noch alle Windungen auf der Schraube?«

»Lass mich doch erst mal ausreden. Das Weihnachtskonzert ist ein Ablenkungsmanöver!«

Fred schob seinem Chef mit dem Fuß einen Schemel unter den Hintern. »Setz dich erst mal und lass den Dürren ausreden!«

Otto ließ sich auf den Holzstuhl fallen, der unter seinem Gewicht ächzte. »Also?«

Eddie erklärte seinen Plan. »Während ihr den Alten auf der Weihnachtsfeier richtig einheizt, kümmere ich mich mal kurz um ihren Computer.«

»Und weiter?« Ottos Bartspitze zitterte vor Aufregung. »Willst du da Tarot spielen oder was?«

Eddie lächelte vor sich hin. »Ich hacke mich über den Account des Altersheimes ins Onlinebanking von Harald Kraft ein, besser bekannt als *der Baron.* Dann wandert eine größere Summe von seinem Konto auf ein geheimes Nummernkonto auf den Cayman Islands. Von dort zur Sparkasse Leipzig! Und nun ratet mal, welches Bandkonto noch vor Jahresende ein fettes Plus hat.«

Die Rocker starrten ihn sprachlos an. Eine solch anhaltende Stille hatte der Probenraum in ihrer Bandgeschichte noch nie erlebt.

Fred fasste sich als Erster. »Mal ganz langsam, Eddie! Du hackst dich in das Konto unseres Rotlicht-Barons? Bist du übergeschnappt? Der hat nicht nur Ex-Knastis als Bodyguards, die dir danach genüsslich das Rückgrat brechen, sondern sicherlich eine Bank mit den höchsten Sicherheitsvorschriften und Firewalls!«

Eddie rülpste genüsslich. »Das soll nicht dein Problem sein. Ich mache das nicht zum ersten Mal!«

Otto wurde unruhig. Er wippte nervös mit einem Bein. Sein Bierbauch wippte mit. »Warst du wegen so was vor Jahren nicht schon mal im Knast?«

»Diese alten Geschichten! Damals war ich jung und habe mich einfach blöd angestellt. Ich hatte ein paar Würmer verschickt, Firmen lahmgelegt und um etwas Geld geprellt. Ich bin erwischt worden. Aber an diesem Coup hier habe ich lange gefeilt! Jungs, wenn das klappt, werden wir Gigs in richtig großen Hallen spielen! Die Groupies werden nicht nur unsere Koffer schleppen.« Er fuhr sich genüsslich mit der Zunge über die Lippen.

Fred blieb skeptisch. »Und warum musst du den Coup

unbedingt im Altersheim durchziehen? Kannst du das nicht von hier aus tun?« Er wies auf Eddies Laptop, über den sie Probenmitschnitte auf YouTube einstellten, die kaum Klicks ernteten. »Mensch, Fred, dann haben die uns doch gleich am Arsch! Schon mal was von einer IP-Adresse gehört?« Eddie tippte sich an die Stirn. »Nachdenken, Freddy! Im Altersheim hat jeder Insasse Zugang zum Computer und ins Internet. An Heiligabend sind zusätzlich viele Familienangehörige im Heim. Da kann keiner nachvollziehen, wer während des Konzerts am Computer saß. Und wir haben ein geniales Alibi, wir stehen auf der Bühne. *Comprende?* Du spielst einfach dein berühmtes Solo, dazu ein bisschen Bühnennebel, und in der Zeit bin ich kurz verschwunden. Fällt gar keinem auf.«

»Und der Baron oder die Bank können anschließend nicht verfolgen, wohin das Geld geflossen ist?«

»Die kommen nur bis zu dem Nummernkonto auf den Caymans. Dort ist Schluss. Die Inselheinis sind genauso verschwiegen wie die Schweizer.«

»Na hoffentlich verkaufen die nicht auch CDs mit den Namen ihrer Kunden«, knurrte Otto, schien aber befriedigt.

»Schön und gut, Eddie! Das mag ja alles durchdacht sein. Aber wie sollen wir dem Pflegepersonal im Altersheim klarmachen, dass die eine Rockband zu ihrer Weihnachtsfeier buchen?«, fragte Theo, der trotz seiner Zweifel ein gieriges Funkeln in den Augen hatte.

»Wir bieten ihnen einfach ganz preiswert unser Weihnachtsprogramm an.« Eddie grinste.

»Soll ich etwa *Leise rieselt der Schnee* auf der E-Gitarre für

Achtzigjährige spielen?« Fred hob abwehrend die Hände. Seine Rockerehre schien angekratzt.

»Na klar, Mann! Überleg mal, dass wir danach schuldenfrei sind. Und bei unserer geringen Gage können die das Angebot gar nicht ablehnen. Das Altersheim hat keine Kohle, und bisher hat der Heimleiter noch kein Unterhaltungsprogramm für ihre Weihnachtsfeier.« Eddie grinste siegessicher. »Ich habe den Vertrag schon mal vorsorglich angefordert!« Er wedelte mit einem Blatt Papier. »Wir landen den Coup! Und ich schwöre euch, nach Weihnachten sind die *Dark Rebels* wieder richtig fett im Geschäft!«

An Heiligabend hatte starker Schneefall eingesetzt, so dass die Band in der Dämmerung ihren alten VW-Transporter erst einmal von einer dicken weißen Schneedecke befreien musste. Otto setzte sich hinters Steuer. Eddie und Fred kletterten zitternd neben ihn, in der Hoffnung, sich aufwärmen zu können. Die Lüftung spie jedoch nur kalte Luft aus.

»Hast du die Heizung immer noch nicht reparieren lassen?«, motzte Fred und rieb sich die vor Kälte steifen Finger.

»Und wie hätte ich die Reparatur deiner Meinung nach bezahlen sollen?« Otto legte krachend den ersten Gang ein und gab Gas. »Meine Gage vom Playboy ist schon für unser schillerndes Bühnenoutfit draufgegangen!«

»Ist ja gut! Dann frieren wir halt!«

»Wo gabeln wir Theo auf?«, versuchte Eddie abzulenken. Es war nicht gut, wenn die beiden an diesem Abend stritten. Er kannte Ottos Aufbrausen und Freds ewiges Schmollen zur Genüge.

»Der wartet am Augustusplatz auf uns«, murrte Fred und sah beleidigt ins Schneetreiben hinaus.

Sie rutschten mehr, als dass sie fuhren. Nur noch wenige Fahrzeuge waren in der Stadt unterwegs. Um diese Zeit saß man zu Hause, machte Bescherung oder aß mit der Familie Wiener Würstchen und Kartoffelsalat. Die Straßenlaternen im Zentrum waren mit festlichen Lichterketten geschmückt. Kleine beleuchtete Weihnachtsbäume standen vor Geschäften und trugen weiße Hauben. Der Schneefall wirkte im gelben Schein der Straßenlaternen so friedlich, dass Eddie die Mundharmonika herausholte und *Leise rieselt der Schnee* zu spielen begann. Fred summte sachte mit, während er mit einem Finger Bilder an die beschlagene Scheibe malte. Am Augustusplatz, der von Gewandhaus und Oper eingerahmt wurde, stand eine dunkel vermummte Gestalt mit einer Pudelmütze und rieb sich vor Kälte die Hände. »Da seid ihr ja endlich!« Theo schüttelte den Schnee ab und stieg ein. »Ihr seid 'ne gute halbe Stunde zu spät!«

»Dafür musstest du den Bus nicht mit ausbuddeln!«

»Scheiße, Mann, wenn wir zu spät kommen, werden die noch Lunte riechen!«

Eddie zwinkerte ihm zu. »Ganz ruhig, Theo. Es wird alles glattlaufen. Mach dich locker!«

Als sie im Altersheim ankamen, hatte das Schneetreiben noch zugenommen. Sie parkten direkt vor dem Eingang des in die Jahre gekommenen Gebäudes am Markkleeberger See, in dessen Fenstern Lichterketten und kitschige Schwibbögen leuchteten. Die vier Rocker stiegen aus und blieben skeptisch vor der Tür stehen. *Seniorenresidenz Lebensabend* stand auf einem Schild. Ein Plastikadventskranz baumelte darunter.

»Ich scheiße mir gleich in die Hosen!« Theo war aschfahl im Gesicht.

»Los jetzt!« Eddie öffnete geräuschvoll die verklemmte Hecktür des Transporters. »Let's rock!«

Mit klaren Stimmchen sang ein Knabenchor im Radio O *Tannenbaum*, als die Rock-Band ihr Equipment ins Altersheim schleppte. Es roch nach schwarzem Tee, Putzmitteln und einem Hauch von Räucherkerzen. Im Aufenthaltsraum saßen einige Senioren und beachteten die Männer in den Nietenlederjacken kaum. Sie spielten Karten, sahen fern oder brabbelten leise im Rollstuhl vor sich hin.

»Denen fliegt heute Abend das Trommelfell weg.« Fred grinste und mimte ein paar Griffe auf einer Luftgitarre.

»Die meisten sind doch eh schwerhörig. Die Alten werden sich bestimmt richtig freuen, wenn sie endlich mal ordentlich beschallt werden!«

Eddie begrüßte den korpulenten Heimleiter und machte ihn mit dem Rest der Band bekannt.

Der musterte die langhaarigen und tätowierten Typen einen Augenblick länger als nötig, schien aber einzusehen, dass es zu spät für einen Rückzieher war. »Da drüben neben dem Weihnachtsbaum, auf der kleinen Bühne können Sie aufbauen. Durch die Teeküche kommen Sie zu Ihrer Garderobe. Wir haben dafür einen Putzmittelraum umfunktioniert. Ich hoffe, es ist alles recht so.«

»Machen Sie sich keine Sorgen! Wir freuen uns, dass wir

Ihren Senioren heute Abend die Weihnachtsfeier versüßen können.«

Der Heimleiter nickte und eilte kopfschüttelnd davon.

Otto runzelte die Stirn. »Die Weihnachtsfeier *versüßen?* Was erzählst du denn für'n Mist?«

»Süßer die Glocken nie klingen«, erwiderte Eddie grinsend. »Und heute klingen sie für uns besonders süß. Seht ihr den kleinen Raum da drüben? Da steht das Goldstück.« Eddie wies durch den Flur zu einer offenen Tür, hinter der man einen Computerbildschirm sah. Ein älterer Herr legte gerade eine Patience.

»Und du meinst, mit diesem vorsintflutlichen Ding kannst du dich bei der Bank des Barons einhacken?«

»Keine Angst, ich habe alles dabei. Hauptsache ist, das Teil kann online gehen, und ihr macht hier den Leuten richtig Dampf und lenkt sie ab. Die Tür dort zum Computerraum wird heute Abend abgeschlossen sein. Aber ich habe Werkzeug dabei.«

Sie schleppten alle Kisten, Koffer und Instrumente herein und bauten sie auf der Bühne neben dem ärmlich geschmückten Weihnachtsbaum auf. Der Soundcheck wurde schnell und halbherzig durchgeführt und erntete erste missfällige Blicke der Senioren.

»Was guckt der Alte da drüben die ganze Zeit so komisch?«, fragte Fred und wies mit einer Neigung seines Kopfes in eine Ecke, wo ein weißhaariger Mann am Fenster saß und sich auf seinem Stock abstützte. Er sah die ganze Zeit neugierig zu ihnen herüber.

»Der hat hier den ganzen Tag nichts anderes zu tun, als dazusitzen und zu glotzen«, grinste Otto und steckte ein

Mikro ins Stativ. Dann klopfte er mit einem Finger dagegen, und die Rückkoppelung dröhnte in ihren Ohren.

Eddie spürte ein eigenartiges Gefühl im Magen. Ihm kam der Alte in der Ecke bekannt vor. Oder täuschte er sich? Sahen sich die Rentner nicht alle ähnlich? Als sich ihre Blicke kreuzten, nickte ihm der Weißhaarige freundlich zu. Eddie schaute erschrocken weg. Wer war der Mann zum Teufel?

»Meine Herrschaften!« Der Heimleiter baute sich vor dem Weihnachtsbaum auf, auf dem müde eine überalterte Lichterkette flackerte. Ein Teil der Lichter hatte den Betrieb offensichtlich schon vor Jahren eingestellt. Die Senioren und ihre Angehörigen saßen an den mit Tannenzweigen und Kerzen gedeckten Tafeln und sahen abwartend zu ihm hinüber. »Nach unserem traditionellen Weihnachtsessen, welches uns wie jedes Jahr unsere Angehörigen spendiert haben, dürfen wir uns auf unser heutiges Weihnachtskonzert freuen. Die Heimleitung hat lange hin und her überlegt, wie wir Sie überraschen können. Einen Kinderchor oder die Weihnachtsbläser haben wir jedes Jahr hier im Haus. Dieses Mal haben wir uns etwas ganz Besonderes ausgedacht.« Er wies auf die vier Jungs der *Dark Rebels*, die neben dem Weihnachtsbaum standen und engelsgleich in die Zuschauerreihen lächelten. Eine weitere Erklärung erschien nicht nötig bei diesen vier tätowierten und in schwarzes Leder gekleideten Gestalten. »Es darf doch auch bei uns mal ein wenig moderner zugehen, wir sind ja nicht von gestern.« Der Heimleiter räusperte sich verlegen. »Aber jetzt darf ich unsere Musiker erst einmal zu Tisch bitten! Dann können wir die Gänsekeulen servieren und für unsere Bewohner, die nicht mehr so gut kauen können, die Gänseleberpastetchen.«

Das Essen wurde gebracht, und die Rockband setzte sich an den zugewiesenen Platz an der Tafel zwischen die Heimbewohner, welche die vier betrachteten wie die Bewohner eines anderen Sterns.

»Kriegen wir die Gans oder die durch den Fleischwolf gedrehte Paste?«, fragte Fred, stülpte die Lippen über seine Zähne und grinste die Jungs zahnlos an. Otto und Eddie feixten. Auch der neben Fred sitzende achtzigjährige Herr strahlte über das faltige Gesicht und zeigte, erfreut über den Spaß, seine letzten brüchigen Zahnstummel. Den *Dark Rebels* verging das Lachen und der Appetit. Fred kratzte sich peinlich berührt an der Stirn. »Möchten Sie Tee oder Limonade zum Essen?«, fragte eine streng wirkende Pflegerin.

»Wie wäre es mit einem Pils?« Otto strich zärtlich über seinen Bierbauch.

»Es gibt nur Tee oder Limonade«, wiederholte sie monoton.

»Vier Mal die Limonade, bitte!«, sprang Eddie ein, und die anderen zogen angeekelte Gesichter.

»Willst du uns vergiften?«, raunte Theo.

»Morgen kannst du Pils saufen, so viel du willst, oder dir eine ganze Brauerei kaufen. Heute wird getrunken, was auf den Tisch kommt!«, flüsterte ihm Eddie zu. »Mach hier keinen Aufstand!«

Das Essen wurde serviert und lieblos vor sie hingestellt. Die Gänsekeulen sahen aus, als wären sie vom Vorjahr übrig geblieben und wieder aufgewärmt worden. Dunkel und trocken, erinnerten sie eher an Hundekauknochen im Tierheim als einen Weihnachtsbraten im Altersheim.

Otto drückte mit der Gabel fest auf einen der grauen Klöße, der nicht nachgab, sondern wie ein Gummiball in seine Form zurücksprang, als er die Gabel zurückzog. »Ich nehme doch lieber die Pastete«, raunte er. »Sonst bleibt in dem Ding noch ein Zahn von mir stecken.«

»Jetzt habt euch nicht so! In ein paar Jahren sitzt ihr hier und freut euch wie Bolle auf dieses Festessen.«

»Lieber lass ich mich vorher lebendig begraben!« Fred stocherte im matschigen Dosenrotkraut und sah aus, als müsse er sich gleich übergeben.

Eddies Blick streifte über den Tisch und blieb im Gesicht des Weißhaarigen hängen, der ihm kurz zuvor zugenickt hatte. Er saß aufrecht, fast vornehm am Tisch, trug ein frisch gebügeltes Hemd und sogar eine Fliege. In Eddies Kopf rotierte es. Kannte er den Alten, oder war er nur hypernervös, so dass ihm heute jeder, der ihn länger ansah, verdächtig vorkam?

Sie aßen schweigend, umringt vom Schmatzen und Schlürfen ihrer Tischnachbarn, und ihre Gesichter wurden immer länger. Die nächste Runde Limonade wurde bestellt, um gründlich nachzuspülen. Otto fielen fast die Augen heraus, als der *vis-à-vis* sitzenden Oma, die mit ihrer roten Häkeljacke und der goldenen Brosche ganz festlich wirkte, beim Essen das Gebiss vom oberen Kiefer herunterklappte. Sie schob die Zähne zurück an ihren Platz, lächelte entschuldigend und nuschelte »Scheiß Billigkleber!«

Die vier Rocker kauten und schluckten mechanisch, kämpften mit der sehnigen Federviehkeule und den

Gummiklößen und hofften auf baldige Erlösung. Endlich stand der Heimleiter neben ihnen und komplimentierte sie zur provisorisch aufgebauten Bühne. »Wir freuen uns jetzt auf unsere Gäste und auf unser Weihnachtskonzert!«

Müder Beifall kam auf. Die Stühle und Rollstühle wurden herumgedreht, Gebisse von Gänsebratenresten gesäubert, Hörgeräte eingestellt und Brillen geputzt. Bald starrten die Heimbewohner und deren Gäste die Rockmusiker erwartungsvoll an. Fred wollte gerade mit O *du fröhliche* das Weihnachtskonzert eröffnen, als ihm ein saftiger Furz aus den ersten Reihen zuvorkam. Der ältere Herr, dem das Malheur passiert war, lächelte erleichtert und selig wie ein Kind.

Die ersten Songs der Band ernteten nur Verwunderung. Die *Dark Rebels* gaben die Rockversion deutscher Weihnachtslieder zum Besten. Aber da diese so gar nicht dem gängigen Schema weihnachtlicher Musik entsprachen, konnte offensichtlich keiner der Zuhörer damit etwas anfangen. Ein älterer Herr nickte trotz der Lautstärke bei O *du fröhliche* ein und begann zu schnarchen, ein anderer rief laut, dieser Krach sei ja grauselig und man solle ihn endlich zu Bett bringen. Steinerne Gesichter sahen die Rocker von den Weihnachtstafeln aus an. Der Vorwurf über die Verunglimpfung deutscher Weihnachtskultur schien darin zu liegen. Die *Dark Rebels* schwitzten und spielten, als ginge es um ihr Leben. Wenn jetzt kein Wunder passierte, saßen sie schneller im Tourbus auf dem Weg nach Hause, als Eddie das Wort Computerraum auch nur aussprechen konnte.

Eddie setzte alles auf eine Karte, warf die Songliste über Bord und stimmte kurzerhand Deep Purples *Smoke on the water* an. Da kam plötzlich Bewegung in die betagten Herrschaften. Sie schienen sich an ihre Jugendtage und deren Musik zu erinnern. Zuerst begannen die Hände und Knie zu wippen, dann bewegten sich ihre Lippen. Bald klopften sie sich erfreut auf die Schenkel, wenn sie eines der Rockklassik-Stücke erkannten, welche die Band nun zum Besten gab. Das Eis war gänzlich gebrochen, als der Weißhaarige mit der Fliege seinen Gehstock wegwarf, aufstand und sich etwas eingerostet, aber rhythmisch zu bewegen begann. Nach und nach standen noch andere seiner Tischgenossen auf, lockerten ihre Krawatten und Glieder, warfen entzückt die Arme hoch und begannen zu den alten Klassikern zu tanzen, wovon die *Dark Rebels* genug in ihrem ständigen Repertoire hatten.

Der Heimleiter begriff nichts mehr. Er hatte sich direkt an der Tür aufgebaut, um vor den Schimpftiraden zu flüchten, sollte dies nötig sein. Aber seine Heimbewohner waren in kurzer Zeit völlig aus dem Häuschen. Und wer von ihnen nicht aufstehen konnte, klatschte im Rollstuhl mit. Bald tanzten auch die Angehörigen, lachten über die schrägen Alten, applaudierten und pfiffen nach einer Zugabe. Die Oma, der beim Essen das Gebiss aus dem Mund geklappt war, war die lauteste Pfeiferin von allen.

Als die Band *Hotel California* von den Eagles anstimmte und Fred ein langes Solo auf der E-Gitarre spielte, machten die anderen Rocker eine kurze Pause. Otto warf endlich die stinkende Nebelmaschine an. Das war Eddies Zeichen. Er schlich sich hinter der Bühne durch die Teeküche in ihre Garderobe, wo sein Werkzeug schon bereitlag. Er zog Handschuhe über und hatte binnen weniger Sekunden das

Schloss zum Computerraum geknackt. Vorsichtig zog er die Tür hinter sich zu, knipste eine Taschenlampe an, fuhr den Computer hoch, öffnete seine Tasche und holte ein paar Gerätschaften heraus. Als der Computer sich ins Internet eingewählt hatte, schob er einen USB-Stick hinein und begann flink auf der Tastatur zu tippen. Jeder Griff saß. Nur noch ein paar Sekunden, und sie waren stinkreich!

Plötzlich implodierte das Bild auf dem Monitor. Auch Freds Gitarren-Solo verstummte mitten im Song. Die abrupte Stille ließ ein Fiepen in Eddies Ohren zurück.

»Scheiße!« Seine Hände zitterten vor Aufregung. Waren sie aufgeflogen?

»Das ist ein Stromausfall! Bleiben Sie bitte ruhig!«, hörte er den Heimleiter im Gang rufen.

Eddie knipste die Taschenlampe aus und blieb ruhig sitzen. Wenn er jetzt den Raum verließ, war alles aus! Shit! Sollte so kurz vor dem Ziel ein läppischer Kurzschluss alles zunichtemachen? Er zählte bis zehn, dann ging plötzlich im Gang das Licht an. Er hörte, wie Fred auf der Bühne probehalber ein paar Griffe auf der E-Gitarre probierte und einfach *Hotel California* neu anstimmte. Eddies Hände zitterten noch stärker, als er den PC wieder einschaltete. Er atmete tief durch und wählte sich ins Internet.

Als er den Coup plante, hatte er sich schon mehrfach ins Onlinekonto des Barons gehackt, hatte sein Eindringen perfektioniert und die Geldbewegungen des Barons lange Zeit beobachtet. Bleib ruhig, Alter, ermahnte er sich, während seine Finger auf der Tastatur tanzten. Innerhalb weniger Sekunden hatte er das Sicherheitssystem der Bank überwunden, war im richtigen Konto eingeloggt, gab eine sechsstellige Summe und die Bankdaten des Nummernkontos auf den Cayman Islands ein, bekam die Transaktionsnummer auf sein geklautes Handy geschickt und wickelte diese ab, als Fred an der Gitarre noch einmal richtig aufdrehte.

»Bingo!«, flüsterte Eddie schließlich. Der Geldtransfer war erfolgreich.

Plötzlich fuhr er herum. Er hatte das Gefühl, es stände jemand in seinem Rücken. Doch der Raum war leer. Er wischte sich den Schweiß von der Stirn, fuhr den PC herunter, packte seine Gerätschaften ein und verstaute alles wieder in der Tasche. Vorsichtig schob Eddie die Tür auf. Die Luft war rein. Als er pfeifend über den Linoleumgang spazierte, als sei er nur kurz auf der Toilette gewesen, war niemand zu sehen. Er stellte die Tasche in der Garderobe ab und stand kurz darauf erneut mit seinen drei Bandkollegen auf der Bühne. Dabei stieß er als Zeichen, dass alles gutgegangen war, die Faust hoch in die Luft, und seine Kumpels verausgabten sich vor Freude fast ekstatisch. Das Weihnachtskonzert im Altersheim glich bald einem ihrer einstmals ausverkauften Konzerte im *Haus Auensee*.

Mittlerweile standen ein paar rüstige Rentnerinnen auf den Stühlen und warfen Nylonschals und Spitzentaschentücher auf die Bühne. Woher die Orthese kam, die Otto schmerzhaft am Knie traf, konnte keiner nachvollziehen. Otto schüttelte sich kurz und spielte weiter. Das Heim glich einem Hexenkessel, und die *Dark Rebels* spielten eine Zugabe nach der anderen. Ihr Schweiß lief in Strömen. Otto warf bald seine Lederweste ab und spielte mit nacktem Oberkörper weiter. Zwei ältere Damen bekamen vor Entzückung über seine tätowierten Brustmuskeln arge Kreislaufprobleme, so dass ein Rettungswagen gerufen werden musste. Als die Sanitäter vor Ort waren, schüttelten sie verständnislos über die ausgeflippten Alten die Köpfe. Zehn Minuten später machten sie mit den Rentnern eine Polonaise durch den Aufenthaltsraum.

Nach dem Konzert, das schließlich der Heimleiter mit Hinweis auf die Nachtruhe beenden musste, schrieben die *Dark Rebels* fleißig Autogramme. Um Otto hatte sich eine Traube ergrauter Damen versammelt, die unbedingt seine vom Schweiß glänzenden Tattoos anfassen wollten. Der Bandleader kokettierte mit ihnen wie ein Teenager in der Schuldisko. Eddie wollte sich gerade zur Garderobe aufmachen, da tauchte der Weißhaarige mit der Fliege auf, der zuallererst das Tanzbein geschwungen hatte. Wieder glaubte Eddie, sein Gesicht schon einmal gesehen zu haben.

»Da ist ja doch noch was aus dir geworden, Eddie Schabulke!«, sagte der Alte und freute sich über das erstaunte Gesicht des Rockers. Mit einer Kopfbewegung forderte er ihn auf, mit ihm hinauszugehen. Eddie spürte ein ungutes Stechen in der Magengegend, als er ihm folgte. Der Weißhaarige führte ihn geradewegs in den Computerraum, wo er hinter Eddie die Tür schloss.

»Ich habe dich gleich erkannt, als du mit deinen Bandkollegen hier reinkamst«, sagte der Alte und sah Eddie tief in die Augen. »Ich weiß, dass ich einige Jährchen mehr auf dem Buckel habe als bei unserer letzten Begegnung. Aber kannst du dich wirklich nicht mehr an mich erinnern?«

In Eddie arbeitete es. Aber er konnte den Weißhaarigen noch immer nicht einordnen.

»Meißner mein Name, Dr. Gerhard Meißner.«

Als Eddie diesen Namen hörte, schnappte er nach Luft. »Der Richter!« Er begann erneut zu schwitzen. »Sie waren damals der Richter in meinem Prozess.« In Eddies Erinnerung tauchte dieses Gesicht hinter dem schweren Tisch im Gerichtssaal auf. Damals war sein Gegenüber noch nicht so weißhaarig und faltig gewesen. Aber dies war der Richter, der ihn damals für zwei Jahre hinter Gitter gebracht hatte.

»Richtig, Eddie! Ich habe dir in meiner Urteilsbegründung gesagt, dass etwas aus dir werden kann, wenn du in Zukunft die Finger von den krummen Sachen lässt. Und euer Konzert hier hat mir gezeigt, dass du ein vortrefflicher Musiker geworden bist.« Er hob drohend seinen Zeigefinger. »Aber deine kriminelle Ader ist noch immer vorhanden. Ich habe dich heute auf Schritt und Tritt verfolgt, Eddie. Ich habe gesehen, dass du heimlich hier zum Computer geschlichen bist, und bin dir nachgegangen. Der kleine Stromausfall war übrigens mein Werk. Und als du hier im Dunkeln sitzen geblieben bist, wusste ich, dass du wieder etwas im Schilde führst. Ich weiß nicht, *was* du hier an diesem Ding gemacht hast. Aber dass es nichts Legales war, das wissen wir beide.«

Eddie wurde bleich. Er war aufgeflogen! Und nur, weil er den Alten nicht erkannt hatte und zu dämlich gewesen war, seinen Anfangsverdacht zu überprüfen. Er schluckte, brachte kein Wort der Erklärung heraus. Was hätte er auch sagen können? Dass er am Computer sein Postfach checken wollte? Er war am Arsch!

»Eddie«, begann der pensionierte Richter und schüttelte enttäuscht seinen weißhaarigen Kopf. »Die Jahre in der JVA haben dir scheinbar keine Einsicht gebracht.« Er legte die Hände auf den Rücken und schritt nachdenklich den Raum ab. »Ich könnte natürlich die Heimleitung oder noch besser die Polizei informieren. Immerhin bist du hier eingebrochen. Aber ich denke, das ist eine schlechte Idee. Von einer weiteren Haftstrafe für dich haben wir beide nichts.« Er lächelte plötzlich und baute sich direkt vor Eddie auf. »Ich bin seit drei Jahren hier im Altersheim. Meine Frau ist schon lange tot, und meine Kinder interessiert es einen Dreck, wie es mir hier geht.« Er schnalzte mit der Zunge. »Die Langeweile frisst mich auf. Niemand besucht mich, ein richtig intelligentes Gespräch habe ich seit Jahren nicht mehr geführt, und beim Schach gibt es keine Konkurrenz mehr, seit mein Zimmernachbar gestorben ist. Aber seit heute weiß ich, dass ich auf meine alten Tage noch richtig Spaß haben kann. Euer Konzert hat meinen dritten Frühling eingeläutet! Ich habe getanzt wie ein junger Gott! Die Damen, die mich beim Nachmittagstee keines Blickes würdigten, haben mich heute angehimmelt! Dieser Abend war der beste, seit ich hier auf dem Abstellgleis liege.« Er lachte und zeigte sein künstliches Gebiss. »Eddie Schabulke. Im Namen des Volkes ergeht folgendes Urteil: Du wirst ab heute mit deiner Band jeden Monat hier im Heim kostenlos ein Konzert geben.« Der Richter dachte einen Moment nach. »Und du wirst mich jeden Donnerstagabend auf eine Runde Schach besuchen.«

Eddie schluckte. »Sie rufen nicht die Bullen?«

Der Richter streckte ihm zur Bekräftigung die Hand entgegen. »Nein! Wenn du einschlägst, habe ich heute Abend nichts Auffälliges bemerkt und werde gerne bekräftigen, dich die ganze Zeit in der Nähe der Bühne gesehen zu haben.«

»Ist das Ihr Ernst, Herr Vorsitzender? Sie verpfeifen mich nicht?«

Der pensionierte Richter nickte schelmisch und wies auf seine ausgestreckte Hand. »Schlag schon ein, Eddie! Es ist Weihnachten! Wir beschenken uns heute einfach gegenseitig.«

Thomas Kastura

Die Lichtlein brennen

Bamberg

Autorenvita

Thomas Kastura, geboren 1966, lebt in Bamberg und arbeitet als Autor für den Bayerischen Rundfunk. Er veröffentlichte zahlreiche Erzählungen, Jugendbücher und Kriminalromane, u. a. *Der vierte Mörder* (Platz 1 auf der KrimiWelt-Bestenliste). Zuletzt erschien 2010 *Das geheime Kind*, der dritte Band in der Reihe um Kommissar Klemens Raupach. Neu im Herbst 2012: *Drei Morde zu wenig. Brandeisen & Küps ermitteln.*

Mehr Informationen unter: www.thomaskastura.de.

»Man hat schon traurigere Leichen gesehen«, meinte Staatsanwalt Brandeisen.

Das Grinsen des Toten war wie festgefroren – nicht vor Kälte, sondern aufgrund eines finalen Stromschlags. Die Haare sträubten sich wie beim Struwwelpeter. Und es roch verschmort, als sei eine Weihnachtsgans zu lange in der Röhre geblieben.

Kommissar Küps überprüfte seine Notizen. »Herzversagen infolge von Kontraktionen der Atemmuskulatur und des Zwerchfells. Der Mann heißt Konrad Fabitsch, 52, Montageleiter. Der Tod ist erst vor einer Stunde eingetreten.«

30. Dezember, ein milder Winterabend, es war bereits dunkel. Die beiden Ermittler standen im Vorgarten eines Anwesens im Bamberger Berggebiet: großflächiger Grundriss, breite Fenster, niedriges Giebeldach. Alles ganz normal. Bis zum ersten Advent: Dann erwachte das Einfamilienhaus aus biederen Vorstadtträumen und fand sich alljährlich zu einem ungeheueren Spektakel verwandelt.

»Wäre einer der Herren Kriminaltechniker so nett, den Strom wieder anzustellen«, rief Brandeisen, »damit wir einen realistischen Eindruck bekommen?«

»Aber bleiben Sie von den Kabeln weg!«, riet ein Polizist und ging nach drinnen.

Sekunden später wurde es Licht.

»Grundgütiger!« Der Staatsanwalt war wie geblendet.

Das Haus erstrahlte in weihnachtlicher Beleuchtung. Und nicht nur das Haus. Wie viele tausend Glühbirnen mochten es sein, die da Dachrinnen und -firste, Fallrohre und Fensterrahmen, Gartenzaun und Garage zierten? Doch nicht nur die Konturen der Gebäude wurden durch schier endlose Lichtschläuche betont. Es gab Eiszapfenvorhänge, Sterne in allen Größen und Farben, stilisierte Schneemänner und Tannenbäume. Im Vorgarten hatte sich eine Gruppe bläulich schimmernder Acrylfiguren einträchtig niedergelassen, Reh neben Eisbär, Eichhörnchen an Robbe – leider lag kein Schnee. Und ein illuminierter Weihnachtsmann, der mit einem Sack auf dem Buckel den Balkon erklomm, durfte natürlich nicht fehlen. Brachte er heuer ein bisschen Geschmack mit? Wohl kaum.

»Das kann man bestimmt aus dem Weltall sehen«, staunte Brandeisen. »Wie die belgischen Autobahnen.«

Küps zollte dem technischen Aufwand Respekt. »Ungefähr 20 000 Lichter, verteilt auf 22 Stromkreise. Hängt alles an Zeitschaltuhren.«

»Der Wahnsinn hat also Methode.«

»Ein Mann braucht ein Hobby.« Der Kommissar deutete auf ein Kabel, das dem Toten vorsichtig entwunden worden war. »Schauen Sie, die Isolierung ist beschädigt. Direkt unter dem Stecker.«

»Haben Sie mich wegen einer defekten Leitung verständigt?«, fragte der Staatsanwalt ungläubig. Er hatte von Elektrik keine Ahnung und war schon froh, wenn es ihm gelang, eine Energiesparlampe auszuwechseln.

Küps kniete sich hin. Der Vorgarten war taghell erleuchtet, man konnte jedes Detail erkennen. »Jemand hat das Kabel bis auf den Draht abgeschabt. Und halb durchtrennt, als kein Saft drauf war. Mit einem Taschenmesser, sagt die Spurensicherung.«

»Ein Dummer-Jungen-Streich?«

»Mord.« Küps wusste: Brandeisen, stets interessiert an aufsehenerregenden Delikten, würde sich auch dieses Mal tatkräftig in die Ermittlungen einschalten.

Der Kommissar folgte dem Kabel. Es führte zu einem beleuchteten Rentier mit Schlitten. »Ich stelle mir das so vor: Die Beleuchtung ging an, zu einem festen Zeitpunkt, sagen wir, um 17 Uhr. Dieser Stromkreis war als einziger unterbrochen. Die Lichter blieben aus, oder sie haben geflackert. Fabitsch dachte, dass sich irgendwas gelockert hat. Er packte zu und – *dusch!* Aus die Maus.«

Brandeisen musterte die Scheußlichkeit. In puncto Weihnachtsbräuche war er konservativer als der Erzbischof. Was hatte ein Rentier, jene Ausgeburt amerikanischer Kommerzialisierungsperfidie, in einem fränkischen Vorgarten verloren?

Der Kommissar ahnte, was im Kopf seines langjährigen Ermittlungspartners vorging. »Und warum hat's Fabitsch ausgerechnet bei dem Rentier erwischt? Da steckt doch was dahinter!«

Brandeisens graue Zellen kamen in Schwung. »Durchaus möglich«, sagte er langsam.

Die Leiche wurde abtransportiert, Brandeisen und Küps begaben sich ins Haus. Neben der Garderobe ragte ein Kontrollpult aus der Wand, welches der Steuerungsanlage eines kleinen Kraftwerks nicht unähnlich war. Der Kommissar vertiefte sich sogleich in die zahllosen Regler, Schalter und Leuchtanzeigen.

Dagmar Fabitsch saß völlig aufgelöst im Wohnzimmer,

Typ gewissenhafte Hausfrau mit Ponyfrisur und längsgestreifter Bluse. Ein Uniformierter leistete ihr Gesellschaft.

Der Staatsanwalt übernahm. Er hielt sich für einen Experten im Gut-Zureden von Damen über 50 und führte es darauf zurück, dass er im Privatleben alle Formen des zwischengeschlechtlichen Kontakts mied.

»Was man tief in seinem Herzen besitzt, kann man nicht durch den Tod verlieren.« Ein Goethe-Zitat machte sich in solchen Situationen immer gut. Dass die letzten Worte des Geheimrats »Mehr Licht!« gelautet haben sollen, verschwieg er lieber. Für derlei Anspielungen hatte die tränenreiche Witwe vermutlich keinen Sinn. »Sie haben mein tiefstes Bedauern«, fuhr er fort. »Was für ein schrecklicher Verlust!«

Frau Fabitsch nickte in ihr Kleenex hinein und greinte weiter. »Lassen Sie es heraus, meine Liebe. Der Schmerz ist ein heiliger Engel.«

Keine Reaktion.

»Wenn Sie sich wieder gefasst haben, würde ich Ihnen gern ein paar Fragen stellen.« Er machte eine rhetorische Pause. »Die Herrschaften von der Polizei und ich rätseln nämlich, wie es zu diesem tragischen Vorfall kommen konnte.«

»Mein Kunner kontrolliert immer alle Kabel«, presste die Witwe hervor. »Einmal die Woche, am Sonntag.«

»Aha.« Sie hatten Montag.

»Da ist er penibel. Damit kein Unglück passiert.«

»Helfen Sie ihm dabei?«

»Ich darf doch nichts anlangen!«, schniefte sie. »Die Lichter sind sein Ein und Alles, da lässt er niemanden ran. Das ganze Jahr über freut er sich drauf.«

»Verstehe«, sagte Brandeisen. »Und wann schalten sich die Lämpchen ein?«

»Um fünf. Dann geht er immer raus und guckt, ob alles funktioniert.«

»Hat er es heute genauso gemacht?«

»Ja, aber das Rentier war kaputt.« Ein abfälliger Ton schlich sich in ihre Stimme.

»Sie mögen das Rentier wohl nicht«, hakte Brandeisen nach. »Ohne das blöde Vieh wär er noch am Leben!« Das Schluchzen wurde stärker. »So ein grausamer Tod!«

»Beruhigen Sie sich! Ich bin mir sicher, er hat nicht das Geringste gespürt.«

»Von wegen! Wie ein Gögerla hat er gezuckt! Das reinste Feuerwerk! Ich hab gedacht, er explodiert.« Frau Fabitsch nahm eine neue Packung Kleenex in Angriff.

»Wo waren Sie zu diesem Zeitpunkt?«

»In der Küche. Ich hab uns einen Ziebeleskäs zum Abendessen gemacht. Den bring ich jetzt nicht mehr runter.«

Brandeisen erinnerte sich an einen Sinnspruch, der bei seinen Eltern über der Eckbank gehangen war. »Wenn du denkst, es geht nicht mehr, kommt von irgendwo ein Lichtlein her.«

Etwas deplatziert, stellte er mit Verspätung fest. Die Heulerei nahm zu.

»Ist an diesem Rentier etwas Besonderes?«, fragte er rasch. »Irgendetwas, das es von den anderen Figuren unterscheidet?«

»Wir haben's erst dieses Jahr angeschafft.« Die Witwe schneuzte sich geräuschvoll und riss sich zusammen. »Unsere neue Hauptattraktion.«

»So? Warum denn das?«

»Es bewegt sich.«

Der Staatsanwalt blickte sie verständnislos an. »Was soll sich denn da bewegen?«

»Ach, das können Sie ja nicht wissen. Der Kunner hat im Garten extra eine Schiene verlegt, auf der fährt das Rentier mit dem Schlitten hin und her. Natürlich nur, wenn's eingeschaltet ist.«

»Im Ernst?«

»So was hat nicht jeder, gell?« Sie redete sich in Rage. »Aber ein Aufwand war das, bis das Ding aufgebaut war. Ich hab gesagt, schick den Schund wieder zurück! Nur, mein Mann, der wollt einfach nicht hören. Unsere Stromrechnung müssten Sie mal sehen! Die Stadtwerke lachen sich scheckig.«

Ein Themenwechsel war angezeigt. »Was meinen denn die Nachbarn zu der stimmungsvollen Dekoration?«

»Denen gefällt's. Jedenfalls hab ich noch nichts Gegenteiliges gehört.«

»Sind Sie sicher?« Es wäre nicht das erste Mal, fügte Brandeisen in Gedanken hinzu, dass jemand die Leidenschaft eines Exzentrikers nicht teilte und darüber kein Wort verlor, zumal in Franken, wo man eher stumm litt, als offen Kritik zu äußern.

»Die Schaulustigen, die unten am Zaun stehen und fotografieren, die sind manchmal lästig. Von überall her kommen die, eine Blitzerei ist das, wie beim Gewitter. Aber wenn die ihre Bilder machen, freut's einen dann doch.«

»Und es gab wirklich noch keine Klagen?«

»Im *Fränkischen Tag* war sogar ein ganzer Artikel über un-

ser Haus. Wenn man in der Zeitung steht, haben die Leut'
automatisch Respekt.«

»Noch ein Letztes«, sagte der Staatsanwalt. »Hatte Ihr
Mann irgendwelche Feinde?«

»Mein Kunner?« Frau Fabitsch schüttelte energisch den
Kopf. »Nein, der war die Friedfertigkeit in Person, wie der
Gandhi. Kein lautes Wort, immer hilfsbereit. Und mit seiner Weihnachtsbeleuchtung war er ja wie ein Kind. Ich
wüsst jetzt nicht, wer ihm hätt bös sein sollen.« Dann begriff sie. »Sie meinen doch nicht, dass ihm jemand ... was
angetan hat?« Erneut flossen Tränen, der Flüssigkeitsverlust
war enorm.

»Ich verspreche Ihnen, wir gehen der Wahrheit auf den
Grund.« Der Staatsanwalt bedankte sich. »Geben Sie uns
Bescheid, wenn Ihnen noch etwas einfällt.«

Küps hatte das Gespräch aus dem Hintergrund verfolgt.
Es war immer das Gleiche: Angehörige unter Schock, nichts
Schlechtes über den Toten, eine Runde Mitleid. Dabei
wusste jedes Kind, dass die meisten Morde in der Familie
oder im Bekanntenkreis blieben. So wie es aussah, konnte
die Witwe erzählen, was sie wollte. Sie brauchte nicht mal
ein Alibi.

»Halten Sie die Frau für glaubwürdig?«, fragte er, als sie
das Weihnachtshaus verließen. Über der Eingangstür
prangte ein Leuchtstern, der die Drei Könige nicht nach
Bethlehem, sondern direkt nach Bamberg geführt hätte.

»Konrad Fabitsch scheint ja eine wahre Lichtgestalt gewesen zu sein. In mehrfacher Hinsicht.«

Küps lachte, es klang wie ein Asthmaanfall. »Hat sie ein
Motiv?«

»Wahrscheinlich hundert Jahre verheiratet. Reicht das?«

»Nach Eheproblemen haben Sie sich gar nicht erkundigt«, bohrte Küps. »Vielleicht war Eifersucht im Spiel?«

»Auf wen denn? Der Mann war ein Bastler. Bei solchen Leuten ist die Libido eher schwach ausgeprägt.«

»Und dieser Beleuchtungsfimmel? Die Frau hatte nichts zu melden, lebte in einem Glühbirnenalptraum. Da brennen einem schon mal die Sicherungen durch.« Auch der Kommissar entdeckte den Wortwitz, der dem Fall innewohnte.

Brandeisen winkte ab. »Ein vergleichsweise harmloses Steckenpferd. Wenn Fabitsch Tauben gezüchtet oder Taranteln im Keller gehalten hätte, wenn er das Dudelsackspiel erlernt oder überall im Haus Dominosteine aufgebaut hätte, um ihnen beim Umfallen zuzusehen, dann wäre es ein Grund für einen Mord. Aber so ...«

»Sind Sie weiter mit von der Partie? Oder soll ich die Kollegen zum Klingelputzen schicken?«

»Was für eine Frage!«, erwiderte der Staatsanwalt. »Ich kann mir kein schöneres Weihnachtsgeschenk vorstellen.«

Das Duo teilte sich und wurde bei den Nachbarn vorstellig: rechts, links und gegenüber.

Der Kommissar fühlte sich ein wenig einsam in der Zeit zwischen den Jahren. Nach den Feiertagen war seine Frau auf Kur ins Allgäu gefahren. Anfangs hatte er pausenlos Sport geguckt, Curling, Snooker, was eben so lief. Doch die TK-Pizzen wollten ihm nicht recht schmecken, und das alte, plötzlich so leere Fachwerkhaus gab Geräusche von sich wie ein Urzeitmonster mit Magenbeschwerden. Da kam ihm der elektrisierte Fabitsch gerade recht.

Auf dem Klingelschild stand kein Name. Küps wusste trotzdem, wer sich dahinter verschanzte: Störlein, sein pensionierter Geschichtslehrer. Er kannte auch den Briefkasten. Vor drei Jahrzehnten hatte er ihn mit Knallfröschen zum »Husten« gebracht – ein staunenswerter pyrotechnischer Effekt.

Ein Männlein, halb so breit wie der vollschlanke Kommissar, öffnete die Tür. »Ah, Küps von der 7 b. Wieder mal die Hausaufgaben vergessen?« Störleins Personengedächtnis arbeitete nach wie vor mit elefantöser Präzision.

Längst hatte der Kommissar seine zahlreichen schulischen Havarien verdrängt. Jetzt standen sie vor ihm in Gestalt eines weinroten Rollkragenpullis und einer fernsehergroßen Brille, unberührt vom Zahn der Zeit.

Küps stellte sich vor, legte den Fall kurz dar und fragte, ob Störlein irgendwelche ungewöhnlichen Aktivitäten auf dem Nachbargrundstück bemerkt habe.

»Bei der Polizei sind Sie also gelandet. Die nehmen anscheinend jeden.«

»Wer ist da?«, ertönte es aus dem ersten Stock.

»Nur ein Schüler«, rief Störlein. »Meine Mutter ist ans Bett gefesselt«, setzte er als Erklärung hinzu.

Der Kommissar kam auf Fabitsch und das Rentier zurück.

»Eine Schande!«, hub der alte Pauker an. »Heute darf man so etwas ja nicht mehr laut sagen, aber Deutschland geht vor die Hunde, wenn solche Überfremdungserscheinungen Schule machen. Das kommt von diesem Multikulti und all den Einflüssen aus dem Ausland. Wir haben es mit einer ethnischen Katastrophe zu tun.« Er ließ sich noch eine Weile über die »keltischen Verirrungen« der Weihnachtsbräuche aus.

Ein bisschen klang dieses Gemotze nach Brandeisen, fand Küps. Doch so biestig, nationalistisch und frei von jeglicher Ironie würde der Staatsanwalt nie daherschwafeln. Hatte sich vielleicht Störlein an dem Kabel zu schaffen gemacht? Um eine rentierbefreite Zone zu errichten?

»Hältst du wieder Volksreden?«, kam es von oben.

»Nein, Mama! Wir plaudern nur ein wenig.«

»Was denn nun?«, fragte Küps. »Haben Sie jemanden in Fabitschs Vorgarten gesehen, der dort nichts zu suchen hatte?«

»Ich meide diesen Anblick. Dafür habe ich gar keine Zeit.«

»Dann würde ich gern mit Ihrer Frau Mutter sprechen.«

Protest – Dienstausweis – zähneknirschendes Einlenken.

»Wenn es unbedingt sein muss. Herein mit Ihnen! Und streifen Sie die Schuhe ab!«

Der Kommissar sah sich in der Diele um. Überall hingen Bilder. »Eine schöne Gemäldesammlung haben Sie da.«

»Das sind Puzzles«, brummte Störlein. »Ich habe mich auf Darstellungen bedeutender Schlachten spezialisiert.« Er wies auf verschiedene Monumentalschinken. »Die *Alexanderschlacht* von Altdorfer, die *Hermannsschlacht*, die *Schlacht auf dem Lechfeld*. Aber das sagt Ihnen sicher nichts. Sie haben ja im Unterricht lieber Papierkügelchen verschossen.«

Küps ging näher ran. Es stimmte. Aufgeklebte Puzzles im Großformat. Sie hingen auch im Wohnzimmer und im Treppenaufgang. Fabitsch schien nicht der Einzige zu sein, der in dieser Straße ein Rad ab hatte.

Störlein führte ihn nach oben. Seine Mutter saß aufrecht in einem Krankenhausbett. Sie wirkte gepflegt und geistig wach. Durch ein Doppelfenster waren die Leuchtfiguren und die Konturen des stromlosen Rentiers zu sehen.

Der Kommissar tauschte ein paar Floskeln aus, doch Frau Störlein kam sofort zur Sache. Am Vormittag habe sie jemanden auf dem Grundstück der Fabitschs bemerkt. Um halb elf sei das gewesen. »Da kommen immer die Rosenheim-Cops.« Sie deutete auf einen kleinen Röhrenfernseher direkt neben ihrem Bett.

»Konnten Sie erkennen, wer es war?«, fragte Küps.

»Ich höre noch ganz gut, Junge. Aber meine Augen spielen mir immerzu Streiche.« Sie seufzte. »Alles, was weiter entfernt ist, sehe ich nur verschwommen.«

Störlein ergänzte, dass Frau Fabitsch an Montagvormittagen normalerweise Einkäufe tätigte und ihr Mann auf der Arbeit war. Er selber habe heute an der *Völkerschlacht bei Leipzig* gesessen. Sein neuestes Werk erfordere höchste Konzentration.

»Wann wirst du endlich erwachsen?«, klagte die Greisin. Störlein senkte den Blick und schwieg.

Damit war alles gesagt. Hochzufrieden verabschiedete sich Küps. Er hatte eine Zeugin für die Tatzeit, immerhin.

Unterdessen bekam Brandeisen eine Niesattacke, die ihm das Gefühl verlieh, als zerplatze sein Gehirn und bliebe in kleinen Bätzchen an der Innenseite seines Schädels kleben. Die Augen tränten, es juckte ihn am ganzen Körper. Die Ursachen dafür waren schwarz, weiß und grau, bräunlich und rötlich, getigert, gefleckt und *gestromt*, wie es unter

Tierfreunden heißt. Sie strichen gelangweilt umher oder lagen faul auf dem Teppich. Sie leckten sich die Pfoten oder erprobten ihre Klauen am Mobiliar. Und sie waren überall.

Nach der letzten Zählung hielten Josefina und Zita Gruschnitzki 47 Katzen – und das waren nur die *im* Haus. Ein Perserkater hatte Einwände angemeldet, als der Gast in den einzigen freien Sessel vor dem Kamin gesunken war. Seither hing das Vieh wie eine Parkkralle an dem staatsanwaltlichen Beinkleid und schnurrte unheilvoll.

Brandeisen war gerade noch dazu gekommen, den Schwestern sein Anliegen zu umreißen: Fabitsch – tot – Rentier. Dann hatte ihn die Katzenhaarallergie gepackt.

»Schusch!«, befahl Zita. Oder war es Josefina? Die beiden glichen sich trotz ihres hohen Alters bis auf die Pagenkopfperücke. In ihrer Wiener Jugend mussten sie zwei flotte Feger gewesen sein.

Der Fellball zu Brandeisens Füßen machte keine Anstalten zu weichen. Seine Miene hatte etwas von einem Kaiser im Exil.

»So zeigt unser Carlos seine Zuneigung«, sagte Josefina oder ..., jedenfalls die andere. »Ist er nicht ganz enchantiert? In einem früheren Leben war er Jurist, das spür ich.«

»Reizend«, brachte Brandeisen zwischen zwei Niesern hervor. »Könnte er – vielleicht – – – haaa-tschi!«

»Nehmen Sie einen Schluck Quittenlikör.« Zita öffnete einen Globus, in dem die Hausbar untergebracht war, und machte eine Runde Medizin aus eigener Herstellung klar. »Schaden wird's Ihnen bestimmt nicht.«

Das Zeug schmeckte hervorragend, half aber wenig. Brandeisen gab weiter unartikuliert Laut.

»Sie Armer! Dass unser Maunzi Sie derart inkommodiert! Momenterl.« Josefina begab sich zu einem originalen Barockschrank und holte einen sackartigen Gegenstand heraus. »Das haben wir für Notfälle.«

Eine Gasmaske aus dem Ersten Weltkrieg. Der Muff aus k.u.k.-Jahren betäubte zwar Brandeisens Geruchssinn, doch das Ding erfüllte seinen Zweck. Kein Katzenhaar drang mehr zu den Atemwegen durch. Sauerstoff allerdings auch wenig.

»Würden Sie die Personenbeschreibung bitte wiederholen?« Er hörte sich wie Darth Vader an.

»Wie dumm, jetzt haben wir die Hauptsache eskamotiert!« Zita war untröstlich. »Wo uns der Herr Hofrat so nett seine Aufwartung macht!«

Josefina begriff den Ernst der Lage: »Also, dieses Subjekt heute Morgen, was sich da beim Fabitsch im Vorgarten herumgetrieben hat ... das war ein Mann.«

»Tatsächlich?«

»Etwa eins neunzig. Oberlippenbart. Und er hat so einen Anzug getragen, für die Arbeit.«

»Einen Overall?«

»In Blau. Und er hat gehinkt.« Josefina kippte einen weiteren Quittenlikör. »Wenn ich ehrlich bin ... diese Beleuchtung macht unsere Tiere ganz narrisch.«

»Dann bekommen sie nervöses Fieber«, sagte Zita, als stünde eine Choleraepidemie bevor. »Und jedes Jahr wird's schlimmer. Weil die Leut' in ihrem Gachtl immer mehr Figuren aufstellen, da geht's zu wie am Prater. Wir haben schon Eingaben bei der Stadt gemacht und beim Tierschutzverein. Aber niemand unternimmt was dagegen.«

»Sie waren eine große Hilfe.« Brandeisen gab die Gasmaske zurück und empfahl sich mit einem »Habe die Ehre«.

Beim Hinausgehen kam er ins Grübeln. Die Personenbeschreibung des Unbekannten war überaus genau – vielleicht ein bisschen zu genau. Ein Ablenkungsmanöver, um nicht selber in Verdacht zu geraten? Würden die alten Damen zum Wohle ihrer Katzen über Leichen gehen? Carlos nahm wieder von seinem Sessel Besitz.

Auf dem Gehsteig trafen die beiden Ermittler wieder zusammen und tauschten ihre Erkenntnisse aus. Blieb noch das Haus, das dem Lichtermeer gegenüberlag. Dunkel und drohend ragte es vor ihnen auf, ein Flachdachgebäude, holzverkleidet, ziemlich modern.

Als Küps klingelte, glitt die Eingangstür lautlos zur Seite. »Da sind Sie ja endlich«, sagte ein Mann mit ergrautem Pferdeschwanz, Strickweste, Schlabberhose und Gesundheitsschuhen. Er bat die Gesetzeshüter herein. »Benedikt Wasserkraut«, stellte er sich vor, »hier meine Karte.«

Verblüfft studierte Brandeisen die Berufsbezeichnungen. *Radiästhesist, Rutengänger, Auraspürer und ganzheitlicher Ernährungsberater* stand da sowie *1. Vorsitzender der Gesellschaft für Geomantik und siderisch-solare Astrologie.* Darunter waren dubiose Diplome und Phantasietitel aufgelistet.

Der Staatsanwalt gab die Visitenkarte an Küps weiter. Anscheinend hatten sie es mit einem Scharlatan zu tun.

Doch bevor an eine Vernehmung zu denken war, pries Wasserkraut die Vorzüge seines Passivhauses. Er erwies sich als Freund von Wörtern, die auf *-ung* endeten: Wärmedämmung, Wärmerückgewinnung, kontrollierte Wohnraumlüftung, Regenwassernutzung, Dachbegrünung, Ausrichtung der Sonnenkollektoren. Auf diese Weise hinterlasse er einen ökologischen Fußabdruck von der Größe eines Fliegenbeins.

Während der Mann salbaderte, nahm seine Familie Aufstellung: etwa sieben Kinder, bleich und abgezehrt, die Mutter ein verhuschtes Geschöpf in Batiktunika. Weihnachten, so war zu vernehmen, wurde in diesem Hause nicht gefeiert. Stattdessen halte man eine strenge Hülsenfruchtdiät zum Zweck der inneren Reinigung vor dem Jahreswechsel.

Brandeisen hätte den armen Würmern gern ein Brötchen mit Kalbsleberkäse spendiert, unterdrückte aber den humanitären Reflex.

»Sie kommen bestimmt wegen dieses Umweltfrevlers«, schloss Wasserkraut seinen Vortrag. »Horrender Stromverbrauch. Verhöhnung der Tierwelt. Ja, das Karma hat Fabitsch seine Untaten nicht verziehen. Es musste so enden!«

»Haben *Sie* Karma gespielt?«, fragte der Kommissar.

»Gewalt ist niemals ein Mittel – obwohl Fabitschs Lichterwahn das energetische Feld des ganzen Viertels stört. Dadurch werden schädliche Erdstrahlen zu uns umgelenkt! Sie glauben mir nicht? Ich hab das mehrmals ausgependelt.«

Brandeisen musste diese Begegnung irgendwie abkürzen. »Haben Sie heute Morgen etwas Verdächtiges beobachtet?«

Nach weiteren energetischen Einlassungen rückte Wasserkraut mit einem Autokennzeichen heraus. Bamberg-Land, wie an zwei Buchstaben nach dem BA und einer dreistelligen Ziffernfolge erkennbar war. Der Wagen, ein weißer Volvo, habe am Vormittag ein Stück die Straße rauf geparkt. »Der ist mir aufgefallen, als ich die Post geholt habe.

Der Fahrer saß noch im Auto. Keine Ahnung, wer das war, vielleicht ein Handwerker. Mehr kann ich Ihnen nicht sagen.«

»Fröhliche Erleuchtung«, sagte Brandeisen zum Abschied.

Küps fasste zusammen. »Jetzt haben wir drei verdächtige Parteien und jede Menge Hinweise. Nicht schlecht, oder?«

»So scheint es. Tatzeit, Personenbeschreibung, Nummernschild. Reine Routine.« Brandeisen stieg in seinen Citroën XM. »Ich für meinen Teil fahre zum *Fränkischen Tag*.«

»Was wollen Sie denn da?«

»Archivarbeit.«

Nach ein paar Stunden lagen Ergebnisse vor. Das Kennzeichen gehörte zu einem Volvo, der in Altendorf gemeldet war, einer Ortschaft südlich von Bamberg. Jemand hatte den Wagen entwendet – aufgrund seines biblischen Alters eine leichte Übung. Brandeisen wurde bei seinen Recherchen im FT-Archiv fündig. Ein Bericht der Bamberg-Land-Ausgabe, schon einige Jahre alt, befasste sich mit einem beleuchteten Weihnachtshaus in Hirschaid. Titel: »Die Lichtlein brennen«. Hirschaid lag zwischen Bamberg und Altendorf. Der Inhaber der Sehenswürdigkeit hieß Dirauf, ein neureicher Kfz-Meister mit Hang zum Kitsch. Man sagte ihm nach, er dulde keine Konkurrenten neben sich, weder in seinem Blechpatschergewerbe noch beim Lichterschmuck. Genug Gründe, ihm einen Besuch abzustatten.

Es war schon nach 21 Uhr, Brandeisen gab dem Citroën die Sporen, während Küps auf dem Beifahrersitz seine

Dienstpistole überprüfte. Regen peitschte gegen die Windschutzscheibe. *Bayern 3* meldete überfrierende Nässe.

Sie parkten in einer Nebenstraße und näherten sich Diraufs Villa, zwei lautlose Schatten in der Nacht. Als sie um die Kurve bogen, trauten sie ihren Augen nicht.

Das Weihnachtshaus erstrahlte in netzhautversengender Pracht. Es leuchtete mindestens doppelt so hell wie Fabitschs Gesamtkunstwerk, mit Lichterketten, die sogar um Säulen und Balkongeländer geschlungen waren, mit deutlich mehr Figuren – und einem Rentier, das auf dem Dachfirst hin- und herflitzte wie eine angestochene Sau.

Neben dem Haus lag Diraufs Werkstattgebäude im Finstern. Brandeisen und Küps betraten die Einfahrt und verharrten wie die Hirten vor dem Engel der Verkündigung. Nach einer Weile erwachten sie aus ihrer Lähmung, jemand schob sein Fahrrad an ihnen vorbei.

»Möchten Sie zu meinem Vater?«

Es war Diraufs Teenagersohn, er hatte einen Kopfhörer auf und fummelte an seinem MP3-Player herum.

»Nur wegen einer Kleinigkeit«, erwiderte der Kommissar.

»Das sagen alle.« Der Junge lachte. »Und dann brauchen sie einen Austauschmotor.« Offenbar hielt er die Kriminaler für Kunden. Er stellte sein Rad ab und machte ihnen die Tür auf. »Kommen Sie rein, er ist wahrscheinlich im Wohnzimmer. Papa!« Damit verschwand der Junior im ersten Stock.

Brandeisen und Küps warteten, doch niemand ließ sich blicken. Als sie Stimmen hörten, folgten sie ihnen, möglichst geräuschlos, man wusste ja nie.

Das Wohnzimmer war L-förmig und riesengroß. Vorsichtig spitzte der Staatsanwalt um die Ecke.

Dirauf stand vor einem mannshohen Spiegel, der an der Wand lehnte. »Bereit?«

»Bereit«, kam es vom Spiegel zurück.

Der Mann trug einen Blaumann. Er räusperte sich. Dann fing er an. »Spieglein, Spieglein an der Wand! Wer hat das schönste Weihnachtshaus im ganzen Land?«

»Herr Dirauf, Sie haben das schönste Weihnachtshaus im Land.« Die Stimme des Spiegels schien einer Frau zu gehören.

»In echt?«

»In echt«, kam es leicht genervt zurück.

»Und gestern?«, fragte Dirauf. »Wer hatte gestern das schönste?«

»Gestern hatten Sie das schönste hier. Aber in Bamberg auf einem der sieben Hügel gab es eins, das war tausendmal schöner.«

»Und jetzt?«

»Jetzt leuchtet das Rentier in Bamberg nimmermehr. Sie haben das schönste Weihnachtshaus wie bisher.« Es klang etwas holprig, als läse jemand vom Blatt ab.

Da hatte Diraufs neidisches Herz Ruhe. Er hinkte zur Hausbar. Wie sich herausstellen sollte, war er beim Verscheuchen einer Amsel, die kürzlich die Kabel angepickt hatte, vom Dach gestürzt.

Seine Frau kam hinter dem Spiegel hervor. »War's so recht?« Das reichte. Küps unterbrach die Farce. »Kriminalpolizei. Sie sind verhaftet.«

Dirauf stritt zunächst alles ab. Doch angesichts der erdrückenden Beweislast wurde er im Verhörraum der Polizeiinspektion gesprächig. Er sei mit dem Volvo eines Kunden in

Bamberg gewesen. Aber nur, um sich von Fabitschs neuesten Ideen inspirieren zu lassen. Nie wäre es ihm eingefallen, das Rentierkabel zu sabotieren. Den Volvo habe er genommen, weil ihm sein eigener Wagen, ein monströser SUV mit Werbeaufdruck, zu auffällig vorgekommen war. Die Rivalität zwischen ihm und Fabitsch sei ja bekannt.

Küps steckte den Mann in eine Arrestzelle.

Am nächsten Tag meldete sich überraschenderweise der Besitzer des Volvos und zog seine Anzeige zurück. Er habe nach einer feuchtfröhlichen Weihnachtsfeier nicht mehr gewusst, dass er sein Auto zu Dirauf in die Werkstatt gegeben hatte. »Sorry wegen der Umstände.«

Dem Richter kam das alles spanisch vor, »unglaubwürdig wie ein schlechter Krimi«, urteilte er und verhängte gegen Dirauf Untersuchungshaft wegen Fluchtgefahr.

Nur drei Wochen später landete der abschließende Bericht der Spurensicherung auf Brandeisens Schreibtisch. Entgegen dem ersten Befund – Beschädigung des Stromkabels durch einen scharfen Gegenstand (Taschenmesser o. Ä.) – räumten die Kriminaltechniker ein, dass eventuell die Möglichkeit eines sogenannten Tierverbisses bestände. Die Isolierung sei zwar relativ sauber entfernt worden, doch manche Vierbeiner zeigten beim Knabbern und Nagen eine erstaunliche Präzision. Man könne den Defekt also nicht zwingend menschlicher Einflussnahme zuschreiben. Und eine zweifelsfrei identifizierte Tatwaffe sei auch noch nicht gefunden worden.

»Für Diraufs Anwalt ist das ein gefundenes Fressen«, regte sich Küps auf. »Der zerreißt die Anklage in der Luft.«

»Wohl wahr.« Brandeisen ließ betrübt den Kopf hängen. »Wir haben uns zum Gespött gemacht.«

»Dann war's wohl ein Marder, oder was?« Der Kommissar überlegte. »Wenn wir wenigstens irgendeine plausible Theorie präsentieren könnten! Sonst stehen wir mit leeren Händen da.«

»Mir fällt da etwas ein ...«

Brandeisen schaute bei den Gruschnitzki-Zwillingen vorbei, mit Voranmeldung, »Küss die Hand« und allem, was dazugehörte. Diesmal hatte er sich mit Medikamenten vollgestopft und trug einen Mundschutz.

Die alten Damen zeigten sich noch gastfreundlicher als zuvor. Der Staatsanwalt durfte auf einem eigens angeschafften Diwan Platz nehmen, mit Einwegfolie überzogen, garantiert katzenhaarfrei. Er musste gleich mehrere Liköre durchprobieren, was aufgrund des Mundschutzes ein wenig umständlich war. Zita und Josefina reichten dazu Wildentenconfit und Marillen-Chutney.

Carlos überwachte die Degustation mit dem üblichen Ennui. Hin und wieder, wenn die Geschwister ihm einen Wildentenschenkel anboten, entblößte er rasiermesserscharfe Zähne. In Sekundenschnelle ließ er nur säuberlich abgenagte Knochen übrig. Ein Chirurg war an ihm verlorengegangen.

Oder ein Elektriker?

Brandeisen musterte Carlos.

Carlos musterte Brandeisen.

Tatjana Kruse

Weihnachtswünsche werden wahr!

Schwäbisch Hall

Autorenvita

Tatjana Kruse, geboren 1960, lebt und arbeitet in Schwäbisch Hall. Sie ist überzeugte Krimiautorin. Sie wurde bereits mit dem *Marlowe* der Raymond-Chandler-Gesellschaft ausgezeichnet und mehrmals für den Agatha-Christie-Preis nominiert. Mit Siegfried Seifferheld, ihrem eigenwilligen Kommissar im Unruhezustand, ist Tatjana Kruse ein äußerst sympathischer Serienheld gelungen. Nach *Kreuzstich, Bienenstich, Herzstich* und *Nadel, Faden, Hackebeil* gibt es mit *Finger, Hut und Teufelsbrut* nun den dritten Roman um den Kommissar aus Schwäbisch Hall.

Mehr zur Autorin: www.tatjanakruse.de.

»Hände hoch und keine Bewegung!«

Man denkt ja schon hin und wieder, wenn man so in einer Bank in der Schlange vor dem Schalter steht und nichts weiter zu tun hat, als eben anzustehen und zu warten, also dann denkt man, was wäre, wenn jetzt ein Banküberfall stattfände? Aber wer rechnet schon damit, tatsächlich in einen Banküberfall zu geraten? Niemand!

Und wenn doch, dann sicher nicht in der Genossenschaftsbank Rosengarten-Uttenhofen. Und noch viel sicherer nicht in einen Banküberfall, den der Weihnachtsmann mit seinem Weihnachtselfen durchführt. Und zwar knallhart, wenn ich das sagen darf.

»Auf den Boden und keine Bewegung! Wer auch nur mit dem Augenlid zuckt, wird erschossen, klar?«

Klar.

Oma Röttke und Filialleiter Böcking und ich – hier in Rosengarten-Uttenhofen kennt man sich noch mit Namen – lassen uns in einer mehr oder weniger fließenden Bewegung zu Boden gleiten. Wie beim Synchronschwimmen, nur ohne Wasser. Wobei ich einen Tick schneller bin als die anderen. Kein Wunder, die Röttke ist uralt und der Böcking adipös.

»Und keinen Mucks. Ich will, dass hier absolute Stille herrscht, verstanden?«, ruft der schmächtig gebaute Elf mit einer vom Rauchen krächzigen Fistelstimme.

Oma Röttke, Böcking und ich haben ihn verstanden, George Michael aber nicht, der schmettert weiterhin *Last Christmas I gave you my heart* aus der Box über dem Kassenschalter. Als er gleich darauf zu *the very next day you gave it away* kommt, ballert der Elf die Box von der Wand. Na ja, er ballert daneben, George trällert weiter, aber dann schlägt der Elf mit dem Lauf seiner Knarre fest gegen die Box, die aus der Halterung fliegt und beim Aufprall auf dem Boden freiwillig in Klein- und Kleinstteile zerbirst.

Kurzes elektrisches Knistern.

Stille.

Diese Art von Gewalttätigkeit kennt man eigentlich nur aus Amerika. Bei uns in der süddeutschen Provinz ist das unerhört. Hierzulande sollte der Weihnachtsmann eigentlich auch mit dem Christkind unterwegs sein, nicht mit einem grünwamsigen, rotbestrumpften Zipfelmützenelfen mit Nikotinflecken an den Fingern und Mordlust in den tückischen Elfenaugen.

»Wenn ich euch auch nur atmen höre, knall ich euch ab!«, droht der Elf.

»Äh ...«, meldet sich Filialleiter Böcking aus der Tiefergelegten.

Mutig, der Mann.

Der Elf hält ihm die Waffe an den Kopf. Jetzt kenne ich mich mit Waffen nicht wirklich gut aus, aber die hier hat ja schon bewiesen, dass sie mächtig Wumms hat. Werde ich mir gleich die Überreste von Böckings Schädel aus den frisch getönten Haaren zupfen müssen?

»Was hab ich gerade gesagt?«, kreischt der Elf.

Böcking verstummt.

Ich bin mir ziemlich sicher, dass er sagen wollte, dass heute Dienstag ist und dass sich dienstags so gut wie kein Geld in der Bank befindet. Es ist ja ohnehin nie viel Bargeld da, aber dienstags eben nicht mal die Marktgelder der Bauern und zu dieser Uhrzeit auch noch nicht die mageren Tageseinnahmen der insgesamt drei Läden in unserem Dorf – Bäckerei Hauff, der Tante-Emma-Laden von Ehepaar Holtkötter sowie *Blumen und mehr* der Schwestern Stadlmayr. Kurzum, kein Geld. Es gibt auch keine Schließfächer. In der Filiale der Genossenschaftsbank Rosengarten-Uttenhofen ist das Wertvollste an diesem Morgen die vergoldete Uhr des Filialleiters.

Der Weihnachtsmann, ein feister Geselle in traditionellem Rot, der über seinen extrem bauschigen, falschen Rauschebart hinweg vermutlich kaum etwas sehen kann, verriegelt die Tür. Dann geht er zum Fenster, öffnet es, brüllt »Obacht!«, hebt seine Waffe und feuert wie wild aus dem Maschinengewehr ins Freie. Es rattert und knattert wie in einem Kriegsfilm von Steven Spielberg.

Geschrei, Autohupen, das knirschende Geräusch von Metall auf Metall, noch mehr Geschrei. Diverse Alarmanlagen gehen los.

»Oh weh, oh weh«, jammert Oma Röttke.

Böcking bekommt Schluckauf.

»Ruhe!«, kreischt der Elf.

Ich mache mir nicht wirklich Sorgen um die da draußen – ich war ja gerade eben selbst noch eine von denen, und auf der Straße hatte ich außer dem herumlungernden Weihnachtsmann mit seinem Elfen und dem alten Bode vom Bode-Hof, der gerade in seinen Ford Fiesta mit Wackeldackel im Fond steigen wollte, niemand gesehen.

Um den alten Bode ist's nicht schade, der ist a) echt schon uralt und hat b) letzte Woche bei der Abstimmung über die

Westumgehung als Einziger mit *Nein* gestimmt. Der betreibt auch noch heimlich Käfighaltung.

Und sollte ein zufällig durch Rosengarten-Uttenhofen fahrender Fremder seinen Wagen im Kugelhagel zu Schrott gefahren haben, dann wäre das doch ein wunderbares Argument *für* die Umgehungsstraße, oder nicht?

Jedenfalls liegen Oma Röttke, Böcking und ich nach der Maschinengewehrsalve wie tot auf dem Boden – wir rühren uns nicht, wir atmen nicht, und dass wir noch leben, erkennt man allenfalls am sich ausbreitenden Angstschweiß in den Achselhöhlen.

»Banküberfall«, brüllt der Weihnachtsmann aus dem Fenster. Und für den Fall, dass es jemand nicht verstanden haben könnte, wiederholt er: »Banküberfall!«

Ich wundere mich über diesen Hang zur Publicity, der muss doch eher auf Privatsphäre bedacht sein, denke ich, sage es aber nicht, sondern komme zu dem Schluss, dass sich die Zeiten eben geändert haben. Womöglich postet er den Überfall gleich als Status-Update bei Facebook und Twitter. Mit Foto.

»Du da«, fistelt der Elf und tritt Herrn Böcking mit dem bestrumpften Fuß heftig in die Leibesmitte. »Mach den Tresor auf.«

Ein bösartiges Kerlchen.

Gott sei Dank ist Böckings Leibesmitte enorm umfangreich, und empfindliche Teile scheinen durch den Tritt nicht beschädigt worden zu sein.

Böcking erhebt sich schnaufend und klopft sich den Staub vom anthrazitgrauen *Modehaus Röther*-Anzug.

Ja, das fällt mir jetzt im Liegen auch sehr deutlich auf. Es hat Staubmäuse in der Filiale. Wer putzt hier eigentlich? Wird hier überhaupt geputzt? Fange ich mir möglicherweise eklige Bakterien ein, wenn ich hier so liege? Ich atme flacher.

In Höhe des weihnachtlich geschmückten Gummibaums zwischen Kassentheke und Tresorraum bleibt Böcking stehen. Er zögert.

Will er jetzt etwa den Helden spielen? Ich nicke ihm auffordernd zu. Da knallt schon wieder ein Schuss. Der Abzugfinger des Elfen sitzt extrem locker.

»Oh, Gott!«, entfährt es Oma Röttke.

»Ruhe!«, brüllt der Elf.

Ich linse zu meinen Mitgefangenen, aber niemand scheint verletzt.

Nur Böcking hat sich die Hose eingenässt. Diskret wende ich meinen Blick wieder hinunter zum Staubmausrudel.

»Ich sagte, mach mir den Tresor auf.« Der Elf versetzt Böcking einen Tritt.

Draußen hört man Polizeisirenen.

»Ogottogott«, jammert Oma Röttke leise. Die Frau weiß, dass wir zu Geiseln werden, sollten die Bullen eintreffen, bevor die Bankräuber verschwinden konnten. Und Geiseln erleiden mehrheitlich immer dasselbe Schicksal: Sie enden als blutige Fleischhaufen.

Komisch, dass man sich als alter Mensch noch so ans Leben klammert. Ist der Lack erst mal ab, ist doch das Beste vorbei. Wenn hier einer Grund zur Sorge hat, dann doch wohl ich. Die Röttke muss weit über achtzig sein, ich dagegen hatte mir noch ein bisschen Spaß erhofft.

Der Moment, in dem der Elf Böcking aus dem Tresorraum schubst und dem Weihnachtsmann »He, da waren satte fünfhundert Schleifen drin« zuruft, ist zufällig auch der Moment, in dem zwei Streifenwagen mit quietschenden Reifen vor der Filiale zum Stehen kommen.

Das kann ich natürlich nicht sehen, das entnehme ich dem Liveticker aus dem Mund des Weihnachtsmannes.

»Schau her, gleich mit zwei Bullenschaukeln. Hui, die Waffen im Anschlag. Ah, da kommen sogar noch mehr. Das nenne ich Entertainment!« Er zieht sich vom Fenster zurück. Erst ruft er aber noch: »Keinen Schritt näher, sonst knallen wir die Geiseln ab.«

Der Elf tritt Böcking in die Kniekehlen, der daraufhin zu Boden geht.

So, wie er zum Liegen kommt, befindet sich mein Kopf in Höhe seiner Lenden, und ich weiß nicht, ob ich es schon erwähnt habe, aber seine Lenden riechen nach Urin. Möglichst unauffällig versuche ich, von ihm wegzurobben.

Da klingelt das Telefon.

Das kennt man nun ja zur Genüge: Die Polizei ruft an, um zu verhandeln. Und um Zeit zu schinden, bis ein Sondereinsatzkommando die Filiale stürmt. Wie damals die GSG 9 in Mogadischu die *Landshut* stürmte. Seinerzeit hatte es kurz zuvor Kapitän Schumann erwischt. Würde diesmal Böcking dran glauben müssen? Ich sag's nicht gern, aber besser er als ich. Weil der Weihnachtsmann und der Elf dadurch abgelenkt sind, merken sie nicht, wie ich millimeterweise immer näher an die Kaffeeecke heranrobbe.

»Die Show geht los«, sagt der Elf.

»Bitte alles anschnallen«, sagt der Weihnachtsmann.

Die beiden kichern.

Der Elf nimmt den Hörer ab. »Wer da?«, fragt er lästerlich.

Der Weihnachtsmann und er kichern noch etwas mehr.

Dann vergeht dem Elfen das Kichern. »Der kann jetzt nicht!«, bellt er und knallt den Hörer auf die Gabel. »Blöde Schnepfe«, schimpft er. Und »Das war Ihre Frau, ob Sie heute Abend pünktlich zum Essen kommen? Wohl eher nicht!«, sagt er zu Böcking. Und rammt ihm erneut den Elfenschuh in die Seite. Völlig unnötig, aber der Elf muss seinen Frust wegtreten.

Der Weihnachtsmann zieht eine Schachtel Zigaretten aus seinem Sack und zündet sich eine Fluppe an.

Böckings Lippen bewegen sich. Bestimmt will er »Rauchen ist hier nicht erlaubt« sagen, aber er sagt es lautlos. Ist auch besser für ihn.

Da klingelt das Telefon erneut.

»Was ist?«, brüllt der Elf in den Hörer.

Diesmal scheint es die Polizei zu sein. Der Elf zwinkert dem Weihnachtsmann zu.

Das Verhandeln geht los.

Ich robbe derweil immer weiter in Richtung Kaffeeecke. Nein, ich schlängele mich mehr, als dass ich robbe.

Böcking und die Röttke haben mit dem Leben offenbar abgeschlossen – er hat die Augen verdreht, als ob er gerade wieder in seine Anzughose strullert, sie starrt blinzellos zur gläsernen Eingangstür. Weil sie so überhaupt gar nicht blinzelt, gehe ich mal davon aus, dass sie einen Schlag erlitten hat und dem irdischen Jammertal entrissen ist.

Ich schlängelrobbe weiter.

Vorhin, kurz bevor der Weihnachtsmann und sein Elf angefangen haben, *Stirb langsam – Teil III* nachzuspielen, hat der Wasserkocher *pling* gemacht ...

»Wir wollen einen Hubschrauber«, verlangt der Elf. Nach kurzem Schweigen nölt er: »Ist mir doch egal, ob der hier nicht gut landen kann. Hubschrauber oder die erste Geisel stirbt!«

Er knallt den Hörer auf die Gabel.

»Du hättest ihm eine Uhrzeit nennen sollen, bis wann wir den Hubschrauber wollen«, kritisiert der Weihnachtsmann.

Nicht jeder kommt mit unverlangt vorgebrachter Kritik gut zurecht.

»Ach, halt doch die Klappe«, mosert folglich der Elf und feuert eine Runde aus seiner Knarre ab. Ich erwarte, dass mir der Putz wie Schnee von oben in den Nacken rieselt, aber nichts. Zumindest ist Oma Röttke vor Schreck zusammengefahren. Sie lebt also noch.

Ich habe es in der Zwischenzeit geschafft und liege in der Kaffeeecke. Das war nicht wirklich eine Leistung, denn wir sprechen hier von der Filiale der Genossenschaftsbank in Rosengarten-Uttenhofen, und deren räumliche Ausmaße sind, sagen wir mal, überschaubar. Im Grunde ist sie mit uns fünf schon überfüllt.

Das Telefon klingelt erneut.

Der Elf reißt das Kabel aus der Wand und schleudert das Telefon mit Schmackes – zack! – durch die geschlossene Fensterscheibe.

»Hubschrauber her oder die erste Geisel stirbt!«, schreit er und duckt sich, falls die da draußen das Feuer eröffnen. Was sie aber nicht tun.

Weil er nun aber so geduckt kauert, merkt er, dass die

weihnachtskrippentypische Dreierformation – Jesuskind, Maria und Josef beziehungsweise Ochse, Esel und Schaf oder in unserem Fall Böcking, Röttke und ich – sich auseinanderdividiert hat. Mittig im Raum liegen nur noch der Filialleiter und die greise Kundin, und das junge Ding, will heißen: ich, befindet sich plötzlich in der Ecke neben der Tür.

Der Elf springt auf.

Er denkt wohl, ich will mich durch die Tür verabschieden. Aber da hat er falsch gedacht. Die Tür ist ja abgeschlossen, da komme ich nicht raus. Aber das Wasser im Wasserkocher ist siedend heiß.

Noch während sich der Elf aufrichtet und noch bevor er mit der Waffe auf mich zielen kann, bin ich schon auf Knien und habe die Kanne des Wasserkochers gepackt.

Ich rufe nicht erst lange »Waffe weg, sonst schütte ich«, nein, ich schütte vorwarnungslos.

In die Weichteile.

Der Elf schreit erbärmlich.

Es riecht verbrutzelt.

»Um Gottes willen, lassen Sie doch Gnade walten«, ruft ein Bulle von draußen.

Weil ich von Beruf Sportlehrerin bin, hechte ich mich aus der knienden Haltung nach vorn und entreiße dem jämmerlich kreischenden Elfen die Waffe und wirbele nur Sekundenbruchteile später zum Weihnachtsmann herum.

»Mach ihn alle«, feuert mich Oma Röttke an.

Böcking presst sich die Hände auf die Ohren.

Der Weihnachtsmann zögert.

Ich zögere nicht.

Ich drücke ab.

Und verschieße alles, was noch in der Knarre drin ist.

»Jaaaaa«, gelle ich dabei und gerate regelrecht in Blutrausch.

Und weil ich mich so in Ekstase gelle, finde ich es auch nur am Rande verwunderlich, dass der Weihnachtsmann nicht umfällt.

Da stürmt auch schon das Sondereinsatzkommando die Filiale.

Sehr schnuffige, durchtrainierte Jungs, wenn ich das so sagen darf. Ich freue mich, dass ich unter einem Mistelzweig stehe.

* * *

Platzpatronen.

Der Weihnachtsmann und sein Elf waren gewissermaßen unbewaffnet. Ihre Knarren sahen zwar verdammt lebensecht aus, waren es aber nicht.

Und warum nicht?

Die beiden waren nur die Ablenkung.

Während die Bullen die Bank stürmten – und mich übrigens für die Bankräuberin hielten, weil ich ja die Hand am Abzug hatte, und mich, bevor die Röttke und Filialleiter Böcking die Lage aufklären konnten, zu fünft unter dem Mistelzweig überwältigten, wobei ich mir zwei Rippen brach und mir diverse Blutergüsse und Prellungen einfing –, während dieses actiongeladenen Finales also wurde auf der anderen Straßenseite in aller Seelenruhe die Jugendstilvilla eines millionenschweren Konzernchefs leer geräumt, der dort seit einiger Zeit jedes Wochenende mit seiner Familie auf ländliche Idylle machte.

Wie sich später herausstellte, waren der Weihnachtsmann und der Elf, die beide ohnehin ausgedehnte Knastaufenthalte antreten mussten und nichts zu verlieren hatten, extra für diese kleine Ablenkungsshoweinlage angeheuert worden. Sie konnten nicht sagen, von wem. So was läuft ja heute alles online.

Und weil ja vermeintlich wild geschossen wurde, nahm es auch niemand ernst, dass diverse Autoalarmanlagen und eben auch die Alarmanlage der Villa losheulten. Da hatten eben Querschläger eingeschlagen, dachte man.

Böcking wurde von den Medien zum Helden stilisiert und durfte fortan die doppelt so große Genossenschaftsbankfiliale in Kupferzell-Rüblingen leiten.

Oma Röttke hatte dem Tod ins Auge gesehen und gemerkt, dass sie für einen Walzer mit dem Sensenmann noch lange nicht bereit war. Sie hob zum Ärger ihrer Erben ihre gesamten Ersparnisse ab und ging auf eine zwölfmonatige Kreuzschifffahrtweltreise.

Der Weihnachtsmann kam sofort und ohne Umwege in den Knast, der Elf kam erst mal ins Krankenhaus. Den hatte ich ordentlich verbrüht. Nachwuchs würde der so schnell nicht mehr zeugen können. Wäre aber ja ohnehin bestimmt krimineller Nachwuchs geworden, also ging der Welt nicht wirklich was verloren.

Der verbrühte Elf lag nur wenige Zimmer von mir und meinen gebrochenen Rippen entfernt. Allerdings polizeiüberwacht.

Im Gegensatz zu mir.

Auf mich achtete keiner mehr.

So war es ja auch geplant gewesen.

Von mir. Und meinem Verlobten Dennis.

Dennis räumte die – wie sich später herausstellte – finanziell sehr ergiebige Villa des Topmanagers leer, und ich orchestrierte derweil die Ablenkung in der Bankfiliale. Wir waren ein perfektes Team.

Und sind es noch.

Eine Weile werden wir uns noch bedeckt halten, dann eröffnen wir mit dem Geld auf Tahiti eine Strandbar. Oder einen Irish Pub auf Hawaii. Herrliche Aussichten!

Ach ja, Weihnachtswünsche werden wahr! Man muss nur daran glauben.

Und ein wenig nachhelfen ...

Wolfgang Burger

Prost Weihnachten allerseits

Regensburg

Autorenvita

Wolfgang Burger wurde am 3.10.1952 im Südschwarzwald geboren. Aufgewachsen ist er in Bad Säckingen, wo laut Victor von Scheffel »Die Cultur aufhört und die Schweiz anfängt«. Nach Studium der Elektrotechnik an der Universität Karlsruhe ist er heute Leiter einer Forschungsabteilung am Karlsruher Institut für Technologie KIT. Seit 1995 schreibt er Kriminalromane. Von seiner erfolgreichen Reihe um den Heidelberger Kripochef Alexander Gerlach sind bisher acht Bände erschienen.

Na dann, Prost Weihnachten allerseits, dachte Tanja, als sie das gut geheizte und überraschend leere Lokal betrat und nach der aufgeschlagenen Unterlippe tastete. Immerhin, es blutete nicht mehr. An freien Tischen herrschte heute wirklich kein Mangel. Sie wählte einen an der Wand, von wo sie den Eingang im Blick hatte. Seufzend fiel sie auf die Bank, warf den regenfeuchten Lezard-Trenchcoat neben sich und trat die pralle Tasche mit dem gefälschten Louis-Vuitton-Emblem unter die Bank, die ihren kompletten derzeitigen Besitz enthielt. Dann sah sie sich um. Betrachtete die blinkenden Lichterketten, die rührend winzigen Tannengestecke auf den Tischen, die bunten Kugeln und Bändchen überall. Die Musik war wie zu erwarten: weihnachtlich. In der überheizten Luft der übliche Kneipenduft. Das sonst um diese Zeit brummende *Vitus* war heute wirklich äußerst schwach besucht. Aber wer ging schon an Heiligabend in die Kneipe, außer Penner, einsame Loser-Herzen, Weihnachtsmuffel und unterbeschäftigte Nutten? Okay, hier traf sich auch sonst nicht unbedingt die High Society Regensburgs, aber gerade heute hätte sich ausnahmsweise ein alleinstehender, hoffentlich stinkreicher und vielleicht auch schon ein wenig kränklicher Unternehmertyp hierher verirren und sie anbaggern können. Der ein Herz für, nun ja, für Frauen mit Problemen hatte. Wieder befühlte sie die kaputte Lippe. Was für ein Mist.

»Stress mit Django?«, fragte Tinchen mitfühlend, als sie das Hefeweizen brachte, das Tanja noch gar nicht bestellt hatte.

»Schluss mit Django«, schnaubte Tanja.

»Auweia«, sagte Tinchen traurig lächelnd. »Wurd ja aber auch Zeit.«

Tanja hielt sie am Ärmel ihres schwarzen Shirts fest.

»Hör mal, könnte ich vielleicht bei dir pennen? Nur heute Nacht?«

Tinchen kaute auf der Backe. »Im Prinzip ... Natürlich ...«

»Also nicht.« Tanja ließ los. »Macht nichts. Werd schon was finden. Der Abend ist noch jung.«

»Ist ja bloß wegen Maren.« Tinchen zupfte verlegen an ihren Ohr-Piercings. »Sie ist doch so wahnsinnig eifersüchtig. Ich meine, wenn du 'n Kerl wärst ...«

Tanja trank einen vorsichtigen Schluck und verzog das Gesicht. Das Bier brannte an der Lippe. Dann musterte sie ein zweites Mal mit finsterer Miene die wenigen anwesenden Männer. Zwei Studenten, ein gelangweilter Angebertyp mit todsicher gebraucht gekauftem Porsche, ein knutschendes und fummelndes Pärchen ganz hinten in der Ecke, das demnächst vermutlich unter dem Tisch verschwinden und sich ganz und gar nicht heiligabendmäßig vergnügen würde, ein schon jetzt sturzbesoffener Typ, der nach verkrachtem Lehrer jenseits der besten Jahre aussah. Keiner der Anwesenden wirkte, als hätte er Interesse an einer gutaussehenden Frau und außerdem mehr als fünfzig Euro in der Tasche. Die Studis saßen an der Bar, taxierten Tanja kurz und fuhren unbeeindruckt fort, sich die neuesten Microsoft-Witze zu erzählen. Weit und breit niemand, den man anpumpen oder um ein Bett für die Nacht bitten konnte. Sie nippte an ihrem Bier. Das konnte ein verdammt langer Abend werden. Was für ein Mist.

Als die Uhr zehn zeigte, waren aus den wenigen Gästen ein paar mehr geworden. Das Licht war jetzt dunkler, das Weihnachtsgedudel aus den Lautsprechern lauter und noch eine Spur nerviger, die Luft stickiger und Tanjas Laune kein bisschen besser. Kurz darauf dann endlich ein bekanntes Gesicht: Gerd. Erst schrak sie zusammen, als sie ihn im Eingang stehen sah, weil er wieder mal diese blöde karierte Fleece-Jacke trug, in der er von weitem aussah wie Djangos Zwilling. Dieselbe Statur, ähnliche Haarfarbe und natürlich das gleiche Macho-Gehabe. Aber dann erkannte sie ihn und entspannte sich. Gerd trug eine Sporttasche unterm Arm und schien ziemlich außer Atem zu sein. Vermutlich kam er aus der Mucki-Bude und suchte ein Opfer, an dem er seinen Testosteron-Überschuss abreagieren konnte. Hektisch sah er sich um und entdeckte sie schließlich. *Mit mir nicht, Junge*, dachte Tanja, *dann noch lieber die Parkbank.* Aber da war etwas in seinen Augen, was eher nach Stress- als nach Brunfthormonen aussah. Der Junge hatte Angst.

»Und, wie ...?«, fragte er gepresst, als er schnaufend auf den Stuhl an ihrem Tisch plumpste.

»Geht so«, erwiderte sie wachsam. »Und selber?«

»Kannst mir 'n Gefallen tun?«

»Seh ich aus, als hätte ich heute meinen netten Tag?«

»He! Bloß mal kurz auf meine Tasche aufpassen!« Nervös sah er zur Tür, kickte seine Sporttasche unter dem Tisch vor Tanjas Füße. »In 'ner halben Stunde bin ich wieder da. Spätestens.« Und war schon wieder verschwunden. Auffallend eilig und nicht durch den Eingang, durch den er gekommen war, sondern durch den Nebenraum nach hinten, in Richtung Hinterausgang. Augenblicke später wurde Tanja klar, was sein Problem war: zwei Russen, Georgi und ein Schmaler mit Rattengesicht und knochigen Händen, den sie noch nie gesehen hatte. Unverkennbar, dass die beiden jemanden suchten, und leicht zu erraten, wen. Tanja machte sich klein und nippte an ihrem Glas.

»Hi Tanja«, säuselte Georgi, der sie natürlich sofort entdeckt hatte. »Du hast nicht zufällig den Gerd gesehen?«

Georgi war wie immer gekleidet wie der Türsteher eines Edelpuffs und hatte das Gesicht und zum Glück auch das Temperament eines Bernhardiners.

»Wen?«, fragte sie mit ihrem treuherzigsten Augenaufschlag. »Wie siehst du denn aus? Wieder mal Stress mit Django?«

Tanja kam nicht zu einer Antwort. Das Rattengesicht packte sie am Handgelenk. Eine Stimme, ungefähr so angenehm wie eine Handkreissäge.

»Hast ihn gesehen oder nicht?« Der schien eher das Gemüt eines Bullterriers zu haben.

»Lass los, du Arsch! Du tust mir weh! Sucht, wen ihr wollt, aber ohne mich.«

Zu ihrer Verblüffung ließ der Kerl tatsächlich los. Er betrachtete sie kurz mit mahlendem Kiefer, gab dann Georgi einen Wink, und sie verschwanden nach hinten. Eine halbe Minute später kamen sie Flüche knurrend zurück. Im Vorbeigehen schnippte Georgi ein Kärtchen auf Tanjas Tisch.

»Wenn du ihn siehst, sag ihm, er soll anrufen. Man kann über alles reden. Wir wollen keinen Stress. Sag ihm das!«

Und schon waren sie wieder weg. Sie studierte die Visitenkarte: echt Bütten, Donnerwetter.

»Georgi Kowatschenkow – Security Services. Wir lösen Probleme jeder Art«. Darunter eine Handynummer.

Tanja knüllte das Ding zu einem Kügelchen, schnippte es in Richtung Bar und fischte ihr Handy aus der Manteltasche. Aber bei Feli war immer noch nur der Anrufbeantworter zu Hause – um Rückruf zu bitten, war bei ihr sinnlos.

Vorne gab es Krach. Eine Horde Bodybuilder marschierte mit breiter Brust herein. Sieben oder acht, man konnte sie schlecht zählen, weil sie sich so ähnlich sahen. Sie flegelten sich an einen Tisch gleich neben dem Eingang, bestellten lautstark eine Lage Bockbier. Tinchen brachte Tanja ohne Aufforderung ein neues Hefeweizen.

»Könnt ich das eventuell morgen bezahlen?«, fragte die. »Bin im Moment ein bisschen klamm.«

»Ich schreib's den Typen da auf die Deckel.« Tinchen lächelte ausnahmsweise ein bisschen. »Dann haben sie morgen mehr zum Angeben.«

Tanja beschloss, ab jetzt lieber langsam zu trinken. Der Alkohol stieg ihr schon in den Kopf, und wie es aussah, würde sie den diese Nacht noch brauchen. Die zwei Studies hatten inzwischen auch das Interesse an Microsoft-Witzen verloren und stierten gedankenverloren in ihre Biergläser. Am anderen Ende der Bar saß plötzlich ein langer Blonder mit hellledernem Aktenköfferchen. Wahrscheinlich nicht gerade Unternehmer, aber immerhin, er war allein und sah nicht mal übel aus. Aber mehr als einen desinteressierten Ganzkörperblick hatte er für Tanja nicht übrig, obwohl sie den weiten Kragen des Pullovers über die Schulter gleiten ließ und die Beine in Positur brachte.

Vermutlich schwul.

Oder kurzsichtig.

Das Pärchen in der Ecke fummelte immer noch.

Was für ein Mist.

Plötzlich saß Piet an Tanjas Tisch, ohne dass sie hätte sagen können, wo er hergekommen war. Er hielt ein Wasserglas mit beiden Händen fest, als könnte es geklaut werden, und sah sie mitfühlend an.

»Sei bloß still«, fauchte sie.

»Ich sag doch gar nichts«, sagte Piet.

Seine Haare waren nass. Es regnete offenbar immer noch.

»Warum sitzt du nicht in deinem blöden Taxi? Hast im Lotto gewonnen, oder was?« Tanja legte eine Hand auf den Ärmel seiner fleckigen Wildlederjacke und fragte milder: »Stress mit der Kundschaft?«

»Kann man von einem verlangen, dass man zu jedem Arschgesicht nett ist?«, murmelte er unglücklich in seinen Stalin-Bart. »Nur wegen 'nem bisschen Kohle?«

»Wieder mal wen rausgeschmissen?«

Piet nickte trübsinnig in sein Wasser. Er roch nach abgestandenem Zigarrenrauch. Seit der Geschichte mit Heike schien er wieder zu qualmen.

»Und am Monatsende ist die nächste Rate für den Daimler fällig. Ich brauch fünfhundert.«

»Wie viel hast du schon?«

Piet kippte sein Wasser auf ex. »Vielleicht krieg ich ja noch 'ne Tour nach München. Flughafen oder so. Das wär's.«

»Flughafen? Am Heiligabend?« Sie lachte auf. »Wieso nicht gleich Paris?«

Sie schwiegen eine Weile. Die Bodybuilder sangen im Chor »Stille Nacht« und versuchten, dazu zu schunkeln. Tanjas Blick wurde plötzlich weich.

»Ich wollt so gern mal nach Paris. Die geilen Geschäfte und der Eiffelturm und diese weiße Kirche auf dem Berg und alles. Wenn ich im Lotto gewinne, dann darfst du mich hinfahren, und dann bist du saniert.«

»Hast du getippt?«

Sie zuckte die Achseln. »Wieder mal vergessen.«

»Dann gewinnst du auch nichts.«

»Weiß man's?« Tanja beugte sich vor. »Hör mal, Piet. Könnt ich eventuell in deiner Wohnung pennen? Nur für 'n paar Tage? Du bist doch nachts sowieso nie da.«

»Ich schlaf im Taxi. Seit Heike ...« Er zwinkerte die Wand an. »Ich kann da nicht sein. Nicht allein.«

»Du wohnst gar nicht mehr in deiner Wohnung? Wieso gibst du sie dann nicht auf?«

Empört sah er sie an. »Aber es ist doch *unsere* Wohnung! Ich kann nur nicht ... Ich geb dir den Schlüssel. Wenn du magst. Macht mir echt nichts aus.«

»Du darfst nicht immer dran denken«, sagte sie leise und legte ihre schmale Hand auf seine breite. »Du bist nicht schuld. Depressionen sind auch so 'ne Art Krankheit, hab ich mal irgendwo gelesen.«

Als Piet sich hochstemmte, um wieder in sein Taxi zu steigen und vielleicht doch noch ein wenig Geld zu verdienen in dieser trübsinnigen Nacht, hob Tanja den Blick.

»Sag mal, Piet, was läuft da eigentlich mit den Russen? Weißt du irgendwas?«

Piet nagte auf der Unterlippe und zögerte lange. »Kunst. Um Kunst geht es«, murmelte er dann, beugte sich herunter und sprach noch leiser weiter: »Geklaute Bilder aus dem Osten. Momentan geht's um einen Chagall aus Sankt Petersburg, hab ich gehört. Sie wollen ihn irgendeinem Schwabinger Geldsack andrehen. Aber irgendwie hat's anscheinend Ärger gegeben. Wieso fragst du?«

»Nur so«, erwiderte Tanja unschuldig. »Wie groß ist denn so ein ... Chagall? Hast du nicht mal Kunstgeschichte studiert? Du musst dich doch mit so was auskennen.«

»Kommt drauf an. Wieso?«

»Würd der in 'ne Tasche passen? In 'ne Sporttasche, zum Beispiel?«

»Kommt drauf an«, wiederholte Piet und betrachtete sie sorgenvoll. »Wenn man ihn aus dem Rahmen nimmt, vermutlich schon.«

Tanja fühlte mit dem Fuß unter der Bank. Beide Taschen waren noch da.

»Guck vielleicht später noch mal vorbei«, sagte Piet, winkte matt und schlurfte auf seinen breiten Schuhen davon. »Aber jetzt muss ich dringend 'n bisschen Kohle machen.«

Tanjas Handy dudelte *We don't need another hero* – Django, wer sonst.

»Kindchen, wo steckst du denn? Mach doch nicht so'n Scheiß! Es tut mir doch leid, verd–«

Sie drückte mit Genuss den roten Knopf und wählte

noch einmal Felis Nummer, wo sie das Ding schon in der Hand hatte. Ihre beste Freundin meldete sich erst, als sie schon auflegen wollte. Sie klang merkwürdig unkonzentriert.

»Was?«, kam es atemlos auf Tanjas Frage nach einer Übernachtungsmöglichkeit.

»Ob ich bei dir pennen kann.«

Feli keuchte und machte zwischendurch kieksende Geräusche. »Sag mal, spinnst du?«

Da keuchte noch eine zweite Stimme.

»Vergiss es.« Wütend killte Tanja das Gespräch.

Das zweite Bier war inzwischen warm und fast leer, der große Blonde mit dem Köfferchen irgendwohin verschwunden und das Pärchen in der Ecke vermutlich wirklich unter dem Tisch. Die Studies zahlten mühsam und gaben Tinchen centweise Trinkgeld, und der Erste von den Bodybuildern schlingerte mit kämpferischer Miene aufs Klo zum Kotzen.

Um halb zwölf kamen zwei Jeans-Typen in Lederjacken und Nikes, schlenderten auffallend gelangweilt durchs Lokal und verschwanden wieder. Dass Bullen auch in der besten Verkleidung immer wie Bullen aussahen! Tanja schob Gerds Tasche mit dem Fuß etwas weiter nach hinten. Sie war ziemlich schwer. Nein, ein Gemälde war da wohl eher nicht drin.

Und wieder das Handy: Zur Abwechslung war es diesmal Gerd. »Die Tasche?«, zischelte er. »Du hast doch die Tasche noch?«

»Logo«, erwiderte Tanja gelangweilt. »Wieso?«

»Kann ich jetzt nicht erklären. Bin im Stress. Wir müssen

irgendwas drehen. Weiß noch nicht. Bleib, wo du bist. Ich ruf später noch mal an.«

Als Tanja das Handy wegpacken wollte, spielte es schon wieder Tina Turner.

»Kindchen, jetzt stell dich doch nicht dümmer, als du bist! Wo steckst du überhaupt? In 'ner Kneipe oder was? Ich such dich überall! Tanjachen! Du fehlst mir! Nach den Feiertagen geh'n wir zusammen in die Stadt, und ich kauf dir was Hübsches, okay?« Djangos Stimme klang inzwischen nicht mehr ganz so selbstsicher. »Diesen Mantel zum Beispiel, den mit dem Tiger-Kragen ...«

Tanja schwieg.

»Und von mir aus auch noch diese saublöden Stiefel dazu, auf die du so spitz bist.«

»Die im Schlangenlook?«, fragte sie gedehnt.

»Ja, verdammich, die im Schlangenlook.«

»Und du zahlst?«

»Alles.« Er hörte Festungsmauern knacken und schaltete sofort den Nachbrenner ein. »Mädchen, es tut mir doch wirklich leid. Ich weiß doch auch nicht, was ... Kennst doch deinen Django. Ich mein's doch nicht so. Aber manchmal ... Ich weiß auch nicht. Es wird bestimmt nie wieder vorkommen! Ganz großes Indianer-Ehrenwort!«

»Weiß nicht«, sagte Tanja zögernd. »Ich meld mich. Vielleicht.«

Als sie auflegte, standen die Russen wieder am Tisch. Dieses Mal führte das Rattengesicht gleich das Wort.

»Müssen reden«, sagte er durch die Zähne und setzte sich.

»Nicht mit mir.« Tanja versenkte das Handy in der Handtasche. »Macht euren Scheiß alleine.«

Das Rattengesicht starrte sie aus gefährlich kleinen Augen an. »Wir nichhhts wollen von dir. Wollen nur Gerd. Aber wo steckt Gerd, verflucht?«

»Der will später noch mal vorbeikommen und seine dämliche Tasche holen.«

»Tasche?«, fragten die Russen in stereo und mit großen Augen. »Wo Tasche?«

Tanja trat dagegen. »Na hier, unter der Bank. Er hat sie mir vorhin gebracht, damit ich drauf aufpasse.«

»Nichhht Gerds Tasche!« Die Ratte packte sie hart am Unterarm. Sie hatte gar nicht gewusst, dass sie auch dort einen blauen Fleck hatte. »Du uns geben Tasche, oder wir machen Borschtsch aus dir!«

»Vorher machen die Typen da drüben Gulasch aus euch«, zischte Tanja mit schmerzverzerrtem Gesicht und Blick auf die Bodybuilder, die sich gerade an »O Tannenbaum« versuchten. »Die polieren schon ihre Messer für eure Speckbäuche. Verpisst euch lieber, bevor ich um Hilfe schreie!«

Zum Glück sahen zwei von den Chorknaben gerade her. Nie hätte sie gedacht, dass sie einmal für eine Bande besoffener Angeber so warme Gefühle empfinden würde. Tanja lächelte ihnen zu, da sahen sie schnell weg. Das Rattengesicht sprang auf, musterte sie wie ein seit zwei Wochen hungernder sibirischer Wolf.

»Wir hier warten. Und du nichhht weg! Und Tasche auch nichhht weg!«, sagte er rauh und klang dabei beunruhigend überzeugend. Die beiden setzten sich in der Nähe an die Bar, bestellten zweimal Cola mit Wodka und ließen sie nicht mehr aus den Augen.

Tanja nuckelte an ihrem Hefeweizen und dachte lange

nach. Schließlich erhob sie sich, zerrte umständlich die beiden Taschen unter der Bank hervor und schenkte ihren Wachhunden ihr bravstes Lächeln.

»Bloß mal pinkeln. Keine Panik.«

»Was ist in der anderen Tasche?«, wollte Georgi wissen.

»Klamotten, bisschen Schmuck, Schuhe. Was man als Frau so braucht.« Tanja lächelte immer noch. Georgi flitzte in Richtung Hinterausgang. Wahrscheinlich, damit sie sich nicht dorthinaus verkrümelte. Die Ratte hing ihr an den Fersen wie ein Bodyguard, folgte ihr in den Vorraum und die Treppen hinab, traute sich am Ende aber doch nicht aufs Damenklo.

Als Tanja nach Minuten wieder herauskam, stand er vor der Tür, kaute auf einem Streichholz und musterte sie mit schmalen Augen.

»Du dichhh umgezogen?«, fragte er verdutzt. »Warum?«

»Gibt später vielleicht noch 'ne kleine Party hier«, erwiderte sie unbefangen. »Schließlich ist ja Heiligabend.« Sie hob die Taschen, um zu zeigen, dass alles in Ordnung war. »Kann die Dinger ja nicht einfach allein stehenlassen. Wird so furchtbar viel geklaut heutzutage.«

Die flachen Schuhe hatte sie gegen die flammend roten High Heels von Prada getauscht, und am Körper trug sie jetzt das sündteure Yves-Saint-Laurent-Fummelchen, das Django ihr damals für den ausgeschlagenen Schneidezahn hatte bezahlen müssen. Abgesehen von der Zahnarztrechnung natürlich, die sich ebenfalls gewaschen hatte.

Hüften schwingend stolzierte sie zu ihrem Tisch zurück und schob die beiden Taschen wieder unter die Bank. Der Russe folgte ihr mit Stielaugen und kletterte schweigend auf seinen Hocker. Auch Georgi kam wieder herein. Ziemlich nass, draußen schien es immer noch zu regnen. Vereinzelte große Schneeflocken pappten in seinen Pomade-Haaren. Offenbar war es kälter geworden. Vielleicht klappte es dieses Jahr ausnahmsweise doch mal mit weißen Weihnachten.

Plötzlich war auch Piet wieder da, setzte sich wortlos, bestellte mit einem müden Wink sein Wasser und schüttelte seinen schweren Kopf. In seinen nass am Kopf klebenden Haaren hingen keine Schneeflocken. Also doch kein Schnee zu Weihnachten. Georgi und seinen Kumpel schien er nicht zu bemerken.

»Und? Wen hast du diesmal rausgeschmissen?«, fragte Tanja heiter.

Aufstöhnend rollte er die Augen. »So'n Doktor-Arsch mit seiner Klunker-Tussi. Wollten vom Theater nach Bad Abbach und haben von der ersten Sekunde an rumgenölt. Das Auto sei ja wohl noch aus der Steinzeit, und die Sitze quietschen so komisch, und es riecht angeblich ganz merkwürdig, und da hat doch um Gottes willen nicht etwa einer drin geraucht ...?« »Und weiter?«

Tinchen brachte Piets Wasser und ein drittes Hefeweizen für Tanja aufs Haus, weil ja schließlich Heiligabend war. Piet fischte die Zitrone aus dem Glas und lutschte sie aus.

»Hab getan, als wäre ich bekifft, und bin Schlangenlinie gefahren. Kurz hinter Kumpfmühl wollten sie dann unbedingt aussteigen.«

»Regnet's denn arg draußen?«, wollte Tanja mitfühlend wissen. »Katzen und Hunde.« Piet grinste zum ersten Mal an diesem trostlosen Abend.

»Hör mal, Piet.« Tanja fuhr mit dem Finger über den

Rand ihres Glases und leckte andächtig den Schaum ab. »Gibt's nicht von München so einen geilen Zug nach Paris?«, fragte sie leise. Aber die Russen hatten es vermutlich dennoch gehört.

»Du meinst wahrscheinlich den TGV.« Piet zog eine Braue hoch. »Wieso? Willst du etwa verreisen?«

»Nur so.« Tanja blickte verträumt zum Fenster, an dem der Regen in kleinen Bächen herabrann. »Ich kann ja nicht mal Französisch.«

»Das kann man lernen.«

Tanja war im Lernen nie besonders gut gewesen.

Lange schwiegen sie. Die Russen zappelten herum vor Nervosität. Piet stöhnte in sein Wasserglas. Es ging auf zwölf, und das Lokal hatte sich ziemlich geleert. Die Bodybuilder waren restlos breit, versuchten, einen Song von den Toten Hosen nachzusingen, wurden sich jedoch über den Refrain nicht einig.

»Pass mal auf, Piet«, sagte Tanja schließlich und beugte sich weit über den Tisch. »Hab vielleicht 'ne Idee, wie du am Monatsende deine Rate zahlen kannst.«

Die Russen spitzten die Ohren vergeblich, denn Tanja sprach jetzt sehr leise. Piet nickte hin und wieder ernst und verschwand dann wortlos und mit stoischer Miene.

Tanja rief Django an. »Im Hof vom *Vitus*, hinten, ja, in zehn Minuten«, sagte sie in normaler Lautstärke. »Ja. Nein, kann ich nicht. Lass dich überraschen. Schließlich ist ja Weihnachten.«

Dann wählte sie die Hundertzehn und sagte nur wenige, gemurmelte Worte, die die Russen trotz beängstigend langer Hälse sicher nicht verstehen konnten. Anschließend leerte sie in Ruhe ihr Glas, erhob sich, schwang den Mantel über die Schulter, packte die beiden Taschen und ging mit elastischen Schritten und unter teuren Stoffen schwingenden Hüften zum Hinterausgang.

Die Russen warfen einen Schein auf den Tresen, sah sie aus den Augenwinkeln, und folgten ihr auf dem Fuß, Georgi schon das Handy am Ohr. Tinchen zählte Backe kauend ihr Geld und sah kaum auf. Die Bodybuilder konnten nicht mehr singen, schunkelten matt zum O *du fröhliche* aus den Lautsprecherboxen und hatten längst keinen Blick mehr für Busen, Po und lange Beine.

In der Ferne schlug eine Kirchturmuhr zwölf Mal. Das Licht im Hof war natürlich längst aus, und zum Glück hatte es aufgehört zu regnen. Hinter sich hörte Tanja die Schritte ihrer beiden Wachhunde. Sie machten jedoch keinen Versuch, sie aufzuhalten. Nach Sekunden hatten ihre Augen sich an die Dunkelheit gewöhnt, und sie entdeckte ihn: Django lehnte links an der Mauer, eine Kippe glühte in seinem Gesicht. Und wie er so dastand, groß und in der unvermeidlichen karierten Jacke, hätte man ihn tatsächlich für Gerd halten können. Sie ging auf ihn zu und hielt ihm die Sporttasche hin.

»Hier«, sagte sie, »Weihnachtsgeschenk für dich.«

»Für mich?«, fragte er blöde und griff unwillkürlich zu.

»Ähm ... Danke auch!«

»Fröhliche Weihnachten, Django«, sagte Tanja und klang fast ein wenig wehmütig.

Dann ging sie eilig in den überwölbten Durchgang, der zu einer Gasse führte, deren Namen sie sich nie hatte merken können.

Sie hörte noch, wie Django »Jetzt hab ich aber gar nichts für dich, Kindchen« stammelte, dann trampelten Schatten an ihr vorbei, und als sie an der Ecke stehen blieb und ein letztes Mal zurücksah, lag ihr Ex-Lover schon am Boden. Die Russen waren mindestens zu fünft und arbeiteten stumm und konzentriert an ihm. Alles, was sie hörte, waren dumpfe Schläge und Tritte, gemurmelte Flüche und hin und wieder ein zerquetschtes Stöhnen. Hart im Nehmen war er immer gewesen, da gab es nichts. Plötzlich flammten Scheinwerfer auf, eine Megaphonstimme bellte: »Aufhören! Polizei!«, und sie lief davon in Richtung Haidplatz. Die Polizisten, die mit gezückten MPs an ihr vorbeistürmten, sahen sie nicht einmal an.

Das Handy warf sie in den nächsten Papierkorb.

Wie versprochen, wartete Piets Taxi mit nagelndem Diesel an der Ecke. Tanja stieß ihr Louis-Vuitton-Imitat auf den Rücksitz und ließ sich daneben fallen.

»Nach Paris, bitte. Aber Nichtraucher, wenn's geht!«

»Das wird teuer«, erklärte Piet vergnügt und ließ das Getriebe krachen. »Das wird sogar verflucht teuer!«

»Macht nichts.« Tanja drückte ihre Tasche an die Brust wie einen funkelnagelneuen Liebhaber. Sie fühlte sich hart an wie ein gut trainierter Mann. Und innen raschelte Papier. Unmengen Papier. »Ist ja nicht jeden Tag Weihnachten.«

Piet bog in die Ludwigstraße und gab vorsichtig Gas. Der alte Diesel quälte sich zu höheren Drehzahlen.

Und in Paris werd ich mir als Erstes was Ordentliches zum Anziehen kaufen müssen, dachte Tanja lächelnd, kurbelte das Fenster ein wenig herunter und lehnte sich aufat-

mend in die speckigen und in der Tat bedenklich riechen-
den Lederpolster. Die Nachtluft war unglaublich leicht zu
atmen und roch wie neu. Außerdem muss ich dann ja wohl
doch noch Französisch lernen. Und plötzlich freute sie sich
darauf.

Die Russen standen im harten Scheinwerferlicht breitbei-
nig an der rosagestrichenen Wand und fluchten in ihrer un-
verständlichen, rollenden Sprache vor sich hin. Django lag
am Boden und gab keinen Laut von sich. Und einige
schwerbewaffnete Polizisten schoben mit ihren Stiefelspit-
zen ratlos den am Boden verstreuten Inhalt von Gerds
Sporttasche auf dem nassen Pflaster herum: Seidige Da-
menunterwäsche, teure Strümpfe mit und ohne Naht, zwei,
drei knapp geschnittene Kleidchen, reichlich Schuhe.

Was man als Frau eben so braucht.

Petra Busch

Erich lacht

Titisee

Autorenvita

Petra Busch, geboren 1967, ist Kriminalschriftstellerin und Texterin für internationale Kunden aus Wissenschaft, Technik und Kultur. Für ihren Kriminalroman *Schweig still, mein Kind* (Droemer Knaur, 2010) erhielt die promovierte Mediävistin den Friedrich-Glauser-Preis und das Bloody Cover für das beste Debüt des Jahres. Nach *Mein wirst du bleiben* (2011); erscheint 2013 der dritte Band mit Hauptkommissar Moritz Ehrlinspiel und seinem Team. Die Autorin lebt im Nordschwarzwald. Mehr unter www.petra-busch.de.

Das Atmen fällt mir schwer, und jede Bewegung schmerzt. Den Kopf kann ich kaum bewegen.

Ich sitze still. Nur die kleine Tischlampe brennt.

Meine Augen gehen in dem Zimmer umher. Dunkle Balken, Trockensträuße, bestickte Kissen. Sogar ein Baldachin spannt sich über das Doppelbett. Alles ist so, wie ich es mir immer erträumt habe – auch wenn keine Glöckchen am Baldachin hängen. Doch das wäre für Erich ohnehin zu viel gewesen.

Es riecht muffig. Nach Staub und altem Bettschweiß. Die letzten Tage hat niemand gelüftet. Nicht das Zimmermädchen und nicht die Polizei. Ich selbst bin erst heute Morgen entlassen worden und ins Hotel zurückgekommen. Vor mir liegt die aufgeschlagene Zeitung auf dem Tisch. Erich lacht mich an.

Aus dem Fenster habe ich einen phantastischen Blick auf den nächtlichen See. Am Ufer glänzt sein Eis im künstlichen Licht der Christbäume, die ihn noch immer säumen.

Leiche freigegeben, steht über Erichs Foto. Ich hatte es aus meinem Geldbeutel genommen, schweren Herzens, und es einem dieser Presseleute gegeben, die das Krankenhaus belagert haben. Das war vor Weihnachten, als Erich noch die Titelseiten geschmückt hat. Jetzt ist das Zugunglück nur noch eine Randnotiz wert, Erich fast schon vergessen.

Ein Heuler pfeift durch die Nacht.

Morgen beginnt ein neues Jahr. Und mein neues Leben. Ich schaue zur Tür. Sie liegt im Halbdunkel.

Erichs Kleidung habe ich aus dem Schrank geräumt. Die Formalitäten noch vom Krankenhaus aus geregelt. Überführung nach Frankfurt, Begräbnistermin, Mitteilung an Freunde und Verwandte, Schriftwechsel mit Behörden. Man hat mich bedauert. Ich habe geweint.

Von Erichs Körper ist kaum etwas übrig geblieben. Fleischklumpen. Durchtrennte Knochen. Seine Gesichtshaut ist wie eine Gummifratze auf der Schiene geklebt, sagt der Rechtsmediziner. Die Identifizierung hat man mir erspart. Erkannt hätte ihn ohnehin niemand. Nicht einmal ich.

Probleme hat es nirgends gegeben. Erich ist ein ordentlicher Mann gewesen. Sämtliche Papiere penibel sortiert. Inklusive Bankvollmachten für seine Gattin im Todesfall. Neben mir steht die Reisetasche.

Eine frühe Silvesterrakete zischt am Fenster vorüber, ergießt einen bunten Funkenregen über den tiefblauen Himmel. Die Welt da draußen ist beschäftigt. Taumelt champagnertrunken dem neuen Jahr entgegen.

Die Tür geht auf.

Ich lächle, als er hereinkommt.

Noch drei Minuten bis Mitternacht. Keiner wird sich um das Paar scheren, das Hand in Hand das Hotel verlässt und ins Auto steigt.

Seine Miene ist ernster, als ich angenommen habe. Er starrt auf meine Halskrause. »Das wär uns um ein Haar entgleist.« Dann grinst er. »Bist du okay?«

»Ich habe überlebt.«

Er setzt sich zu mir. »Ich auch.« Er nimmt meine Hand. »Hat mit der Versicherung alles geklappt?«

Ich klopfe auf die Reisetasche. »Eine halbe Million.« Aus dem Seitenfach ziehe ich die Flugtickets.

Er küsst mich. Seine Lippen schmecken nach Wein. »Sorry, dass ich dich nicht im Krankenhaus besucht habe.«

Ich stehe auf, Rücken und Hals in einer geraden Linie, um die Schmerzen zu lindern. »Das wäre in der Tat ... ziemlich dumm gewesen.« Das schwache Licht der Tischlampe malt Schatten auf sein Gesicht.

»Komm, lass uns gehen.« Einladend strecke ich ihm die Hand hin.

Er schüttelt langsam den Kopf. »Inge ... Unser Plan geht nicht auf.«

Ich lasse die Hand sinken. Schaue ihn verständnislos an. Draußen kracht es.

Vielleicht hätte ich nicht zu diesem Romménachmittag gehen sollen. Im Frühling, als wir nach dem langen Winter zum ersten Mal im Garten saßen, den Primelduft einsogen und hinter großen Sonnenbrillen in unsere Karten blinzelten wie zwei Verbrecherinnen. Marlene war es, die mich auf die Idee gebracht hatte.

»Schenk Erich doch eine Fahrt mit dem Dampfzug zum dreißigsten Hochzeitstag«, hatte meine Freundin gesagt, und ihre rosa Königspudellöckchen hatten gezittert. »Damit köderst du ihn garantiert.«

Ausgerechnet Marlene, die zwischen zinntellerbestückten Eichenschrankwänden, Plüschpüppchen und gartenzwerggesäumtem DIN-A4-Rasenstück der biederen Ahnungslosigkeit frönte! Deren gesamte Sorge Herrn von Eden und seinem monatlichen Pudelfriseurbesuch galt. Das Trimmen seiner apricotfarbenen Puppy-Clip-Frisur kostete sie jedes Mal ihre halbe Rente.

»Dieses Jahr machen wir Urlaub zu viert, meine Liebe!« Mit spitzen Fingern zog sie eine Karte aus dem Blatt. »Ganz gemütlich.«

»Wäff, wäff.«

»Zu fünft«, korrigierte Marlene und wedelte mit der Karte vor der Pudelschnauze herum. »Duuuzi, duzi, duzi.« Sofort sabberte Herr von Eden an ihrer massigen, nackten Wade. Um keine Rassetöle der Welt hätte ich mit Marlene tauschen wollen. Dennoch hatte sie etwas, nach dem ich mich seit fast dreißig Jahren sehnte: Sie verbrachte Weihnachten mit ihrem Mann Wolfgang in Titisee am Titisee. Schwarzwald. Jahr für Jahr. Vierzehn Tage. Ganz gemütlich.

Meine Freundin legte eine Herzdame an einen Herzbuben.

Ich stellte mir Marlene und Wolfi vor, wie sie ihren Göttergatten zärtlich nannte. Ein Himmelbett, über ihnen ein glöckchenbehängter Baldachin, duftender Spekulatius auf dem Nachttisch, das Zimmer mit Holzgebälk und Blick auf den eisglitzernden See, auf dem zwei Pferde einen großen Schlitten dahinzogen. Dahinter die Silhouette des schneebedeckten Schwarzwalds und davor ein riesiger, leuchtender Christbaum und Herr von Eden, der an dessen Stamm pinkelte.

Ich seufzte.

Dass ich mich von Erich jeden Winter um die halbe Welt scheuchen ließ, um auf Gruppenbildungsreisen heilige Berge, steinhaufengleiche Tempel und UNESCO-Weltkulturerbestätten zu bestaunen, verstand Marlene nicht. Wie auch. Sie hatte Deutschland noch nie verlassen. Und wenn ich ihr erklärte, dass ich Erich trotz seiner Besserwisserei liebte, flüsterte sie Herrn von Eden zu: »Wie gut, dass *wir* Wolfi haben.« Natürlich. Marlenes Gatte sagte nie ein Wort. Meiner hatte dafür stets das letzte. Wenn er nicht gerade mit seiner Modelleisenbahn beschäftigt war. Neben Fernreisen seine große Leidenschaft.

Erich war Oberstudienrat. Gymnasium. Oberstufe. Geographie und Latein. Er brauchte seine Hochkultur. Ich war Gattin. Putzen und Kochen. Einfamilienhaus. Dreigeschossig. Ich brauchte einfach einmal einen ganz normalen Weihnachtsurlaub.

»Erich und Schwarzwald – nie im Leben!«, antwortete ich jetzt auf Marlenes Vorschlag. Ich blickte in mein Kartenblatt. Kreuz. Pik. Alles schwarz. Kein Joker.

Marlenes Mundwinkel schoben sich nach oben. »Lass ihn ein Stück im Führerstand mitfahren. Vermutlich nicht ganz billig, bei einem Dampflokverein eine Privatfahrt zu buchen, aber« – ihre Augen wanderten über ihre Karten – »Geld bringt deinen Erich schon nicht um.« Sie spielte drei Asse aus. Ich trank einen Schnaps. Legte das vierte Ass an den Satz.

Ich war begeistert.

Erich tobte. Er starrte auf den Reisegutschein, den ich ihm einen Monat später strahlend überreichte, und stoppte mitten im Tunnel die E605 seiner Modelleisenbahn. Diese nahm ein Viertel des Wohnzimmers ein. Erichs Hals war dunkelrot. »Inge! Im Winter unternehmen wir eine Studienreise. Immer! Kultur, Inge. Kultur!«

»Ja, natürlich, Mausbär. Aber es ist unser dreißigster Hochzeitstag. Der 22. Dezember.« Ich legte ein Foto der Dampflok auf das Miniaturbahnhofsdach. Reichte ihm ein Glas kühlen weißen Grand Cru Classé. Strich liebevoll über seine Glatze.

Natürlich hatten wir damals kurz vor Ultimo geheiratet. Aus Steuergründen.

»Und Studienreisen sind teuer! Du gehst nächsten Sommer in Rente. Da können wir unser Geld nicht mehr so einfach im Ausland verprassen. Denk nur mal an die Finanzkrise!«

Er trank einen kleinen Schluck. Betrachtete das Foto. Leckte über seine Oberlippe.

Ich holte die Weinflasche aus dem Kühlschrank, goss nach. »Wir haben zehntausend verloren, Mausbär, allein in den letzten Monaten. Die Entwicklung lässt sich nicht abschätzen. Und dein Hobby ist auch nicht billig.« Mit sorgenvoller Miene umfasste ich die Gebirgslandschaft aus Streufaserrasen, Plastikbahnschranken und filigranen Oberleitungen. Erläuterte ihm die Details der Reise und legte das Buch dazu.

Er trank einen großen Schluck. Leckte erneut über seine Oberlippe.

Nach dem dritten Glas stimmte er zu.

In den Sommerferien unternahm Erich die üblichen Museumskurzreisen mit Kollegen., Ich nutzte die Strohwitwentage für die Weihnachtsvorbereitungen.

Das schwere Rattern und Stampfen dröhnte in meinem Kopf, und mein Hintern fühlte sich an wie mit dem Bügeleisen bearbeitet. Ich schielte zu Erich, der rechts neben mir auf der Holzbank saß, vertieft in ein Buch mit Daten und technischen Zeichnungen. *Kulturwissenschaftliche Eisenbahnforschung im Spiegel der Industrialisierung Südwestdeutschlands.* Es war das Buch, das ich ihm zusammen mit dem Gutschein geschenkt hatte. Marlenes Idee. Links von mir drang eisige Luft durch den klapprigen Fensterrahmen, und mit ihr der Geruch nach verbrannter Kohle.

»Herrlich«, strahlte Marlene, die vis-à-vis von mir saß, eingemummt in einen künstlichen rosa Pelz, Herrn von Eden auf ihrem Schoß. Mit einem lauten Schmatzer küsste sie seine Schnauze.

»Wäff, wäff.« Der Pudel fuhr ihr mit der Zunge über Kinn, Mund und Nase.

Schnell sah ich aus dem Fenster.

Flimmernd in der Sonne zog der Schluchsee an uns vorbei, nur wenige Meter vom Gleis entfernt, die Tannen am Ufer warfen lange Schatten auf die geschlossene Eisdecke. Es war kurz vor 16 Uhr, am 22. Dezember, ein sonniger Wintertag, und in rund neunzehn Kilometern würden wir Titisee erreichen. Dort in unser Hotel gehen und gemütlich feiern. Bei Kaffee, Schwarzwälder Kirschtorte und dem ein oder anderen heimischen Schnäpschen. So der offizielle Plan.

Ich grinste zu Marlene und stieß Erich sanft mit der Schulter an. »Mausbär«, flötete ich, »schau doch mal, die wunderschöne Landschaft.«

»Lass doch!«, grummelte er und blätterte um. »Es ist wichtig, Inge, die historischen Zusammenhänge zu erörtern, in denen wir uns bewegen.«

Der Herr Oberstudienrat verhielt sich wie immer. Perfekt!

Marlene verdrehte die Augen. Wolfi stierte mit hängenden Lidern aus dem Fenster, die Hände reglos auf die Knie gelegt. »Es ist ein Tag wie damals, weißt du noch, Mausbär?« Seufzend nahm ich Erichs Hand.

»Doch, ja.« Sein Blick heftete auf einer Skizze aus wirren Kreisen und Linien.

Marlene schüttelte den Kopf und nahm eine gigantische Tupperwarebox aus einer noch gigantischeren Tasche. Fünf Sandwiches lagen darin. Augenblicklich hing Herrn von Edens Zunge so weit aus seinem Maul wie der Schinken aus den Brotscheiben.

Dichter Rauch vernebelte die Aussicht auf die verschneiten Wiesen, Tannenwälder und Berge.

Wolfi hustete.

Marlene drückte ihm ein mindestens fünfziglagiges Brot in die Hand, breitete ein Leinentuch mit Spitzenrand über ihren Schoß und legte ein zweites Brot darauf, ein drittes hielt sie unter Erichs Nase. »Aufwachen, Herr Kern!«, alberte sie. »Wir sind heute dreißig Jahre verheiratet. Apropos Jubiläum« – sie schob ihren massigen Oberkörper weit vor –, »habe ich euch eigentlich schon erzählt, dass die Müllers aus der Kirchstraße –«

Stöhnend schloss Erich das Buch. »Du bist eine Nervensäge, Marlene.«

Sie kicherte. Wolfi kaute. Herr von Eden sabberte.

Das vierte Sandwich kreiste vor meinem Gesicht. Ich schüttelte den Kopf.

Ich wusste, was Erich Marlene nur zu gern ins Gesicht gesagt hätte. Pikierte Pudelqueen, hirnlose Hinterwäldlerin, gefräßige Gerüchteschleuder. Hunderte Male hatte er mir beim Abendbrot seine Meinung über meine Freundin serviert. *Nervensäge* war da geradezu liebevoll. Ich lehnte meinen Kopf an Erichs Schulter. Im Grunde hatte er ja recht. Natürlich war Marlene tierlieb, fürsorglich und eine prima Romméfreundin. Doch mehr als einen Zeitvertreib bedeutete sie mir nicht.

Die Dampflok beschleunigte und gab ein lautes *Tuuuuut* von sich.

»Dreißig Jahre«, sagte Erich. »Okay, ich habe Inge zuliebe dieser Fahrt zugestimmt. Ist ja zugegebenermaßen ... nicht ganz uninteressant. Aber nächstes Jahr fliegen wir nach Kambodscha. Es gibt dort einen ...«

Tuuuut. Seine Stimme ging im Lärm der Lok unter.

Ich lächelte, dachte an die drei Gläser Grand Cru Classé und wie mein Gatte sich hatte ködern lassen.

Dann hielt der Zug.

Feldberg-Bärental stand auf einem weißen Schild vor einer Holzwand. *967 M. ü. d. M.*

»Was ist los?« Erich trat ans Fenster. Ein langgestrecktes Bahnhofsgebäude mit tiefgezogenem Dach schien sich unter der Last der Schneemassen vor uns zu verbeugen. »Wir haben gerade mal die Hälfte der Strecke!«

Der Herr Oberstudienrat wusste Bescheid. Einwandfrei. »Der Höhepunkt unserer Reise, Mausbär.« Ich zwinkerte Marlene zu. Erich würde jetzt in den Führerstand umsteigen. Wenn die wüsste, auf welche ruchlosen Ideen sie mich gebracht hatte ...

»Aha, du hast das Kleingedruckte auf dem Schild gelesen.« Erich hob das Kinn. »Höchstgelegener Bahnhof Deutschlands«, zitierte er. »Das gilt aber nur für Züge mit normalem Spurnetz. Sollte man vielleicht ergänzen. Ah, da kann ich gleich einmal auf diesen Fauxpas hinweisen.« Er winkte einem Mann zu, dessen Kopf draußen vor dem Fenster auftauchte.

Jaulend sprang Herr von Eden auf und ab und kläffte, als wolle der Fremde ihm die Kehle durchschneiden.

»Erst schön machen, Edischatzi! «, kicherte Marlene und wischte Mayonnaise von der Apricotschnauze. »Duuuzi, duzi, duzi.«

Erich verdrehte die Augen.

Der Mann draußen hob die Hand. Die feuerroten Haare, die unter seiner Schirmmütze hervorlugten, waren das Erste, was mir an Norbert Haase aufgefallen war. Ende Mai, als ich kurz nach dem Rommènachmittag klammheimlich in den Schwarzwald gefahren war, um Erichs Geschenk zu organisieren.

Wir stiegen aus. Eisige Kälte schlug uns entgegen. Es roch nach Salz und Schnee.

»Gestatten, Haase.« Der Rothaarige schüttelte uns nacheinander die Hand. »Ich bin Ihr Lokführer und Heizer in Personalunion und darf Ihnen außerdem etwas über unsere historische Bahn erzählen.« Seine Stimme war tief und voluminös, schien nicht zu seiner Gestalt zu passen. Haase überragte Erich um einen ganzen Kopf, und seine dunkelblaue Uniform war garantiert eine Sonderanfertigung in XX-schmal.

»Ihr Schild da« – Erich deutete auf die Holzwand – »enthält mangelhafte Angaben. Sie sollten –«

»Mausbär, das ist doch jetzt nicht wichtig!«, fiel ich ein. Am liebsten wäre ich in einem der Schneehaufen versunken, die sich neben den Gleisen auftürmten.

»Und Sie sollten außerdem« – Erich zeigte auf seinen eigenen Haarkranz – »Fuchs heißen, Herr Haase.« Er lachte. Wolfi stöhnte. Herr von Eden winselte.

Der Rothaarige räusperte sich diskret. »Wenn Sie gestatten, dann kommen wir nun zu einer kurzen Information.«

»Nicht nötig, junger Mann.« Erich winkte ab. »Dreiseenbahn, Inbetriebnahme 1926. Elektrifizierung 1934.«

Ich blickte zum Himmel. Die Sonne hatte sich hinter graue Wolken verzogen.

Haase nahm die Schirmmütze ab. Sein Blick streifte mich. Unwillkürlich legte ich die Hand an meine Wange. Hoffentlich war mein Make-up in Ordnung.

»Trotzdem bis 1960 offizieller Dampfzugverkehr«, sagte Haase, ohne sich irgendetwas anmerken zu lassen.

Erich tippte auf die goldene Stickerei, die Haases Brust zierte. »Korrekt.«

Ich schielte zu dem großen Schneehaufen. *Lass mich in dir versinken*, flehte ich stumm. Erich musste immer so schrecklich übertreiben.

Der Lokführer lächelte. »Alles original 40er Jahre. Lok, Waggons, Kleidung. Unsere Gäste sollen sich in die gute alte Zeit zurückversetzt fühlen.« Er beugte sich zu Erich hinab. »Vor allem bei einem solch romantischen Anlass.«

Erich ignorierte seine Worte. Sentimentalitäten waren noch nie seine Sache gewesen. »Baureihe ’52, wie ich sehe.« Er schritt mit seinen kurzen Beinen und durchgedrücktem Rücken an dem Kohletender vorbei und blieb neben dem schwarzen Monster von Lok stehen.

Wir eilten hinter ihm her.

Haase nickte. »Emma ist Jahrgang 1944.«

»Emma.« Erich musterte ihn vom Seitenscheitel bis zu den Lackschuhen und zurück.

»Wie süüüß!« Marlene formte einen Kussmund. Fast erwartete ich, dass sie Haase mit einem »Duuuzi, duzi, duzi« bedachte. Doch sie schwieg.

Ich wusste, dass Erichs Urteil über den Zugführer genauso herablassend ausfallen würde wie das über Marlene. Fahrkartenverkäufer mit Lokführerambitionen. Hauptschulabschluss wahrscheinlich. Wenn überhaupt. Heimisch in einem Bauernkaff. Im Gesicht von Norbert Haase sah ich plötzlich Lukas, den Lokomotivführer aus *Jim Knopf*, vor mir. Mir wurde warm ums Herz.

»Emma schafft achtzig Kilometer pro Stunde. 1620 PS.« Haases Augen glänzten.

»Korrekt!« Erichs Hand ruhte auf der großen Manteltasche, in die er das Buch gesteckt hatte. »Treibraddurchmesser eintausendundvierhundert Millimeter, Wasserkasteninhalt dreißig Kubikmeter. Zehn Tonnen Kohlevorrat.«

Bildungsprotz, dachte ich.

Haase hob eine Augenbraue. »Ihr Gatte kennt sich aus«, sagte er zu mir.

»Mein Mausbär ist ein Eisenbahnfan.« Ich hakte mich bei Erich unter.

»Die Strecke heißt übrigens Dreiseenbahn, Inge, weil sie vom Schluchsee über den Windgfällweiher bis an den Titisee führt.«

Herr von Eden hob an dem Schneehaufen das Bein. Eine gelbe Kuhle entstand. Vierseenbahn, dachte ich.

»Und nun wird Ihr Gatte Sie verlassen«, sagte Haase zu mir. »Wie geplant.« Er salutierte und schlug die Hacken zusammen. »Ich habe die Ehre, Herrn Oberstudienrat Erich Kern in Emmas Führerstand einzuladen. Ein besonderer Liebesbeweis Ihrer gnädigen Gattin. Es war ihre Idee.« Haase lächelte mir zu. »Es war nicht leicht, mich davon zu überzeugen.«

Die Bilder vom Frühjahr tauchten vor meinem inneren Auge auf.

Ich lasse meinen Haaransatz nachfärben. Lackiere die Fingernägel rot. Lege Lidschatten und Rouge auf und schlüpfe in ein leichtes Kleid mit tiefem Ausschnitt. Ganz ansehnlich für meine zweiundsechzig Jahre. Mit Erichs Mercedes fahre ich nach Seebrugg, wo die Bahn startet. Drei Stunden Autobahn, zwanzig Minuten Bundesstraße, mit jedem Kilometer bin ich sicherer, dass mir mit genügend Geld und Charme die Sonderfahrt nicht abgeschlagen wird. Ich becirce den schüchternen Rothaarigen hinter dem Fahrkartenschalter. Anfang vierzig, schätze ich. Er sieht mich aus bernsteinfarbenen Augen melancholisch an und sagt: »Dreißig Jahre Ehe, wie wunderbar. Das wird mir nie vergönnt sein.«

Erich tätschelte meine Hand. »Da hat meine Inge Ihnen wohl Dampf gemacht«, sagte er zu Norbert Haase, und sein Weißweinbauch hüpfte unter der Jacke, als er über seinen eigenen Witz lachte.

Später schiebt Haase mir mit seinen knabenhaften Fingern die Rechnung über den Tresen des Fahrkartenschalters. »Normalerweise fahren die historischen Züge nur im Sommer, Frau Kern. Zu unrentabel ohne Touristen. Zu gefährlich in Schnee und Eis.« Ich ziehe einen Hunderter mehr aus der Geldbörse und erzähle ihm, dass mit seiner Hilfe ein Traum von mir in Erfüllung geht: ein ganz normaler Weihnachtsurlaub. Nur einmal *keine Weltreise. Er verschließt das Geld in der Kasse und antwortet, dass es sein größter Wunsch sei, einmal um den Globus zu reisen. Mit Emma.*

»Führerstand!« Erich strahlte mich an. »Und das im steilsten Routenabschnitt. Einhundertundzwölf Höhenmeter von hier bis nach Titisee hinab. Auf nur sieben Kilometern. Manchmal, Inge, hast sogar *du* gute Ideen.«

Ich bot ihm meine kalte Wange zum Kuss und kletterte mit Marlene, Wolfi und Herrn von Eden in den Waggon zurück. Emma fuhr an, schnaufend und qualmend.

Zufrieden lehnte ich mich in der harten Bank zurück. Mein Kopf vibrierte im Rhythmus der ratternden Räder. Gute Ideen. Ja, die hatte ich!

Bald schon tauchte am Ende eines verschneiten Tales der Titisee auf, ein winziges Oval. Mit zusammengekniffenen Augen versuchte ich, unser Hotel an seinem Ende auszumachen. Bekam plötzlich Sehnsucht nach dem idyllischen Zimmer. Heute Abend wollte ich kuscheln. Im Doppelbett. Unter dem Baldachin ohne Glöckchen.

»Haben wir das nicht super hingekriegt?« Marlene glückste. Emma pfiff. Wolfi schnarchte.

»Jetzt sag doch auch mal was, Wolfiiiii.« Marlene rammte ihren Ellbogen in seine Seite.

Er grunzte.

Meine Gedanken gingen zu den beiden Männern im Führerstand. Erich würde auf das runde Glas der Kontrollanzeigen klopfen und Haase einen Vortrag über den Segen der mehrlösigen Hildebrand-Knorr-Bremse mit Dreidruckprinzip halten, an den Metallrädchen drehen und sämtliche Schräubchen und Zuleitungen inspizieren. Norbert Haase, der Mann ohne Bildung, würde ausdruckslos zuhören und seinen Job erledigen.

Emma fuhr in eine langgezogene Rechtskurve, ihr Ächzen wurde lauter und schneller, die Route abschüssiger.

»Ich zeige Ihnen meine Dampflok«, sagt Norbert Haase, als ich an dem lauen Maiabend wiederkomme, und schließt den Fahrkartenschalter. Die Sonne brennt noch immer heiß vom Himmel, und über dem schwarzen Stahlross flimmert es. Er streicht über das bauchige Ungetüm. »Sie heißt Emma«, sagt er. Ich blicke ihn fragend an. »Wegen Jim Knopf«, flüstert er verlegen. »Das hat mir meine Mutter immer vorgelesen.« Ich lege meine Hand auf seinen Arm. »Emma gehört mir quasi. Ich bin ihr Fahrer, und ich pflege sie in jeder freien Minute. Ist meine große Liebe.« Vögel zwitschern auf dem First des Bahnhofsdaches. Es duftet nach Kräutern und süßlichen Blumen.

Wie anders jetzt alles aussah. Fast eine fremde Welt. Der Wind rüttelte an Fenstern und Türen, Emma keuchte hektisch und hektischer, und unter den Kohlegeruch mischte sich der Gestank von glühendem Metall.

Mein Herz schlug hart gegen meine Rippen, und für einen Moment schoss mir der aberwitzige Gedanke durch den Kopf, dass Haase Erich das Steuer überlassen und der die Kontrolle über das schwarze Monstrum verloren hatte.

Die Reise soll mein Leben verändern, sage ich zu Haase und stecke ihm eine kleine Blume an das Revers. Aus den Ritzen des Betons brechen Tausende violette Köpfchen. Haase lacht. Zum ersten Mal. Es macht ihn attraktiv. Als ich zwei Tage später Erichs Mercedes in die Garage fahre, weiß ich, wie mein Leben reich werden kann.

Immer rasanter ging die Fahrt, und ich glaubte, Emma würde an ihrem eigenen Schnaufen ersticken, so dicht kamen jetzt die Stöße. *Ganz ruhig, Inge*, sagte ich mir. Er hat alles im Griff. Wir sind es hundert Mal durchgegangen.

Dann kam der Schrei. Hallte von einem nahen Felsen wider. »Scheiße!« Wolfi riss die Augen auf, und wenn ich Zeit gehabt hätte, mich zu wundern, hätte ich es getan.

»Das kommt von der Lok!« Ich sprang auf, riss das Fenster herunter, streckte den Kopf hinaus, ein Fehler, denn beißender Qualm nahm mir den Atem und verdunkelte meinen Blick, der Wind riss meinen Kopf nach hinten. Ich kniff die Augen zusammen und hielt die Luft an, als ein ohrenbetäubendes, langes Quietschen durch das Tal hallte.

»Wir rasen in den Tod!« Das war Erich. »Die Bremsen, die Bremsen!«

»Springen Sie! Das ist unsere letzte Chance«, schrie Haase schrill, und hinter mir begann Marlene zu kreischen. Etwas Weiches, Warmes streifte meine Wange. »Wäff, wäff.«

»Scheiße«, wimmerte Wolfi hinter mir, und vor mir, draußen, flog gleichzeitig etwas Größeres vorbei, ruderte mit Armen und Beinen, prallte dumpf gegen unseren Waggon, wurde im selben Moment wieder hochgerissen, fiel, verschwand schmatzend und knirschend unter uns.

Emma stieß eine schwarze Wolke aus, pfiff und pfiff und pfiff ... Ein Ruck, Marlene fiel auf mich, riss Wolfi mit, ich krachte auf die Sitzbank. Blitze. Funken. Dunkelheit hüllte mich ein.

»Was soll das heißen, unser Plan geht nicht auf?« Ein Kracher zerreißt die Stille. Noch eine Minute bis Mitternacht.

Zögerlich lege ich die Hand auf Norberts Schulter. Ich spüre sein Schlüsselbein sogar durch die gefütterte Jacke.

Er schluckt nur.

Die Halskrause scheint mich zu würgen. »Wir haben das Geld. Erich ist ... tot. Die Unglücksursache konnte nicht ermittelt werden. Wir haben *uns*, Norbert! Alles hat funktioniert! Was fehlt noch?«

Beim ersten Schlag der Kirchturmuhr setzt ein ohrenbetäubendes Krachen, Zischen und Pfeifen ein.

Norberts feuchte Augen flackern. Doch es ist nicht Angst, nicht Trauer, es sind die Spiegelungen des Feuerwerks. Lichter. Irre Grablichter, phantasiere ich, die über Erichs geschundenem Körper zucken.

Norbert stützt den Kopf in die Hände. Diese feingliedrigen Hände, die mich überall berührt haben. Wochenlang, monatelang, sanft und fordernd, heimlich, in dem schmalen Bett seiner Einzimmerwohnung, auf duftenden Wiesen, im Führerstand von Emma. »Wie geht es Marlene und Wolfgang?«, fragt er.

Ich hebe die Schultern, und ein stechender Schmerz durchzieht mein Genick. »Ich weiß nur, was in den Zeitungen steht. Körperlich leicht verletzt, aber die Seele traumatisiert.«

»Selber schuld. Was wirft sie auch diese dämliche Kläffmaschine aus dem Zug!«

»*Du* hast doch geschrien, ›Springen Sie, das ist unsere letzte Chance!‹ Okay, Erich hat reagiert wie geplant. Aber Marlene ... Sie wollte einfach Herrn von Eden retten.« Ein wenig tut sie mir leid. Die Zeitungsfotos ziehen wie ein Farbfilm an mir vorbei. Luftaufnahmen mit Schnee, darin kleine Gruben, blutgetränkt – die Stellen, wo Erich gelegen hat. Oder besser gesagt: seine Reste. Schnee in Nahaufnahme, darauf apricot-blutrotes Fell, eine abgetrennte Pfote. Ein Stück rußgeschwärztes Stahlrad, mit Makro fotografiert, neben der kantigen Bruchstelle Knochensplitter. Die Medien hatten kein Pardon gekannt. Und die Augenzeugen keine Scham. Von Blutregen war da die Rede gewesen, von Satansfluch und Jahrhundert-Inferno. Man habe ein übermenschliches Stöhnen gehört, noch bevor der Zug, brennend und eingehüllt in Höllendampf, in Titisee eingerast war. Die Lok habe gebrüllt wie ein tödlich verletztes Ungeheuer.

Tatsächlich, so die Ermittlungsergebnisse, war Emma mit glühenden Rädern durch das Tal hinabgejagt, die Rauchschwaden waren aus den heißgelaufenen Lagern gedrungen. Als sie endlich zum Halten gekommen war, hatte es mehrere Explosionen gegeben. Zuerst waren die Treibräder zerborsten, dann der Dampfkessel, zuletzt ein Teil des Führerstandes. Bis auf den Mann, der freiwillig gesprungen war, und einen Hund hatten sich alle Insassen retten können.

Knatternd zieht eine Leuchtkugel über den Titisee, färbt das Eis für Sekunden rot.

Norbert steht auf und stellt sich vor mich.

Meine Kehle wird eng. »Was ist schiefgegangen? Jetzt sprich doch endlich!«

»Emma ist hinüber.«

Ich höre ein glucksendes Geräusch aus meiner Kehle

dringen. Ein zweites. Kann es nicht abstellen. Ich fange an zu lachen. *Emma!* Das konnte er unmöglich ernst meinen.

»Ich wollte mit Emma um die Welt reisen. Das war mein Lebenstraum.« Norbert schiebt eine Hand in die Jackentasche.

»Du wolltest ein schönes Haus haben! Hier! Mit *mir!*« Ich sinke auf den Stuhl. Höre endlich auf zu glucksen. »Sie ist doch nur eine Lok.«

»War.« Norberts Stimme wird leise und rauh. »Böser, böser Bremszylinder. Zeigt einfach eine Undichtigkeit an, und die arme Emma kann angeblich die 148 Tonnen nicht halten. Dumm nur, dass sie sie tatsächlich nicht halten konnte. So war das nicht vorgesehen. Was musste dieser Klugscheißer auch an den Dichtungen der Bremszylinderzuleitungen herumfummeln.«

»Er hat was?«

»Dein Kenner hat die Anzeigen kontrolliert und erkannt, dass mit dem Druck etwas nicht stimmt. So, wie wir es geplant hatten. Aber dann ... Reißt der wie ein Gestörter an den Dichtungen, legt Hebel um, will etwas reparieren ... Erich hat Emma auf dem Gewissen.«

»Es ... es tut mir leid um Emma.«

»Emma ist meine einzige Liebe. Du wirst sicher verstehen, dass ich ohne sie nicht leben kann.« Sein Gesicht verzieht sich zu einer hässlichen Fratze.

Meine Lippe beginnt zu zittern. »Wie ... wie meinst du das?« »So eine Dampflokreparatur ist teuer, Inge.« Er zieht die Hand aus der Tasche. Wie dürre Spinnenbeine umfassen seine Finger den Revolver. »Da gehen locker fünfhunderttausend drauf. Da ist nichts mehr mit teilen. Und

Emma verlassen, wegen einer aufgetakelten alten Hausfrau wie dir ...« Wie in Zeitlupe schüttelt er den Kopf und tritt hinter mich. »Erich hätte mich verstanden. Genauso, wie die Welt verstehen wird, dass du mit dem tragischen Tod deines Mannes nicht mehr hast leben können. Wo du ihn doch zu dieser Reise überredet hast.«

Der kalte Lauf der Waffe presst sich in meinen Hinterkopf, direkt über der Halskrause.

Draußen jubeln die Menschen, es knattert, eine Fontäne sprüht vor dem Fenster.

Ich neige den Kopf. Blicke auf den Tisch.

Erich lacht.

Christian Limmer

Nikolaus erschossen

Landshut

Autorenvita

Christian Limmer, 1964 in Straubing geboren und aufgewachsen, hat versucht, Theaterwissenschaft zu studieren,
das Studium wegen Trockenheit abgebrochen und im Folgenden unter anderem als Cutter bei der *Bavaria Film* gearbeitet. An der UCLA in Los Angeles absolvierte er einen
Drehbuchkurs, bevor er seine Karriere bei Film und Fernsehen begann. Seit 1993 schreibt er Drehbücher für Fernseh-
produktionen wie *Polizeiruf 110, Tatort* oder *Unter Verdacht*.
Er lebt mit seiner Familie in München.

Nikolaus erschossen lautete die Überschrift des kurzen Artikels im Bayernteil der *SZ*. Dürftige Fakten, die Polizei tappte im Dunkeln. Knecht Ruprecht durchlief ein Zittern. Nie hätte er gedacht, dass er jemanden umbringen müsste. Das war in seinem Plan nie vorgesehen gewesen. Die aufgebohrte Schreckschusspistole war nur zur Abschreckung gedacht. Wie hätte er auch wissen können, dass dieser verdammte Nikolaus gerade um die Ecke kommen würde, als er den Jungen in den Wagen packte.

Er verdrängte den Gedanken mit aller Gewalt. Er musste mit seinem Plan weitermachen. Knecht Ruprecht knickte die Zeitung um, drückte sie dem Jungen in die Hand. Dessen Gesicht war so weiß wie der Verband um seine rechte Hand. Sein Gesicht war nass von Tränen, die Augen rot unterlaufen. Zum Glück verhinderte der Knebel, dass mehr als nur ein ersticktes Wimmern zu hören war.

Knecht Ruprecht machte mit der Digicam ein Foto. Er kontrollierte es. Scheiße, man konnte das Datum auf der Titelseite gar nicht lesen, weil der Junge so zitterte. Nein, es waren seine Hände.

»Halt ruhig«, befahl Knecht Ruprecht. Er legte seine Stimme eine Oktave tiefer, als sie ursprünglich war. Der Junge spannte seine Muskeln an, das Rascheln der Zeitung wurde tatsächlich leiser. Knecht Ruprecht machte ein Foto. Selbst als der Blitz ihn blendete, traute der Junge sich nicht, mit der Wimper zu zucken. Er nahm dem Jungen die Zeitung weg, fesselte ihm die Hände mit Kabelbinder hinter dem Rücken und führte ihn wieder zu der Kiste. Der Junge taumelte, sackte zusammen. Er war bewusstlos.

Knecht Ruprecht zog ihn hoch, schleifte ihn zur Kiste und legte ihn unter Mühen hinein. Deckel zu, Vorhängeschloss vor und ab in das Loch. Bretter darüber, Schnee drauf. Knecht Ruprecht schwitzte unter seiner schwarzen Kutte. Wenn alles nach Plan lief, wäre in 24 Stunden alles vorbei.

Leise rieselte der Schnee und verwandelte die Stadt in einen Zuckerbäckertraum. Aus den Lautsprechern des Weihnachtsmarktes drang *Rudolph, the Red Nosed Reindeer* in der Originalfassung von Gene Autry. Knecht Ruprecht überquerte mit einem Jutesack über der Schulter den Marktplatz. Zwei Kleinkinder starrten ihm entgegen. Im Vorbeigehen schwang er die Rute, täuschte ein paar Schläge an. Sofort verkrochen sie sich in die Mantelfalten ihrer Mütter. Er schob sich durch die Menschentraube am Glühweinstand. Mittendrin standen zwei Streifenpolizisten mit roten Bäckchen und roten Nasen. Sie unterhielten sich mit zwei dicken Männern in Thermomänteln. Knecht Ruprecht hielt seinen Kopf leicht gesenkt, seine Augen fixierten jedoch die Uniformierten, während er an ihnen vorbeimarschierte. In der rechten Tasche der Kutte schlug die Pistole im Gleichklang mit den Schritten gegen den Oberschenkel. Der Kleinere der beiden Polizisten schaute ihm ins schwarzbemalte Gesicht. Wenn nach ihm gefahndet wurde, würde er es jetzt wissen. Er wich dem Blick nicht aus, einen Sekundenbruchteil später widmete sich der Polizist wieder seinen Freunden. Knecht Ruprecht spürte Adrenalin durch seinen Körper jagen, er schritt mit kräftigen Schritten weit aus. Das Juweliergeschäft lag hinter dem Kerzenstand. Es war dunkel. Hinter den Fenstern über dem Laden brannte Licht. An einem hing ein Nikolaus an einer Lichterkette. Dies war das Zimmer des Jungen. Knecht Ruprecht blieb stehen. Er hoffte, er würde hinter den Fenstern die Silhouetten der Bewohner sehen. Vergeblich. Er holte den wattierten Briefumschlag mit dem Foto und dem abgeschnittenen Finger des Jungen aus der weiten Tasche seiner Kutte. Zur Hälfte steckte er ihn in den Briefkastenschlitz, und stoppte plötzlich. Wenn er losließ, gab es kein Zurück mehr.

Du bist mein größtes Glück.
Ich liebe dich.
Ich würde alles für dich tun.

Er ließ den Umschlag los.

Die siebenköpfige Clique hatte sich in den Porsche Panamera von Stephan gezwängt. Der weiße Bolide raste mit 240 zu *Godsmack* über die Autobahn. Rudolf hockte im Beifahrersitz, Brit auf seinem Schoß. Sie tranken Red Bull mit Wodka. Seine Zunge drang tief in ihren Mund ein, sie erwiderte den Kuss ebenso drängend. Ihm wurde schwindlig. Dieses Mädchen begehrte ihn auf eine Art und Weise, die ihn überwältigte. Sie war wunderschön, klug und reich. Alle in dem Wagen waren reich. Abgesehen von ihm. Aber das wusste niemand. Von Anfang an hatte er ihnen vorgespielt, er sei aus gutem Hause, studiere BWL, weil er irgendwann das Unternehmen seines Vaters übernehmen werde. Er musste überzeugend gewesen sein, denn nie zogen sie seine Aussagen in Zweifel. Die Einladung zur Adventsparty vor einer Woche war der Beweis gewesen, dass er jetzt dazugehörte. An dem Abend hatte er Brit getroffen. Sie trug ein Engelskostüm, auf dem Rücken zwei Flügel, die aus echten Federn gefertigt waren. Sie sah bezaubernd aus. Was aber sein Herz eroberte, war ihr Lachen. Es war hell und warm. Und sie lachte über seine Witze. Schon in der Grundschule hatte er sich Freunde gemacht, indem er lustige Geschichten erzählte. Wer lachte, prügelte nicht. Die ganze Nacht saß er mit Brit auf der Couch, redete und redete, und am frühen Morgen versprach er, ihr die Sterne vom Himmel zu holen. Ein Versprechen ist ein Versprechen. Sie wollte davon nichts hören, sie meinte, sie wäre liiert. Das war Rudolf egal. Sie hatte bereits sein Herz gestohlen.

Unter *Allgemeines* im Kleinanzeigenmarkt stand: *Lieber Max, schöne Feiertage, wir freuen uns auf dich.* Rudolf hielt unwillkürlich den Atem an. Er las die Zeile mehrmals. Kein Zweifel. Das Ehepaar würde auf seine Forderungen eingehen. 24 Stunden, zwei Millionen, keine Polizei. Ein dumpfes Brummen in den Ohren verdrängte für Sekunden des Gequatsche um ihn herum. Er schloss den Webbrowser und brachte seine leere Kaffeetasse zurück zum Tresen des Internetcafés. Zur Feier des Tages gönnte er sich einen Weihnachtsmuffin für drei fünfzig. Sein letztes Geld.

Die Geldübergabe war für zwölf Uhr mittags angesetzt. Eine Stunde vorher inspizierte Knecht Ruprecht den kleinen Platz, auf dem die ersten Kindergartenkinder eintrafen. Etwas ängstlich rückten sie zusammen, als der schwarze Geselle an ihnen vorbeischlenderte. Aus seinem Sack verteilte er Mandarinen und Lebkuchen, versprach, dass der Nikolaus in Kürze kommen würde. Bald war Knecht Ruprecht von einer Horde Kinder umgeben. Seine Aufmerksamkeit galt jedoch der Umgebung, er hielt Ausschau nach Zivilfahndern. Doch er bemerkte nichts Auffälliges. Eine Viertelstunde vor dem Zwölfuhrläuten der nahen Kirche entdeckte er den Vater des Jungen, wie er mit einem Aktenkoffer aus einem Taxi stieg. Der Taxifahrer war ein älterer Osteuropäer, in Knecht Ruprechts Augen ungefährlich. Der Juwelier betrat die Kirche. Drei Minuten später kehrte er zum Taxi zurück und fuhr ab.

Knecht Ruprecht ließ die Kirche nicht aus den Augen. Der Nikolaus kam. Knecht Ruprecht zog sich mit halbleerem Sack zurück. Einige der Kinder wurden nach vorne gerufen, der dicke Mann mit dem weißen Bart sagte ein paar salbungsvolle Worte und schickte sie dann mit kleinen Geschenken zurück in die Reihen. Am Ende setzte sich der Nikolaus an die Spitze aller Kinder und führte sie zur Kirche. Knecht Ruprecht bildete das Schlusslicht. In der kleinen Kirche huschten die Kleinen schnell in die Bankreihen, während der Nikolaus mit einer Gitarre auf einem Stuhl Platz nahm. Knecht Ruprecht hielt sich im Hintergrund. Er wartete, bis der dicke Mann mit dem Weihnachtskonzert begann und die Kinder mitsangen. Zu O *Tannenbaum* schlich er sich die geschwungene Holztreppe hoch auf die Empore. Neben der Orgel stand der Aktenkoffer. Knecht Ruprecht öffnete ihn. Zwei Millionen Engelsstimmen sangen *Wie oft hat schon zur Winterszeit ein Baum von dir mich hoch erfreut!*, und ein Sternenschauer tanzte vor seinen Augen. Atemberaubend. Er kippte die Geldbündel in seinen Sack und verschwand zu den letzten Klängen des dicken Mannes aus der Kirche. Die zweihundert Meter zur U-Bahn waren die längsten seines Lebens. Die zehn Minuten Fahrt zu seinem Apartment nahm er wie in Trance wahr. Erst als das Geld auf dem Boden ausgebreitet war und Rudolf es zu berühren wagte, bewegte sich die Welt um ihn herum wieder in Normalgeschwindigkeit. Brit! Er musste sofort zu Brit, er wollte mit ihr in Champagner baden, nach Katar fliegen und sich eine Ölbohrinsel kaufen. Seine Stimme elektrisierte die Telefonleitung, sie spürte seine Ekstase, er konnte es kaum erwarten, sie zu sehen. Sie setzte an, von ihrem Freund zu reden, doch davon wollte er in diesem Moment nichts hören. Rudolf legte auf, eine Erkenntnis traf ihn wie eine Keule. Der Junge! Er brauchte ihn nicht mehr, er konnte ihn nach Hause schicken.

Es wurde bereits dunkel, als Knecht Ruprecht die Kiste aus dem Erdboden zerrte. Der Junge lag zusammengekrümmt und reglos darin. Auch als Knecht Ruprecht ihn heraushob, rührte er sich nicht. Die Lippen waren blau, das Gesicht weiß, die Haut eiskalt. Knecht Ruprechts Herz setzte einen Schlag aus. Zwei Millionen Engelsstimmen dröhnten in seinem Kopf, zwangen seine Hand nach vorne. Ein Griff zur Halsschlagader. Ein schwaches Klopfen. Sofort schlüpfte er aus seiner Kutte, wickelte den Jungen darin ein. Er rieb und rubbelte und knetete und walkte. Ein Arzt, er brauchte einen Arzt. Sofort. Er hatte kein Auto, er hatte noch nie ein Auto gehabt. Er hatte noch nicht mal einen Führerschein. Plötzlich hatte er sein Handy in der Hand. Das war in seinem Plan nicht vorgesehen.

Du bist mein größtes Glück.
Ich liebe dich.
Ich würde alles für dich tun.

Er wählte die Notrufnummer.

Er stand zwischen den Bäumen, durchfroren bis auf die Knochen, die Zähne zusammengepresst, um das Klappern zu verhindern. Seine Augen leuchteten im schwarzen Gesicht wie Scheinwerfer. Ein Notarzt kümmerte sich zusammen mit einer Sanitäterin um den Jungen. Ein Streifenwagen stand neben dem Krankenwagen, ein Polizist packte die Kutte in einen Plastiksack, sein Kollege fotografierte das Erdloch und die Kiste. Rudolf hörte ein Murmeln. Irritiert bemerkte er, dass die Worte aus seinem Mund kamen. Es war ein Gebet. Er bat Gott, den Jungen am Leben zu lassen. Kurz darauf begann es in dicken Flocken zu schneien.

Es schneite die ganze Nacht und die folgenden Tage. Rudolf lag mit Fieber und Halsschmerzen in Brits Bett. Er konnte kaum sprechen. Brit umsorgte ihn mit Salbeitee, Hühnersuppe und heißen Küssen. Sie las ihm aus der Zeitung vor. Kein Wort von dem Jungen. Rudolf wurde mit jedem Tag schwächer, bald konnte er weder sprechen noch seine Gliedmaßen bewegen. Brit machte sich Sorgen. Sie holte ihren Vater, Hausarzt des Oberbürgermeisters und renommierter Sachbuchautor. Ein aggressives Virus, das eine bakterielle Infektion begünstigt hatte. Unbedingt mit Antibiotikum behandeln. In dieser Nacht schlief Rudolf zum ersten Mal seit langem tief und traumlos. Bei Morgengrauen atmete er kaum noch. Brit schlief neben ihm. Rudolfs Angst zu sterben trieb ihn aus dem Bett. Er schwitzte, als er sich anzog und sich aus der Wohnung schlich. Schwindel begleitete ihn auf dem Weg durch das Schneetreiben. Die Geräusche der Welt um ihn herum klangen gedämpft. Vollkommen durchnässt erreichte er das Krankenhaus. An der Rezeption erkundigte er sich nach dem Jungen. Der Pförtner schüttelte den Kopf. Niemand mit diesem Namen war bei ihnen registriert. Rudolf marschierte zum nächsten Krankenhaus. Kopfschütteln. Die Krankenschwester an der Rezeption erkannte seinen Zustand und wollte ihn gleich dabehalten. Kopfschütteln. Er musste den Jungen finden. Es galt, vier städtische Krankenhäuser und acht private Kliniken abzuklappern. Gerhard-Bosch-Klinik. Sie lag am Rande eines weitläufigen Stadtparks und war in den Siebzigern mit einem Architekturpreis ausgezeichnet worden. Der Junge lag auf der Intensivstation und durfte nur von den Eltern besucht werden. Zumindest bekam Rudolf die Auskunft, dass er außer Lebensgefahr war.

Kurz vor Weihnachten war Rudolf wieder auf dem Damm. Brit organisierte am Vorabend des Festtages eine Bescherungsparty, auf der jeder kostümiert auftauchen musste und gewichtelt werden sollte. Rudolf nahm 30 000 Euro von den zwei Millionen und kaufte ein Diamantenfußkettchen, eine Schneekugel und ein Nikolauskostüm.

Brit empfing die Gäste in einem weiteren, diesmal silbernen Engelsgewand, ein kleiner Sternenstab versprühte per Knopfdruck Silberstaub. Neben Rudolf waren alle anderen jungen Männer ebenfalls als Nikolaus verkleidet. Nur einer kam als Wichtelmännchen mit Werkzeuggürtel. Darin steckten mehrere Patronen Red Bull Energy Shot. Die kleinen Geschenke waren zuvor in einem großen Jutesack gesammelt worden, Punkt Mitternacht wurde gewichtelt. Zu Rudolfs Überraschung übernahm Knecht Ruprecht diese Aufgabe. Er hatte ihn nicht kommen sehen, und nichts an seiner Statur oder dem Verhalten kam ihm bekannt vor. Rudolf sprach Brit darauf an, sie erwiderte, das sei ihr Freund. Er hatte es sich nicht nehmen lassen zu kommen, auch wenn Brit vor einigen Tagen mit ihm Schluss gemacht hatte. Er hatte es überraschend ruhig und anständig hingenommen. Jemand dimmte das Licht, alle bildeten einen Kreis um den schwarzen Gesellen. Rudolf schwitzte am ganzen Körper. Wie ein kleines Kind drückte er Brits Hand. Sie küsste ihn, flüsterte ihm zu, er müsse bestimmt keine Angst haben, er wäre doch das ganze Jahr über brav gewesen. Rudolf zwang sich zu einem Lächeln, das unter dem Bart nicht zu sehen war. Zumindest nicht für Brit. Knecht Ruprecht bemerkte es sehr wohl. Seine schwarzen Augen ruhten auf Rudolfs Gesicht. Dessen Knie zitterten. Die Rute zielte auf ihn, tätschelte seine Wange. Dann hielt Knecht Ruprecht ihm den Jutesack hin. Rudolf zwang seinen Blick auf die Öffnung, versenkte seinen Arm. Er spürte die unterschiedlich großen Geschenke und entschied sich für ein kleines eckiges Päckchen. Nachdem Knecht Ruprechts Sack leer war, durften alle ihre Geschenke öffnen. Rudolfs Päckchen enthielt eine Pistole. Ihm stockte der Atem. Brit nahm sie, ließ sie um den Finger wirbeln und – zündete eine Kerze damit an. Es war ein Feuerzeug. Rudolf hatte für einen Augenblick das Gefühl, sich vor Erleichterung in sein Kostüm entleeren zu müssen. Um sechs Uhr morgens gingen die letzten Gäste, eine Stunde später kam die Putzfrau. Brit und Rudolf lagen auf dem Bett einander in den Armen. Der Engel und der Nikolaus. Brit war glücklich und müde. Sie kuschelte sich an Rudolf.

»Nicht einschlafen, ich hab noch was für dich.«

Rudolf holte unter dem Kopfkissen ein schmales Geschenk hervor.

»Du bist mein größtes Glück.«

Brit wickelte das Geschenk vorsichtig aus. Die kleine Schatulle mit dem Namen des Juweliers entlockte ihr ein Lächeln. Sie hob den Deckel, das Diamantfußkettchen glitzerte ihr entgegen. Sie betrachtete es von allen Seiten, legte es sich um das rechte Fußgelenk. Sie reckte das Bein in die Höhe, das Licht brach sich in den Edelsteinen. Sie wandte sich Rudolf zu, küsste ihn.

»Ich liebe dich«, sagte sie.

Sie drückte sich eng an ihn. Er roch ihr Parfüm. Seine Hand streichelte ihren Schopf. Kurz darauf war sie eingeschlafen. Ihm steckte die Müdigkeit ebenfalls in den Knochen, trotzdem weigerte sich sein Gehirn abzuschalten. Immerzu geisterte das Bild Knecht Ruprechts durch seinen Kopf. Die Augen, die Augen waren ihm bekannt vorgekommen. Vorsichtig löste sich Rudolf aus Brits Armen und huschte ins Wohnzimmer. Die Putzfrau räumte die Flaschen in einen großen Pappkarton. Rudolf schaute sich um, der Raum war schon beinahe wieder ordentlich. Von der Feuerzeugpistole keine Spur.

»Entschuldigen Sie, haben Sie zufällig eine kleine Pistole gesehen? Sie macht Feuer.« Rudolf deutete die Größe des Feuerzeugs an, die Putzfrau schüttelte den Kopf. Er hatte ein komisches Gefühl im Bauch. Er schaute aus dem Fenster. Es hatte aufgehört zu schneien. Auf der gegenüberliegenden Straßenseite stand Knecht Ruprecht. Er schaute aus seinen kohlschwarzen Augen zu Nikolaus herüber. Die Farbe in seinem Gesicht war verschmiert, teilweise schimmerte die weiße Haut darunter durch. Wollte er Brit Ärger machen? Der Nikolaus verließ die Wohnung, stiefelte die Treppe hinunter und über die Straße auf Knecht Ruprecht zu. Er wagte sich bis zur Straßenmitte vor, verharrte dort.

»Lassen Sie uns in Ruhe. Brit will nichts mehr von Ihnen wissen.«

»Von drauß' vom Walde komm ich her, ich muss euch sagen, es weihnachtet sehr.«

Die Nackenhaare des Nikolaus stellten sich auf. Er tapste vorwärts.

»Wie viel muss ich Ihnen zahlen, damit Sie verschwinden?«

»Nun sprecht, wie ich's hierinnen find, sind's gute Kind, sind's böse Kind?«

Der Nikolaus blieb mit irrlichterndem Blick vor dem schwarzen Gesellen stehen. Knecht Ruprecht grinste. Ein kleiner Brillant, eingelassen in den vorderen Schneidezahn, blitzte auf.

»Ihr passt nicht zusammen«, sagte er.

»Das geht dich nichts an.«

»Ich hab dich die letzten Wochen beobachtet.«

Dem Nikolaus stockte der Atem.

»Ich weiß alles über dich.«

Fing es wieder an zu schneien? Nein, es war nur ein Flimmern vor seinen Augen.

»Ich weiß, wo du wohnst und was du getan hast.« Knecht Ruprechts Miene verhärtete sich.

»Du verschwindest besser wieder in den Wald«, raunte der Nikolaus.

Die Schneeflocken vor Nikolaus' Augen verwandelten sich in Blitze, die schwarze Löcher rissen. Seine Faust flog auf Knecht Ruprechts Gesicht zu, traf den Mund. Beide Lippen platzten auf. Knecht Ruprecht war nur kurz überrascht. Er wehrte den nächsten Faustschlag des Nikolaus gekonnt ab, kickte ihm den schweren Stiefel in den Schritt. Der Nikolaus saugte die Luft hörbar ein, stöhnte auf. Er wankte. Er sah ein kleines Mädchen durch ein Fenster den Kampf beobachten. Im selben Moment spürte er einen Stich im Unterleib, begleitet von einem dumpfen Schlag.

Nikolaus zuckte instinktiv zusammen. Er trat einen Schritt zurück, schaute nach unten. Zuerst sah er das aufgerissene Kostüm, dann die blutige Klinge in Knecht Ruprechts Hand. Rotes Blut auf weißem Schnee. Nikolaus' Sicht wurde wieder klar. Kein Schneegestöber, keine Blitze. Und alles war so ruhig.

Knecht Ruprecht stach erneut zu. Er traf das Herz. Es tat überhaupt nicht weh, wunderte sich der Nikolaus. Er tastete nach hinten, als würde er einen Stuhl zum Hinsetzen suchen.

Er fiel auf den Hintern. Das kleine Mädchen starrte ihn an, sie weinte. Der Nikolaus lächelte ihr zu, machte eine beschwichtigende Geste. Sein Arm war bleischwer, nur mühsam konnte er ihn heben. Kein Wunder, er war hundsmüde. Er legte sich auf den Rücken, jeden Knochen spürte er. Es lag sich daunenweich auf dem frischen Schnee, und allmählich wurde es auch dunkler. Zum Glück, denn bei Helligkeit schlief er schlecht. Er schloss die Augen. Brit tauchte auf, küsste ihn. Gute Nacht. Sie machte ihn zum glücklichsten Menschen der Welt. Kurz darauf war er tot.

Knecht Ruprecht verhaftet lautete die Überschrift über dem langen Artikel im Bayernteil der *SZ*. Es ging um Liebe, Geld und Eifersucht. Und um ein kleines Mädchen, das hie vergessen würde, dass Knecht Ruprecht den Nikolaus umgebracht hatte.

Friedrich Ani

Das Zwitschern des Maulwurfs

München

Autorenvita

Friedrich Ani, geboren 1959, lebt in München. Er schreibt Romane, Gedichte, Jugendbücher, Hörspiele und Drehbücher (u.a. *Tatort, Rosa Roth, Kommissarin Lucas*). Seine Bücher wurden in mehrere Sprachen übersetzt und vielfach ausgezeichnet.

Er erhielt vier Mal den Deutschen Krimipreis und für sein Drehbuch *Süden und der Luftgitarrist* den Adolf-Grimme-Preis. Sein 2011 erschienener Roman *Süden* stand wochenlang auf Platz 1 der Krimibestenliste in der *ZEIT.*

Der KAUFMARKT, wer kennt den nicht? Niemand kennt den nicht, also jeder. Vor einem Jahr war er unter größtmöglichem Marketinggetöse eröffnet worden, und seitdem brummte der Laden. Von überall her fuhren die Leute nach Baierbrunn im Landkreis München, um preiswert Haushaltsgegenstände, Lebensmittel, Fahrräder, Gartenmöbel, Pflanzen, Blumen, elektronische Geräte und praktisch alles einzukaufen, was man für ein normales Leben so benötigte. Oder auch nicht. Hauptsache Schnäppchen. Aber, wie Bause richtig erkannt hatte: »Scheiß auf den billigen Stuss, abgerechnet wird am Schluss!« So war er, der Bause: ein merkantiler Denker. Was am Ende jedes Quartals für diese ominöse *Kaufmarkt & Co. KG*, hinter der die schwäbische Unternehmersfamilie Heberle & Söhne steckte, übrig blieb, ging in die Hunderttausende. Bause war clever: Er nutzte seine Kontakte zu rumänischen Geld- und Kreditkartenfälschern, rekrutierte zwei von deren Experten und dazu zwei flinke Alltagsdiebe, setzte alle vier auf seine Lohnliste und plante von nun an in größerem Stil.

* * *

Der Kaufmarkt, Bubi, du musst lernen, weiter zu denken, sonst wird das nix mehr mit dir. Dafür, dass du früher Drogen verticht hast, bist du echt irgendwie verkniffen im Kopf. Sei mir nicht bös, Bubi. Das ist meine Sache, wenn ich dich Bubi nenn, quatsch mir nicht drein, wenn ich was erklär, du heißt so und aus die Maus. Hör zu jetzt: Der Kaufmarkt ist von drei Seiten offen, von vier sogar, wenn du den Wald mitrechnest, der hinter den Häusern da steht. Der Wald ist die Notlösung, ist das deutlich? Bei dir auch, Lisa? Du schaust grad wieder so blond. Ist das klar, der Wald ist nicht dran, die Straßen sind unser Ziel, supermäßige Priorität. Wir sind Einkäufer, wir fahren mit dem Ka-eff-zett vor, steigen aus, gehen rein, holen die Ware, sauber verpackt, wir steigen ins Ka-eff-zett zurück und fädeln uns entspannt auf der Wolfratshauser Straße ein. Da passiert nichts, sind wir uns einig, Bubi? Ich und du, wir sind die Wichtigen, die Lisa checkt die Lage, und wenn irgendwo, unter irgendeinem verdammten Verlängerungskabel oder unter einer bescheuerten Suppentasse oder einem verrotzten Taschentuch, das irgendein Kleinkind auf den Boden geschmissen hat, die Schnauze von einer Maus rausschaut, die da nicht hingehört, kehren wir sofort um, und zwar augenblicklicher als sofort. Wir gehen da nicht rein, um hinterher in Stadelheim zu landen. Warum gehen wir da rein, Bubi? Steh auf und sag, warum wir da reingehen. Los geht's!

* * *

Der Plan war, zweihundertfünfzigtausend Euro abzugreifen, inklusive der Kreditkarten. Deswegen die Verbindung zu den Rumänen. Zwei Erwachsene, zwei Kinder, die Männer fürs Entschlüsseln der Codenummern, der Junge und das Mädchen für die Beschaffung. Und die waren brillant, Nadia und Carol, beide fünfzehn Jahre alt, sahen aber aus wie zwölf. Kindliche, hübsche Gesichter, schmale, fast dürre Körper, bekleidet mit Markenjeans und teuren Pullovern, dazu coole, fabrikneue Nikes. Zwei Geschwister an der Hand der Mutter, die ein wenig unschlüssig durch die Räume streift, hier und da eine Kleinigkeit in ihren Einkaufswagen legt, die Kinder auch mal loslaufen lässt. Lisa war perfekt als junge Mutter. In ihrem modisch-lässigen Outfit sah sie aus wie eine wohlhabende Mutter aus dem Glockenbachviertel, deren Mann nur unwesentlich mehr verdient als sie und die in ihrer Vier-Zimmer-Altbauwohnung Platz genug für neue Anschaffungen hat. Warum so eine Frau ausgerechnet nach Baierbrunn in den Kaufmarkt fuhr, mochte höchstens Leute überraschen, die in Klischees dachten, oder, wie Bause zu sagen pflegte: Leute, die zum Denken einen Meisenknödel im Hirn hatten.

* * *

Da brauchen wir nicht weiter drüber zu reden, Bubi, das passt alles. Die Tarnung ist optimal, die Vorbereitung ist optimal, unsere Leute sind optimal, wir sind optimal. Und nur noch mal zur Sicherheit, Bubi, und weil wir noch nie in so großem Stil zusammengearbeitet haben, ich und du. Die bisherigen Sachen waren überschaubar, da ein Supermarkt, Drogeriemarkt, Kaufhaus, Sporthalle, Baumarkt, ein paar Einbrüche in Luxusläden, alles notwendig, alles ohne Risiko, alles Alltag. Das ist das hier nicht und deswegen, Bubi: Geschossen wird nur, wenn Gefahr für Leib und Leben besteht, hast mich? Wir gehen da nicht zum Ballern rein und weil wir als tote Helden in der Zeitung stehen wollen. Tote Helden sind wir nicht, wir leben, wir sind Bürger, die sich ihren Lebensunterhalt verdienen. Anders als der Sepp vom

Finanzamt sich das vorstellt in seinem Meisenknödelhirn. Das ist eine Realwirtschaft, in der wir uns bewegen, und wenn du heut zum Beispiel einen Schweizer Banker fragst, was das ist, eine Realwirtschaft, dann sagt der: Das ist das, was wir tagtäglich machen mit dem Geld, das uns nicht gehört. So arbeitet der Banker in der Schweiz, und so arbeitet der Bause in der Welt. Habt's mich, alle miteinander? Ihr auch, Carlo und Nadia? Ihr auch, Mircea und Ion? Und du auch, Lisa? Schau nicht wie eine Meise. Und zum letzten Mal, Bubi: Die Waffen haben wir dabei, weil das sein muss, nicht, weil wir sie einsetzen wollen. Sag, dass du das verstanden hast, sag: *Ich hab's kapiert, Bause, vollkommen und absolut.*

* * *

Bause war nervös und glaubte, es würde niemand merken. In den vergangenen zehn Jahren hatte er auf seinen Raubzügen kaum eine Spur hinterlassen, ein einziges Mal einen Fingerabdruck, und der stammte nicht von ihm, sondern von seinem Komplizen Roßmann. Der war wegen Einbruchs und schwerer Körperverletzung vorbestraft, saß im Knast und hatte sich nach seiner Entlassung unauffällig benommen. Verständlich, weil Bause ihn rekrutierte und Ruhe brauchte. Roßmann wurde bei den einundvierzig Überfällen, die wir Bause zuordneten, ohne es beweisen zu können, zu einem zuverlässigen Soldaten, der keinen Mucks machte und bloß einen Auftrag ausführte. Er knackte Schlösser, legte Alarmanlagen lahm, schlug Leute nieder, ohne ihnen lebensbedrohliche Verletzungen zuzufügen. Offensichtlich hatte er sich im Griff, oder Bause hatte ihn im Griff. Einmal jedoch musste er seinen Handschuh ausgezogen haben – Pech für ihn, Glück für uns. Relatives Glück. Die Kollegen von der Kripo ordneten die Spur zu und machten sich auf den Weg. Es wurde ein langer, steiniger und letztlich vergeblicher Weg. Roßmann hatte zwar diverse Wohnsitze, wohnte da aber nirgends. Und niemand wusste was, völlig überraschend. Die Kollegen grasten halb Süddeutschland ab und stießen schließlich auf eine Prostituierte in Tölz, die Roßmann kannte und behauptete, er wäre seit Monaten auf der Flucht, weil er angeblich einem Freund Geld schulde. Details wusste die Frau nicht, auch nicht, als sie in U-Haft kam und wegen Steuerhinterziehung angeklagt werden sollte. Zehn Tage, nachdem die Kollegen die Tölz-Spur ad acta gelegt hatten, entdeckte ein Förster beziehungsweise sein Hund in einem Wald bei Wolfratshausen die im Erdboden vergrabene Leiche eines Mannes. Bernd Roßmann, dreiundfünfzig. Tod durch Ersticken. Daraufhin genehmigte der Staatsanwalt zum zweiten Mal in der Causa Bause den Einsatz eines Verdeckten Ermittlers des LKA. Der war ich.

* * *

Traust du dem? Ich trau dem nicht mehr. Wieso traust du dem? Weil er aus der Bakarow-Connection ist wie ich? Die Connection ist kaputt, aufgelöst, ausgelöscht. Bakarow hat das SEK erlegt wie einen Hirschen auf der Pirschen. Verstehst, Lisa, was ich dir da zum Überlegen mitteilen will? Niemand kann beweisen, dass der Bubi wirklich in der

Bakarow-Connection jemals drin gewesen ist. Ja, ich hab nicht vergessen, dass der Rudi angeblich mit dem Bubi die Schultouren durchgezogen und die schönen Pillen an die Schüler vertickert hat. Der Rudi, Lisa! Der hat sein Hirn schon vor einer Ewigkeit pulverisiert, da ist nichts mehr in dem seinen Eierschädel. Jetzt nerv mich nicht, heut ist vierter Advent, da sitzt man still in der Stube und denkt ans Christkind. Oder an die Dudeln vom Christkind ... nein, ich trau dem nicht mehr, und wenn wir übermorgen die Sache durchgezogen haben, überleg ich mir, ob ich den weiter brauchen kann oder nicht. Und was ist mit dir? Kann ich dich weiter brauchen, oder kriegst du Schiss? Wie lang kennen wir uns jetzt? Genau, an Weihnachten sind's drei Jahre, so was merk ich mir, ich hab ein Gedächtnis, das kommt vom Nichtsaufen, Nichtkoksen, Nichtblödsein. Verstehst? Drei Jahre. War zur Abwechslung mal ein richtig stilvolles Weihnachten damals, zuerst du an der Bar vom *Vier Jahreszeiten*, Musik dazu, dann ich neben dir, dann du mit deinen Augen auf mir drauf, später mit dem ganzen Rest von dir, oben im Zimmer, das ich extra und auf die Schnelle für uns gemietet hab. Das war doch alles in allem die perfekte Geburt des Herrn. Manchmal hab ich gedacht, du hättst da an der Bar auf mich gewartet, weiß nicht, wieso. Als hättst du gewusst, dass ich komm. Dass das mein Platz ist, einen Tag vor Heiligabend. Mach ich seit Jahren, ist fast eine Angewohnheit: absacken im *Vier Jahreszeiten* am dreiundzwanzigsten Dezember. Genau, setz dich auf meinen Schoß. Wieder zugenommen? Stört mich nicht, muss sein, Frauen brauchen ein Gewicht, sonst sind's Puppen, so schaut's aus, und wer macht schon mit Puppen rum, außer die Perversen.

Entschuldige, nein, du hast recht, ich mach nicht mit dir rum, ich liebe dich. So ist das, und eines Tages, in naher Zukunft, wenn ich das Geld beieinanderhab, das richtige Geld, mein ich, die perfekte Summe, dann wird geheiratet. Aber nicht hier in diesem öden Land, sondern? Karibik. Und wo da? St. Lucia. Warst du mal da? Ich war einmal da, zwanzig Jahre her, mit meiner ersten Frau, hab dir von ihr erzählt, ein Bulle hat sie später angeschossen, und sie wär fast verblutet. Danach wollt sie nichts mehr mit mir zu tun haben. Muss man nicht verstehen, kann man verstehen. St. Lucia, das wird deine Insel, das schwör ich dir, Lisa. Eine Insel *unter dem Wind*, so heißen die da, *über dem Wind* gibt's auch welche, glaub ich. Fünfundzwanzig Grad das ganze Jahr, alles grün und romantisch. Romantisch, das ist die Sache. Und du machst deine Peelings, kriegst deine Massagen, schwimmst raus auf den Ozean, ein Traum. Da werden wir heiraten, wie findst du meine Planung? Wusst ich's doch.

* * *

Damit konnte niemand von uns rechnen, und das war auch nie vorher passiert, dass eine Verdeckte Ermittlerin sich in die Zielperson verschaute, und zwar total und unumkehrbar. Ein Desaster. Was tun? Behutsame Versuche, mit der Kollegin Barbara – im Einsatz hieß sie Elisabeth Kron – in Kontakt zu kommen, ohne den Eindruck vermitteln zu wollen, sie zum Ausstieg zu drängen. Sie war eine großartige *VE*. Vor fünf Jahren hatte sie einen osteuropäischen Geldfälscherring praktisch im Alleingang gesprengt. Sie war eine Art Chamäleon, eine Meisterin ihres Fachs, und nun?

Bause-hörig. Anders war das nicht zu beschreiben, alle in der Abteilung vertraten diese Ansicht. Barbara war emotional und psychisch von einem bundesweit gesuchten Gewaltverbrecher abhängig geworden. Dabei hatten wir es ihr zu verdanken, dass wir endlich Bauses Aufenthaltsort kannten, sein Basislager. Innerhalb von vier Monaten war es Hauptkommissarin Barbara Stückl gelungen, in seinen inneren Kreis vorzudringen, eine echte Meisterleistung. Weiter hätte sie nicht vordringen müssen, keinen Zentimeter weiter, ehrlich gesagt. Von da an hätte sie Informationen und Beweise sammeln, ein exaktes Protokoll über Bauses aktuelle Pläne erstellen und alle nur erdenklichen Details aus dessen Vergangenheit zusammentragen sollen. Und unter keinen Umständen durfte sie ihn daran hindern, seinen nächsten Coup durchzuziehen, damit wir ihn auf frischer Tat festnehmen konnten. Das tat sie auch nicht, sie hinderte ihn an gar nichts, auch nicht daran, sie vollständig umzukrempeln und in eine Komplizin zu verwandeln. Niemand im LKA hatte noch Einfluss auf sie, sie verweigerte die Kontaktaufnahme, sie schottete sich ab und wies vor allem mich zurück, wann immer wir uns begegneten, und zwar auf eine aggressive, beleidigende Art.

* * *

Du lässt den sauber abfahren in letzter Zeit, ist da was zwischen euch vorgefallen? Muss ich da was wissen? Spuck's aus, Lisa, sonst scheppert's. Bleib da! Schön im Bett bleiben, heut ist vierter Advent, da ist Liebe angesagt. Was macht der? Twittern? Verstehe. Warum macht der das? Warum machen das Leute überhaupt? Von mir aus. Und der Bubi schreibt da auf seinem Smartphone ins Nichts raus? Da antwortet doch niemand, oder? Einsam! Ich bin auch einsam, und geh ich deswegen zum Twittern? Ich twitter dir gleich einen, pass mal auf, komm her, los!. Der Bubi ist einsam, geht mir echt ans Herz. Und ich trau dem trotzdem nicht mehr.

* * *

Das System war nicht so kompliziert, aber ich hatte eine Weile gebraucht, bis ich's vollständig inhaliert hatte. Die kurzen Sätze klangen wie harmlose Kommentare zu Ereignissen in der Welt, manchmal mit einer persönlichen Note versehen, jedenfalls sollten sie persönlich klingen, besonders für Leute wie Bause. So blieben wir in Kontakt, mein Vorgesetzter und ich. Auf Twitter schickte ich ihm unverfänglich klingende Nachrichten, hundertvierzig Zeichen. Ideale Tarnung. Und meine Tweets waren nicht verlinkt mit Facebook, weil wir nicht wollten, dass noch mehr Fremde mitlasen. Eingebettet in ständige Meldungen von Verlagen, Nachrichtenmagazinen, geschäftstüchtigen Privatleuten und allen möglichen *Followern*, die auf sich oder ein Produkt aufmerksam machen wollten, tippte ich mindestens alle zwei Tage meine neuesten Beobachtungen und Erfahrungen aus dem Bause-Umfeld ins Netz, chiffriert und für niemanden zu durchschauen. Nicht einmal Lisa, also meine Kollegin Barbara Stückl, kannte das System, obwohl sie mir *folgte* und ich ihr. Sie glaubte, ich schriebe einfach so, weil ich sonst nichts mit meiner Zeit anzufangen wüsste. Am 22. Dezember schickte sie mir zum ersten Mal einen Tweet. In hundertvierzig Zeichen schrieb sie von einem Spaziergang im Watt, bei dem sie beinah von der Flut erwischt worden wäre. Im ersten Moment glaubte ich tatsächlich an die Geschichte, auch wenn ich eigentlich wusste, dass Lisa in den vergangenen Monaten auf keinen Fall am Meer war. Dann begriff ich: Die Nachricht enthielt eine Botschaft. Und: Lisa kannte das System! Woher, das blieb mir ein Rätsel. Da sie zu einer Art Überläuferin mutiert war, hatte sie natürlich nicht das Geringste über unser Twitter-System erfahren. Jetzt bat sie – raffiniert verschlüsselt – um Verständnis für ihr Verhalten, sie habe jetzt sämtliche Details über Bauses Machenschaften zusammen, wisse über seine nächsten Überfälle Bescheid und kenne die Namen all seiner Komplizen, die über das gesamte Bundesgebiet verstreut lebten. Nach dem Überfall am Abend des 23. Dezember auf den Kaufmarkt in Baierbrunn würde sie ins LKA zurückkehren. Anstatt durch den Wald zu flüchten, wozu sich Bause erst vor einer Woche auch in meiner und Lisas Gegenwart entschlossen hatte, wollte er nun die Wolfratshauser und andere Straßen benutzen, um – wie ursprünglich schon geplant – unauffällig im Verkehr unterzutauchen. Heute Morgen allerdings, zehn Stunden vor dem Überfall, nahm er mich beiseite und meinte, er traue dieser Lisa nicht mehr. Seiner Überzeugung nach sei sie ein Polizeispitzel, und er müsse deshalb seinen Plan kurzfristig ändern. Er würde auf mich vertrauen, wir würden alle mit heiler Haut davonkommen, außer Lisa natürlich.

* * *

Lief doch perfekt. Entspann dich. Die Lisa! Kennst du die auch von früher? Sag, Bubi, spuck's aus! So wie den Rudi? Der ist übrigens nicht mehr unter uns. Genauer gesagt, ist er nur noch unter uns. Weil: *mit* uns oder *neben* uns kann er nicht mehr sein, nur noch *unter* uns. Ja, so geht das Leben. Hirn hat er zwar eh keins mehr gehabt, aber so ein winziger Rest hat sich dran erinnert, dass die Polizei bei ihm war und ihm eine Story von einem erzählt hat, der mich sucht und finden muss. Da hat sich der Rudi doch echt an mich erinnert, unfassbar fast. Und das hat er mir vor ein paar Tagen bestätigt. Bestätigt kann man nicht sagen, er hat's gehustet und geröchelt, wegen seiner Gesundheit und auch wegen meiner Pistole hier. Dann ist er von uns gegangen. Jeder muss gehen, ich auch. Aber halt nicht alle zur selben Zeit. Du zum Beispiel musst jetzt gehen. Und dann geh ich mit der Lisa in die Karibik. Die Lisa. Hat dich fett ausgetrickst, so ist die, ein Profi durch und durch und durch. Die Sache mit der Änderung des Plans war ihre Idee, die Frage war ja: Wie bring ich dich in den Wald rein? Erledigt. Karibik. Wir fliegen auf eine Insel *unter dem Wind.* Verstehst? Das Einzige, was da ein Problem sein kann, sind die Mücken. Da musst du aufpassen, aber sonst? Romantik, wohin du schaust. Die Wälder sehen da anders aus als hier, die haben einen ganz anderen Duft, ganz andere Böden. Und jetzt würd ich sagen, sag noch was zum Abschluss, und dann ist Schluss. Ich muss das verdammte Loch ja auch noch zuschaufeln. Perfekter Überfall, du warst absolut zuverlässig, und die Rumänen erledigen den Rest, mach dir keine Sorgen. Also dann, frohe Weihnachten, und: zwitschern nicht vergessen, du blöder Maulwurf!

* * *

Das Smartphone hat er mir hinterhergeworfen, bevor er mich verbuddelt hat. Kann sich jemand vorstellen, wie das ist, Tweets aus einem Erdl–

Sabine Thomas

Still ruht der See

Ammersee

Autorenvita

Sabine Thomas wurde bekannt als TV-Moderatorin von Musiksendungen. Sie hat u. a. einen preisgekrönten Roman und zahlreiche Kurzkrimis in Anthologien veröffentlicht, schrieb Drehbücher für eine ARD-Krimiserie und veranstaltet seit 2003 das Krimifestival München. Sie lebt in München und am Ammersee.

Mehr unter www.sabinethomas.de.

Leise rieselte der Schnee, still und starr ruhte der See. Amelie Bichl stand am Küchenfenster und blickte in die winterliche Landschaft hinaus. Zum ersten Mal seit vielen Jahren war der Ammersee schon kurz vor Weihnachten komplett zugefroren, seit Tagen schneite es ununterbrochen. Nachbar Hansen räumte unermüdlich schon seit Stunden mit seinem neuen Alu-Schneeschieber die Schneemassen vor seinem Grundstück beiseite. Früher hatte er das nie getan, bis ihr Mann Anton vor drei Jahren vor Hansens Grundstück auf Glatteis ausgerutscht war, weil er eine Gans einfangen wollte, die beim Füttern aus dem Stall ausgebüxt war. Damals hatte sie auch gerade aus dem Küchenfenster geschaut und beobachtet, wie ihr Mann sich nach der Uschi gebückt und schon die Hände um ihren fetten Bauch gelegt hatte, als die Gans sich mit einem kühnen Satz in einen Schneehaufen dem Zugriff entzogen hatte. Daraufhin hatte der Anton natürlich das Gleichgewicht verloren, war ausgerutscht und ganz böse kopfüber auf die Schnauze gefallen. Zuerst hatte sie laut aufgelacht, aber dann hatte sie das schmerzverzerrte Gesicht vom Anton gesehen und war hinausgeeilt. Auch der Nachbar Florian Hansen, ein junger Berliner Architekt, war aus dem Haus gekommen, um zu sehen, was los war. Zu zweit hatten sie dem Anton auf die Beine geholfen, was wegen des total vereisten Gehweges nicht so einfach war. Der Anton hatte sich Knie und Handgelenke geprellt, die ohnehin schon durch langjährige Klempnertätigkeit lädierte Bandscheibe war verrutscht, und Anton wurde von dem netten Hausarzt daraufhin sechs

Wochen krankgeschrieben. Die Versicherung hatte den Nachbarn verklagt, weil er seiner Räumpflicht nicht nachgekommen war, und der Anton hat dann auch noch privat ein sattes Schmerzensgeld und Verdienstausfall eingeklagt. Das war vor drei Jahren gewesen. Seitdem herrschte Krieg am Gartenzaun.

Nachbar Hansen hat plötzlich die kleine Geflügelzucht und die Bienenzucht von Bichls gestört, die er anfangs noch so »idyllisch« gefunden hatte, als er im Sommer vor dem unglückseligen Unfall mit seiner Frau und der kleinen Tochter Felicitas nach Bayern aufs Land gezogen war, um dem Berliner Großstadtmief zu entkommen. Plötzlich gab es Beschwerden beim Ordnungsamt, Anzeigen beim Landratsamt, und sogar die Polizei wurde eingeschaltet, wenn der Jockei ab vier Uhr nachts gekräht hatte. Geruchsbelästigung, Belästigung durch Bienen (Felicitas war schwer allergisch gegen Bienenstiche), nächtliche Lärmbelästigung durch den Hahn. Ihr Mann, der Anton, hat dann gleich nach der letzten Verhandlung vor dem Amtsgericht Starnberg, wo der Klage des Nachbarn wegen der Bienen stattgegeben wurde, auf dem Kleintiermarkt in Weilheim eine Herde von fünf Höckergänsen erworben. Die schrien sich bei jeder kleinsten Bewegung in der Umgebung die Seele aus dem Leib und machten so viel Radau, dass Amelie und Anton schon selbst mit den Nerven am Ende waren. Schon die alten Römer hatten Höckergänse anstelle von Wachhunden gehalten, um Rom zu bewachen, weil sie noch viel sensibler waren als Hunde und beim kleinsten Anlass minutenlang anschlugen. Die Höckergänse waren die Hölle auf Erden. Aber die Nachbarn ließen sich auch dadurch nicht vertreiben. Eine Zeitlang hing zwar ein Schild mit dem Aufdruck »Zu verkaufen« eines Immobilienmaklers am Zaun, aber das Schild verschwand eines Tages, und die Hansens waren immer noch da.

Als Rache für die Höckergänse hatte sich Nachbar Hansen einen motorbetriebenen Laubbläser und einen Hochdruckreiniger zugelegt, der die Höckergänse und Amelie in den Wahnsinn trieb. Anton hatte daraufhin die Höckergänse auf zehn Stück aufgestockt, was zur Folge hatte, dass Nachbar Hansen seinem Maschinenpark noch einen Grastrimmer hinzufügte, der ebenfalls einen schier ohrenbetäubenden Lärm machte. Anton war seinerseits vom Hackebeil auf Kreis- und Motorsäge umgestiegen, wenn er das Holz machte, und er machte viel Holz für die langen kalten Winter. Er machte so viel Holz, dass er es auch noch verkaufen konnte, über Mundpropaganda. Das brachte ihm auch noch neue Kunden für seine Eier von glücklichen freilaufenden Hühnern und massenhaft Bestellungen für Weihnachtsenten und Weihnachtsgänse.

Nachts, wenn Amelie schlaflos im Bett lag, weil der Jockel sie wieder um vier Uhr früh mit seinem markerschütternden Hahnenschrei aus ihren Träumen gerissen hatte, starrte sie oft stundenlang an die Zimmerdecke und dachte nur, dass das alles aufhören musste. Alles.

An Fronleichnam, als es wieder mal einen heftigen verbalen Schlagabtausch am Gartenzaun gegeben hatte, weil Nachbar Hansen faule Eier auf den Hühnerstall geworfen hatte, was eine rechte Sauerei war, hatte der Anton stundenlang aus dem Fenster zum Nachbarhaus rübergestarrt und immer wieder gemurmelt: »Die müssen weg.«

Und als Amelie ihn wieder und wieder gefragt hatte, wie das alles weitergehen sollte, hatte er gesagt: »Mir fallt scho no was ein.«

Erst neulich, am 1. Advent, als sie wieder gefragt hat, hat er gegrinst und gesagt: »Wartaweil.«

Wartaweil war der Name eines kleinen Ortes am Ammersee, dessen Name wahrscheinlich von den Fischern abstammte, die in früheren Zeiten mit ihren Booten die Pilger, die nach Andechs wollten, vom Westufer zu der Weißen Säule am Ostufer bei Herrsching übergesetzt hatten. Wenn ein Boot voll war, hatten die Fischer den Zurückgebliebenen angeblich zugerufen: »Wart's a Weil!« – und seitdem hieß der Uferstreifen so, an dem inzwischen kleine Wochenendhäuschen großen Villen gewichen waren. Amelies Traum war immer ein Häusl in Wartaweil gewesen, von ihrem Küchenfenster am Westufer aus konnte sie über den See bis nach Wartaweil rüberschauen, es war ihr Codewort für »kleines Paradies«. Aber so, wie Anton es sagte, klang es mehr wie eine Drohung, es erinnerte Amelie an das böse Lied »Warte, warte nur ein Weilchen ...«.

Sie hat nicht mehr gefragt.

Einen Tag vor Heiligabend trat der Anton ganz leise hinter sie, als sie wieder mal hinter der Gardine stand und hasserfüllt zum Nachbarn rübergeschaut hatte, weil der wieder seine Mülltonne so saublöd auf die Straße gestellt hatte, dass der Anton mit seinem Auto nicht mehr vor dem Haus parken konnte. Nach einer Weile murmelte er: »Jetzt ist es so weit.«

Sie schaute ihn fragend an, und er sagte nur: »Der kriegt zu Weihnachten eine schöne Gans von uns. Dann ist endlich a Ruah.«

Danach war er wortlos im Stall verschwunden, und die Höckergänse hatten einen Riesen-Radau gemacht. Als er zurückkam, legte er eine tote Gans auf den Tisch.

Sie fragte nichts, rupfte dem Tier die Federn aus, nahm die Gans fachgerecht aus, füllte sie mit Äpfeln aus dem eigenen Garten und schob sie in den Backofen. Dazu kochte sie Blaukraut und Kartoffelknödel nach den Rezepten ihrer Oma.

Als der verführerische Duft der gebratenen Weihnachtsgans das ganze Haus erfüllte, kam Anton in die Küche, setzte sich an den Tisch, holte einen kleinen Lederbeutel hervor, öffnete ihn umständlich und ließ vorsichtig ein paar Pflanzensamen auf den Tisch rieseln.

»Leise rieselt das Gift ...«, sang er leise, und Amelies Herz blieb vor Schreck beinahe stehen.

»Was ist das?«, fragte sie.

»Wächst alles ganz legal in unseren Gärten. Schaut schön aus und ist schön giftig. Hab ich den ganzen Sommer über gesammelt.«

Amelie starrte auf die Blütensamen.

»Mach dich fertig. Und dann machen wir einen kleinen Nachbarschaftsbesuch.«

Amelie zog still die Kittelschürze aus und ging ins Schlafzimmer, um sich umzuziehen. Ihr war gar nicht wohl bei der Sache.

Als sie zurückkam, setzte sie sich ins Wohnzimmer und wartete. Das laute Ticken der Kuckucksuhr an der Wand war das einzige Geräusch im Haus.

»Gemma«, sagte der Anton schließlich und setzte seinen Hut auf. Amelie ging in die Küche, nahm die kunstvoll bemalte Bratreine aus Keramik, die sie erst an Christi Himmelfahrt auf dem Dießener Töpfermarkt erstanden hatte, und ging hinter Anton her, der vor ihr durch den Schnee stapfte. Am Gartentor drehte er sich um.

»Alles so wie besprochen«, sagte er, und Amelie nickte. Sie fror.

Anton ging den akkurat geräumten Weg zur Haustür der Nachbarn und klingelte. Amelie folgte mit gesenktem Haupt. Es dauerte eine Weile, bis die Tür geöffnet wurde. Frau Hansen schien jemand anderen erwartet zu haben, ihr fröhliches Lächeln erstarb.

»Florian, kommst du mal«, rief sie über die Schulter ins Haus hinein.

»Wir backen gerade Weihnachtsplätzchen!«, krähte die kleine Felicitas, die aus der Küche gelaufen kam und sich an das Bein der Mama klammerte. Sie war über und über mit Puderzucker und Mehl bestäubt.

Im Hintergrund tauchte Herr Hansen auf. »Geh in die Küche«, sagte er zu seiner Frau, aber sie blieb trotzig stehen.

»Wir wünschen Ihnen ein gesegnetes Weihnachtsfest«, sagte Amelie, und ihre Stimme zitterte leicht. Sie bemühte sich, ihren bayerischen Dialekt zu unterdrücken und nach der Schrift zu reden, so wie die Nachbarn aus dem hohen Norden.

»Mit dieser selbstgebratenen Gans möchten wir uns symbolisch bei Ihnen entschuldigen für den Lärm, den unsere

Gänse und der Jockel gemacht haben. Wir versprechen hoch und heilig, dass wir im nächsten Jahr keine Gänse und keinen Gockel mehr halten. Weil wir das Kriegsbeil endlich begraben wollen. Wir wollen doch auch Ruhe und Frieden. Und weil Weihnachten das Fest der Nächstenliebe ist, möchten wir hiermit den Anfang machen. Symbolisch.«

Der Schnee fiel lautlos. Frau Hansen schaute ihren Mann an. Der holte tief Luft.

»Das ist ja alles schön und gut«, sagte er mühsam beherrscht, und auf der Stirn schwoll eine Ader an. »Aber Ihre Weihnachtsgans, die können Sie ...«

»... uns sehr gerne überreichen, wir nehmen die Entschuldigung gerne an«, ergänzte seine Frau rasch und stieß ihren Mann unauffällig in die Seite. Sie zwang sich zu einem Lächeln. »Wir freuen uns sehr über diese symbolische Geste und hoffen ebenfalls, dass hier bald wieder Ruhe und Frieden herrschen.«

Sie streckte ihre Hände aus und nahm die Reine entgegen. »Vielen Dank und frohe Weihnachten.«

Sie drehte sich um und ging zurück ins Haus, nicht ohne ihrem Mann einen warnenden Blick zuzuwerfen. Der setzte noch einmal an, ließ es aber dann bleiben und schloss leise die Tür.

Amelie und Anton blickten sich an. Dann drehten sie sich um und gingen schweigend zurück in ihr Haus. Amelie betete still.

»Bist du von allen guten Geistern verlassen?«, schrie Florian Hansen. »Wie kannst du nur dieses unverschämte Geschenk annehmen? Die wollen uns doch nur verarschen!

Oder glaubst du etwa ein Wort von dem, was die gesagt haben? Die wollen doch nur, dass wir die laufende Klage zurückziehen! Die Frist läuft nämlich an Silvester ab!«

»Schrei nicht so!«, brüllte Wiebke zurück. »Und wenn schon? Wir ziehen die Klage zurück, die schlachten ihre Viecher, und dann ist endlich Ruhe. Das ist es doch, was wir wollen, oder nicht?«

»Ich glaub denen kein einziges Wort!«, schrie Florian. »Hast du gesehen, wie der geschaut hat? Da war nix von Reue und Friedfertigkeit. Das war pure Hinterhältigkeit und Bosheit, der blanke Hass!«

Wiebke rollte mit den Augen. »Ja, schon«, gab sie zu. »Aber vielleicht hat seine Frau auf ihn eingewirkt. Wir Frauen sind ja harmoniebedürftiger als ihr blöden Männer. Und vielleicht haben sie tatsächlich eingesehen, dass sie hier die ganze Idylle vergiften mit ihrem Lärm und Gestank. Vielleicht geht es ihnen selbst langsam auf die Nerven. Irgendwann muss doch mal Schluss sein mit diesem Krieg!«

Sie setzte die Reine auf den Tisch, hob den Deckel und schnupperte. Der Duft von gebratenen Äpfeln, Blaukraut und knuspriger Gans erfüllte den Raum.

»Eins muss man ihr lassen: Kochen kann sie«, sagte Wiebke anerkennend. Florian war ebenfalls näher gekommen. »Duftet nicht schlecht ...«, sagte er mit bebenden Nasenflügeln, und Wiebke sah, wie ihm förmlich das Wasser im Munde zusammenlief.

Amelie bekreuzigte sich vor dem Jesus, der an einem Kreuz über der Küchentür hing. Dann räumte sie mechanisch auf, putzte sinnlos die ohnehin schon blitzblanke Küche. Anton kam herein und holte eine Flasche Bier aus dem Kühlschrank.

»Und?«, fragte er. Amelie sah ihn nicht an, scheuerte das Spülbecken.

»Vielleicht essen sie die Gans erst morgen, am Heiligen Abend. Oder am ersten Weihnachtstag.«

Er trat ans Fenster und schaute zu den Nachbarn hinüber. Im Esszimmer brannte Licht.

»Sie essen jetzt«, sagte er.

Amelie bekreuzigte sich.

»Deinen Kochkünsten kann eben niemand widerstehen ...«, sagte Anton und trat von hinten an seine Frau heran.

Wiebke und Florian Hansen schauten sich an. »Sollen wir?«, raunte sie.

Er schloss die Augen, kämpfte mit sich und schüttelte dann heftig den Kopf. »Nein, nein, nein und nochmals nein! Wir haben uns geschworen, nie wieder Fleisch zu essen. Und wegen dieser Deppen werden wir unsere Prinzipien nicht über Bord werfen. Schmeiß das Viech in den Müll.«

Damit verließ er den Raum. Wiebke kämpfte mit sich, sog tief den herrlichen Duft der Weihnachtsgans ein. Felicitas reckte ebenfalls ihr Stupsnäschen in die Luft. »Mhmmmmm«, machte sie. »Mag probieren!«

Wiebke wartete, bis die Lichter im Nachbarhaus gelöscht waren. Während Florian vor dem Fernseher saß und eine amerikanische Krimiserie ansah, zog sie Boots und einen

Mantel an und schlich sich aus dem Haus. Vorsichtig trug sie ein größeres Paket vor sich her, vorbei am Haus der Bichls, überquerte die Straße und legte das Paket vor einem kleinen Häuschen ab, in dessen Dachkammerl noch Licht brannte. Der Schnee knirschte unter ihren dicken Sohlen. Eine Katze folgte in einigem Abstand ihren Fußspuren im Schnee.

Amelie hatte die ganze Nacht kein Auge zugetan. Immer wieder war sie aufgestanden und rastlos durch das Haus gewandert. Hatte mit dem Jesus über der Küchentür Zwiesprache gehalten. Immer wieder waren ihre Blicke aus dem Fenster zum Nachbarhaus gewandert. Irgendwann ,mitten in der Nacht ertönten Signalhörner vom Notarzt oder von der Polizei, kamen näher, entfernten sich wieder. Ihr Herz raste.

Es klingelte an der Tür. »Ich geh schon«, rief Amelie. Komisch, normalerweise hörte sie den Postboten immer, bevor er klingelte. Er pfiff nämlich immer gerne fröhlich vor sich hin. Aber vielleicht war es eine Aushilfe, gerade an Weihnachten war ja viel mehr Arbeit als sonst.

Sie öffnete die Tür und erstarrte.

Vor ihr stand Wiebke Hansen, daneben die kleine Felicitas.

»Guten Tag, Frau Bichl. Vielen, vielen Dank für die wunderbare Gans. Sie war wirklich gaaaans phantastisch! Hier haben Sie Ihre schöne Reine, gereinigt natürlich. Sie brauchen sie bestimmt über die Feiertage. Sie sind eine wunderbare Köchin! Bei Gelegenheit müssen Sie mir unbedingt das Rezept verraten. Und als kleines Dankeschön haben meine Tochter und ich selbstgebackene Weihnachtskekse für Sie eingepackt. Wir hoffen, sie schmecken Ihnen! Also, noch mal vielen Dank und schöne Weihnachten!«

Damit drückte sie der erbleichten Amelie die Reine in die Hand, und Felicitas hielt eine liebevoll verpackte und mit bunten Sternchen bedruckte Tüte mit Keksen hoch. »Die sind für dich!«, sagte sie mit ihrem Piepsstimmchen. »Die haben wir gestern selbst gemacht!«

Amelie nahm dem kleinen Mädchen die Tüte mit den Keksen aus der Hand. Ihre Hände zitterten leicht. »Danke«, stammelte sie. »Das ... wäre aber gar nicht nötig gewesen ...«

Aber Wiebke und Felicitas waren schon wieder weg, stiegen in das Familienauto, das mit laufendem Motor vor dem Haus gewartet hatte. Felicitas winkte. Amelie schaute dem Auto hinterher. Sie fröstelte.

Anton kam aus dem Wohnzimmer.

»Wer war das?«, fragte er und starrte entsetzt auf die blankgeputzte Reine.

»Die Hansen«, antwortete Amelie tonlos.

Beide schwiegen und starrten dem SUV hinterher, der schon längst hinter der Kurve verschwunden war.

»Das wirkt langsam«, sagte Anton düster. »Aber es wirkt.« Jockel krähte.

»Hast du im Hotel angerufen und gesagt, dass wir etwas später eintreffen?«, fragte Florian, während sie auf der Salzburger Autobahn im Stau standen. Wiebke nickte abwesend. »Jaja.«

Es ging eine Autolänge weiter, dann standen sie wieder.

»Hoffentlich schauen die Bichls nicht in unsere Mülltonne

und entdecken dort die Gans«, sagte Florian. »Sonst ist der Frieden wieder beim Teufel.«

Wiebke lächelte sibyllinisch. »Keine Angst, sie werden die Gans nicht finden.«

Florian schaute sie schnell von der Seite an. »Warum bist du da so sicher?«

»Weil ich sie nicht in die Mülltonne geworfen habe.«

Anton drückte die Klingel. Es dauerte eine Weile, bis die Tür geöffnet wurde.

»Kommt's rein«, sagte Frieda Roth, die seit zwei Jahren Witwe war. Seitdem kümmerten sich Amelie und Anton um die kinderlose alte Frau, die ein hübsches kleines Häuschen mit großem Garten besaß. Besonders an den Feiertagen besuchten sie sich immer gegenseitig. Diesmal waren die Bichls am ersten Weihnachtstag bei Frau Roth zum Mittagessen eingeladen.

Amelie überreichte ihr eine Flasche Wein und eine liebevoll verpackte und mit bunten Sternchen bedruckte Tüte. »Ein kleines Mitbringsel. Wein und selbstgebackene Weihnachtskekse!«

Frau Roth nahm die Geschenke gerührt entgegen. »Ach, das wäre doch nicht nötig gewesen! Vielen Dank! Dann haben wir ja gleich zum Kaffee ein paar Kekse!«

Sie ging voran, das Gehen fiel ihr sichtbar schwer. Anton und Amelie warfen sich einen Blick zu.

»Das Essen ist schon fertig!«, gurrte Frieda Roth und öffnete die Tür zum Esszimmer, das mit dem Duft einer gebratenen Gans angefüllt war. »Setzt euch, fangt an, sonst wird's kalt!«

Florian stand im Schlafanzug auf dem Balkon des Skihotels und blickte in die sternenklare Nacht hinaus. Wiebke trat zu ihm, sie hatte sich in einen flauschigen Bademantel gehüllt. »Kannst du nicht schlafen?«, fragte sie.

Er drückte seine Zigarette aus. »Meinst du, die Kekse wirken schon?«

Wiebke schmiegte sich an ihn. »Ich denke schon. Die Dosis müsste genügen.«

Er seufzte. »Und du bist ganz sicher, dass man das Gift nicht nachweisen kann?«

Wiebke nickte. »Das hab ich im Praktikum von meiner alten Apothekerin gelernt. Es gibt so viele harmlose Substanzen, die ab einer gewissen Dosis tödlich sein können. Die Dosis macht das Gift. Und es wirkt ganz langsam.«

Florian blickte in den Himmel. »Endlich Ruhe ... und zwar für immer!«

Frieda Roth winkte Anton und Amelie hinterher. Die Weihnachtsgans war ganz köstlich gewesen. Wie nett von den Hansens, ihr ein Paket mit einem fertigen Weihnachtsmenü vor die Tür zu legen! In dem netten Begleitbrief hatten sie erklärt, dass sie überraschend zu Weihnachten eine Skiwoche in Österreich geschenkt bekommen hatten und nun ihre bereits vorbereitete Weihnachtsgans nicht selbst essen könnten. Aber vielleicht konnten sie ihr damit eine kleine Freude für die Weihnachtstage machen ... So musste sie nicht extra für Anton und Amelie kochen und einkaufen, das war ihr sowieso alles langsam zu viel. Sie schaffte es ja kaum, für sich selbst zu sorgen, und eigentlich wollte sie die Einladung schon zurücknehmen. Die Gans hatte der Himmel geschickt! Anton und Amelie hatten sie auch mit großem Appetit verspeist und ihre Kochkünste gelobt. Sie hatte das Rezept noch ein bisschen verfeinert und noch eine Flasche Weißwein in die Soße hineingekippt. So schmeckte die Gans noch besser, und dieser leicht bittere Geschmack, den sie mit ihrer feinen Zunge beim Probieren wahrgenommen hatte, war gar nicht mehr bemerkbar gewesen.

Zum Kaffee wollten die beiden dann nicht mehr bleiben. Auch gut, dachte Frieda Roth, ich soll eh nicht so viel Kaffee trinken, hat Dr. Meier gesagt, und Kekse darf ich auch schon lange nicht mehr essen. Die schenke ich vielleicht den Hansens als Dankeschön für die wunderbare Weihnachtsgans. Oder dem netten Postboten, der immer so fröhlich pfeift. Der freut sich bestimmt.

Sandra Lüpkes

Berchtesgadener Blutnovelle

Berchtesgaden

Autorenvita

Sandra Lüpkes, geboren 1971 in Göttingen, verbrachte die längste Zeit ihres Lebens auf der Nordseeinsel Juist und wohnt nun in Münster, wo sie als freie Autorin und Sängerin arbeitet. Mit ihren elf erschienenen Romanen, zwei Sachbüchern und drei Kurzgeschichtensammlungen hat sie bereits eine Gesamtauflage von 250 000 Exemplaren erreicht.

Donnerstag

Da bist du ja. Mit deinem blutroten Rollköfferchen. Und hoch-hackigen Schuhen. Beides völlig ungeeignet für den Schnee, der zentimeterdick auf den Straßen liegt. Schaust dich um, suchst nach dem Weg, erkennst den Hoteleingang, gehst darauf zu. Herzlich willkommen, meine Liebe! Dies wird ein Aufenthalt, den du niemals vergessen wirst. Das schwöre ich bei meinem Leben ...

Wie hübsch, diese kleine Parklandschaft vor der Holzfassade. Weiße Hauben auf den Büschen, Lichterketten glimmen durch den Schnee. Dann an der Rezeption die Begrüßung mit einem Becher Feuerzangenbowle und einem feuchtwarmen Tuch, welches den Reisestress von den Händen wusch. Eine Woche Luxus im vorweihnachtlichen Berchtesgadener Land ließ Pamela Aven sich gern gefallen. Da fragte sie auch nicht explizit, wem sie das zu verdanken hatte. Wenn der Sponsor unerkannt bleiben wollte, bitte. Wahrscheinlich steckte ein treuer Fan dahinter, der seine Lieblingsautorin im Superior-Hotel verwöhnen lassen wollte, damit sie end-lich, endlich wieder ein paar Zeilen zu Papier brachte, einen Kurzkrimi vielleicht, am liebsten einen ganzen Roman.

Und tatsächlich, der herzliche Empfang sowie der rusti-kale Charme des Hotels stimmten Pamela heiter, und wenn sie heiter war, wurde sie auch manchmal kreativ.

Ihr sonniges Zimmer lag direkt über dem Solebecken, aus dem geheimnisvoller Nebel bis zu ihrem Balkon auf-stieg. Dahinter machte sich ein winterliches Bergpanorama der Spitzenklasse breit, nur ab und zu schob sich noch ein hübsches, pfeifendes Züglein dazwischen. Pamela war in der richtigen Stimmung, mal wieder einen Mord zu begehen, lediglich auf dem Papier natürlich. Sie fuhr den Laptop hoch und tippte die Überschrift auf das digitale weiße Blatt. *Blutnovelle*, dieser Titel war ihr eben im Lift eingefallen.

Der Verlag hatte sich ebenfalls unwissend gegeben, woher die geheimnisvolle Einladung stammte. Erst hatte Pamela ihren Verleger im Verdacht, der in den letzten Monaten sämtliche Hebel in Bewegung gesetzt hatte, um endlich den ersehnten zweiten Roman in die Finger zu bekommen. Pamelas erstes Buch hatte den kleinen Münchner Verlag ganz oben in die Literaturliga katapultiert. Und nun warteten sie ungeduldig auf ein neues Manuskript. Bislang vergeblich. Doch alle, vom Lektor bis zur Vertreterin, schworen, dass sie nichts mit der spendierten Verwöhnwoche zu tun hatten.

Um halb acht betrat Pamela den Speisesaal, in dem ein Musiktrio mit Kontrabass, Akkordeon und singender Säge fröhliche Volkslieder zum Besten gab. Sie entschied sich spontan für das Bayerische Menü, Obazda auf frischen Brezeln hatte sie seit Ewigkeiten nicht gegessen, und Weißwurst auf Kraut mit Semmelknödel erinnerte sie an ihre Großmutter. Es war anzunehmen, dass ihr Gönner irgendwo hier an einem der Tische saß und sie beobachtete. Wahrscheinlich würde er sich früher oder später zu erkennen geben.

Die schlanke Frau am Nebentisch blickte herüber und wünschte guten Appetit. Pamela grüßte freundlich zurück –

und stutzte. Irgendwie kam ihr die Tischnachbarin vage bekannt vor. Diese etwas zu große Nase, die eng zusammenstehenden Augen, das glatte, rote Haar – kein Zweifel, die hatte sie schon einmal irgendwo gesehen, sie kam nur nicht drauf, wo und wann. »Sind wir uns schon einmal begegnet?«

»Vielleicht.« Die Frau lächelte geheimnisvoll und tippte mit dem Besteck auf einen delikat aussehenden Dessertteller. »Das Lebkuchenparfait schmeckt übrigens wunderbar.«

Diese tiefe, etwas rauchige Stimme ... »Wie ist Ihr Name?«, fragte Pamela.

»Darauf werden Sie sicher von allein kommen, Frau Aven. Denken Sie noch ein wenig nach ...« Dann legte die seltsame Frau ihre Serviette auf den Tisch und verließ wortlos die Gaststube.

Freitag

Guten Morgen, meine Liebe. Es ist schon nach acht, Zeit zum Aufstehen. Noch hast du keine Ahnung, was hier am Königssee auf dich wartet. Ich kann deine Verunsicherung fühlen. Dabei bist du dir sonst deiner Sache immer so verdammt sicher, oder nicht? Hast gedacht, du könntest dir einfach unter den Nagel reißen, was eigentlich mir gehört. Zurückgegeben hast du es bis heute nicht. Es geht dabei nicht um Geld. Es geht um mein Leben.

Tief und fest hatte Pamela geschlafen und dann beim Sonnenaufgang tatsächlich ein paar Zeilen der *Blutnovelle* geschrieben, diese danach aber gleich wieder gelöscht. Ihr fehlte noch immer die zündende Idee. Damals, beim ersten Buch, war alles viel einfacher gewesen. Der Morgentee stand auf dem Schreibtisch, und unter ihrem Fenster schob eine Gruppe Langläufer ihre Ski durch den Neuschnee. Sie betrachtete die eben vom Frühsport Zurückkehrenden genauer und erkannte die seltsame Frau vom Vorabend – ob sie den Hotelaufenthalt spendiert hatte? Immerhin hatte sie Pamela gestern beim Namen genannt. Aber weshalb sollte sie so großzügig sein, und warum gab sie sich so geheimnisvoll?

Pamela schaffte keinen noch so winzigen Satz mehr, starrte stattdessen aus dem Fenster und entdeckte nach einer Weile, dass sich die Rothaarige nach ihrem Langlauf zur Entspannung ins Solebad begeben hatte.

Etwas Bewegung war sicher nicht verkehrt, dachte Pamela, immerhin genoss sie hier eine Dreiviertelpension, die neben Frühstück und Abendessen auch noch Salat- und Kuchenbuffet inkludiert hatte. Vielleicht ergab sich ja überdies auch die Gelegenheit, zwischen Massagedüsen und Schwalldusche die seltsame Frau noch einmal anzusprechen. Wahrscheinlich fehlte Pamela nur ein simples Stichwort, und ihr würde einfallen, woher sie sich kannten.

Das salzige Wasser hatte die perfekte Temperatur, und dass sich der Alpenhimmel heute so wolkenlos präsentierte, machte die Szenerie geradezu perfekt. Pamela tauchte ein paar Mal, tat so, als sei sie nur zum Vergnügen hier, dann schwamm sie zu den vielen kleinen Bläschen, die von der Liegenbank aufstiegen, auf der die Rothaarige es sich bequem gemacht hatte.

»Entschuldigen Sie, wenn ich Sie erneut anspreche, aber ich komme einfach nicht darauf, wo wir uns schon mal begegnet sind.«

Die Gemeinte hatte die Augen geschlossen und lächelte so seltsam, als wolle sie damit zeigen, wie viel schlauer sie war. »Schreiben Sie wieder an einem Roman, Frau Aven?«

»Ich? Na ja, ich bin sozusagen gerade dabei, mit einem zweiten anzufangen ...« Also hatte Pamela mit ihrer Vermutung recht gehabt, dass es um das neue Buch ging.

»Und wovon handelt er?«, fragte die Rothaarige weiter.

»Nun, das ist mir nicht so ganz klar. Ich suche noch nach einem Thema.« Dann fügte Pamela fast triumphierend hinzu:

»Aber ich kenne den Titel bereits.«

»Und? Wie lautet er?«

»Blutnovelle.«

»Ein schöner Titel. Er passt gut!«

Und bevor Pamela nachhaken konnte, wie in aller Welt eine quasi wildfremde Frau wissen konnte, ob der Titel passte oder nicht, stieß die andere sich vom Beckenrand ab und schwamm in raschen Zügen davon.

Samstag

Warum so unruhig, meine Liebe? Da sitzt du heute am Samstagmorgen ganz blass an deinem Frühstückstisch und bekommst keinen Bissen herunter. Wenn du ein wenig mehr nachgedacht hättest, wärst du von selbst darauf gekommen, was es mit unserem Treffen auf sich hat. Und je eher es dir einfällt, desto einfacher wird es für dich. Begeistern wird es dich trotzdem nicht. Aber du hast keine Wahl. Danach verschwinden wir wieder, als wenn nichts geschehen wäre. Jede in ihr Leben.

Nach dem opulenten Frühstück – von dem sie leider nur wenige Happen gekostet hatte, ihr Magen war heute irgendwie nervös – entschied Pamela, sich der geführten Winterwanderung durch die Aschauer Klamm anzuschließen. Frische Luft als Inspiration für die ersten Kapitel, vielleicht funktionierte das ja, denn bislang hatte sie außer der Überschrift noch keine weitere Zeile zustande gebracht. Es fehlte ihr einfach die nötige Konzentration.

Die sportliche Führerin plus noch sportlicherem Hund gaben das Tempo vor. Der Weg führte sie durch schwarzweiße Wälder und über vereiste Brücken bis zu der Schlucht, die einen traumhaften Blick auf den reißenden Lauf des Aschauer Bachs ermöglichten. Das alles hätte so anregend sein können. Doch die Rothaarige war auch mit von der Partie, und da war Pamela nicht imstande, einen klaren Gedanken zu fassen.

Inzwischen war sie fast sicher, ihr bei *Clean&Go* begegnet zu sein. Vor ihrer Karriere als Schriftstellerin hatte Pamela nämlich in einer Reinigungsfirma gearbeitet und gemeinsam mit etlichen Kolleginnen das Gerichtsgebäude in München gewienert. Von der Putzfrau zur Bestsellerautorin, so wurde ihr Werdegang in der Presse oft umschrieben. Eventuell war diese seltsame Frau ja ebenfalls als Raumkosmetikerin tätig gewesen. Da konnte Pamela sich nämlich kaum an jedes Gesicht in der Firma erinnern. Sie war froh, dass die Zeit vorbei war, und nicht sonderlich erpicht darauf, alte Kontakte aufleben zu lassen.

Die Wanderführerin blieb stehen und wies auf einen schroffen Felsen an der vor ihnen liegenden Talseite, an dem ein zu Orgelpfeifen erstarrter Wasserfall hing.

Plötzlich stand die Rothaarige direkt neben Pamela. »Wollen wir ein paar Schritte gehen? Nur wir beide? Ich kenne einen netten Seitenweg etwas weiter oben.«

Pamela blieb die Luft weg. Die Anwesenheit dieser Person setzte ihr mehr und mehr zu. Doch wenn sie wissen wollte, was hier eigentlich los war, musste sie der Einladung folgen, also bogen sie in einen verborgenen Pfad ein, der eigentlich durch ein rot-weißes Band gesperrt war, steil aufwärtsging und an der einen Seite dicht an der Felswand entlangführte, an der anderen jedoch ins Nirgendwo fiel. Nur ein paar Schritte weiter befanden sie sich auf einmal hinter dem vereisten Wasserfall, die gigantischen Zapfen hingen wie ein Vorhang vor dem Rest der Welt. Ganz weit unten toste das Wasser um die gefrorenen Spitzen, brachte sie zum Klirren und Bersten.

»Was wollen Sie eigentlich von mir?«, fragte Pamela atemlos. Ihr Stimme hallte durch den eiskalten Raum.

»Ich interessiere mich für Ihren neuen Roman.« Das klang nicht viel anders, als es etliche Leser, ihr Verleger und der Lektor gesagt hätten. Alle wünschten sie ein zweites Buch.

Dennoch ahnte Pamela, dass bei dieser Frau etwas anderes dahintersteckte.

»Und warum?«

»In den letzten Monaten hatte ich sehr viel Zeit zum Lesen, und da habe ich Ihren Bestseller in die Finger gekriegt.«

»Hat er Ihnen nicht gefallen?« Es klang fast ängstlich, wie Pamela danach fragte.

»Doch, sehr! Die Geschichte einer schwarzen Witwe, die nach und nach vier Ehemänner umbringt und sich mit dem

Geld ein schönes Leben macht. Sehr spannend. Der erste Gatte vergiftet, der zweite erwürgt, der dritte vom Balkon gestoßen und der vierte mit dem Auto überrollt. Eine sehr skrupellose Heldin. Und zum Schluss wird sie vom Richter zu lebenslanger Haft verurteilt. Wie hieß die Frau doch gleich? Hildegard Tanne?«

Pamela lachte. »Nein, sie hieß Hannelore Kiefer. Wie kommen Sie ...?« Und dann war ihr auf einmal schlagartig klar, wer da ganz dicht neben ihr ging, zu dicht, um davonzurennen.

Die Frau lachte. »Ach? Ist der Groschen endlich gefallen?« Ganz plötzlich schnellte ihr Arm nach vorn, die knochigen Finger krallten sich in Pamelas Kragen, und fast hätten sie beide das Gleichgewicht verloren und wären diesen scheußlich steilen Hang hinabgestürzt. »Du hast mich bestohlen!«

Pamelas Fuß rutschte vom festgetretenen Weg ab und hing in der nächsten Sekunde einen halben Meter tiefer. »Hilfe! Bitte nicht!« Ihre Stimme klang hysterisch wie eine Sirene. Immer wieder holte sie Luft, Luft, bis ihr schwarz vor Augen wurde. »Oh, Gott! Sie wollen mich doch nicht etwa umbringen?«

Die Frau ließ sie Stück für Stück tiefer in den Abhang sinken. Ganz kontrolliert, halb hielt sie Pamela oben, halb schob sie nach. »Du weißt, dass ich es ohne weiteres könnte!«

Sonntag

Brav, meine Liebe! Fleißig schreibst du nun schon seit so vielen Stunden an der Blutnovelle. Wenn man nur die richtige Idee hat, geht es doch fast wie von selbst, oder? Und dabei war es so einfach, du brauchtest nur die Fortsetzung des ersten Romans zu schreiben: Die vierfache Witwe – im Buch nennen wir sie Hannelore Kiefer – leiht sich in der Gefängnisbücherei einen Krimi aus und stellt fest, dass irgendeine clevere Putzfrau an ihre Gerichtsakten gekommen sein muss und aus dem Stoff einen Bestsellerroman gestrickt hat. Ihr echter Name ist nur notdürftig verfremdet, ansonsten stimmen die grausigen Details bis ins letzte. Da hat ihr also tatsächlich irgendeine fremde Person ganz dreist die Lebensgeschichte geklaut und damit ordentlich abgesahnt. Einige Monate später gelingt ihr die Flucht, und sie beschließt, diese Möchtegern-Schriftstellerin in eine Falle zu locken, indem sie sie in ein schickes Hotel einlädt.

Guter Plot, nicht wahr? Da werden sicher auch wieder einige hunderttausend Exemplare über die Ladentische der Buchhandlungen gehen.

Reich wird die Autorin damit freilich nicht. Die Tantiemen landen ausnahmslos auf einem anonymen Nummernkonto. Was? Wie bitte? Du brauchst eine Pause?

Gibt es nicht. Das Zimmer ist noch bis Donnerstag gemietet. Und bis dahin muss die Blutnovelle vollendet sein.

Thomas Raab

Vom Himmel hoch, da komm ich her

Wien

Autorenvita

Thomas Raab, geboren 1970, lebt als Autor und Musiker in Wien.

Als Quereinsteiger in der Literatur erobert er mit der erfolgreichen und mehrfach ausgezeichneten Reihe rund um den originellen Restaurator Willibald Adrian Metzger in Österreich regelmäßig die Bestsellerlisten. Bisher erschienen sind: *Der Metzger muss nachsitzen, Der Metzger sieht rot, Der Metzger geht fremd, Der Metzger holt den Teufel* und *Der Metzger bricht das Eis.*

Ernst liebt Erna, und Erna liebt Ernst.

Ja und Rolf liebt Renate, und Renate liebt Rolf.

Schön klingt das.

So schön, da braucht man sich jetzt gar nicht schweißgebadet auf den nächstbesten Hügel zu schleppen, um es kommen zu sehen, das erste *Aber*. Und ein *Aber* in Kombination mit der Liebe ist ja nun wirklich keine Überraschung, ganz im Gegenteil: kein Traumurlaub ohne Rückreiseticket, kein Kredit ohne Zinsen, keine Weinverkostung ohne Kater, kein Traum ohne Erwachen.

Zugegeben, sie ist der schönste aller Träume, die Amore, Dragoste, Aroha, Yedobo, Ljubezen, Sayang, Love. Schlichtweg märchenhaft fühlt es sich an, wenn das eine entflammte Herzchen emporlodert, dieses Flackern als ansteckend empfunden und hitzig erwidert wird. Der Realist würde sagen: »Klingt nach Flächenbrand!«, der Romantiker würde einen seligen Seufzer ins Universum schicken und dann erklären: »Ach! Wo die Liebe nur hinfällt.«

Genau an dieser Stelle kommt es nun ins Spiel, das *Aber*. Denn so ein »Wo die Liebe nur hinfällt!« impliziert, je nachdem, wie man es verstehen will:

A: Das Hinfallen

Und da ist schier alles möglich, von ein bisserl Stolpern bis Totalschaden.

B: Das Herabschweben

Und zwar aus himmlischen Höhen, denn wenn die Liebe irgendwo hinfallen im Sinne von landen kann, dann muss sie schon von oben kommen.

Hier muss, so ernüchternd es auch klingt, festgestellt werden: B ist nur vordergründig die positivere der beiden Varianten. Eine Liebe, die da gerade von irgendwo herabgefallen kommt, ist nämlich kein Leichtgewicht, sondern eine wuchtige Angelegenheit, folglich bringt sie ein entsprechend großes Kaliber zusammen, und das durchaus im geschosstechnischen Sinn. Dabei gehorcht sie auf ihrem Weg abwärts, gleich einem maroden Rotkehlchen, dem Ruf der Schwerkraft. Und, das ist und bleibt ein ehernes Gesetz: So manches, was da von oben daherkommt, kann dem einen oder anderen gewaltig auf die Birne krachen, ganz nach dem Motto, je größer die Masse, desto nachhaltiger die Wirkung.

Im Fall von Ernst, Erna, Rolf und Renate liegt diesbezüglich die Trefferquote bei unglaublichen einhundert Prozent.

»Frohe Weihnachten« kann man da nur sagen.

Und genau das wünscht man einander für gewöhnlich in dieser so friedliebenden Zeit, völlig egal, in welchem Staat dieses Kontinents, Bundesland dieses Staates, Hauptstadt dieses Bundeslandes, Bezirks dieser Hauptstadt.

Dreiundzwanzig sind es in jener Metropole, die Ernst, Erna, Rolf und Renate ihre Heimat nennen, nämlich Wien.

Nun ist ja im wahrlich wunderbaren Lande Österreich beinah alles möglich. Weiße Pferde lernen das Tanzen, große Musiker lassen sich auf ewig in kleinen Schokokugeln konservieren, *Etwas vertagen* ist ein Synonym für *vergessen*, Verbrechen werden, wie es sich gehört, ausgesessen, wenn auch nicht immer im Gefängnis, sondern auf Sitzen im

Parlament oder diversen Landesregierungen, ja und manchmal ist die Moral das Brüderchen von Saibling, Forelle,
Zander,

Hecht und Karpfen, mit zwei »o« und zwei »a«: der
Moor-Aal also, schlüpfrig und flutsch, weg ist er im Sumpf
der Korruption. Diesbezüglich kann im Land der Käsekrai-
ner, des panierten Schnitzels und Schweinsbratens von
Überfischung keine Rede sein, und begabt mit der Angel ist
sie nun wirklich nicht, die vom Wirrwarr der politisch-ju-
ristischen Vernetzung zum Zweck der Unrechtsbekämp-
fung untereinander ausgeübte Gewalt. Österreich, die Insel
der Seligen also, hat einstens schon der Sohn eines Tischlers
gewusst:

*»Selig sind die, die keine Gewalt anwenden, denn sie werden
das Land erben. Selig sind die, die um der Gerechtigkeit willen
verfolgt werden; denn ihnen gehört das Himmelreich. Freut
euch und jubelt: Euer Lohn im Himmel wird groß sein.«*

Wie bereits erwähnt: »Frohe Weihnachten« kann man da
nur sagen.

Im wahrlich wunderbaren Lande Österreich ist also beinah
alles möglich. Beinah deshalb, weil eines bisher völlig un-
durchführbar zu sein scheint: aus der Zahl 23 die 24 werden
zu lassen.

Dreiundzwanzig Gemeindebezirke hat die Bundeshaupt-
stadt. Ein lächerliches Grätzel fehlt, und aus Wien hätte ein
städtischer Adventkalender werden können, nein, Wien
wäre die Verkörperung des Adventkalenders schlechthin geworden. Was für ein Fest. Das Schicksal aber wollte es anders. Und so ist dieses letzte der vierundzwanzig Türchen

alles andere als weihnachtlich, vor allem für Ernst, Erna, Rolf und Renate. Nichts wird es mit einer Verkörperung des Adventkalenders, und auch für die Körper schaut es ganz schön schlecht aus.

Körper, die einander in- und vor allem auswendig kennen.

Es ist nämlich so: Bei jedem der vier war die Liebe, bevor sie erneut von oben herabgedonnert kam, schon einmal gelandet, und zwar amtlich. Denn an sich sollte der liebe Ernst nicht die liebe Erna, sondern die liebe Renate, und der liebe Rolf nicht die liebe Renate, sondern die liebe Erna lieben, und umgekehrt, immerhin sind die beiden Paare jeweils ausgewiesen Mann und Frau: Hochzeitsalben stehen verstaubt im jeweiligen Wohnzimmerregal, über dem jeweiligen Wohnzimmersofa hängen Heiratsurkunden hinter matt gewordenen Glasrahmen, das Schwarzweißfoto des jeweils anderen steht auf der eigenen Bettseite, und als Erstkontakt bei diversen möglichen Not- und Unfällen wird man zum entsprechenden Ehepartner verbunden.

Verbunden als Freunde, und zwar in einer freundschaftlichen Treue, da können nur die Blutsbrüder Winnetou und Old Shatterhand mithalten, und ja, das Blut spielt demnächst auch noch eine tragende Rolle, sind die beiden Pärchen seit nunmehr neunundzwanzig Jahren. Schuld daran ist das Bestreben nach Aufstieg. Von Wanderfreuden getrieben und top ausgerüstet, wie es sich für urbane Alpintouristen eben gehört, wurden nämlich, wann immer es nur ging, diverse Hügel erklommen, so als wollte jedes der beiden einander noch unbekannten Ehepaare für sich von dort oben das *Aber* ihrer Liebe erspähen. Entdeckt haben sie es dann erst gemeinsam.

Und zwar an jenem sonnigen Tag, an dem die Hübners, sprich Ernst und Renate von der einen Seite, und die Reichholds, sprich Rolf und Erna von der anderen Seite desselben Berges, zuerst den vierstündigen Aufstieg, dann dasselbe Gipfelkreuz und schließlich oben angelangt, einander ins Visier nahmen. Und ins Visier genommen wurde ordentlich: Man teilte dieselbe Seite im Gipfelbuch, man teilte denselben Tisch und dieselbe Bretteljause, man teilte schließlich dasselbe Schlaflager, und am nächsten Morgen zückte man die Geldbörsen und teilte Visitenkarten aus.

Mitgeteilt wurde einander allerdings nicht alles. Dass da nämlich bei allen vieren allein beim Gedanken an den andersgeschlechtlichen Ehepartner des jeweils anderen Ehepaares so einiges in gar heftige Wallungen zu geraten imstande war, blieb schön im Hinterstübchen des Verbotenen verborgen – zumindest vor zwei der drei übrigen Herrschaften.

Nun ist ja das Teilen im Grunde eine höchst christliche Eigenschaft. Vielleicht wurde deshalb, weil die Hübners und die Reichholds ebenso wie ihr Eheleutedasein die österreichische Staatsreligion, sprich die römisch-katholische, amtlich eingetragen haben, genau dieses Teilen zum Motto einer immer enger und enger werdenden Freundschaft. Manches teilte man offiziell, sprich die Fernreisesehnsucht, die Paartanzfreuden, die Skilaufbegeisterung, überhaupt die Freizeit, und manches teilte man inoffiziell, sprich Matratzen, Körpersäfte und andere schmutzige Geheimnisse.

Schmutzig deshalb, weil Letztere natürlich nicht diejenigen miteinander teilten, die all das Inoffizielle sozusagen offiziell hätten teilen dürfen, sondern die anderen.

Der Realist würde sagen: »Klingt nach Betrug!«, der Romantiker würde einen seligen Seufzer ins Universum schicken und dann erklären: »Ach! Wo die Liebe nur hinfällt.« Und die Frage stellt sich schon: Ist Betrug tatsächlich Betrug, wenn beide Ehepartner dasselbe Verwerfliche treiben, dabei aber voneinander nichts wissen? Zumindest schien es, als würde die eine Schandtat die andere aufheben, als würde wie in der Rechen- auch in der Liebeskunst ein Minus und noch ein zweites dazu ein Plus ergeben. Folglich spielte es auch keine Rolle, dass bei genauerer Betrachtung Friedrich, einer der beiden zweieiigen Hübner-Zwillinge, je größer er wurde, einen kleinen Reichhold-Einschlag aufzuweisen hatte.

Nur wurde eben nicht genauer betrachtet. Wozu auch? Erstens ist ja die Reichhold-Tochter Cornelia dank der Übermacht der Reichhold-Erbfaktoren so was von offenkundig eine Reichhold, als wäre sie von Boris Becker, Tiger Woods oder Arnold Schwarzenegger gezeugt, auch der Reichholdkater Ferdinand wies angesichts dieser massiven biologischen Beeinträchtigung erste genetische Anpassungen auf, und zweitens, wozu auch näher hinsehen, wenn das Leben seit Jahrzehnten etwas an sich Unmögliches zu vereinen imstande war: Vier Menschen, die füreinander alles abdecken: Ehe, Freundschaft und Affäre. Vielleicht kämen noch ein paar Jahrzehnte dazu, vielleicht sogar, bis dass der Tod als Scheidungsrichter seines Amtes waltet, wäre Ernst Hübner, oder eigentlich dem um ein paar Sekunden Erstgeborenen der zweieiigen Hübner-Zwillinge, eines Tages nicht Folgendes passiert:

Friedrich nämlich teilte, ganz im Gegensatz zu seinem

Bruder Konrad, mit Begeisterung die Wanderleidenschaft seiner Eltern und entschied sich, dieses Hobby auszubauen. Genauer gesagt: hinauf auf den Berg, ja. Mit Wanderschuhen und entlang der markierten Wanderwege, nein. Klettern also.

Und er kletterte, nein, er stürmte die Felswände hinauf. Anfangs wagemutig und mit Sicherheit im Rücken, sprich einem Seil, später waghalsig ohne Seil und mit Sicherheit ziemlich bald auf den Rücken. Die fünfzehn Meter freien Fall überlebte Friedrich Hübner nur dank einer Blut- und Nierenspende, woraufhin vom Senior Ernst Hübner heimlich, und ohne zu zögern, eines beschlossen wurde:

Blut möge fließen, denn Blut ist eben nicht gleich Blut.

Und wenn der Vater mit dem Vorhaben anrückt, dem komatösen Kind eine Niere zu spenden, und der liebe Herr Doktor bei Übergabe der Voruntersuchungsergebnisse diesem Vater erklärt, dass er seine Niere auf jeden Fall behalten kann, weil er laut Befund einstens beim Zeugungsakt des nun lädierten Sohnemannes Friedrich unter Garantie nicht einmal seine Samen gespendet hat, dann ist so ein kleiner Ärger schon nachvollziehbar. Besonders, wenn nach der nun endlich stattfindenden genaueren Betrachtung die Herkunft feststeht.

Zweieiig heißt eben zwei befruchtete Eizellen. Und zwei Eizellen befruchten, das kann ein noch so munter dahinschwanzelndes Hübner-Spermium beim besten Willen nicht allein, da braucht es schon ein zweites, allerdings nicht unbedingt eines aus der Hübnerlende. Ein mit etwas Verzögerung eingeschossener weißer Reichhold-Flitzer tut es auch. So sind die zweieiigen Zwillinge Friedrich und

Konrad Hübner in Wahrheit also genauso Halbgeschwister wie Friedrich Hübner und die Reichholdtochter Cornelia, was keine Rolle spielen würde, wären Letztere nicht ein bisschen mehr als gute Freunde. Wie gesagt, so eine fallende Liebe ist eine gewichtige Angelegenheit. Friedrich liebte die ältere Cornelia bereits, da konnte er mit seiner kindlichen Stimme das Wort Liebe, noch nicht einmal buchstabieren. Und Cornelia liebt den jüngeren Friedrich, seit seiner Stimme so etwas wie Männlichkeit anzuhören war. So brodelte es also vor Zorn und Verzweiflung im Herz und Hirn des vermeintlichen Vaters Ernst Hübner, worauf er klarerweise nicht sein betrügerisches Eheweib Renate befragte, die ihm anstatt Zwillingen einen Erst- und Letztgeborenen zugleich geschenkt hat, sondern seine Geliebte Erna Reichhold: »Was sollen wir tun, mein Schatz? Unsere Kinder betreiben, ohne es zu wissen, Inzucht, weil sich meine Frau, die Schlampe, damals nicht nur von mir, sondern auch deinem Mann schwängern hat lassen. Ein Horror ist das! Frittiert gehören die, frittiert!« Und ja, das kann man nachvollziehen, wenn der eine den anderen ein bisserl mehr betrügt als der andere den einen, ist es eben vorbei mit den beiden Minus, die ein Plus ergeben.

Erna Reichhold überlegte und überlegte, ging, wie sie das immer angesichts großer Sorgen betreibt, in der Küche auf und ab, band sich die Schürze um die Hüfte, blätterte völlig vor den Kopf gestoßen Kochbücher durch, dann wusste sie, was zu tun sei: »Wir bringen's auf den Tisch!«

»Was? Die ganze Geschichte. Aber dann, dann, dann ...!«

»Nicht das! Sondern das!«

Ernst Hübner wurde ein Kochbuch unter die Nase gehalten. »Capitone fritto, frittierter Aal? Was, bitte, hat der Fisch mit der Geschichte zu tun?«, zeigte Ernst sein Erstaunen.

»Ist ein italienisches Weihnachtsrezept, weißt du, Ernsti, statt Karpfen? Wir feiern gemeinsam Weihnachten.«

»Und?«

»Na und dann frittieren wir die Schweine. Ich sag nur: letztes Abendmahl!«

Was bei Ernst keinerlei Entsetzen hervorrief, denn es wäre eine Lüge zu behaupten, Ernst und Erna hätten nicht gelegentlich davon geträumt, aus dem Verbund ihrer Ehen erst als jeweils Zweite heraussterben zu müssen. Wobei es in deren Träumen natürlich stets zu einem zeitgleichen Ableben der beiden anderen kam.

»Aber das macht die Renate nie, du weißt doch, Weihnachten folgt bei uns einem strikten Plan. Um 22 Uhr geht die Renate immer in die Mette.«

»Na, das mach ich doch auch. Und wenn die Renate da immer genauso in die Mette geht wie ich, dann weißt du, welches Weihnachtsgeschenk mein Mann ab 22:15 Uhr auspackt!«

»Diese Schweine!«, verlor er die Fassung. »Und wie soll das gehen mit dem Aal? Ersticken fällt aus, der Trottelfisch hat ja nicht einmal Gräten.«

»Ernsti, jetzt denk doch nach! Was war ich von Beruf?«

So liegt sie also auf der Hand, die Lösung, lautend auf Lebensmittelvergiftung. Was bedeutet, man kann

A: sich selbst durch Lebensmittel vergiften, oder

B: bei anderen die Lebensmittel vergiften

– durch eine Lösung, sprich eine den Speisen beigemengte und darin aufgelöste Würze.

Da trifft es sich natürlich hervorragend, dass die liebe Erna Reichhold samt ihrem Mann der gemeinsamen Tochter Caroline nicht nur die unübersehbaren Gene, sondern auch den für derartige Zutaten prädestinierten Kaufmannsladen, eine Apotheke, vermacht haben.

»Am Dreiundzwanzigsten, wenn die beiden nicht mehr ganz bei Sinnen sind, sprichst du die Einladung aus, da wett ich, sagt keiner nein. Und bis dahin machen wir alles so wie immer!«

So wie immer also, was automatisch ein Nicht-bei-Sinnen-Sein enthält. Seit die Hübners und Reichholds nämlich ihre Rente genießen, haben sie das allerliebste der gemeinsamen Hobbys entdeckt und praktizieren dieses mit Inbrunst, mit roten, blinkenden Zipfelmützen und Saumägen:

den eben um nur einen lächerlichen Bezirk unfertigen städtischen Adventkalender.

Drei Jahre hindurch schon öffnet man regelmäßig die Türchen, und das geht so: Beginnend am 1.12., versammelt man sich bei einem Weihnachtsmarkt inmitten der Inneren Stadt und nimmt sich das erste Häferl zur Hand.

Am 2.12. genehmigt man sich den zweiten Bezirk, sprich die Leopoldstadt samt einem Lusthaus-Limetten-Punsch, am 3.12. die Landstraße, am 4.12. die Wieden, am 5.12. Margareten. Am Nikolo-Tag, sprich dem 6.12., gönnt man sich jahraus, jahrein bei stets demselben Stand mit einem Matrosen-Punsch dermaßen den alkoholbedingten Untergang, dass die Bezirksbezeichnung Mariahilf vollauf ihrem Namen gerecht wird und die unbeschadete Heimkehr aller vier allein der himmlischen Fürsorge der Gottesmutter Maria zu verdanken ist, behauptet zumindest Renate Hübner. Einer Fürsorge, die einen dankerfüllten Neubau des körperlichen Grundgerüstes erfordert, dem man dann am 7.12. im Bezirk Neubau mit dem ersten und einzigen alkoholfreien Getränk der Adventszeit, einem Nintendo-Kinderpunsch, gerecht wird und sich einig ist: »Besser blunzenfett und kotzübel als so ein picksüßes Gschloder!«

Chronologisch geht es dann dahin: 8.12. Josefstadt, am 9.12. hört man in Alsergrund dank dem Alt-Pummeriner Amarettopunsch ein bisserl die Glocken schlagen, 10.12. Favoritener Fiakerpunsch, 11.12. Simmering, 12.12. Meidling, 13.12. Hietzing mit bis zur Überhitzung eingeflößtem Hermes-Himbeer-Punsch, nächtens bewältigt man den göttlichen Botengang und klopft schwer alkoholisiert an die Tür zum Jenseits. Am 14.12. pennt man sich aus, düst nach Penzing, trällert die Bundeshymne und erfreut sich am Preradovic-Portwein-Punsch, 15.12. Rudolfsheim-Fünfhaus, 16.12. ein Ottakringer Bierpunsch, 17.12. in Hernals einen Händel-Honig-Hollunder-Punsch, »Halleluja«, kann man da nur sagen, 18.12. Währing, 19.12. ein Döblinger Donaudonnerpunsch, 20.12. Brigittenau, 21.12. in Floridsdorf ein Franz-Jonas-Freilandeierlikör-Punsch. Am 22.12. in Donaustadt wird es zugegeben schon ein bisserl schwer mit dem Punschgusto, aber weil man das Ende kommen sieht, gönnt man sich den Doppelten Dragoner.

Ja und am 23.12. schließlich, in Liesing, so läuft das für gewöhnlich, sagt man sich erleichtert mit erhöhten Depotwerten an den Hüften, erhöhten Fettwerten im Blut und dem letzten Punsch in der Hand von der Adventszeit los.

Diesmal aber war es, wie gesagt, anders: Beim Verabschieden nämlich, da konnten die Ehebrecher Rolf Reichhold und Erna Hübner den Nachhauseweg nur noch mit Ach und Krach eigenständig in Angriff nehmen, starteten Ernst Hübner und Erna Reichhold klarerweise relativ nüchtern und folglich äußerst beherzt den Angriff.

Ernst begann feierlich: »Meine Lieben, seit drei Jahren sehen wir uns an jedem Tag des Advents, was ...!«, und wurde unterbrochen. Rolf erhob schwer und undeutlich seine Stimme: »Wissssd ihr was? Meine Frau, die Erna, had für morgen ganz schön eingekauft!« Dann begann er zu lachen: »Seit ein paar Dagen liegd eine Schl-Schlange bei uns im Kühlschrang, an der sterb ich sicher nichd allein! Wollen wir nicht gemeinsam Weihnachden feiern?«

Erstaunt brachten Erna und Ernst kein Wort über die Lippen, ganz im Gegensatz zu Renate: »Dolllle Idee. Die Kinder sind groß, wir sind allein, und es gibd ja auch so viel zu danken, wegen unserm F-F-F-Friedrich!«

»Und zu tanken gibt's hoffentlich auch was?«, fand Ernst wieder seine Stimme.

»Prost!«, wurde von allen Seiten zugestimmt, wenn auch mit einem leicht flauen Magen auf Ernas und Ernsts Seite.

Aufgeregt riefen sich die beiden mitten in der Nacht, da wurde auf Renates und Rolfs offizieller Bettseite bereits der letzte Rausch ausgeschlafen, an.

»Die beiden hatten dieselbe Idee wie wir, verdammt! Was

machen wir jetzt? Glaubst du, die führen auch was im Schilde?«, wollte Ernst wissen.

»Niemals, der Rolf hält ja sowieso alle anderen Menschen außer sich selbst für unterbelichtet, warum soll das bei uns anders sein?«

»Und unsere Kinder? Die können ja trotzdem nicht so weitermachen! Wie sagen wir denen, dass sie Geschwister sind?« »Das haben die Habsburger auch nicht so eng gesehen!«, erklärte Erna Reichhold, und der pensionierte Sport- und Geschichtslehrer Ernst Hübner war beruhigt. Sollte er aber nicht.

Denn es wäre eine Lüge zu behaupten, Rolf Reichhold und Renate Hübner hätten nicht gelegentlich davon geträumt, aus dem Verbund ihrer Ehen erst als jeweils Zweite heraussterben zu müssen. Wobei es in deren Träumen natürlich stets zu einem zeitgleichen Ableben der beiden anderen kam. Und ja, wenn es eine Zeit gibt, in der Träume wahr werden, dann Weihnachten.

So war er am Morgen des 24.12. ein gar munterer Küchengehilfe, der ansonsten kulinarisch untätige Rolf. Ohne es zu wissen, bereiteten die Reichholds einander die Henkersmahlzeit, brachte jeder seine heimlichen, der Apotheke entwendeten Zutaten zum Einsatz, und alles noch so Grausliche, Giftige, Gemeine bekam er ab, der liebe Aal, ohne abgeschmeckt zu werden. Was natürlich weder dem toten Süßwasser- noch dem toten Moor-Aal etwas macht. Überhaupt wurde nichts frei Herumliegendes gegessen. Die skeptisch gewordene Erna öffnete als Zwischensnack eine Dose, eingelegten Thunfisch, gab Kater Ferdinand den Rest, Rolf blieb beim Sechzehnerblech, brachte sich mit drei Dosen Bier auf Betriebstemperatur und wechselte die durchgebrannten Glühbirnen des Esszimmerlusters.

Dann kam der Abend und das Ehepaar Hübner.

Eine Flasche Wein wurde geöffnet, die Sängerknaben-Weihnachts-CD aufgelegt und jede der vier Kerzen des mächtigen über dem Tisch hängenden Adventskranzes entzündet, darüber der ebenso mächtige Luster. Was für ein Leuchten. Liebe pur, Weihnachten eben. Und wie gesagt: Ein *Aber* in Kombination mit der Liebe ist ja nun wirklich keine Überraschung, kein Traumurlaub ohne Rückreiseticket, kein Kredit ohne Zinsen, keine Weinverkostung ohne Kater, und so weiter und so fort ...

In diesem Fall kommen der Weinverkostung und dem Kater allerdings die größere Bedeutung zu. Da erklang mit knabenhaften Engelsstimmen aus den Lautsprechern ein: »Es hat sich halt eröffnet!«, wurde er auf einem silbernen Tablett aufgetragen, der frittierte Aal. Bei »Still, still, still!« stand er wohlduftend in der Tischmitte und wartete seit geraumer Zeit vergeblich auf seine Verspeisung, während alle Beteiligten mit bereits äußerst auffälliger, ja unangenehm lauernder Verschwiegenheit beim Wein blieben.

»O du fröhliche« erklang es, da war außer bei den Sängerknaben von Fröhlichkeit aber schon gar nichts mehr zu hören, im Gegenteil, hoch beschleunigt stürmte kreischend die Naschkatze Kater Ferdinand aus der Küche, und diesmal war es kein Thunfisch, sondern eine Kostprobe Capitone fritto. Panisch sprang er seinem Weibchen Erna auf den Schoß, wand sich, hopste auf den Tisch, federte wie aufgezogen darüber hinweg, wechselte auf die Anrichte, dann weiter hinauf auf den Kasten, kletterte auf den Luster, kreischte erneut und fiel, begleitet von einem lieblichen »Vom Himmel hoch, da komm ich her!«, leblos herab aufs Silbertablett.

Erstaunte Gesichter, ungläubig zu Kater Ferdinand vorgebeugte Köpfe, dann ein Krachen. Und leicht ist es nicht, das barocke Reichholdsche Familienerbstück.

Friedrich Hübner und Caroline Reichhold waren es, die nach der Mette den Eltern einen Besuch abstatten wollten und ein schauriges Bild zu sehen bekamen: vier vornüber auf dem Tisch liegende regungslose Körper, in der Mitte ein frittierter, mit einem toten Haustier garnierter Aal, auf der Katze und den Köpfen der Adventskranz, darauf der schwere Luster, im Hintergrund die Sängerknaben: »Es wird scho glei dumpa!«

Und wirklich hell ist es in keinem der vier schwer erschütterten Gehirnen mehr geworden. Beinah zeitgleich kamen die ehemaligen ehebrechenden Liebespaare Erna Reichhold und Ernst Hübner, und Rolf Reichhold und Renate Hübner im selben Krankenzimmer zu Bewusstsein, alle einander völlig fremd, aber gerührt, denn weder braucht sie ein Erinnerungsvermögen noch umfassende Gesundheit, die Liebe. Lange dauerte es nicht, und Erna und Rolf, sprich die Reichholds, und Renate und Ernst, sprich die Hübners, beantragten jeder für sich statt einem Vierer- ein Doppelzimmer, in der Gewissheit, sie auf ihre alten Tage endlich gefunden zu haben, die Liebe ihres Lebens. Eine Liebe, die erst gar nicht darauf wartet, geheiratet zu werden.

Manchmal waltet er also nicht als Scheidungsrichter, der Tod, Gott hab ihn selig, den guten Kater Ferdinand.

Und die Moral von der Geschicht?

Die schreibt man mit zwei »o« und zwei »a«, der Moor-Aal, eine österreichische Lösung eben, schlüpfrig, flutscht und weg ...

Gänsebraten-Rezept

Zutaten für 6 Portionen
1 Gans (etwa 4–5 kg)
1 Paket Butter
1 Prise Pfeffer
10 EL Salz
4 große Äpfel (süß schmeckend, z.B. Boskoop)
350 g Backpflaumen
40 Tropfen *Digoxin*
Ein paar zerbröselte Scheiben Schwarz- und Weißbrot
3 TL Zucker
½l Wasser
1 Glas Honig

Gans abtrocknen und einen Tag vor Zubereitung innen wie außen mit Salz und Pfeffer einreiben. Die Pflaumen über Nacht in Wasser einweichen lassen und dann zu den kleingeschnittenen Äpfeln geben. Dann den Zucker mit dem geriebenen Brot gut vermischen. Den Vogel mit der Mischung befüllen und zunähen. Jetzt die Gans mit der weichen Butter einreiben.

Das Wasser in die Bratreine gießen und die Gans auf den inneren Rost legen. Bei Heißluft 220°C für ca. 4–5 Stunden mit geschlossenem Deckel braten und alle halbe Stunde mit Butter bestreichen. Die letzten 15 Minuten den Deckel der Bratreine abnehmen und die Weihnachtsgans nach Belieben mit Honig bestreichen.

Bei ungebetenem Weihnachtsbesuch 40 Tropfen Digoxin pro Gast in die Füllung geben und sich selbst besser ein Brot schmieren!